中华杨家将文化读物

楊家將詮真

陈景山 著

燕山大学出版社
·秦皇岛·

图书在版编目（CIP）数据

杨家将诠真 / 陈景山著．—秦皇岛：燕山大学出版社，2020.10（2026.1重印）
ISBN 978-7-81142-883-4

I．①杨… II．①陈… III．①杨业（？—986）—家族—研究 IV．①K825.2②K820.9

中国版本图书馆 CIP 数据核字（2020）第 095691 号

杨家将诠真
陈景山 著

出 版 人：陈　玉
策划编辑：朱红波　庞永力
责任编辑：朱红波
封面设计：小　火
出版发行：燕山大学出版社 YANSHAN UNIVERSITY PRESS
地　　址：河北省秦皇岛市河北大街西段 438 号
邮政编码：066004
电　　话：0335-8387555
印　　刷：廊坊市印艺阁数字科技有限公司
经　　销：全国新华书店

开　　本：700mm×1000mm　1/16　印　　张：19.75　字　　数：299 千字　插　　页：6
版　　次：2020 年 10 月第 1 版　印　　次：2026 年 1 月第 2 次印刷
书　　号：ISBN 978-7-81142-883-4
定　　价：78.00 元

《杨家将诠真》编审委员会

主　任： 杨万金　杨业三十六世孙，廊坊市杨家将文化研究会会长

副主任： 杨学明　杨业三十六世孙，瀛西杨家将历史传承人

杨文闯　杨业三十五世孙，瀛西杨家将嫡传后裔宗亲会前会长

总策划： 庞永力　廊坊市杨家将文化研究会常务副会长、秘书长

著　者： 陈景山　天津武清区河西务历史传承人

廊坊市杨家将文化研究会理事

天津市民间文艺家协会会员

审　定： 杨廷玺　杨业三十四世孙，《杨端嫡传族谱》编修

杨希增　杨业三十五世孙，瀛西杨家将嫡传后裔

杨继善　杨业三十五世孙，瀛西杨家将嫡传后裔

杨学孔　杨业三十六世孙，瀛西杨家将嫡传后裔

《杨家将诠真》出版委员会

主　任：杨长浦 杨业三十五世孙，廊坊市杨家将文化研究会副会长

委　员：（排名不分先后）

杨　俊 杨业三十六世孙，廊坊市东方华明集团总裁

杨　远 杨业三十七世孙，河北省中小企业协会副会长

杨冬霞 杨业三十五世后人，

廊坊市杨家将文化研究会第一届理事会副会长

杨志华 中医茶疗标准体系创建人

杨义安 杨业三十六世孙，廊坊市凌宇商贸有限公司总经理

杨玉库 杨业三十七世孙，廊坊兴顺吊装服务公司总经理

（注：“出版委员风采录”见书后）

汉杨喜 行军推方

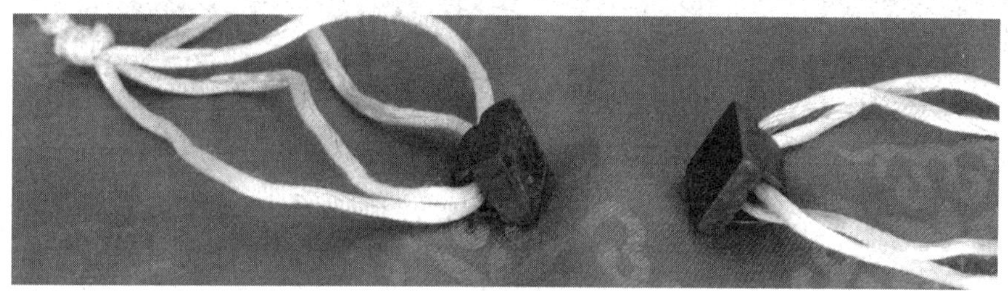

汉杨震 章两枚

唐杨端 专用器物：独乐乐

宋杨业、折太君大婚之偶

宋杨业 调兵金虎符

宋杨延郎器物：玉坠儿、马当

宋杨延郎器物：天播杨府延郎字延昭自用

宋杨延昭、柴公主祖匣

宋杨延郎练功制石

明杨璟全家图

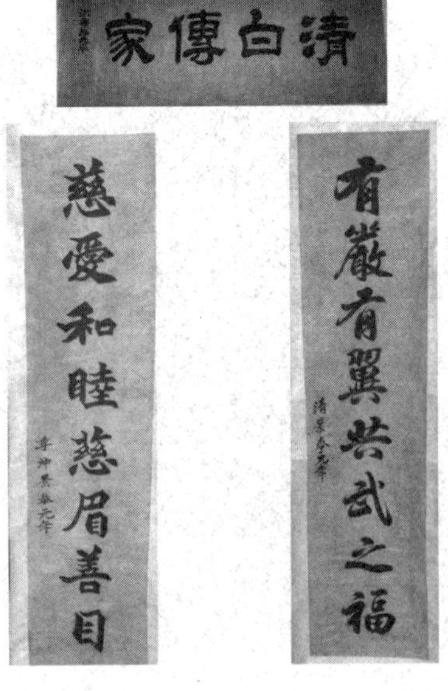

明《杨璟全家图》配联

明杨璟 封土石（燕王朱棣亲封）

明杨洪封侯图（于谦题跋）

明杨洪归家图

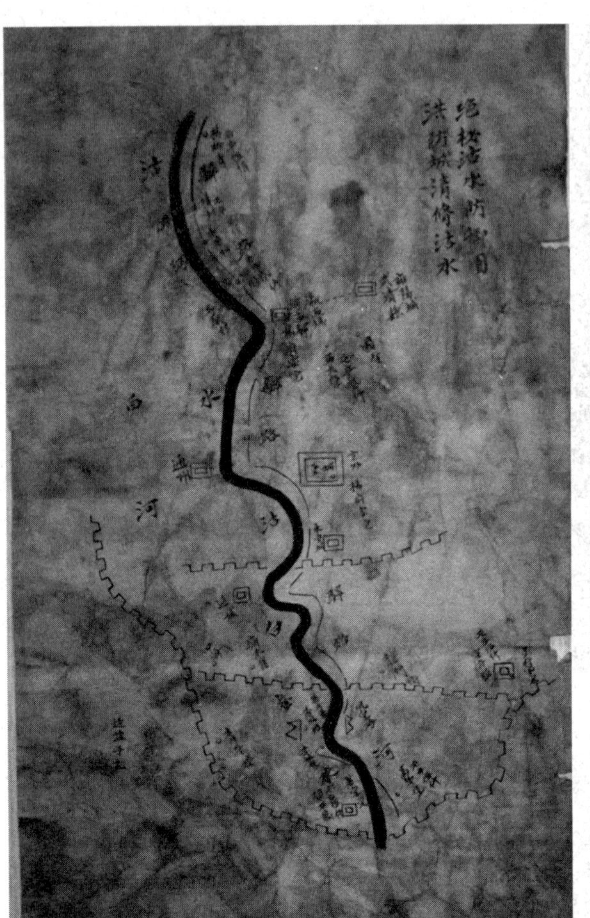

明绝秘沽水防御图

清朝首任河道总督杨方兴

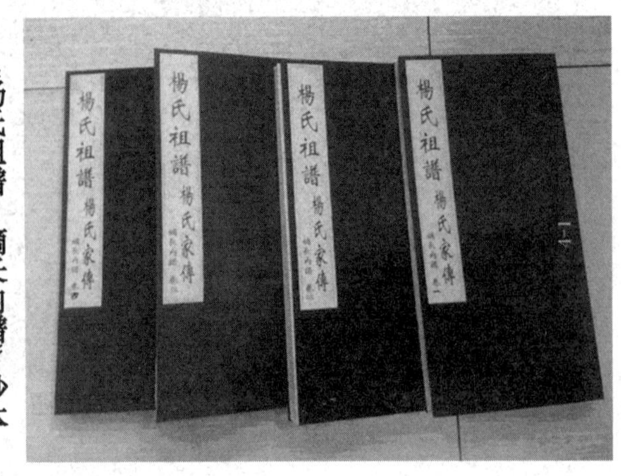

《杨氏祖谱·嫡长内谱》抄本

祝贺《杨家将诠真》一书出版

值此《杨家将诠真》一书正式出版之际，请允许我以个人名义，向此书的编著者表示热烈的祝贺！

《杨家将诠真》出版实属不易，功德无量！历史浩如烟海，勘正史实诚如海中寻针，我杨氏先祖英勇无敌、名扬天下；后裔散落海内外，波澜壮阔，正如千条江河归大海，贤达人士千方努力，彰显家国大爱，集成一脉，堪称艰难困苦、玉汝于成。我祖支脉中杨秀、杨肇基和杨清贤等骁勇战将和名士也均在其中。今天，用心血凝聚的家史集书成册，奉献于世，崇高精神可嘉，大家风范永存。

可以说，编著者对中华民族精神标志性群体——杨家将作了较为科学系统的解读，有利于发扬我祖“满门忠烈，全门皆兵”的高尚情怀。在以习近平同志为核心的党中央的坚强领导下，在复杂多变的国际局势和后疫情时代攻坚克难的形势下，提振正能量，化危为机，拼搏向上，为实现党中央确立的两个一百年的奋斗目标和中华民族伟大复兴的中国梦，创新突破，再创新的佳绩。

正可谓：殷殷心血 连接杨家血脉
烈烈正气 集纳杨门英雄
浩浩史篇 尽展报国情怀
绵绵千载 楷模始自令公

杨业第三十九代传人

中国国际经济技术合作促进会理事长 杨春光

2020 年 10 月于北京

阐幽揭秘的旷世奇书

（代序）

有关北宋杨家将的传说，早在宋元之际即有话本、杂剧等在市井坊间流行。至明中期以后，又有《杨家府演义》之类的白话小说畅行于世，并逐渐被后人改编成评书、戏曲乃至影视节目等广泛传播，以至杨家将的故事越传越广，杨氏满门亦由此成了家喻户晓、妇孺皆知的爱国英雄。

其实，就在《杨家府演义》刊行之前的明永乐至景泰年间，在京北塞外的千里防线上真就活跃着一支真刀真枪的杨家将，这就是官拜都督、爵封伯侯的杨洪所率领的杨门将士。

杨洪生于武清瀛西（河西务古称），乃北宋名将杨业的十九世嫡孙。其祖父杨政于元末勇举义师，亲率三子二侄随朱元璋攻打天下，为大明开基立下汗马功劳，被誉为杨氏“一杰五虎”。其父杨璟，名列“五虎”之首，洪武初以功封营阳侯，灭元后奉命戍守仓河（河西务十四仓和北运河），从此落籍瀛西。在“靖难之役”中，杨璟为救燕王而被南军（朝廷军队）腰斩于安徽灵璧，永乐初追封璟国公。公殁后，杨洪奉诏远戍开平卫（今内蒙古正蓝旗东北），自此步入戍边四十八年的将帅生涯。期间，瀛西老家的兄弟子侄，以及散居各地的同族后人纷纷投其麾下，杨洪从而亲手缔造了一支能征善守的杨家军。历永乐、洪熙、宣德、正统、景泰五朝，杨家军一直雄居各路边军之首。巅峰时曾一门迭出三伯侯、四都督、十几位将军（或指挥使），并有苍头（自养的家丁侍卫）得官者十六人。至天顺以后，仍历代袭爵挂印、将帅不绝，依旧统兵镇守于长城南北、京城内外，直到闯王入京，仍在为大明王朝尽职尽忠。

宋、明两代杨家将，同为抗敌御侮、忠勇报国的爱国英雄，甚或说后者比其先祖阵容更强、功劳更大、官爵更高、传代更久，却一直湮名晦迹、不为人知，因而着实令人费解。为揭开实底，探明原因，本书作者历经十数载苦苦发掘，多方考证，终于成就了这本《杨家将诠真》。书中以大量的孤传史料，将宋明两代杨家将的历史原貌，乃至幽私隐讳诠释一清，从而解开了其中的玄奥所在。其不仅匡正了诸多世传讹误，而且填补了某些正史空缺，故称之为旷世奇书，实不为过。

一是史料珍稀，前所未闻。书中首次亮出的祖传遗物、家藏秘籍多不胜数。诸如祖匣牌位、墓志碑铭、谱牒札记、家族日志、祖宗画像、习武制石、堂号印章以及皇家赏赐，等等。这些重见天日的稀世珍存，远自唐宋，近至明清，见证了这个将门世家的源远流长和辉煌历史。并以如凿铁证，揭示出了发生在这些济世忠良身上的许多尘湮往事和秘事传奇：譬如东汉尚书令杨球归葬沽水，北宋杨业秘葬香河，杨延昭秘修藏兵洞，杨宗漏记于《宋史》，杨充广三人同名，杨宗保、杨宗英本系巾帼之身。入明以后，又有杨和弃官为僧，至今金身不朽；杨璟诈死埋名，为救燕王而捐身；杨俊活劈石麟，终遭报复；英宗复辟，杨氏满门险被诛族，等等。这些史外奇闻，既有讳莫如深的家国隐私，亦有瞒天过海的惊天大案，此番一经公开，怎不令人拍案称奇。

二是阐幽揭秘，颠覆视听。千百年来，世人对杨家将的了解和认知，主要源自听书看戏，可谓早就深入人心，已成定式。本书破天荒地提出，真实的杨家将实为宋、明两代，而非一支。内中通过分头记述和对比剖析，用充实的史料告诉人们，那些书里戏内的杨家将，原来多是些指宋说明、孙冠祖戴，只含三分根本、多达七成嫁接的艺术形象而已。《北宋忠良》一编，主要讲述了杨业祖孙四代的所经所历。杨业生逢乱世，先后事后汉、北汉三十余年，大半生都在与后周、北宋为敌。五十多岁归降北宋，仅为其效命七年，便被奸人所逼，终致兵败被俘，绝食而亡。至其子杨延昭统兵，汛地已南退至河北中部的任丘、献县一线，其间以和为主，并无大战。故怀恨而卒。除二弟延玉先其战死外，其余五个弟弟均善终官位，既非战功卓著，更无“招赘辽邦、出家五台，乃至寡妇成群”之事。三代杨宗，竟被《宋史》失记。其汛地再退至中州河南，改以抵御西夏为主。娶妻慕容樱，而非穆桂英。杨宗保乃其胞妹，根本不成一代。四代杨充广，曾名文广，因一门三人同名，故被混淆；其一生平乱拒夏，本与抗辽无关。所传四代，时隔前后，职分南北，均与书说戏演的情节大相径庭。

下编《大明英烈》，则由元末起义说起，纵贯有明一代，著录数十余人。其核心人物或为开国元勋、或为救驾功臣，多数为称雄边北的抗敌名将。内中亦不乏含冤被害的忠良、以身殉国的烈士。尤以杨洪为首的一门数代，父子并肩、弟兄接替，同在宣大一线浴血奋战，为抗御外侵、保国卫民，创下了无人可及的千秋功业。其间的所经所历，及许多的人名、战事，竟与演义中的描述极为相似。故不论何人读来，都会产生同感，原来那些久传于世的文艺作品，竟大都是以明代杨家将的真人实事作为底本或原型嫁接而成的。细究起来，这便是文人笔客的惯用手法，无非是为了方便褒贬、免招是非罢了。

三是剖析中肯，语多出新。本书记人叙事，其中不乏点睛之笔。如称杨业：“自少年时起，先后为两汉（后汉、北汉）效命三十余年，一直处于内困外扰、朝不保夕的困境当中。虽其称国立号，实则无异于刘姓家臣，纵有千般功绩、无敌之称，又谁与昭彰。至归宋之时，已是年逾五十，垂垂老矣。在此期间，其作为太原降将，终归是可以利用、但不可信用的对象，虽则虚高其位，却从未授予实权。故一直远戍雁北边关，所部多不过三五千人。至朔州一役，名为副帅，却为奸臣所迫，终致以身殉国。总其一生，事汉时长，保宋时短。降宋七年，君疑臣妒，纵尔满腹文韬武略，谁又容你施展。史实如此，全然不像评书小说中描述的那样喋血边关、惊天动地。”

对杨璟的评点则是：此时的杨璟虽已阵亡，但其身涉欺君诈死和参与蓄谋夺位等重大政治隐情，故当燕王称帝后，自然不敢公开他的真名实姓及生前履历，即便在日后的宫廷档案、皇家实录中，亦都不留一些痕迹。用心所在，无非是怕贻人以柄，避免危及自身的皇权地位而已。至于杨氏家族，又岂能不知这其中的利害，故也心照不宣、将错就错，干脆将其生辰、名字及往事前功等尽都削方就圆，重新进行了编造。兼之洪熙以后的历代皇帝都是燕王子孙，这桩前朝公案因就成了无人敢碰的皇家大忌。即使有人窥知实底，可谁又胆敢妄加直言。杨氏后人本就提心吊胆、避犹不及，当然更不会向外吐露实情。故直至明末，杨璟的身世已被积假成真，从此再无更改。其间留在史传碑铭、谱记家传中的那些前后矛盾、难圆其说的不实记载，直被流传至今。这些虚假信息，虽则蒙蔽了世人耳目，但也导致了自家子孙数典忘祖、以讹传讹。纵为瀛西杨氏的长门嫡后，竟也不知明初的营阳侯杨璟，原来就是本支的开基始祖。若非祖传秘籍中有先祖遗文作证，这段家国隐私恐怕真就石沉海底，永被失传了。

类似这样的剖析点评，书中随处可见，无须多加赘述。其皆言出有据，合情入理，莫不别有见地，令人耳目一新。

四是体例得宜，文笔独具。《杨家将诠真》取名贴切，旨在说明久被世人熟知的杨家将故事，其实并非史实。所谓诠真，就是要以史为据，重新还之以原貌。尤其是要为尘湮久远、向无人知的明代瀛西杨家将还本复原，并将其久被尘封的辉煌历史和惊世传奇告白于天下。

全书所分四编，各以四字为题，点明了所属朝代和所涵内容。编目之下，分设四十五章，每章只记一人或一事。章下细分小节，各从不同角度、不同阶段分层记述。所有章节，均以七字为题，堪比诗句楹联。这与时下流行的长句白话标题相比，尤其显得工整划一，精练典雅，另具一番格调。

本书归属史料之类，因以叙事记人为主，故其行文用笔，采用简洁古朴的语体文。凡在援引古文骈句之处，则竭力加以文白变通或旁加注释。如此把握，既与内容和体例相互契合，又兼顾了一般读者的接受水平，只要粗通文史，便可读懂读通。

纵览全书，文通字顺，篇幅简短，毫无唐装革履、古今失调之感。这在出书如同趋鹜、语言追赶时髦的当下，能读到这样一种文字，看到这样一本奇书，真就宛如在密匝的楼群中见到一座青砖小院，在丛林幽谷中觅得几间竹篱草屋，油然产生一种少见的感受。这可能就是久肥生厌、以少为稀的缘故吧。

本书作者陈景山先生，乃系河西务旧族，素与瀛西杨氏长门隔道而居。近十数年间，经其抢救发掘，潜心研究，终于把杨家将的始末由来熟记于胸。在交往当中，曾为杨氏家族举办的修谱、祭祖等各项活动题序撰稿、竭诚服务，因而深受杨氏宗亲的普遍信任与尊敬。至动笔写作阶段，其又不避寒暑，终日伏案疾书。所成书稿全凭手抄笔写，常要连修几遍。这种原始的写作形式，无疑让他付出了更多的劳苦与艰辛。他曾说：“明代杨家将出自武清，根在瀛西，若能通过我的手笔将其发扬光大，这既是我的责任，更是我的荣幸。倘日后能将英雄故里发展成爱国主义教育基地，能让更多的人受到忠勇报国、清白传家的传统教育，那才是我的最大心愿。”作为一位退休多年的古稀老人，尚能有此胸怀，有此作为，着实令人钦佩。

值此付梓之际，谨举数端，聊以为序。不论所言切当与否、深度如何，这《杨家将诠真》都称得上是一本发端解密、价值深远的旷世奇书。足可想见，它的问世必将对杨家将文化的深入研究产生巨大的推动作用。

杨业三十六世孙

廊坊市杨家将文化研究会会长　杨万金

2020 年 9 月 18 日

导读提要

杨氏现为全国第六大姓，总人口约四千余万。其中杨家将一族的嫡亲远祖，可上追至秦汉之交的杨喜。喜公字幼罗，出自陕西弘农。秦末随汉军征战南北，官至郎中骑都尉，后追杀楚军，磔项羽于乌江，高祖封赤泉侯，食邑于河南南阳郡鲁阳县一带。

杨喜长子名敷，袭父赤泉侯。杨敷次子名胤，复袭祖职。汉武帝元光二年（前 133）胤公获罪，永被削爵。五世杨恽，罪坐腰斩；所生五子，一部回归弘农，一部北迁渔阳泉州（今之武清），渐成郡望世家。

杨喜九世孙杨泽，由仕迁徙渔阳泉州，落籍于瀛西（河西务古称）。先其而至的同族后裔已成名门望族，因泽公出自长门嫡后，故被奉为族中首领。其子杨球生于瀛西，曾官至尚书令，被《武清县志》尊为武清第一人物。至光和二年（179）杨球被诛，归葬故里原籍。

唐末杨端，乃杨球之苗裔。其父杨贶官太原太守，因家于此。僖宗乾符三年（876），杨端以平乱功封播州刺史；其长子杨放一支世袭播州，次子杨会一支占籍太原。杨会生子杨弘信，又名杨衮。衮公曾任麟州刺史，后拥兵自立，号称霍山王。

杨衮长子名重贵，929 年生于太原。其父归汉时被充作质子，抵于御弟刘崇帐下，年约十八岁。后汉四年（950）而亡，刘崇又在太原立国，称北汉。并收重贵为嗣孙，赐名刘继业。重贵累官至太原令，加中书令，以故得名老令公，国人号之杨无敌。至 979 年随汉归宋，时年五十一岁。此前共为后汉、北汉效命三十三年。

令公归宋后，太宗劝其恢复杨姓，改名杨业。初授郑州刺史等职，均属虚衔，实被派往雁门关戍边，所部不过三五千人。986 年太宗北征，因被监军强逼出战，致以兵没被俘，后绝食三日而亡，卒年五十八岁，事宋仅有七年。其尸身被契丹火化，葬于古北口。至其长子延昭驻守莫州，复将父骨盗回，秘葬于香河县城南的大枣树林中。此地今称土门楼村。

杨业殁后，监军王侁、刘文裕俱被削官发配，而主帅潘美只被官降三级，不久即被授以检校太师。如此追责发落，恰已证明害死令公者实为监军，而非潘美主使。

杨业娶配折（读佘）氏，名赛花，西京大同人氏，乃后周节度使折德扆之女。长令公一岁，晚逝三十年，享寿八十九岁。所生七子，依次为延昭、延玉、延浦、延训、延瓌、延贵、延彬，皆名留宋史。除次子延玉阵亡外，余俱善终。

杨延昭本名延郎，后改延朗，因宋真宗赵恒表字玄朗，复又避称延昭。以同族排行居六，被传为六郎。其久镇河北三关（益津关、淤口关、瓦桥关），宋辽边界已南移至霸州、雄县一带。至澶渊结盟，两国休兵，延昭以朝廷屈服契丹、国耻家仇未报为恨，终致积郁而亡，卒年五十七岁。初葬河北高阳，后由其子杨宗迁至河南河内，即今之沁阳市常平乡九渡村，结墓于半山腰上。

延昭娶配柴氏，乃后周世宗柴荣的三公主。长延昭四岁，先逝二年，享寿五十九岁。潘美与延昭祖父杨衮曾同在后周为臣，两家原有旧好，故亲自牵线为媒。可见潘杨两家素无仇怨。

杨宗乃延昭长子，一生抗辽拒夏，功名地位均在其祖其父之上。然在元初由脱脱所撰的《宋史》中，竟将其遗漏无名，并误将文广安为延昭之子。因而导致错宗乱代，不知所以。

杨宗娶配慕容樱，乃世家闺秀。后被演义为宗保之妻穆桂英，前者张冠李戴，后者子虚乌有，纯属以讹传讹。

杨宗长子名充广，字中容而非仲容。其因仙人指点，曾改称文广，三年后复用原名。《宋史》误将文广安为延昭之子，然二者相差五十五岁，中间明显漏掉一代人，故被后世妄自加入杨宗保一代，殊不知宗保、宗英实乃延昭之女、杨宗之胞妹。

除杨充广曾名文广之外，其二叔杨宾之子亦名文广，字仲容。后其曾孙又取此名。如此一门四代即有三人同名，外人及后世实难辨明就里，故被彼此混淆或误作一人。

杨充广之子名贵迁，过继播州长门一支，嗣为杨昭之子。自其往后，袭播州刺史者皆为杨业嫡传子孙，统称播州杨氏，实为次继长门。

自杨贵迁下传五代，众孙中有名杨蚋者从播州迁往江苏，任六合县县令，因落籍于此。后几经繁衍，另又衍生一支，世称六合杨氏。

杨蚋七世孙名杨政，生值元末乱世，遂亲率三子二侄勇举义师，随朱元璋攻取天下，曾被常遇春誉为杨氏“一杰五虎”，同为大明开基立下赫赫战功。明代杨家将即由此发端。

杨政父子于洪武元年（1368）随徐、常大军沿河北上攻取大都。闰七月二十五日攻至河西务，两军在瀛西城西的金沙滩展开决战。元军一路败北，明军连克通州，继取大都，元朝至此而亡。杨政以功封汉中百户，终老于汉中佛坪县。景泰间追赠柱国、昌平侯。

杨政胞弟杨和，随朱元璋起义。洪武初弃官出家，在少林寺当了寄名游僧。后游历至淞江府（今上海市），圆寂于华阳台，享寿八十一岁。三十年后传闻未死，开棺检验，果然容颜仍似活人。上闻于朝，乃复其职，并颁发度牒，赐法号福信，而后重又依制安葬于原地。

杨和娶妻宋氏，乃明初著名学士、太子太师宋濂之胞妹。成婚后一直有名无实，故终生无后。至杨和出家时，将宋氏托付与从侄杨璟，从此深居于瀛西杨府，终年九十九岁。景泰间赐匾旌表，敕书“节烈”。

杨和生前曾托妻弟宋濂为杨家撰修谱系，名曰《杨氏家传》，后被辑入《宋学士文集》。原稿中自称为“家姻眷，弟宋濂顿首拜撰”，并有杨和钤印一方，篆书“山人福信”。谱中所录杨氏列祖，与杨业曾孙杨充广创修的《杨氏祖谱 · 嫡长内谱》上下衔接，宗脉相符。

杨和去世至今已逾六百余年，其墓葬于2000年8月5日偶被发掘，但见其尸身不朽，关节能动，肌肤仍有弹性。出土的度牒为大明正统四年(1439)制发，注明持有者为杨福信，与谱记家传完全吻合。

杨政长子名璟，居“五虎”之首，明初以功封营阳侯。洪武元年随徐达、常遇春北上灭元。攻取大都后，又随徐达镇守北平，继被派驻河西务戍守十四仓及北运河，从此得名“守仓河将”，并在瀛西城内落户，寄居于岳父吴应登家。先后娶配吴氏、闫氏，连生数子。继娶施氏，又生下七子杨洪、八子杨清。后因人丁日盛，始于城南另建府邸，久而成村，名曰大龙庄。其后渐成名门望族，复又另成一支，世称瀛西杨氏。杨璟身为嫡生长子，因被尊为瀛西长门。

洪武中，太祖大杀功臣，杨璟亦被构入胡惟庸案，故密令就藩北平的燕王就近诛之，并灭三族。经燕王及徐达、姚广孝设谋，诈称杨璟暴死家中，暗以贴身护卫范冉服毒菇替主。其尸棺奉旨运至南京，骗过有司的检验，遂被依制葬于钟山北麓，并被追封芮国公、赠谥武信。因有这段活命全家的大恩，杨璟从而成了燕王的铁石心腹，从此改名孟春和杨景，先后潜伏至辽东或三淮，暗为燕王谋权夺位做准备。

至“靖难之役”中，杨璟为救护燕王而被南军腰斩于安徽灵璧。永乐初追封璟国公，复谥武信。并于瀛西为之立庙建塔，以示报答。因事涉隐私，不可泄露实情，只得明称杨景，而另在暗中为其恢复原名及旧谥。

杨璟一生先后娶欧氏、吴氏、闫氏、施氏四房妻室，共生达、通、遇、逖、途、避、洪、清八子，另收从子杨冲，义子杨浩，统称十子。

杨璟于洪武十五年（1382）八月暴亡，其子达、遇、逖、途、避等五人，趁乱逃往湖南永州，由欧家外公分遣各地隐藏，从此改姓欧阳、欧、阳、易、吴、汤等姓。此即瀛西杨氏第一次避难逃亡。

洪武二十三年（1390），已暴亡八年的杨璟复被追坐胡惟庸党，此前封赠尽被削夺。其次子杨通因袭父爵，亦被构罪论诛，欧氏夫人同被株连。杨氏一门共被屠戮279口，均被乱葬于南京城外的大坟包内。

杨璟胞弟杨换，居“五虎”之二。曾舍身挡箭，救徐达脱险，后回瀛西养伤。伤愈归队后，复随徐达征战，终致战死于陕西汉中，归葬于瀛西。永乐二年（1404）徐皇后亲临河西务杨府抚恤功臣，收其孤子杨冲为御儿干殿下。成祖复为其修坟立庙，追赠柱国，谥武襄。

永乐元年（1403），杨璟七子杨洪袭百户远戍开平卫，先以五百卒起家，直升至宣府总兵，官拜左都督，爵封昌平侯。其亲率自家兄弟子侄数十人久戍边陲，巅峰时曾一门同出三伯侯，四都督，十数名将军、指挥使，并有苍头得官者十六人。所称明代瀛西杨家将，实由其亲手缔造。

杨洪胞弟杨清，文武全才。前半生戍边，官至六千户。宣德间入朝，官翰林院侍讲，司礼监编修，代管批红。以文笔超群，享誉“朝中第一铁笔”。官至少保、武英殿侍郎。景泰初封世袭瀛西九千户，主修沽水，兼领通州、武清二卫，食双卫俸禄。

杨洪长子名俊，少年时曾登擂活劈武清侯石亨之子石麟，两家从此结下世仇。其向被其父倚为替代，久镇边界前沿，官拜右都督，爵至袭侯。因其性情刚烈，一生屡黜屡起。至英宗复辟，受石亨、张軏等人构陷，终被诛于市曹。成化朝始得昭雪，复侯爵，赠忠愍，并于武清杨村为之敕建“杨公祠”。

杨清次子名能，文武兼备，身具将帅之才，向被伯父杨洪倚为左膀，视作传人。累官至左都督，宣府总兵，爵封武强伯，功名声誉与伯父齐平。

杨冲之子名信，身兼文武，向被伯父倚为右臂。累官至都督同知，延绥、大同两镇总兵，爵封彰武伯。其父受封御儿干殿下，故历代儿孙均被皇家视为亲信，缘而久居要职，尤为显贵。

景泰元年（1450），英宗被瓦剌释放回朝。杨洪前曾闭关不纳，恐被其杀身灭族，因忧惧成疾，不久身亡。初被厚葬于北京西山之原。至景泰七年（1456），英宗复辟迹象已明，从侄杨信遵伯父遗嘱，提前将其尸棺秘迁至河北赤城，与施母归葬一处。此墓犹存，现为河北省重点文物保护单位。

景泰八年(1457)正月，英宗夺门复辟。为报复拥立景帝即位的前朝功臣，先斩于谦，后杀杨俊等人，并将杨洪旧墓砸毁夷平。为免遭灭门之祸，杨清一面让杨能、杨信支持英宗复位，一面紧急疏散家中人口。其中一支走陆路逃往河南武陟、沁阳，一支从水路逃往浙江仁和，大批的杨氏后人从此流落于这两省三县之地。后经孙太后极力保护，兼之英宗中途觉醒，杨氏家族才得免遭一劫。此即瀛西杨氏第二次避难逃亡。

杨俊被行刑之日，拒不下跪，引颈就诛。其外室高娃素服往哭，大呼冤枉。继而以口吮血，以丝缀头，待殓葬之后，乃自缢而亡。成化年间，武清曾有万民联名上表，跪请为杨俊平反，其声势一时轰动朝野。

自天顺以后，瀛西杨氏的后代儿孙，虽已势不如前，但仍袭爵挂印，将帅不绝，直至闯王入京，依旧在为大明王朝尽职尽忠。论阵容之强，功勋之著，官爵之高，传代之久，明代杨家将均比其宋代先祖只有过之，而无不及。

入清以后，瀛西杨氏一跌千丈，大都沦为平民。从此门支离散，人口漂流，固守原籍者主要为九千户杨清之后。顺治二年（1645），为使祖上封地免被圈占，遂挈地一半投旗，故被分为汉、满两族。满族一支受封甲喇额真，世袭内务府豆粮庄头。族中俊彦从此弃武修文，终又成为阀阅世家，因而将祖上遗留的许多传世珍藏保存下来。

纵观始末，杨家将实则分为宋、明两代。宋代杨家将以杨业、杨延昭父子为代表，明代杨家将则以杨璟、杨洪、杨俊、杨能、杨信祖孙三代为核心。而各种野史小说中所演义的杨家将故事，大多采用移花接木、指宋说明的手法，或孙冠祖戴，或虚构夸张。凡此种种，均属艺术加工而已，全不可信以为真。其真人实事到底如何，本书将以史实为据，分头予以诠释。

目　录

上编　汉传世家

中编　北宋忠良

下编　大明英烈

续编　后世沧桑

上编　汉传世家

溯及杨家将的历史由来，诚可谓源远流长。早在汉初，即有先祖杨喜以灭楚功封赤泉侯，其后世子孙由此发迹，渐成名门望族。两汉期间，杨氏家族人才辈出、官爵显要，累居四世三公（即司徒、司马、司空）。至东汉中期，喜公九世孙杨泽由仕北迁至渔阳泉州（今之武清），遂落籍于瀛西（河西务古称），其子杨球即生于此。球公官至尚书令，治乱除奸，匡扶汉室，因而名垂青史，并被《武清县志》崇为雍阳（武清雅称）第一人物。传至隋唐两代，球公之后将帅群出，一支镇守湖南城步，一支入主播州，镇蛮抚民，势若邦国，渐成将门世家。本编上溯汉初，下迄唐末五代，谨就杨氏先贤及族人典范中之可稽者，简录于端首，以明其木本水源之大概。

第一章　礫项羽杨喜封侯

据传，春秋时期的周宣王尝封曾孙于杨（今山西曲沃一带），后人因由姬姓改为杨姓。后其一支迁居陕西弘农，渐成郡望世家，世称弘农杨氏。传至秦末，弘农杨氏起义反秦，杨喜伐秦灭楚，成了兴汉功臣。至北宋真宗期间，杨业曾孙杨充广创修《杨氏祖谱》，谱序中上追杨喜为汉代始祖。按其所记，杨家将一族即杨喜的嫡传后裔。

杨喜字幼罗，号德嘉，出自弘农华阴县。其父杨硕，字太初，秦末率八子随沛公刘邦征战南北，因上知天文，官封太史公。杨喜初投项羽，西汉二年（前 205）归顺汉王刘邦，先后隶于韩信、灌英麾下，积功至郎中骑都尉，兼宫中更值宿卫。

公元前 206 年，秦朝灭亡，项羽自封西楚霸王，封刘邦为汉王。此后转入楚汉相争阶段。项羽节节失败，刘邦乘势称帝，由此开创了西汉王朝。至西汉五年（前 202），刘邦与韩信、彭越等数路诸侯一起发兵，将项羽及楚军围困于垓下（今安徽灵璧东南），双方在此展开最后决战。结果楚军残部尽被逼至九里山，又陷重围。汉军用张良计，以洞箫楚歌将江东八千子弟吹散十之八九。项羽见深陷绝地，连夜率八百残兵突围，行前爱妾虞姬自刎，途中又有周兰、桓楚二将死节。当其逃至淮河岸边时，所剩仅百十人。因被农夫诓入沼泽，霸王凭宝马逃脱。才出险境，即被汉将杨喜带兵截断去路。 杨喜曾为项羽旧部，与之交手只数合，便被霸王鞭打落马，幸被杨武、王翳所救。两军一番混战，项王身边仅剩二十八骑。至次日，杨喜带伤又来堵截，霸王瞋目大叱，杨喜人马俱惊，遂又不战而逃。这一日之间，霸王连经九战，在绝粮断草的情况下，犹斩敌将九员，杀汉兵一千余众。当其退至乌江北岸（今安徽和县以东），因自愧无颜再见江东父老，遂拒绝渡船过江，只将乌骓宝马托付与船公。此马不忍登船，突然呼啸而起，一跃跳入江心。霸王挥泪转身，再与汉军步战，又斩汉军数百人。终因寡不敌众，身上连中十数枪，故乃拔剑自刎于乌江岸边。时为高祖五年（前 202）十二月间，项王年值三十一岁。

参加追堵的汉军众将见霸王已死，便蜂拥而上，王翳先割其首，杨喜、吕马童（一称吕马通）、吕胜、杨武四将各磔得一肢。各部在拼抢当中相互蹂踏，滥杀者数十人。后五将会其尸首，请功于御前，高祖按战前许诺，分封五侯，赏邑七千户。其中吕马童封中水侯，王翳封杜衍侯，杨喜封赤泉侯，杨武封吴防侯，吕胜封涅阳侯。因杨喜所磔一肢为项羽仗槊执鞭的右臂，曾斩杀汉军将士无数，故将食邑增至一千九百户，名居五侯之首，较其他四侯愈加优厚。其封地位于河南南阳郡鲁阳一带，尝称赤泉侯国。据杨氏家传，杨喜早年归汉之初，曾于赤泉庄一战成名，故封侯时被冠以“赤泉”二字，以示对其立功发迹之地的纪念。至喜公殁，谥号严威。

杨喜娶配陈氏，生二子，长名敷，次名致。其后世子孙门支繁盛，难能尽数，仅将杨家将一支的嫡传先祖追续于后。

二世杨敷，字伯宗，喜公长子。承袭赤泉侯，卒谥忠定，后世又称定侯。配娶陈氏、蔡氏，生三子，长名哲。次名胤，三名衡。

三世杨胤，字嗣宗，号无害，敷公次子，承袭赤泉侯。武帝元光二年（前133），胤公因事削爵，赤泉侯共传三代而绝。其后人一部分回到弘农华阴，另一部分则北迁至渔阳泉州，即今之天津武清。胤公后又复起，卒谥忠贤。配娶李氏，生四子，长名敞，次名昌，三名伟，四名泰。

四世杨敞，字子明，号君平，胤公长子。昭帝元凤五年（前 76）官至丞相，爵封安平敬侯，居关西华阴，为弘农杨氏中的第一位宰相。食邑河南汝南，族号“汝南堂”，后被弘农杨氏奉为始祖。卒谥敬。娶配太史公司马迁之女。生二子，长名忠，次名恽。

五世杨恽，字子幼，号孟尽，敞公次子。深得外祖父司马迁厚爱，幼习太史公书，嗜好史学。宣帝时任左曹，主掌奏章事务。后因揭发霍氏谋废宣帝，以功封平通侯。其素好自夸己长，揭人私隐，故招致报复，几被处死，罢黜为民。闲居后，其又炫耀家产，口多怨言，终以大逆不道罪，被腰斩。生前曾为收藏及保护《史记》做出重大贡献。娶配蔺氏，生五子，名谭、论、讷、徽、奇。后四子中有数支迁往渔阳泉州避难。

六世杨谭，字献美。恽公长子，过继伯父杨忠为嗣。承袭安平侯，官至鸿胪卿。后受恽公株连，被夺爵为民。配娶石氏，生二子，长名宝，次名宰。

七世杨宝，字惟善，又字惟渊、稚渊，谭公长子。居弘农华阴县太平庄杜门。幼习《欧阳尚书》，隐居华山牛心峪教徒授业。屡次征召不至，隐遁不出。光武帝刘秀高其节，复公车往征，不至而卒，享寿七十九岁，赠谥靖节先生。宝公九岁时，见一黄雀被鸱枭啄伤，遂收养于家，喂以黄花，三月后乃伤愈飞去。当夜有一黄衣童子来拜，自称为西王母使者，为报拯救之恩，将以玉环四枚相谢，尔后子孙必登三公，洁白如环。后有“衔环相报”一典，即出于此。宝公娶配王氏，生二子，长名震，次名霆。

八世杨霆，又名衡，宝公次子。曾官四川万县，即今之重庆市万州区，故移家于任所。其长兄杨震一支，果然出了四世三公，因与杨家将一支另成一脉，故从略不述。

九世杨泽，霆公之子。原在四川万县，后迁至渔阳泉州为官，故被泉州同族推为长门。其家落籍于泉州瀛西，即今之武清河西务境内。至公殁，被葬于数里之遥的三百户村西，另立新茔。

十世杨球，字方正，泽公之子。因古代楊、陽、昜、湯等字互为通假，故在史志中亦被称为阳球。东汉末曾官至尚书令。其生于瀛西，葬于瀛西，实即河西务人。因后有专章，无须重复。

十一世杨境，球公之子。后被调往渔阳郡，即今之北京密云为官，故移家而去。《杨氏祖谱》记为：“境公传十数代至弘信公”，即乃杨业之父也。

第二章　四知堂同出一脉

杨喜八世孙杨震，字伯起。其所属一支世居弘农，曾祖孙四代位列三公，因为官清正，致有“畏四知”“远三惑”之佳话传扬于世，因而自名“四知堂”杨氏。其弟杨霆一支（即杨家将）素以长门为荣，因就追随长门，至今仍使用同一堂号。故特立一章，补述其事。

《后汉书 · 杨震列传》载，震公自幼好学，师授《欧阳尚书》（传为孔子亲自编删，又称《圣经》），以明经博览，而被儒学界誉为“关西夫子”。曾隐居于湖 中洲岛，数十年不与官府交往。后有冠雀口衔鳣鱼（读沾鱼，又称鳇鱼），飞集于堂前。都讲（授课主讲）执鱼相贺，称鳣鱼类似龙蛇，为卿大夫官服之图像也，预兆先生将要位居三公（太尉、司徒、司空），升腾有日矣。至其五十岁那年，果被官授州郡太守。赴任途中路经昌邑，邑令王密因杨震对其有举荐之恩，便于夜间怀金十斤前来拜谒。杨震见状便说：“故人知君，君不知故人，何也？”王密回道：“暮夜无知者。”震公对曰：“天知，神知，我知，子知，何谓无知？”王密遂羞愧而出。杨震为人清正廉洁，家境清贫，子孙们常蔬食步行，一些故旧长者曾都劝其为后代置办产业，震公从来不肯，说：“使后世称为清白吏子孙，以此遗之，不亦厚乎！”意思是说，能把清白传给后人，比留什么都强。

东汉延光二年（123），杨震官升太尉。安帝的舅舅耿宝向其推荐中常侍李闰的哥哥为官，震公不从。耿宝转以李闰的权势相威胁，杨震仍是不听。皇后的哥哥亦向其推荐亲故为官，又被拒绝。此事被司空刘授所闻，几天之内便将此二人提拔起来。这帮权贵相互勾结，均与杨震结下怨恨。安帝对杨震的劝谏不仅不听，反而下令为乳娘王圣大修府第。中常侍樊丰及侍中周广、谢恽等内臣乘机煽动，争相献媚，后来竟至假作诏书，强征钱谷，肆敛工科，纷纷起造私宅景苑，耗费多达巨亿。杨震忍无可忍，遂连上两疏，痛加指斥。安帝不纳忠言，以致这伙势臣宠宦愈发肆无忌惮，且对杨震更加恨之入骨。恰在此时，有一河间男子赵腾进京上书，指陈得失，安帝为之动怒，即将其关入诏狱（皇家所设监狱），定罪论斩。杨震赶忙上疏规谏，力图全其性命。安帝全然不理，直将赵腾斩首，并弃尸于市曹。

延光三年（124）春，安帝东巡泰山，樊丰等乘其离京在外，又大肆扩府修宅。杨震派人查得证据，并获其伪造的诏书，樊丰一伙无不惊恐，遂诬告杨震为赵腾鸣冤，对皇上深怀怨怼。安帝信以为真，急将其太尉印授收回，防其调兵作乱，君臣离心竟至如此。樊丰等唯恐杨震东山再起，复又指使大将军耿宝上书，称其心怀不满，抱怨皇上。安帝随即下诏，将杨震贬为庶民，遣归原籍。当其行至城西之夕阳亭时，见朝中故旧竟无一人敢来相送，景况十分凄凉，感慨之余，乃对诸子及门生们说道："为谏争而死，实乃常分。然官至三公之位，恨奸臣狡猾而不能诛之，恶嬖女乱政而不能禁之，实乃一生之耻辱，还有何面目活于世上。待我死后，当以杂木为棺，布单遮体足已，不必归葬祖墓，亦无须建祠祭祀。"言罢即服毒而卒，寿七十余岁。弘农太守移良因受樊丰等要挟，将杨震尸棺停于陕县途中，暴露于道侧。受其株连，诸子亦被充作递夫邮差，路人见了皆为之掩泣。

永建元年（126），顺帝即位，樊丰、周广等奸臣被诛，杨震门生虞放、陈翼等赴京为震公鸣冤，终得平反昭雪。顺帝下诏，封其二子为郎官，赐钱百万，复按三公礼制将杨震移葬于华阴潼亭。入葬前十余日，有大鸟高丈余，齐集于墓地，起伏悲鸣，终日不休，直到葬礼结束，方才飞去。郡守以为奇异，遂奏闻于朝。此时京城及各地连发天灾地震，顺帝以为皆由杨震被冤所致，故下诏自省，称"杨震居官清正，前所谏言皆为匡正朝纲，然被青蝇点素，以致含冤自尽。如今山崩栋折，天公示警，皆因朕之不德，未能及时纠正引起"。于是命当郡太守以中牢之礼，为其建祠致祭。所谓"中牢"，即享受祭祀的礼制级别，太牢祀帝王，用牛、羊、猪三牲。中牢祀宰辅，用羊、猪二牲。少牢则只用羊。杨震被平冤昭雪后，时人特在其墓地雕立石鸟，以示对神鸟鸣冤的纪念。那些被株连的官员、弟子，亦都得到重新起用。

杨震自出仕为官，便自书"清白传家"一匾，常悬挂堂壁门楣，以为座右铭。后又将先祖所立堂号"关西堂"改为"清白堂"，睹以自省，并诫谕后世子孙。杨氏的清白家风，实由震公首倡，并一生为之身体力行。

震公娶配王氏、郿氏，生五子，名牧、里、秉、让、奉。长子杨牧，字孟信，曾官荆州刺史，迁富波相，封土安徽阜阳县南。后受父株连，被削官夺职，贬为邮差小吏，顺帝时随父平反。传至十一世孙杨忠，仕于北周，被皇家赐姓普六茹，全名普六茹忠，其子即大隋开国皇帝杨坚是也，号称文帝。瀛西（即河西务）杨氏尝珍存绢质画谱一幅，上以西汉杨恽为始祖，下迄元末，入画者百余人，其中即涵括文帝、炀帝父子。文帝叔父杨士雄，隋封观王，子孙后代遂称“观王房杨氏”。入唐以后，观王房一门迭出三代李唐宰相，分别为其长子杨恭仁，七子杨师道，曾孙杨执柔。门第之显赫，可谓空前绝后。据闻隋帝一族的宗脉源流尚存质疑，故在此不敢妄加与否，仅以杨氏家传为据。

震公三子杨秉，字叔节。少从父业，隐居教授。四十多岁出仕为官，初拜侍御史，累官至豫、荆、徐、兖四州刺史。每任则“计日受俸，余禄不入私门”，即按工作天数领取俸银，多余者自觉归公。尝有旧属送钱百万，亦被其拒之门外，因以清白自律著称于朝。桓帝朝官拜太尉，其不顾个人得失，极力整顿吏治，一连奏罢五十余人，或杀或免，天下为之肃然。后又弹劾中常侍侯览、具瑗等人，俱被罢黜。每次上疏，必直言时弊，竭诚力谏，故多被采纳。秉公素不饮酒，且又早丧夫人，遂不复娶。尝坦然自许：“我有三不惑，酒、色、财也。”其为彰显乃父遗风，教谕子孙后代，亲将“清白堂”改为“四知堂”。延熹八年（165）卒，寿七十四岁，赐墓于帝陵。后其子杨赐、孙杨彪皆官至太尉，世称“四世三公”，果然应验了雀衔三鳣之兆。

杨震父子的清白官风，为历代官场树立了行为榜样，尤其是“畏四知”“去三惑”等自律名言，向被从仕者奉为官箴，即使今日仍极具借鉴意义。受这份精神遗产的熏染，杨氏后人中曾涌现出众多名垂青史的忠臣良将济世为民的清官能吏，宋、明两代杨家将便是其一祖同宗的杰出代表。

“四知堂”作为弘农杨氏的家族徽号，世袭代传，绵延不断。其间因枝蔓繁衍，渐又分出若干分支堂号，如宋代杨延昭始立的“修德堂”，明代杨璟后人分立的“怀德堂”“继德堂”等等，虽则名称各异，但溯及根源，则都自称为“四知堂”的同脉子孙。明代杨洪被封昌平侯后，在其府邸头排的门楣之上，即高悬“四知堂”门匾，唯在表明本门一支乃系汉传一脉，同属清白吏子孙。近些年间，瀛西杨氏复又挑起“四知堂”徽号，仅只数年便引来数十门支前来寻根祭祖，通过联宗会谱，终于将杨家将的历史真相一一理清，充分显示出了“四知堂”的深远影响和强大的号召力。

纵观古今，“四知堂”一脉相传了一千八百余年，外为世人景仰，内为族人所宗，究其根本，唯因那“清白”二字。

第三章 扶汉室杨球舍命

东汉太尉杨震的胞弟名杨霆，又名杨衡，曾出仕四川万县（今重庆市万州区），故移家于此。后其子杨泽奉调至渔阳泉州（武清古称）为官，复又迁徙北上，并落籍于瀛西（河西务古称，现为武清辖镇）。杨泽的曾祖父杨谭本是杨恽长子，过继给伯父杨忠为嗣，由此承继陕西弘农一支。当杨恽获罪被斩后，杨谭以下的四个弟弟（论、讷、徽、奇），均被随母发配到了甘肃酒泉。其中几人后又辗转至渔阳泉州，凭着杨氏家族的名望声威，很快便成了称冠一方的世家大姓。因杨泽出自嫡传长门，故其到任之后，便成了泉州杨氏的掌门族长。

自汉顺帝永建至阳嘉年间，杨泽在瀛西生下一子，取名杨球。由于在古汉语中，楊、陽、易、湯等字可以互为通假，故范晔在《后汉书》中为其立传，称之为“阳球”。至大清乾隆七年（1742），《武清县志》中则将其名更正为“杨球”。而1991年的新版《武清县志》因不明就里，复又改回“阳球”。然通读国史县志中的这三篇传文，虽篇幅有长有短，但其内容并无半点差异，足见传主实即杨球一人。新版县志中的记载，明显是照范晔的《后汉书·阳球列传》缩简而成，故只要是略通文史之人，一读便知，根本毋庸置疑。

第一节 治乱世平叛除奸

以赤泉侯杨喜为一世祖，至杨球一代共传十世。二世杨敷，三世杨胤，四世杨敞，五世杨恽，六世杨谭，七世杨宝，八世杨霆，九世杨泽，十世杨球。球公被杀时约五十岁左右，故应生于顺帝永建年间（126—131）或阳嘉初期。

据传文记载，杨球字方正，渔阳泉州人也，家世大姓冠盖。球能击剑，习弓马，性严厉，好申不害、韩非子所创立的法治学说。当其少年时，有郡吏污辱其母，他便邀集数十少年，杀死郡吏，并灭其全家。这桩杀人灭户之举，可能是为民除害，深得人心，他不但没有获罪，反而缘此成名，竟被举为孝廉。汉代未兴科举，这孝廉便是跻仕为官的阶梯。杨球很快补为尚书侍郎，由此成了“奏章处议常被台阁所崇信”的朝臣新贵。不久又任高唐县令，因治吏太过严酷，被其上司郡守举劾，遂被收监入狱，幸遇大赦放出。时任司徒的刘宠很赏识他的才干，随即将其招入府中，从此便步入了最高权力机构，并得以接近那些最高层的掌权人。时隔不久，九江发生动乱，朝廷连月征剿仍未能平息。三府（即三公）皆称杨球有理奸之才，故一齐保奏其为九江太守。杨球到任后略施方略，便一举平定祸乱，并趁势将那些引发祸端的贪官污吏一律诛杀。因这段不凡的功绩，其官职跃升为平原相。就任之初，他首先发布教令，称自己在任高唐县令时，即立志铲除奸邪鄙秽，因此才被郡守妄加弹劾。“遥想当年，齐桓公不记管仲箭射之仇，汉高祖宽恕季布潜逃之罪，我虽不德，但岂敢忘却这些圣贤之举。况且我如今做了此地的长官，已无须再计较这些过去的事情，故此前犯下的过错均可一概不究，只看尔等的今后表现，谁若奸状不改，我将决不宽容。”教令既出，有些官员仍恶习不改，或阳奉阴违，因此全都遭到了杨球的严厉制裁。结果又受人弹劾，并再次入狱受审，以治吏严苛，论罪当免。灵帝得知后，念其九江有功，因将其调入朝中，委以议郎之职。熹平年间（172—178），迁将作大匠，主掌宫室、宗庙、陵寝及其他建设工程。然仅只数年，又因事被人弹劾，以致再次丢官罢职。所幸有灵帝袒护，不久反被擢为尚书令，转而总揽朝中的文牍奏章等项政务。他入朝后做的头件大事，便是奏罢鸿都文学。其在奏章中历数乐松、江览等人依凭世戚，附托权豪，以及欺诳伪诈等诸多不端行为，力谏皇上终止对鸿都文学的选拔、设置，以清除由此招来的种种谤议。“鸿都”本为皇家的藏书场所，“文学”乃是东汉晚期所设的官职，而所谓的“鸿都文学”，实则是一种由帮闲文人组成的临时机构。其入选者常弄虚作假，鱼目混珠，有些酸假文人仅凭一两篇歌功颂德的诗文歌赋，便就获得了皇上的宠信，并窃取了功名，故广被朝野所讥讽。杨球亦将此举视为悖谬异端，因而力主将其彻底取缔。怎奈灵帝即是此事的倡行者，自然不会予以支持，故只落个“书奏不省”（即搁置不问）的结果。

杨球入值朝堂后所做的另一件大事，就是严惩弄权乱政的宦官集团。他对这帮宦党奸阉早已深恶痛绝，曾手拍胯骨愤愤而言：“我若当了司隶校尉，焉能容下这群小人？”岂料光和二年（179），这司隶校尉一职还真就落在了杨球身上，于是他趁入宫谢恩之机，当面奏请灵帝立即拘捕王甫、曹节等宦官头目。其见皇上未加反对，便以迅雷不及掩耳之势，一举将王甫、淳于登、袁赦、封习、刘毅、庞训、朱禹、齐盛等奸阉宦党，以及他们那些任郡守、县令的子弟和奸猾纵恣的心腹同党们一一抓获。时任太尉的段熲，因由托附佞幸起家，也一并被拘押。王甫的儿子，时任永乐少府的王萌，任沛相的王吉，亦同时落网。这伙奸党全被关入洛阳监狱，杨球亲自主审，对王甫父子用尽了酷刑，史称“五毒备极”。王萌指责杨球：“吾父子既当伏诛，少以楚毒假借老父”，提出不要对王甫进行严刑拷打。杨球怒斥道：“尔等死有余辜，还妄想得到宽容吗？”王萌随即破口大骂：“尔前奉事吾父子如奴，奴敢反汝主乎！今日困吾，行自及也！”语中威吓杨球，你今天如此对待我们，可你也离这一步不远啦！杨球闻之益怒，令人用泥土将王萌的嘴堵住，而后又“棰朴交至”，王氏父子悉死杖下。太尉段熲自知难活，亦自杀而亡。杨球气犹未消，又将王甫尸首僵磔（即车裂分尸），弃于夏城门外，且大书榜文，曰“贼臣王甫”。并抄没其全部财产，复将其妻儿老小流放至比景。

除掉王甫以后，杨球又命令手下不可罢手，必须将所有的权奸豪贵逐个铲除。心虚的豪门权贵无不震恐，个个吓得屏气吞声，都忙着将家中的奢华之物尽行收藏，时刻准备大祸临头。恰在此时，顺帝的虞贵人死去，在送葬回来的路上，曹节看到了王甫的裂尸被野狗舐食，他不禁慨然泪下，因对同伙们言道：“我曹自可相食，何宜使犬舐其汁乎！”于是众人结伙入朝，一起哭诉于帝前，指控杨球逞心肆虐、严刑酷法的种种罪端，奏请皇上罢免他的司隶之职，并将其收监查办。灵帝还得依赖这帮宦官，遂将杨球降为卫尉（职掌宫廷禁卫的长官）。曹节见势，当即让尚书省下旨，命杨球即刻离职交权，“不得稽留尺一”。此时的杨球还滞留在陵地，他急忙回宫见驾，恳求再给他一个月的任期，并发誓说：“必令豺狼鸱枭各服其辜。”众常侍齐声喝道：“你还想抗旨不遵吗？”杨球叩头出血，仍不见准，乃就新职。时为光和二年（179）事也。这年冬天，司徒刘郃与杨球密谋抓捕权宦总头目张让、曹节，二人闻讯后，一起诬奏刘郃与杨球图谋不轨，杨球再被收入洛阳监狱，不久即被诛杀，妻儿等尽被发配徙边。

《后汉书·阳球传》所记大略如此。至大清乾隆七年(1742)所修的《武清县志》中，则直呼为“杨球”，并将其列为第一人物。该志记载的杨球事迹，明显是由后汉书精减而成，所剩文字仅占原传的五分之一。为证实两者同属一人，特将县志所云附之于后：

“杨球字方正，泉州人，家世大姓。能击剑，习弓马，性严厉，好申韩之学。郡吏有辱其母者，球结少年数十人杀吏，灭其家。由是得名，举孝廉，补尚书侍郎，出为高唐令，辟司徒府举高第。拜九江太守，设方略殄灭山贼，收奸吏尽杀之。迁平原相，郡中咸畏服。坐严酷免。以九江功拜议郎，迁将作大匠，拜尚书令，奏罢鸿都文学。中常侍王甫、曹节等奸虐弄权，球迁司隶校尉，遂奏收甫及太尉段熲、中常侍淳于登等数十人，乃僵磔甫尸于夏城门，大署榜曰：贼臣王甫。一时凛其风节，然不入《党锢传》，其强直可想见也。”

纵观杨球一生，向以治乱除奸为己任，虽手段过于严酷，但亦属乱世用典，矫枉之需。他义无反顾，敢作敢当，全将个人荣辱乃至生死置于度外，诚可谓乱世之忠良，杨门之荣耀。

第二节　护泉州修堤筑城

泉州建置早于秦汉，相当于时下的地区一级。按现时区划，其疆域大致北起河北三河市，西至廊坊安次区，南抵天津市区，东南部直达渤海之滨。因近临海岸，故从远古时期即有海边泉州或赤潮泉州之称。据杨氏家传，西汉初高祖统兵伐燕，杨喜随军征战至此，并在境内的赤泉庄一战成名，因受封郎中骑都尉。此役之后，又随汉军灭楚，以斩磔项羽功，再进赤泉侯。其封地于河南鲁阳县一带，然封号却被冠以“赤泉”二字，实为纪念其立功成名之地而已。此说虽无籍可查，但自杨恽被杀之后，其子孙后代纷纷迁往渔阳泉州，并与之结下不解之缘。凭此而论，杨氏所传倒也合乎情理。

汉武帝元封五年（前106），泉州被分为泉州、雍奴二县。至北魏太平真君七年（446），又将二县合一，统称雍奴县。大唐天宝元年（742），始将雍奴县更名为武清县，并直传至今。

单说这两汉期间的泉州县，其位于古泉州的西北部（雍奴县位于东南），县域范围大致包括现在的通州南部、安次东部、香河、武清全境，及天津市区北部。所辖地域已不足古泉州的一半。

西汉初元二年（前47），渤海水大溢，东南出，浸数百里，九河之地以为海所渐焉。东汉永康元年（167），渤海再次大溢。海溢之后，泉州县东南部海拔四米以下地区尽被海水淹没，而其西北一带海拔七米以上，因地势较高，故未被海浸。据瀛西杨氏世代相传，海浸后的泉州县境内，自北向南渐至形成了泉北、瀛西、瀛溢、泉南四大人口聚集区。如按现行区划，泉北地区以通州以南的漷县、张家湾一带为中心。瀛西地区以高村、河西务为中心，因位居海水西岸，登高即可望海，以故得名。瀛溢地区以黄庄、杨村为中心，当时的泉州县城即在黄庄界内，如今的城上村即其遗址。称谓证明，此地已被海水所淹。泉南地区以青光、王庆坨一带为中心，南与大城县接壤。

就在渤海再次大溢后不久的东汉嘉平年间（172—178），从瀛西走出的杨球被朝廷授以将作大匠之职，主掌宫室、宗庙、陵寝以及其他土木工程。在职期间，其为防止海水继续向西漫溢，故亲自主持在家乡泉州（今城上村）至瀛西（今高村界内）之间筑起防海堤一道，长约六十里。之后，又于古凤河畔修筑城池一座，称瀛西城。先祖创立的这两宗功绩，一直在杨球后裔，即后来的瀛西杨氏家族中世代相传。明嘉靖八年（1529），时袭瀛西九千户的杨相写下札记一篇，内称："顺沽水（即北运河）直下瀛西城，城墙为土，城楼、河道税关楼为砖石建。南北一里许，东西二里，城楼上书：瀛西古城。北门有碑一块，上书：此城是汉杨球所建，我大明重建。"可见明代的瀛西城是由汉代古城演变而来的。

入清以后，瀛西高僧明馥和尚曾著有《瀛西麓芝禅师语录》一书，内中对瀛西的历史由来及杨球筑堤修城等前朝掌故均有记述。因其涉及杨氏先祖，故一直被收藏于侯爵杨府的藏书阁内，长达数百余年。据负责保管并亲读过此书的杨氏后人称，每值清明等祭祀之期，必由主祭的长门长子照本宣讲一番，故而使其人其事直传至今。此书于“文革”中被焚毁，族中的最后一位主祭人曾为之痛哭一夜。查乾隆七年（1742）版《武清县志》，其在《仙释》一章中不仅对该书的书名及作者均有明文记载，且提到这位明馥禅师曾于县治（今武清城关）正北三十里处兴建寺庙一座，名曰“瀛西园”。若按志文所指，其具体位置恰在两股凤河（含凤河西支）之间的兰城村附近。而据杨氏家传，其先祖杨球所修的瀛西城，就在古凤河畔（现属高村镇地界），原由灰土夯成，因不甚高，复于城上遍置栅栏，故俗称为“栏城”。此城约于大唐中后期被洪水所圮，遂又东迁至沽水（即北运河）西岸重建。从此以后，新城渐由“瀛西”改为“河西”，其所含之义，亦由原来的地域称谓变成了专属地名。至蒙元初期，始于河西设关收税，而稽税之所，通称务关，故以地得名“河西务”。至迁城八百余年后，身为著名高僧的明馥和尚，却不惜舍近求远，竟特意选在数十里外的兰城村附近兴禅立庙，并取名“瀛西园”，其用心显然是为了昭示后人，这里便是瀛西古城的遗址所在，并想通过建庙留名的方式，将瀛西的悠久历史及杨球的千秋功业永远流传于后世。

第三节　葬沽水魂归故里

沽水又名白河，源出塞外，至北京通州与潞河（北运河段）相接，上下两段仍统称沽水，其自古以来就是流经泉州（即武清）南北的主干河道。

东汉光和二年（179）冬，由司隶校尉贬为卫尉的杨球，又因奸宦头目张让、曹节等诬陷构罪，再次被收入洛阳监狱，不久即惨遭诛杀，妻儿亦被流放充边。其尸棺后被族人、故旧运回瀛西老家，被安葬在了其父杨泽的墓旁。这处墓地位于沽水东岸，距如今的下伍旗镇三百户村以西一里许，占地约计十亩，封土堆成的双冢，高大如丘，东西排列，间隔三丈有余。

大明嘉靖八年（1529），时袭瀛西九千户的杨相曾于札记中记称：“城东南八九里，有汉墓约八亩，为冢，立汉碑，书：杨球墓。为我杨家土（即封地），家护。”文中明确指出，此冢就是杨球旧墓，当时尚立有原始汉碑。这位九千户杨相，乃系杨球苗裔，宋赠太师杨业的二十一代嫡孙。其祖父杨清于景泰初以功封世袭瀛西九千户，封土三河、白潞河（即北运河）

至杨柳青。当时的北运河两岸均为杨家封地，其汉代先祖杨泽、杨球的坟墓就坐落其间，故一直由杨氏家族进行管护。

明清两代，瀛西杨氏家族正值兴旺时期，在这数百年间，从未间断过对这两座祖墓的添新祭扫，以致坟冢不断增高扩大，变得就像两座小山一般。封堆呈椭圆形，顶部隆起，极像两只巨龟匍匐于沽水河畔。

进入民国以后，杨家的祖上封地尽被没收充公，家境开始急剧衰落，其后人再也无力对这两座祖墓施加管理，因而渐渐变为无主的荒坟。由于知其底细的人甚为稀少，日后便以讹传讹，生出了许多传说。有的称之为徐良墓，也有的将其说成是潘仁美的疑冢，还有人把它传为杨六郎所修的藏兵洞等等。延至日伪统治时期，当地土匪柳世平（人称柳小五儿，下伍旗村人）开始发迹，其派手下干将张荣久带人对杨球墓进行公开盗掘，墓中的随葬品被洗掠一空，后经变卖，大都换成了枪支弹药，“柳队儿”从此势力大增，终至成了恶贯满盈的汉奸。此次盗掘之后，墓顶上便一直留下几个大坑，墓道券门亦被全部打开。附近的村民常有人入墓探宝，据称墓道幽深曲折，恍如迷宫一般。主墓室中的棺椁早已朽烂，唯有两具尸骨散落其间。侧室里混杂着陪葬者及马匹、车辆、石槽、拴马桩等残骸遗物。这些探墓者至今犹有人在，他们对当年的墓中情景仍能口述其详。

至新中国成立初期，周边村民开始在杨球墓扒砖取土，地上部分渐被夷平。1957年开挖黄沙河，河道从墓北拐弯向南，紧贴着墓地而过。后因平整土地，始将墓砖彻底清出，全被三百户村修建校舍、民居所用。在这次清挖过程中，人们才看清墓中共分为前、中、后三层墓室，主室两旁还配有侧室，全部为绳纹砖和灰浆砌成。整体呈南北向，长约三十米，宽约二十米。当时清出的墓中遗物有陶罐、陶杯、陶仓、陶灶，以及鸡、鸭、猪等陶器陶俑。这些文物全被人们当场拍碎或随意拿走。至二十世纪八十年代进行全国第二次文物普查时，杨球墓早已灭迹多年，因不知墓主为谁，只得走访周边群众，并通过对墓室形制、规模及现场遗留的墓砖进行辨析考证，最终认定为汉代古墓，且墓主人的身份十分显赫。后被《武清文物图集》载录其中。

时至今日，杨球墓遗址尽已成为良田沃土，除偶尔见到一些残缺的墓砖外，只剩下往日的地名还留在人们的记忆当中，不论问谁，仍都管此地称作“冢圪垯”或“冢儿上”，唯有杨氏后人才刻骨铭心地记得，这里曾是其先祖长眠了一千八百余年的地方。

杨球生自泉州，葬于沽水，故其后人均将这方水土视为祖脉根基。自隋唐起始，球公之后多崇尚武功济世，门风为之大变，因于数百年间出了许多叱咤风云、享誉千秋的功臣良将。如镇守湖南城步的杨门将士，入主黔北播州的世袭土司，乃至宋、明两代的杨家将等等，俱出自杨球一门。后几经辗转，几度离合，渐又分为若干门支。至元末明初，杨业十八世孙杨璟一族终又落叶归根，重新回到武清瀛西落户。其子杨洪、杨清复于祖籍崛起，瀛西杨氏又成了将帅世家、伯侯之门。千百年间，球公后人出于念祖情怀，殒亡后多归葬于沽水河畔，由此形成的墓地冢群竟多达数十处，谱牒注明的有香河城南的杨业墓、河北赤城的杨洪墓、瀛西故里的杨璟衣冠冢（即六合塔），以及杨换、杨俊、杨能的墓葬等等。视其选址，均在沿河两岸，全由一水相连。想这滔滔沽水，蜿蜒千里，直泻古今，然除了农桑漕运之利，又曾有几人记得那些长眠于此的爱国英雄。若非杨氏谱记家传，这般前朝掌故、史外人文，岂不逝若浮云流水，早已是永成绝闻，再传无矣。

第四章　杨家将源出城步

杨球之子杨境，因为父所累，曾被流放多年。其约于献帝时遇赦召回，并被派往渔阳（今北京密云）为官，全家遂由泉州瀛西迁至渔阳郡治落户。后几经繁衍，这支杨氏复又族大支繁，渐至成了称冠一方的豪门大姓。在此期间，因朝廷更替，战事连年，故其后代儿孙大都投笔从戎，因此涌现出了许多统兵将领。这些杨门将士人人都以能征善战著称于世，成了赫赫有名的将门世家。

至隋文帝杨坚称帝，普天之下尽归杨氏。这杨坚本是东汉太尉杨震的十三世嫡孙，而杨境一支乃系杨震胞弟杨霆的嫡传后代。凭此而论，这两支杨氏原属同祖同宗。在这种背景之下，杨境的后人自然兵权日重，遂被派往湖南镇守一方，其驻地即如今的城步苗族自治县一带。当时的城步地区，尚属羁縻之地，即由本地的归附者自行统治的少数民族区域，境内分布着五峒四十八寨，聚集着大小不一的各种苗人部落。这些原始族群各自占山据寨，附叛无常，时生祸乱，向被历代朝廷视为国患。杨门将士统兵至此，便各率所部分驻于几个重要据点，与之俱来的族人家眷则散居于不同的村寨，如茅坪镇的杉坊村、金塔村，西岩镇的水东村，儒林镇的大竹坪等处。杨氏家族接管城步之后，上马管军，下马管民，可谓权似诸侯。历隋唐至五代，前后沿袭数百余年，随着门支繁衍，丁口递增，终至成了维安一方的军政豪门。时有“城步地，杨半边”之称，是说其族群分布之广，权势之重。后许多带杨字的地方，如杨家山、杨家团、杨家湾之类，便都是由杨氏家族的居址或驻地而得名。特别是儒林镇的大竹坪，一直被立为杨氏家族的总根据地，历代的族长、统帅均坐镇于此。境内设有“杨氏官厅”，专门作为家族议事的场所和军事指挥的核心。杨氏祠堂亦设于此，历代的祖像、祖匣、祖谱等均供奉于祠堂之内，每年的春节、清明都要举行盛大的宗族祭祀活动。

延至盛唐后期，城步地区经长期治理，不断教化，终至蛮獠慑服，局势转安。在这种情况下，杨门将士逐渐失去了昔日的用武之地，故常被抽调出征，或移驻外地。其间亦多有改业易职、另谋新就者。如被《杨氏祖谱》奉为一世始祖的杨端，即是从城步迁出的杨门之后。其祖辈从城步奉调山西太原，至唐末已传数代，故史称为“唐朝太原人”。这部原始谱牒，系由杨业曾孙杨充广首创，约成就于北宋真宗年间。当时因旧谱远在湖南城步，无从接续，故才另立新谱，单起一支。谱成之日，被刻于茵陈木简之上，以皮条为编。后因太原杨氏久居将帅，唯恐招致不测，祸及同族，遂将该谱送至祖籍城步，隐藏于大竹坪的宗祠之中，直到大明永乐二十二年(1424)，才由其嫡传后裔杨能等迎回武清瀛西。

据杨氏家传，此次运回的祖像、祖匣、祖谱及习武制石（古代习武用的标准方石）等，一共装了十几马车，沿途整整走了数月之久。这部木简原谱又被瀛西杨氏收藏了五百余年，直至“文革”中才被彻底焚毁，所幸尚有后世的纸抄本流传至今。

查这部《杨氏祖谱》，注明为“嫡长内谱”，其在谱序中称：“吾祖自充广公立祖谱，茵陈木质。谱上追至周宣王曾孙封于杨，自此后之孙以杨为姓。传至西汉喜公，弘农人，汉高祖封赤泉侯。喜公生敞公，生宝公，生震公，生秉公，生赐公，生彪公，生修公。宝公次子霆公，生子泽公，生球公于泉州。球公子境公传十数代至弘信公，曾为麟州刺史。公自称衮，因国无主，自竿而起，建杨家城，自封霍山王。”这位弘信公，即乃五代（即后梁、后唐、后晋、后汉、后周）时期雄踞麟州的霍山王杨衮，亦即宋赠太师杨业的生父。这段记述，对杨喜、杨敞、杨宝、杨霆、杨泽、杨球、杨境这七代祖孙之间的嫡传关系可谓言之确凿，而从境公以下，则一步跨到了杨弘信一代。这其间大约隔断七百余年，可见这“十数代”之说，仅是个概数而已。而这段间隔恰就是杨氏家族镇守湖南期间，盖因旧谱藏于城步，另立新谱时无从考据，故才省略其详。此谱虽有断代之憾，但毕竟将两汉先祖(即杨喜、杨球)与北宋杨家将之间的宗脉关系阐释得一清二楚。另从该谱先藏于城步，后又迎至瀛西的经历中，亦足以看出宋、明两代杨家将的祖源出自湖南城步，当是确而无疑的。

另据《邵阳晚报》披露，2004 年 9 月间，湖南省民间文艺家协会曾组织有关专家，对城步杨家将的历史文化展开全面考察。他们从当地史志和民间谱牒中，一共统计出由唐至明的城步籍杨家将领多达四十余名。其中就包括北宋抗辽名将杨业、南宋抗金名将杨再兴、元代苗军统帅杨贯通（元顺帝赐名杨完者）、明代戍边大将杨洪父子等等。这些中国历史上著名的爱国将领，或直接出自城步，或为随祖外迁的后世子孙。2008 年 11 月，该协会的考察成果经专家组评审，同意命名城步苗族自治县为“杨家将文化艺术之乡”，并将其作为非物质文化遗产项目，向上提出申报。在这次考察中，还曾于道县发现一部《杨氏族谱》，据其记载，城步杨氏因崇尚武功、能征善战者众多，故常奉调出征或移镇他处，杨业一支的先祖便是唐代从湖南迁至山西太原的。其父杨麟（宋史称为杨信），实即弘信公杨衮，因官至麟州刺史，故才由太原转移至陕北神木县定居的。通过来自湖南城步的这些现实报道，愈加证实了城步杨氏与后来的杨家将之间的木本水源关系。

第五章　“播州杨”势同邦国

宋赠太师杨业曾孙杨充广所修《杨氏祖谱》，立唐末杨端为一世始祖。入谱者主要为嫡传长门一支，故又称“嫡长内谱”。后经屡代续接，直延至明末，共录二十九代。然其对端公以上的嫡传先祖，则一概未提。

据2016年由杨端三十七世孙杨廷玺新修的《杨端嫡传族谱》考证，已将端公嫡传先祖上追至北魏时期的杨继。其世系为：前十五世为杨继，十四世为杨晖，十三世为杨思，十二世为杨钧，十一世为杨暄，十世为杨敷，九世为杨岳，八世为杨弘礼，七世为杨春高，六世为杨烈端，五世为杨飙，四世为杨春，三世为杨稷，二世为杨狊，即端公之生父也。该谱记称，杨端曾祖父杨春，字帐诚，官至兵部侍郎。唐宪宗元和三年（808），西突厥的沙陀部被吐蕃部所迫，辗转东迁至山西太原阳曲。次年，朝廷于该地肇建十府，专以安置沙陀移民，并命杨春总理十府事务，故由陕西扶风迁居太原，自此以后，世称太原杨氏。杨端祖父名稷，字临牒，号起源，又号景山。唐宪宗元和二年（807）进士，初任国子监司，后迁升浙江会稽（即绍兴）太守。一日与会稽刺史谢显泛游鉴湖，因恋其山水秀丽，乃于稷山西麓之原建宅定居，并与谢显结为儿女亲家。稷公之子名狊（读迥），字钟秀，号表滋，曾官至户部尚书。娶谢显之女为妻，所生二子，长名端，次名瑞。杨狊后任太原太守，返回山西太原。唐文宗太和七年（833）三月初七日，杨端生于太原城杨柳十字街。端公幼习弓马，文武全才。至父殁，袭职太原太守，后迁京师九门提督，遂寓居京兆长安。四十三岁时应征入播州平叛，以功封播州刺史。从此子孙世袭，渐又衍成一支，世称播州杨氏。后梁开平元年（907），太祖朱温灭唐称帝，至乾化元年（911）九月初九日，杨端郁愤而亡，享年七十九岁。

至明初，时称天下第一文臣的宋濂，乃杨业十七世孙杨和的妻弟。其受姐丈之托，曾为杨家撰就《杨氏家传》谱稿一卷（见《宋学士文集》）。启首则称：“受仁君公之托，通览杨氏祖谱、杨氏家传、嫡长内谱。弟拙笨，续其家传。”所称仁君公，即其姐丈杨和的表字。所读祖谱，即杨充广始修的《杨氏祖谱》。稿中对始祖杨端入主播州的起因发展、世袭关系，乃至历代的功名政绩等均有明确记述。若以这一谱一稿互为参佐，兼采其他史记家传，播州杨氏的历史大致可分为三个阶段。

第一节　杨端平叛开基业

早在秦汉之季，我国西南部曾设一小国，名曰夜郎，居国者不识其小，致有“夜郎自大”一典。境内西南隅古称且（读居）兰，即唐宋时的播州，今之遵义。此地夷蛮丛聚，附叛无常，时生祸乱，故长期由归附的当地统治者世袭官职，实行自治。其地统称羁縻散州，其官通称土官或土司。杨氏家族统治下的播州，实为其中最典型的一处。

始祖杨端，其先太原人，由仕（即为官）迁居会稽，遂成郡中望族，后寓居于京兆长安。唐朝末期，云南境内的称王部落南诏反叛，一度攻陷播州，唐军久攻不能收复。僖宗乾符三年（876），下诏征募勇士，以图再伐。杨端梦有神人相告：“尔亟往，此功名机也。”于是便和舅氏谢将军一起入朝请缨。僖宗抚慰一番，即命其为将前去征剿。叛军闻讯，急将一半军队撤回老巢。杨端先入泸州城接过兵权，而后选在高遥山据险立寨，做出打持久战的态势。叛军多次来攻，均被杨端以奇兵败之，最后只得纳款结盟而退。杨端初战告捷，以功封播州刺史，从此执掌这里的一切军政大权。至唐朝被梁所灭，端公积愤成疾，以致卒于任上。后被北宋追赠为太师、播州侯。

端公所生二子，长名杨旐，又名守节，字师立。初为郑州观察使，父殁后兼任播州刺史，袭为二世。至三世杨牧南嗣职，常为九溪十洞的蛮夷难以制服而日夜忧愤，遂将其职交与长子杨部射，是为四世。部射公精选将卒，先伐罗闽，反被闽蛮切断退路，故力战而亡。其子杨三公抱父尸不去，被闽军所擒，后经阿求蛮首领黑长所救，乃照袭播州刺史，继为五世。三公复与舅氏谢巡检合兵再伐，终将夷獠降伏，迫其誓输赋役，再不敢反。三公生有二子，长名杨宝，次名杨实。父殁后，杨宝以才能不及二弟，遂让位于杨实，排序六世。杨实字真卿，才袭职即有两处蛮夷反叛作乱。时值北宋称国，太祖初立，遂不及遣使入贡，便与舅氏发兵进讨，夜踏敌营，尽歼其众。杨实因身中流矢，转疾而亡。实公之子杨昭，字子明，复袭播州祖职，继为七世。其弟杨先、杨蚁各据地盘，勾结闽蛮，互相攻击，全然不听杨昭节制。昭公联合舅氏一起发兵，将其逐一扫灭。以上七代，均出自杨端长门之后，历晚唐五代，直至北宋真宗当朝，累袭播州刺史，其族因被称作"播州杨氏"。

再说端公次子杨会，字师厚，乃系二世次门。唐末官拜征西大将军，因屡胜胡人，号封金刀王。三世杨弘信，字君爱，宋史称为杨信，自名杨衮。唐末官至麟州刺史，后仕后汉为政事令。时逢乱世，国乱无主，乃自竿而起，称霍山郡王。四世杨重贵，字绍祖。先事北汉主刘崇，赐名刘继业，归宋后止名杨业。抗辽名将，宋赠太师。五世杨延郎，号称白玉虎，为避帝讳改名延昭，抗辽名将，宋赠太师。六世杨宗，字乐政，征辽上将军，武略大夫，卒赠河朔虞候。七世杨充广，字中容，广州刺史，武功大夫。上述七代，占籍太原，世称"太原杨氏"。充广公尝奉旨巡察广西，路经播州时见族兄杨昭无子，甚为怜悯，遂以已子杨贵迁过继昭公为后。自其以后，袭播州者实为太原次门一支，亦即杨业的嫡传后裔。由于年湮日久，这段家族秘史早已无人知晓。播州杨氏的万千后代，直到2012年以后，才从《杨氏祖谱》和《杨氏家传》中找到嫡脉祖源，终于得以和杨家将（即太原杨氏）一支联宗会谱，并正式承认是老令公杨业的嫡传子孙。

第二节　杨贵迁承嗣长门

杨贵迁字升叔，充广公之子，业公玄孙。初为德州刺史，过继播州刺史杨昭为嗣，以故袭播州刺史，轮为八世。北宋庆历至皇祐年间（1041—1049），侬智部反叛乱邑，贵迁出奇兵灭之，得暴疾而还，官至武功大夫。九世杨光霞，又名光震，字长卿，贵迁公长子。父殁袭职，由其改称播州按抚使。值泸南夷罗乞弟反，光霞督兵进讨，为叛军所困，力战七日不决。舅氏谢都统发兵驰援，连杀敌首，蛮兵惧而败走。官至从义郎，沿边都巡检使。十世杨文广，字敬德，霞公长子。自袭职后，其二叔杨光荣欲夺其位，乃借蛮兵祸乱宗国。文广与舅氏谢石近、谢成忠檄文警告，始罢兵而归。

后又有黄标仪盗发霞公坟墓，文广捕而斩之。其弟黄理郭复借蛮兵作乱，老鹰寨的獠穆部落亦相随反叛。文广与谢都统将其剿灭，斩理郭，杀穆獠，释其余党。时境内诸蛮割据，不受节制，文广与谢成忠夜踏蛮寨，擒其酋首，历数其罪，而后放之。文广为任期间，蛮獠轮为祸乱，经其连年征剿，恩威并施，终致群蛮慑服，不敢再反。文广公以三十六岁早殁，君子惜之，追赠武节大夫。其长子杨惟聪，字晦之，七岁而孤，育于母舅谢石近家。石近以其年幼不能主事，遂奉其叔祖杨光荣摄理州事。惟聪长大后，叔祖深忌之，尝置毒鱼中，因加害未遂而叛逃高州，怀怨以二县之地进献于朝廷，诏改其地为白锦堡，加封光荣为礼宾使。待其受封归来，惟聪率众出迎，光荣复置毒于茶，欲加害惟聪，不意侍从进茶出错，误将光荣毒死，惟聪乃得亲政，继为十一世。三叔祖杨光明以为兄报仇为由，乘夜偷袭，惟聪有备出击，光明败走蜀地。继又诬告惟聪欲行不轨，部使李献发兵来攻播州，再被惟聪所败。此事上闻于朝，知有冤情，乃进封其为修职郎，左班殿直，另赐锦袍金带，厚加慰谕。稍后又有二弟惟吉乘机作乱，杀死惟聪的两个儿子。惟聪对神发誓："世世子孙不可以权假人，违此言者，天实灭之。"惟聪后又生下二子，长名杨选，次名杨逡（读 qūn）。

十二世杨选，字简夫，南宋初袭职播州安抚使。间闻徽、钦二帝被金所虏，乃积极务农练兵，时时以备征调。选公性嗜读书，尝受业名师。闻有贤士则不惜以重金罗致之。有个叫益士房、字禹卿的名士，因为人所劫，转卖多家，选公遂以资赎出，安置于客馆，供衣食数载，遇大比之年，又厚赠赴考，终得进士。杨选共生十三子，尤以长子轸、四子轼最为贤能。杨轸字德兴，美髯长身，状貌奇伟，素驯一虎，常驾以出游，人皆异之。向以刚毅果敢著称，蛮獠咸服其能。至父殁袭职，行第十三世。轸公最钟爱四弟杨轼，专为其兴建府邸，任其为总理播州政务。弟兄二人相辅相成，建庙兴学，广设塾馆，荒蛮子弟多读书攻文。各地名士纷纷来投，每则拨地给房，以安食宿，世风为之大变。杨轸中年无子，过继四弟杨轼之子杨粲为嗣，晚来连生三子，名勋、居、晢。因嗣子粲贤能有为，遂不改初议，仍由其承袭播州祖职，序第十四世。杨粲字文乡，小字伯强。幼授大学，长好鼓瑟投壶。在其主播期间，开疆辟地，屡平边患，又治政宽简，刑罚公谨，政绩斐然。官终武翼大夫，卒赠右武大夫、吉州刺史、左卫大将军、忠州防御使，赐庙忠烈，追封威毅侯。自粲公始，封疆扩大，官位擢升，所辖已不再局限于播州一地。杨粲之子杨价，字善父。父殁袭职，为序十五世。南宋端平中（1234—1236），亲率家养军兵五千余人救蜀，以功诏授雄威军都统制。后蜀警又急，复奉诏征讨，再以奇兵破之，以功迁武功大夫，阁门宣赞舍人。嘉熙初，又奉檄援蜀，威服北兵，理宗屡加褒奖。杨价好学善写，经其奏请，朝廷始于播州开科取士，每年岁贡三人。一日宴请群僧，突跌坐，口诵佛经而终。其子杨文，字全斌。父在时即代为摄理郡政。及袭职，为序十六世。文能治政，武可统兵，政绩武功无不迈越前人。累功至左卫大将军、左武大夫、亲卫大夫，加中州团练使。进中亮大夫、和州防御使、播州沿边安抚使，晋爵播州伯。度宗咸淳元年（1265）卒，赠金州观察使。元初追赠荣禄大夫，同知枢密院事，柱国、播国公，谥崇德。文公先生一子，名杨邦，二岁而夭。遂嗣从侄杨宪为后，改名杨邦宪。邦宪公字仲武，倜傥有大志，好书史，善骑射。初授成忠郎，雄威军副都统，替父通理州事。至袭职，是为十七世。袭职初则连遭边患，邦宪两破闽蛮，以功进武节大夫、播州沿边安抚使。至南宋末，累官至利州观察使、左金吾卫上将军、安远军承宣使、牙牌节度使。

入元以后，邦宪公大哭三日始奉表于朝，以播州、珍州、南平三州之地降元。至元十五年（1278）入朝觐见，诏袭播州祖职不变，加拜龙虎卫上将军，侍卫亲军都指挥使，绍庆、珍州、南平等处沿边宣抚使，播州管内安抚使。十八年（1281）改迁播州宣慰使，官职从此更新。翌年闽蛮作乱，元世祖发诸道兵进讨，邦宪公给粮馈饷，并出兵助战，以功封推忠孝顺功臣、银青荣禄大夫、平章政事、柱国。卒赠播国公，谥惠敏。其子杨汉英，字熙载，五岁而孤。至元二十三年（1286），随母亲贞顺夫人田氏赴京入谒，世祖手摩其顶，熟视良久，乃与宰臣曰："是儿真国器也。"遂以父爵赐之，复又赐名赛因不花，授金虎符，封龙虎卫上将军，绍庆、珍州、南平等处沿边宣慰使，播州军民安抚使。并赏赐金缯弓矢鞍勒等物，而后遣归。回播不久，杨氏家族发生内讧，贞顺夫人被杀，汉英身着孝服入奏，上诏捕贼，至益州将其抓获斩讫。此后又连发叛乱，汉英强征智取，诸蛮皆服。

以功进资德大夫，并赐玉带金鞍弓矢。仁宗即位，进封上护军，厚赐金帛。汉英主政，重视教化，大办学宫，南北名士来归者众，皆量才为用。又喜好读书，善作诗文，著有《明折要览》九十卷、《桠溪内外集》六十四卷。累官至推诚秉义功臣、银青荣禄大夫、平章政事、上柱国。卒赠播国公，谥号忠宣。公袭职最幼，名列十八世。汉英无子，乃以弟如祖之子杨嘉贞为嗣，及袭职，续为十九世。至治三年（1323），嘉贞入朝，英宗赐名延礼不花。后累官资德大夫、湖广行省左丞、沿边宣慰使。卒后由子忠彦袭职，序第二十世。其子元鼎，父殁袭职，累积二十一世。鼎公绝嗣，卒后经田氏（似为其曾祖母，即汉英公之妻）做主，复选如祖公季子杨城之后杨铿承继播州祖职。杨铿辈居二十世，实乃元鼎之族叔也。此时已值元末明初，故宋濂所撰《杨氏家传》到此为止，包括祖职倒流的杨铿在内，前后共计二十二任。

杨氏一族自唐末杨端入主播州，截止到明初，执其权柄者共有二十二任，为时约五百来年。历代袭职者独掌一方军政，权势俨如邦国。然多凭文治武功，而使群蛮折服，论其创守之难、德业之隆，实难一一尽书。诚如宋濂所称：“其功在国家，泽被生民，可谓厚矣。”

第三节　九千户接手残局

洪武元年（1368），杨铿遣使内附，归顺大明，太祖照封播州刺史。洪武五年（1372），又与同知罗琛，总管何婴、郑瑚等相率入京，献纳方物及元朝所授的金牌、符印、铜章等项。诏授原职，并赏金币朝服而返。其后便开始“改土归流”，即废除在羁縻散州实行的世袭土官制度，改由朝廷委派官员轮流任职，从而实现中央集权。洪武九年（1376），诏杨铿入朝，铿恐被加害，故派其弟杨鉴及己子杨震代为前往，朝廷因此生疑，遂将这叔侄二人留京不归。洪武十七年（1384），杨震客死京师，杨铿亦先其而亡。朝廷为求平稳，暂派杨鉴继任播州宣慰使，续为二十三世。鉴公殁，其子杨升袭职，序称二十四世。永乐七年（1409），升公招抚十二寨苗蛮归附朝廷，功获封赏。其子杨纲父殁袭职，序第二十五世。纲公病弱，乃以长子杨辉接替其位，传至二十六世。辉公素染疾病，遂让其子杨

杨端身世木牍

爱代理州事。朝廷以其年幼，难负其责，遂敕派都御史张瓒赴播督理军政，一时权归张瓒。先是杨辉在日，偏爱庶子杨友，曾蓄意让其承继祖职，但碍于家法，不得不立嗣以嫡。故又贿赂张瓒，另于新占的生苗地私设安宁宣抚司，任杨友为宣抚使。后因弟兄反目，杨友告发杨爱僭用皇家器物、私习兵法天书、图谋不轨等事。朝廷经过查实，杨友被徙地羁押，杨爱输贡复职，行第二十七世。后因平苗有功，敕加奖谕。爱公长子杨斌，字全之。正德二年（1507），迁升四川按察使，仍兼播州宣慰使，序列二十八世。后因痴迷成仙修炼，不理州事，因而导致家族内讧，大动干戈。朝廷得知播州混战不休，长期无主，遂由武清同族中选派时袭瀛西九千户的杨相前往调停。正德十五年（1520），杨相奉旨以播州宣慰传旨官的头衔抵达播州，经其多方周旋，终将内讧平息。嘉靖元年（1522），杨相被留任播州宣慰使，继为二十九世。其人其事后有专章，兹不多叙。

杨相入播时未带妻小，因在当地连娶一妻一妾。妻张氏素称凶悍，生长子杨烈。妾生次子杨煦。因杨相偏爱次子，几欲传位于杨煦，故又引发妻妾嫡庶之争。嘉靖二十三年（1544），张氏母子发动兵变，逼走杨相，杨烈遂自袭播州宣慰使，延为三十世。隆庆五年（1571），杨烈寿终，其子杨应龙袭职，敕授播州宣慰使，传至三十一世。万历四年（1576），应龙以大木七十棵进献朝廷，因材质难得，御赐飞鱼服，加授都指挥使。万历十八年（1590），贵州巡抚叶梦熊举劾应龙不法，坐罪当斩，自以两万金相赎。恰逢倭寇入侵朝鲜，应龙请愿率军征讨，遂被诏准释放。未及发兵，即被叫停。万历二十一年（1593），新升巡抚王继光到任，欲重审杨应龙，应龙抗拒不受，并上表自白于朝。巡抚分兵三路来攻，被应龙损其大半。二十三年（1595），以兵部侍郎邢玠为贵州总督，先离间各派，孤立应龙，复又调其至安稳（地名）听审。应龙知为险境，遂派其弟兆龙前往回话，请改于松坎过堂。知府王士琦独骑而至，果见应龙自缚于道旁请罪，愿执罪人，并纳罚金，以求自赎。获许后，乃缚黄元等十二人犯交官，另献赎金四万，终以免死革职论处。随后即命其子杨朝栋代行其职，并将其次子可栋入质于重庆。时隔不久，可栋暴亡，来书让其献金赎尸。应龙忍无可忍，终致被逼而反。遂招集各处苗兵，正式与官府展开混战。数年之间，苗兵屡胜，势力大炽，聚众无数。故四处攻城灭府，杀戮朝官，劫掠库资，汲人钱粮。苗兵本就凶蛮，为图报复，自然也犯下许多奸淫掳掠、残害无辜，乃至屠城灭户之类的暴行。綦江城一战，八万苗军即将满城军民斩尽杀绝，以致尸首蔽江，水为之赤。万历二十八年（1600），经数十万官军反复围剿，终将苗军彻底击溃，杨应龙见大势已去，乃与两个爱妾自缢室中，并放火自焚。其子杨朝栋亦为官军所执。杨氏家族统治播州的历史到此为止，袭职者前后总计三十二任，历时共七百二十余年。其中自八世杨贵迁以后的二十五任，均为宋赠太师杨业之后，同属杨家将一族嫡脉亲支。

至万历三十一年（1603），将播州一分为二，归蜀（四川）者称遵义府，归黔（贵州）者称平越府。

纵观播州杨氏的败落，原因可谓众多，然“改土归流”无疑是其根本所在。以其事关国策，削土司入王法只是迟早之事。至于杨应龙之反，虽有坠入圈套、被人导演之嫌，但其放纵苗兵、杀戮无度、祸害家园的野蛮行为，亦属罪责难贷，永为污点。若从国家大义而论，废除羁縻制度，实现民族统一，实乃社会进步之必然。故读史至此，根本毋庸为之惋惜。

第六章　霍山王乱世豪杰

杨端原配谢氏，生长子攽，次子会。继娶仡（读哥）楼氏、仡另氏、仡侃氏，所生八子均未入谱，故无名可稽。杨攽所属为长门一支，世袭播州权柄，世称播州杨氏。杨会所属次门一支，承嗣太原祖职，仍称太原杨氏。会公于唐末官拜征西大将军，封金刀王。其子孙世代隶属军籍（即军户），向以能征善战著称于世。族中将帅群出，代不乏人，因而成了享誉千秋的将门世家。后世涌出的宋、明两代杨家将，便都出自太原杨氏的嫡传。

杨会之子名弘信，字君爱，自名杨衮，史称杨信。其幼习弓马，少小从军，曾随父征战多年，以武功超群而名闻晋陕。至唐祚移于后梁，始兴五代（即后梁、后唐、后晋、后汉、后周）。当后唐代梁，杨衮已至成年，遂官拜麟州刺史，从此统兵镇守于陕北麟州，即今之神木县一带。怎奈朝代轮番更迭，其所授官职亦随之存亡不定。至后汉称国，前朝所封麟州刺史复又成了伪职，已然失去合法性。其为取得御授官封，即以长子杨崇贵（后改名杨业）为质子（即人质），诚心归附于后汉国主刘知远。汉主照授原职，并加封为政事令。这刘知远本系后晋国主石敬瑭的旧臣，因凭契丹相助窃得帝位，号尊高祖，建都于汴梁开封，仅在位二年而亡。待其子刘承祐继位，不久又被郭威所篡，父子两代亦不足四载。刘知远的胞弟名刘崇，时任河东节度使、兼太原府尹。其长子刘赟（读晕）先被高祖收为嗣子，高祖临终诏立刘赟为君，结果被僭位的郭威所杀。刘崇得知亲子被害，誓与为敌，乃于太原称帝立国，自号东汉，史称北汉。因其所辖仅只十二州，土瘠民贫，势单力孤，遂又效仿后晋、后汉两朝，仍依附于契丹，自称侄皇帝。杨衮对刘氏所为大为不满，一怒之下改投后周，复又称臣于郭威。时其子杨崇贵尚在刘崇手下，父子二人从此各保一国。北汉小朝廷在苟延了二十八年（951—979）之后，终被北宋所灭。

杨衮自出仕以来，时适乱世。其间群雄逐鹿，国祚无常。其随世沉浮，几易国主，但始终难得归宿。至投周以后，复又重蹈覆辙，才只数年又被

杨业之父杨衮（弘信）像

宋太祖赵匡胤所篡。衮公时在麟州驻防，对朝中发生的这场政变深表痛恶，故对新生政权拒不承认。其见国乱无主，又恐宋军来攻，遂毅然揭竿而起，凭着杨家世积代累的名望声威，筹饷积粮，扩养家兵，自称“衮军”。又督率军民在境内修筑城池，以庇民自守，名为“杨家城”。在衮公的保护下，麟州境内的百姓三年一纳租税，而且逢歉减征，遇灾豁免。为扶持贫民发展生产，还于各地公养耕畜，专供无力耕种的农户无偿使用。时值战乱当中，百姓的安全能有保障，衣食能有来源，故各地的难民都纷纷来投，以致这里渐至成了一处人口密集的避难之区、无官自治的独立王国，杨衮也由此成了雄踞一方的乱世豪杰。当地百姓深受其惠，无不感恩戴德，遂自发地组织起来，一致拥立杨衮为霍山郡王。这种局面一直延续多年，境内军民只服郡王，不认皇上。直到衮公去世之后，才渐被朝廷招安。

当杨衮拥兵自立、割据一方之时，虽对苦难中的黎民百姓多有益处，但以正统观念视之，却无异于强梁反叛，故正史典籍均对这段史实讳而不提。而本文所记，则主要援自杨氏家族的谱记家传。据衮公玄孙杨充广创修的《杨氏祖谱》记载：“杨弘信，字君爱。长子重贵，改名杨业；次子重训。麟州刺史，仕北汉政事令。自起兵，称衮军，后自称霍山郡王。建杨家城，为当地土豪。”至南宋后期，其十五世孙杨邦宪续修《杨氏祖谱》时，又在补序中称：“弘信公曾为麟州刺史。公自称衮，因国乱无主，自竿而起，建杨家城，自封霍山王。”谱牒中的这些明文记载，恰与杨氏家族的口碑家传互为卯榫，十分契合。其间虽还多有缺遗，但足以将杨衮自立为王的基本事实，以及保境爱民的豪杰本色昭示一清。能得如此，全赖杨氏后人的文记口传之功。

第七章　汉唐嫡传世系表

一、两汉阶段

一世：杨喜　字幼罗，号德嘉。弘农人氏，父名杨硕。值秦末，硕公率八子起义，初为项羽旧部。汉高帝二年（前 205），杨喜改投汉王刘邦，随韩信、灌婴攻取天下，官至郎中骑都尉，兼掌宫中更值宿卫。汉高帝五年(前 202)，以击杀项羽功进封赤泉侯，封地河南南阳郡鲁阳县，食邑一千九百户。高后八年（前 180）卒，赠谥严威。娶配陈氏，生长子敷，次子致。

二世：杨敷　字伯宗，喜公长子。袭父侯爵，卒谥忠定。娶配陈氏，生长子哲，次子胤，三子衡。

三世：杨胤　字嗣宗，号无害，敷公次子。袭赤泉侯，因事永被削爵，传三世而终。卒谥忠贤。娶配李氏，生四子，长名敞，次名昌，三名伟，四名泰。

四世：杨敞　字子明，号君平，胤公长子。昭帝元凤五年（前 76）官至丞相，封安平侯，为弘农杨氏第一位宰相。居关西华阴，食邑河南汝南，称“汝南堂杨氏”。卒谥敬。娶配司马迁之女，生长子忠，次子恽。

五世：杨恽　字子幼，号孟尽，敞公次子。幼习太史公书，素好史学，故深受外祖父司马迁厚爱。宣帝时任左曹，因直言无忌而屡遭贬抑。后因举发霍氏谋逆，霍氏被诛，以功封平通侯，迁中郎将。素以清廉无私闻名，只因树敌甚多，终被人攻讦而失爵，免为庶人。失官后以造宅置产为乐，宣帝闻而恶之，以大逆不道坐罪腰斩。其生前为收藏、保护《史记》做出巨大贡献。娶配蔺氏，生五子，名谭、论、讷、徽、奇。

六世：杨谭　字献美，恽公长子。过继伯父杨忠为嗣，袭忠公安平侯，官至鸿胪卿。因受恽公株连，被夺爵，削为庶民。其兄弟中有数支北迁至渔阳泉州（今武清）。娶配石氏，生长子宝，次子宰。

七世：杨宝　字惟善，又字惟渊、稚渊，谭公长子。幼习《欧阳尚书》，后隐居华山牛心峪设馆授徒，明帝三召不赴，卒谥靖节先生。其九岁时，偶见一黄雀被鸱枭所伤，坠于树下，遂将其收养于箱中，喂食黄花百日，伤愈始飞去。当夜有黄衣童子入谒，自称为西王母使者，感君相救之恩，以白玉环四枚为谢，令君之子孙洁白显贵，位及三公，当如此环。后其言果都应验，致有衔环相报一典。宝公娶配王氏，生二子。长子杨震，一门四世三公，即“四知堂”一支。次子杨霆，即杨家将一支的嫡亲远祖。

八世：杨霆　又名杨衡，宝公次子。曾在四川万县（今重庆市万州区）为官，故徙家于此。子名杨泽。

九世：杨泽　霆公之子。由仕迁徙渔阳泉州（今天津武清），落籍于瀛西（河西务古称）境内。因自其曾祖辈即有同族移居于此，当时已是称冠一方的世家大姓。杨泽本系谭公嫡后，故来后便沿袭长门，成了同族之首。至公殁，葬于沽水东岸，距今三百户村西一里许。子名杨球。

十世：杨球　字方正。泽公之子，生于泉州瀛西，家世大姓冠盖。习弓马，性严厉，崇尚申韩之学。少年时，有郡吏污辱其母，聚众杀之，并灭其家。以是出名，举孝廉，官至中书令。尝于泉州境内筑防海堤，修瀛西城，泽被一方。因诛除宦党结仇，于灵帝光和二年（179）被诛。归葬瀛西，与父同墓。身后名垂青史，誉冠武清。子名杨境。

十一世：杨境　球公之子。后徙渔阳郡为官，遂移家于渔阳郡治（今北京密云）。下传十数代至弘信公，自称衮，累官麟州刺史，即北宋杨业之父也。

附：两汉嫡传世系图

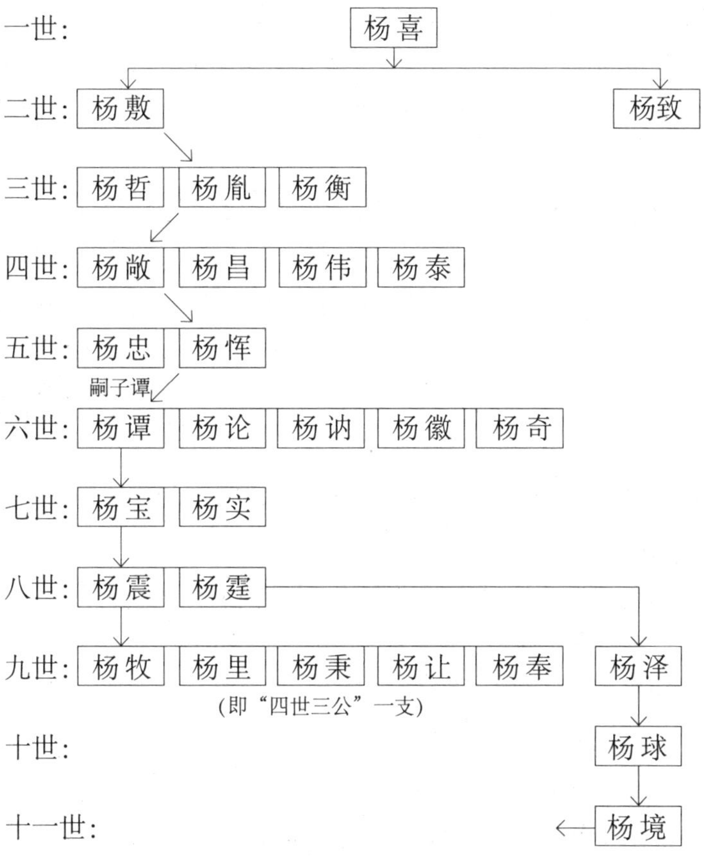

一世:
杨喜
二世:
杨敷
杨致
三世:
杨哲
杨胤
杨衡
四世:
杨敞
杨昌
杨伟
杨泰
五世:
杨忠
杨恽
嗣子谭
六世:
杨谭
杨论
杨讷
杨徽
杨奇
七世:
杨宝
杨实
八世:
杨震
杨霆
九世:
杨牧
杨里
杨秉
杨让
杨奉
杨泽
(即“四世三公”一支)
十世:
杨球
十一世:
杨境

二、魏唐阶段

杨家将一族的汉代远祖,只传至汉末(以220年计)的杨境,则宗祧中断。至北魏初期（以386年计）的杨继，两者已隔160余年，其间尚有数代先祖未查实。故只得由魏初起始，至唐末为断，另又单成一段。

一世: 杨继　北魏时官至治书侍御史,掌纠察朝会失时、服章违错之职。生子名晖。

二世：杨晖　与父同事北魏，官至洛州刺史。生子名思（一称恩）。

三世：杨思　东魏河间太守，生子名钧。

四世：杨钧　后魏（西魏）人，历任廷尉正、长水校尉、中垒将军、洛阳令，除中山太守，迁司徒左长史。继为荆州刺史，迁尉卿。拜恒州刺史，转安北将军。后为抚军将军、七兵尚书、北道行台。卒赠车骑大将军、左光禄大夫，谥越恭公。所生四子：暄、穆、俭、宽。

五世：杨暄　字景和。西魏度支尚书、华州刺史、临贞忠公。生三子：长名敷，次名原，三名济。

六世: 杨敷　字文衍。北周汾州刺史、开府仪同三司、大将军、临贞公。生七子: 素、约、询、操、戾、慎、岳。

七世：杨岳　敷公七子。隋封万年令、苍山公。生三子：弘礼、弘文、弘武。

八世：杨弘礼　岳公长子。以伯父杨素有功于隋，唐高祖诏封弘礼袭清河郡公，拜太子通事舍人。贞观中授兵部员外郎，旋擢兵部侍郎，进中书侍郎。加封银青光禄大夫，迁司农卿，兼昆丘道副大总管，节制诸道军将。太宗崩，弘礼屡忤众臣，由是出为泾州刺史。永徽初改授胜州都督，寻迁太府少卿。生子名春高。

九世：杨春高　生子名烈端、天端。

十世：杨烈端　生子名飙。

十一世：杨飙　生子名春。

十二世：杨春　字帐诚，子名稷。

十三世：杨稷　字临牒，号起源，又号景山。曾官稷山太守，移家浙江会稽。子名焸。

十四世：杨熐　字钟秀，号表滋。官至太原太守，因家于此。生二子，长名端，次名瑞。

十五世：杨端　其先太原人。唐文宗太和七年（833）三月初七日，生于太原城杨柳十字街。袭职太原太守，迁京城九门提督，曾寓居京兆长安。僖宗乾符三年（876）以平叛南诏功封播州刺史，传为世袭。至唐祚移于后梁，积愤成疾，于后梁乾化元年（911）九月初九重阳节卒于任上，享寿七十八岁。宋赠太师、播州侯。娶配谢氏，生长子敚，次子会。继娶仡（读哥）楼氏、仡劳氏、仡佩氏，共生八子，均未入谱。

十六世：杨会　字师厚，端公次子。唐末因功封征西大将军，屡胜胡人，进封金刀王。世居山西太原，承继太原杨氏。后梁灭唐，杨会屡升至镇国节度使，都招讨使兼掌禁军，借势久踞魏州（今河北大名）。乾化三年（913），助均王朱友贞杀掉郢王朱友珪，夺得帝位，以功封天雄节度使，兼中书令，进封邺王。贞明元年（915）病卒。子名弘信。

十七世：杨弘信　字君爱，自名衮，会公之子。唐末至五代（后梁、后唐、后晋、后汉、后周），累官至麟州刺史，家居太原。后汉初事刘知远，加政事令。后周称国，后汉御弟刘崇又于太原建立北汉，衮公耻于屈附契丹，改投后周。因国乱无主，遂拥兵自保，称衮军，自封霍山郡王。建杨家城于陕西神木，为当地土豪。生二子，长名重贵，即杨业。次名重训。

（自杨业以下，归入宋代世系。）

附：魏唐嫡传世系图

一世：杨继	十世：杨烈端
二世：杨晖	十一世：杨飙
三世：杨思（一称恩）	十二世：杨春
四世：杨钧	十三世：杨稷
五世：杨暄	十四世：杨맞
六世：杨敷	十五世：杨端
七世：杨岳	十六世：杨会
八世：杨弘礼	十七世：杨弘信
九世：杨春高	(下传北宋杨业)

中编

北宋忠良

有关杨家将的故事，早在宋元之际即有平话、杂剧乃至话本（说书人所用的底本，实即后来的章回小说）之类在市井坊间广为流传。及至明代，复有杨国时、熊大木所著的《杨家府演义》《杨家将演义》之类的言史小说刊行于世，直将北宋名将杨业祖孙数代抗辽御侮的英雄事迹，传得家喻户晓、妇孺皆知。其实这些文艺创作，多是些混淆真假、有梗添叶的演义而已。诸如称杨业暗通款曲，私放赵匡胤；又如说其一家预谋在先，为图富贵而弃汉投宋；再如说潘美公报私仇，害得老令公碰死李陵碑；乃至七狼八虎非死即亡，最后只剩一群寡妇等等。这些虚构夸张、褒贬失真之词，既有悖史实，又毁人毁誉，但却以讹传讹，反被弄假成真。本编兼采史记家传，力图正本清源，还之以原貌。

第八章　杨业忠勇传千古

第一节　事两汉忠贞不贰

后汉主刘知远本是后晋旧臣，累官河东节度使、太原府尹，爵至北平王。开运三年（946）八月，晋二世石重贵失欢于契丹，因被掳走。刘知远乘机奉表契丹，取而代之。改晋为汉，史称后汉，庙号高祖。此时任职麟州刺史的杨弘信（又名杨衮，史称杨信），觉得前朝所授官职已成伪职，为取得御授官封，便以己子杨重贵为“质子”（即人质），随之转投于后汉。仍官麟州刺史，加授政事令。

杨重贵，曾名崇贵，乃弘信公之长子。五代后唐天成四年（929）三月十八日午时出生于山西太原。年少时倜傥任侠，善骑射，好畋猎，所获猎物常倍于他人。尝当众自称：“我他日为将用兵，亦犹用鹰犬逐雉兔尔。”可见其武艺高强，志向远大已非一日。入质之初，被高祖御弟刘崇收为亲军侍卫，年约一十八岁。为避主讳，遂改名杨邺。高祖在位二年而崩，二世刘承祐即位不足二年又被后周太祖郭威所杀，后汉政权仅只维持了四年。当时曾欲立刘崇之子刘赟为帝，可郭威已登基在先，故将刘赟废为湘阴公，而后又将其弑于宋州。时为河东节度使兼太原府尹的刘崇，闻知己子被害，遂于太原称帝，另立一个小朝廷，名曰东汉，史称北汉。因所辖疆域仅有十二州府，且又土瘠民穷，故仍效尤前朝后晋、后汉之所为，背以契丹为靠山，甘称侄皇帝。时为政事令兼麟州刺史的杨弘信，对刘崇忍耻事虏、屈从外夷的所作所为深为不满，故一怒之下改投于后周，父子二人从此各保一国。

北汉主刘崇深知杨重贵乃忠义之士，故一向钟爱有加。初授保卫指挥使，主掌京城及皇家侍卫。继又擢为建雄军节度使，委以统领全国军事。终至太原令，加中书令，集军政大权于一身。后世所称“老令公”者，实由北汉旧职而得名。在事北汉期间，其一力擎天，独撑国运，曾先后与后周、北宋轮番交兵，以战功显赫、所向克捷而被国人号为“杨无敌”。此之称谓，本源自两汉，而非始于北宋，更非传自契丹。

当杨弘信投周以后，刘崇为表示对重贵坚信不疑，并向其父示好，特将其收为嗣孙，赐姓刘。为与己孙继元排为昆仲，故改名为刘继业。后世称其为刘继业或杨继业，缘由即在于此。此时的北汉虽自称朝廷，但因极度贫乏，且还要纳贡于契丹，诚如雪上加霜，故当朝宰相的月俸仅为一百缗（每缗为一千文），节度使才只二十缗，其处境之艰难可见一斑。即在这种形势之下，杨重贵仍忠贞不贰，矢志不移。

北宋开宝二年（969），太祖赵匡胤亲征北汉。太原城在杨重贵的全力支撑下，依旧固若金汤。宋军久攻不下，便掘开汾河之水，浸灌太原城。重贵公督率军民日夜死守，见有洪水涌入，急用草垛堵塞豁口，太原城终于不失。杨重贵惯用奇兵，此时乘宋军不备，突然率兵冲出城外，直奔赵匡胤杀去。太祖慌之不迭，险些被其手中的金柄大刀砍中，幸有宋将党进拼死抵挡，方才保住性命。宋军攻城日久，今又受挫，只得收兵回朝。经此一战，太祖切身领略了杨无敌的将帅天才。北汉朝廷亦凭借重贵公之力，复又转危为安。

至太平兴国四年（979），宋太宗赵光义又亲征太原，此时的北汉国主为刘继元。杨重贵昼夜登城指挥，城内军民拼命死守，终因实力悬殊，眼见城垣难保，全城百姓命在旦夕。在此危急之下，仍不见契丹军前来增援，遂劝其主不如脱离契丹，改投大宋。刘继元先是不听，重贵公便又据城死守，屡次小挫宋军。当刘继元得知契丹军被阻于中途时，突又不宣而降，乃下诏命重贵开城归宋。北汉至此灭亡，共存世二十九年。

杨重贵自后汉初被充作人质，至北汉又独力苦撑局面，实可谓生不逢时，命途多舛。而其披肝沥胆，忠君报国，前后共为两汉（后汉、北汉）效命三十三年。论及降宋，一者为全城保民，二者系奉诏行事，宋史对此明有记述。故凡野史杂谈多属世间传说，而评书演义之类，则更是无稽可考，概不可信。

第二节　保宋朝殒命全节

宋太宗既灭北汉，又得杨重贵归降，不禁心中大喜，遂立即派侍从中官（即太监）前去召见。及君臣礼毕，封重贵公为右领军卫大将军。并亲劝其恢复杨姓，去掉“继”字，只名杨业。据近期发现的杨氏祖宗牌位所记，杨业应为“杨邺”。该灵牌原置于祖匣之内，“文革”中被秘藏于亲属家中。今被归还者共有两块，均为茵陈木质（又称白蒿，经千百年长成，不蛀不朽，质量很轻），刀工篆刻。其一正面竖刻“考 杨邺令公”，背面刻“长子延郎供奉”。其二正面刻“妣太君 杨门折氏”，背面刻“长孙宗供奉”。观其材质、浆色，应为祖传原物无疑。本书为从众起见，不便即加改正，故仍按国史家乘所记，照称杨业。

当宋军得胜还朝后，杨业又被加授郑州刺史之衔。在部署边防时，太宗深知业公熟悉契丹，老于边事，故委其为代州（今山西代县一带）刺史，兼领三交驻泊兵马都部署之职，亲往边关驻防。临行之际，太宗命用口袋密装大批财物，厚赐杨业。自此以后，杨业父子便长期镇守于雁门关，置身于抗辽第一线。到镇之初，即遇契丹入侵，杨业亲率所部数千骑绕至敌军背后突然击之，契丹军大败而逃。捷报到京，以功迁云州观察使，仍兼郑州，代州旧职（均属代表官阶的虚衔）。数年间，双方几番交战，契丹军接连失败，“杨无敌”的大名随之传遍迤北，边寇只要望见“杨”字旗号，便远远遁去。然杨业作为太原降将，越是立功受奖，就越加受到其他旧将的嫉妒，他们潜上谤书，屡屡对其妄加中伤。太宗总是览而不问，并将这些谤书封好后全部转给杨业，以示对其坚信不疑。

雍熙三年（986），太宗亲统三路大军北征契丹，欲要夺回后晋国主石敬瑭割让出去的燕云十六州。西路军以忠武军节度使潘美为主帅，杨业副之。并任西上阁门使兼蔚州刺史王侁、军器库使兼顺州团练使刘文裕为监军。起兵之后，西路军一路报捷，连拔云、应、寰、朔四州。而此时的中、东两路，皆相继失利，先已撤兵南归。太宗下诏，命西路军退守代州，行前务必把四州之民安全转移至内地。时契丹国母萧太后与大臣耶律汉宁会集大军十余万，直向西路军扑来，很快便夺回了寰州。杨业见势，便向主帅进言：“今辽军正盛，不可与战。诏令我等必要保住这数州之民，可先派人晓谕云、朔二州的守将，待我大军离开代州之时，即令云州百姓出城先走。当我军赶赴应州时，契丹军必来阻截，朔州百姓正好乘机撤出，可直接躲入石碣谷中。再派强弩手千人守住谷口，并以骑兵援之于中途，则三州之民尽可保全。”正在一旁的王侁听了当即反对，称：“领数万精兵而畏懦如此，但趋雁门北川中，鼓行而往。”刘文裕亦帮腔赞成。杨业仍坚持己见，断言：“不可，此必败之势也。”王侁斥道：“君侯素号无敌，今见敌逗挠不战，得非有他志乎？”杨业对曰：“业非避死，盖时有未利，徒杀士卒而功不立。今君责业不死，当为诸公先。”此时的潘美虽身为主帅，然却畏惧监军权势，为图自保，只得不加与否，任其妄为。按宋朝军制，但凡出征必以太监或亲信为监军，实为皇帝耳目。虽其一窍不通，但权势所在，谁又敢违。况且这潘美亦属后周旧臣，自然心存芥蒂，故才出现如此局面。

出战之前，杨业哭着对潘美说：“此行必不利。业，太原降将，分当死。上不杀，宠以连帅，将立尺寸功以报国恩。今诸君责业以避敌，业当先死于敌。”言罢又指着陈家谷口（在山西怀仁县西北二十里）说：“诸君于此张步兵强弩，为左右翼以援，俟业转战至此，即以步兵突出救之，不然无遗类矣。”潘美遂与王侁领兵列阵于陈家谷口以待。杨业所部仅只数千人马，欲迎战契丹十万铁骑，无异于以卵击石，但被逼无奈，只得强行出战，时为雍熙三年(986)七月八日事也。至九日凌晨，王侁等估计两军已经交锋，遂自寅至巳(早三时至上午十时之间)，不时派人登高瞭望，因总不见踪影，则以为契丹军已被宋军打败。他怕杨业独得其功，遂将陈家谷口的援兵全部撤走，才沿交河向西南行出二十里，即闻报杨业兵败。王侁等不但不急驰相救，反而挥军远去。杨业所部力战强敌，伤亡惨重，当日暮时分败退至陈家谷口前，举目一望，竟无一人待援，不禁拊胸大哭。继又掉转马头，复与敌军死战，直至身被数十创，士卒殆尽，犹手刃敌众数十百人，终因战马重伤倒地，乃被契丹所擒。其次子杨延玉时为阵前先锋，亦先已战死于乱军之中，竟被马踏为泥。杨业太息曰：“上遇我厚，期讨贼捍边以报，而反为奸臣所迫，致王师败绩，何面目求活耶！”乃于押解途中，绝食三日而亡。时为雍熙三年七月十三日辰时也，虚年五十八岁。自太平兴国四年（979）降宋，至此仅只七年。

噩耗传来，太宗深为痛惜，乃下诏曰：“执干戈而卫社稷，闻鼓鼙(读皮)

而思将帅。尽力死敌，立节迈伦，不有追崇，曷彰义烈。故云州观察使杨业，诚坚金石，气激风云。挺陇上之雄才，本山西之茂族。而群帅败约，援兵不前，独以孤军陷于沙漠。劲果猋（读标，韧带讲）历，有死不回。求之古人，何以加比！是用特举徽典，以旌遗忠。魂而有灵，知我深意。可赠太尉、大同军节度。赐其家布帛千匹，粟千石。大将军潘美降三官。监军王侁除名，隶金州。刘文裕除名，隶登州。”从事后追责中可以看出，潘美只被官降三级，责任应在其次。而王侁、刘文裕各被削官发配，才是败军误国、逼死杨业的罪魁祸首。

《宋史 · 杨业列传》最后叙称：“业不知书（即不识字），忠烈勇武，有智谋。练习攻战，与士卒同甘苦。代北苦寒，人多服毡罽（读季，毛毡讲），业但挟纩（读况，丝绵讲）露坐治军事，旁不设火，侍者殆僵仆，而业怡然无寒色。为政简易，御下有恩，故士卒乐为之用。朔州之败，麾下尚百余人，业谓曰：‘汝等各有父母妻子，与我俱死，无益也，可走还，报天子。’众皆感泣不肯去。淄州刺史王贵杀数十人，矢尽遂死，余亦死，无一生还者，闻者皆流涕。业既没，朝廷录其子供奉官延朗为崇仪副使，次子殿直延浦、延训并为供奉官，延瑰、延贵、延彬并为殿直。”《宋史》对此记录凿凿，从中可知，老令公既非碰碑而死，所称其子为延辉、延德、延嗣之类，则更是子虚乌有，显为虚构。

业公出世以来，便逢乱世。群雄逐鹿，朝代更迭，几无宁日。自少年时起，先后为两汉（后汉、北汉）效命三十余年，一直处于内困外扰、朝不保夕的困境当中。虽其称国立号，实则无异于刘姓家臣，纵有千般功绩、“无敌”之称，又谁与昭彰？至归宋之时，已是年逾五十，垂垂老矣。在此期间，其作为太原降将，终归是可以利用，但不可信用的对象，虽则虚高其位，却从未授予实权。故一直远戍雁北边关，所部多不过三五千人。至朔州一役，名为副帅，反为奸臣所迫，终致以身殉国。总其一生，事汉时长，保宋时短。归宋七年，君疑臣妒，纵满腹文韬武略，谁又容你施展？史实如此，全不像评书、小说所演绎的那样喋血边关、惊天动地。既然如此，其身后又何以从一个沦落三朝的忠臣名将，而被演变成一位浴血抗辽的民族英雄呢？这实则缘于元、明两代的时代背景。其先者曾被蒙古统治，后者又屡遭瓦刺入侵，论国需民愿，都渴望能有这样一位忠勇爱国的民族英雄，来拯救国民于水火之中。按其所据，亦并非全属信口开河，除杨业平生事迹以外，实多移植于明代杨家将的真人实事而已。

第三节　盗忠骨秘葬香河

杨业在保宋期间，曾与契丹（1066年才改国号为辽）多次交兵，每战必捷，因而被契丹国母萧太后深记于怀，总想收为己用。至朔州一役，先已下令只要活杨业，不要死令公，故当辽军被其砍杀百十人后，仍无人敢夺其性命，直到将宋军赶尽杀绝，业公亦马倒人伤之时，才将其生擒。萧太后闻之大喜过望，急命解往辽邦疗伤、劝降。行至途中，因伤势恶化，又兼连日绝食，遂导致不救身亡。辽将耶律悉达先曾箭伤杨业，当其死后又割其首献功，萧太后得知深为怨恼，故在论功时独对此人不封赏。由此可见，忠臣烈士之受人尊崇、为人景仰，虽身为敌国之主亦不能外。业公尸首后被按契丹习俗火化入坛，就葬在了辽境之古北口（今北京密云界内）。

至于后世所传，有称其墓在河北唐县，或称其遗骨被贮于九龙冈、昊天塔、洪羊洞等等，均属野史杂传，无一可信。

至宋真宗咸平二年（999），业公长子杨延昭以功由保州（即保定）缘边都巡检使迁任莫州刺史，从此便移镇于河北任丘、河间、献县一带。在任此职期间，延昭密派数名家将潜入辽境，从古北口将先父骨灰盗回。按事前计划，本想归葬于瀛西（即河西务）境内，与汉代先祖杨球合墓。不期此举被辽人发现，在返回途中遭到辽军的紧紧追杀。当逃至河北香河县城南时，众人急忙躲入一片大枣树林中，情急之下，只得将骨灰坛就地掩埋，为便于日后寻找，便撮土堆成一座土门楼状，权为标记。此后这几名家将均被追兵所杀，其中一人因未伤及要害，故侥幸逃回莫州，细将此事禀告于延昭。这香河地界本属武清（古称泉州）旧地，辽太宗会同元年（938）才从武清析出另立为县，现虽陷于辽邦，但这片枣树林距杨氏先祖杨球的墓地仅有数里之遥，若使业公长眠于此，亦算得是认祖归宗了。延昭想妥，便又暗派数名家丁、仆从，携带家口，装作百姓，前去为父亲修穴立墓。这些人家从此便世代为业公看坟守墓，多年之后，渐于墓北聚集成村，这就是传承至今的土门楼村。据《杨氏祖谱》记载：“（业公）墓在香河县南，距祖杨球公墓地北八里，大枣树林中。”此谱系由业公曾孙杨充广所修，成谱时距业公殉国仅隔约六七十年，且又是记于自家的嫡长内谱之中，其言之凿凿，绝非杜撰。至明朝万历年间，《香河县志·丘墓》中亦记为：“杨令公墓在城南一里”，其后的历代《香河县志》均因袭此说，并被许多史籍援引为据。

杨业、折太君祖匣

杨业尸骨被契丹葬于辽境，除了出于崇敬之情，亦不排除向大宋炫武示强、借史警告的含义。当其骨灰被盗，旧墓已成空冢之后，这些作用便都不复存在,故于辽圣宗太平五年(1025),又在古北口旧城北门外的山坡上，重新为杨业敕修神庙一座，称“杨无敌祠”。当时已值澶渊结盟之后，通过宋向辽称侄纳贡，换来了双方和平。宋仁宗至和二年（1055），宋使刘敞赴辽朝贺太后诞辰，取道于古北口，在入庙祭拜之后，写下《过古北口杨无敌庙》一诗：

西流不返日滔滔，
陇上犹歌七尺刀。
痛哭应知贾谊意，
世人生死两鸿毛。

宋神宗熙宁元年（1068），宋使苏颂朝贺辽主生辰，复过此留诗一首，称《和仲巽过古北口杨无敌庙》：

汉家飞将领熊罴，
死战燕山护我师。

威信仇方名不灭，
至今遗俗奉遗祠。

宋哲宗元祐四年（1089），苏轼之弟苏辙奉命朝贺辽主生辰，此时距业公殉国已逾百年，因又留下《谒杨无敌祠》一首：

行祠寂寞寄关门，野草犹知避血痕。
一败可怜非战罪，太刚嗟独畏人言。
驰驱本为中原用，尝享能令异域尊。
我欲比君周子隐，诛彤聊足慰忠魂。

此庙经屡代修葺，及明代徐达、民国冯玉祥等几番重建，至今仍巍然屹立于原处，现已改名为“杨令公庙”。

业公娶配折（读佘）氏，名赛花，西京大同人氏。后唐天成三年（928）生，长业公一岁。北宋大中祥符九年（1016）卒，比业公晚逝三十年，寿长八十九岁。其祖父折从阮，五代时期官府州刺史，历任永安、宣义、保义、靖雄节度，因有四镇节度使之誉。其父折德扆，后汉府州团练使，后周迁永安军节度使。归宋后屡征太原（即北汉）以疾卒。其兄弟折御勋、折御卿均官至节度，故享誉将门世家。折太君秉性敏惠，弓马娴熟，通晓韬略，尝辅助令公屡立战功。然其百岁挂帅、杨门女将诸说，史乘均无记载。至于天波府、无佞楼之类，则更是无稽之谈。

第九章　杨延昭威震河北

第一节　承父志保宋抗辽

杨延昭本名延郎、延朗，号白玉虎。后周显德五年（958）八月十九日生于太原。后因宋真宗表字玄朗，遂又更名延昭。乃杨业长子，实为大郎。因在同族兄弟中排行在六，故通称六郎。在其镇守边关期间，深为契丹人忌惮，遂将其喻为北斗六星。依星象学说，此星主燕，意即震慑北方的星宿下凡，因而皆以六郎呼之。

延昭公自幼沉默寡言，好为军阵游戏，业公称“此儿类我”。少小从军，每逢征战必随父左右。太平兴国年间，补为供奉官。雍熙三年（986），太宗亲征契丹，西路军以潘美为帅，业公副之，以延昭为阵前先锋，时年二十八岁。攻朔州时，其被流矢射穿膀臂，仍带伤冲杀；攻势愈猛。破城之后，被送往后方疗伤，先锋一职改由二弟延玉接替。至后来业公被逼出战，当败退陈家谷途中，延玉断后截杀，于混战中被辽军所伤，终被马踏成泥，惨死于乱军之中。延昭此时因伤缺阵，故而幸免于难。端拱二年（989），知制诰田锡在奏疏中论及杨业之死，称：“近代侯伯，各有厅直（即私养的自家子弟、亲丁等，后通称苍头）三五十人，习骑射为腹心，每出入战阵，得以随身，后来不敢养置（为避嫌疑，故而不敢）。昨杨业陷阵，访闻亦是无自己腹心，以至为敌人所获。”凭此可见，杨业归宋后，身边既不曾携带众子，更不敢蓄养家兵，故所传的七狼八虎、家兵家将之说，纯属演义，并不符实。

父殁之后，进延昭为崇仪副使，授景州知州，除二弟延玉阵亡外，余下的五个弟弟延浦、延训、延瑰、延贵、延彬各有官加官，无官补官。这年适逢江淮之地遍遭荒歉，遂命延昭为江淮以南都巡检使，加如京使衔。

真宗咸平二年（999）秋，契丹大举南侵，二十万精骑越过白沟界河，直逼至遂城。此城只有三千军卒，延昭督率城内所有男丁，悉数披甲执械上城死守。契丹军闻知杨六郎在此，皆心怀畏惧，故久攻未下。萧太后改招儿劝降，许以高官厚禄，并允诺将其父尸骨送还，延昭丝毫不为所动。契丹军见计不成，复又发起攻势，就在行将城破人亡之际，突遇寒流袭来，延昭急督军民连夜汲水泼城，至天明时全城尽都披满冰甲，坚滑不可攀登。萧太后见了不由兴叹："杨业真有好儿！"遂只得撤围而去。宋军随后掩杀，夺获辎重若干。此役以弱胜强，使辽军大挫士气。时真宗皇帝正驻跸于大名府，闻报大喜，以功进封延昭为莫州刺史，其从此便镇守于河北任丘、河间、献县至霸州一线。并举家移居莫州，另起堂号曰"修德堂"。其间，延昭曾屡被召至行在问计边事，对答无不切中，真宗甚喜，曾于宴前对诸位王公大臣们称："延昭父业为前朝名将，延昭治兵护塞有父风，深可嘉也。"随又亲酌御酒，赏与延昭。每次回营，均有厚赠。是年冬季，契丹军卷土重来。延昭先将一支精兵埋伏于羊山以西，而后自率一部绕至敌后，自北掩杀过来。辽军势盛，延昭且战且退，依计将其引至羊山。此时宋兵突起夹击，致辽军首尾难顾，再次以少胜多，大获全胜。战后以功进莫州团练使，从而与保州刺史杨嗣共守北疆，时被誉为边关"二杨"。杨延昭连败辽军，威震河北，封赏又多，因而引起其他边将的无端妒忌，流言谤语随之而来。真宗闻知，即对宰相言道："嗣与延昭并出疏外，以忠勇自效，朝中忌嫉者众。朕力为保庇，以及于此。"八王赵元俨一向深信延昭，亦曾屡加庇护，被载入《杨氏祖谱》。

咸平五年（1002），契丹军再次入侵保州，延昭与杨嗣各提兵往援。当宋军立足未稳，即遭到敌军铁骑的突袭，致以伤亡惨重。二杨均被以过夺职，行将治罪。真宗念其二人素来忠勇，皆宽宥之。翌年夏季，契丹军复又侵至望都，接替延昭的李继宣畏敌不进，贻误战机，结果遭致惨败，因被削职。危急之下，复又起用延昭为都巡检使，督率各军将契丹军打得大败，以功进宁边军部署。后又累封征辽大将军，特进荣禄大夫，兼枢密军国重事、持节莫州诸军事、幽州路马步军观察使、检校大夫、上柱国等勋阶官位。在此期间，曾奉上谕密修边关地下战沟，《杨氏祖谱》亦对此事有明确记载。今河北永清等地发现的地下藏兵洞，即杨延昭当年所修，覆盖面积可达数百平方公里，工程浩大，叹为观止。

景德元年（1004），下诏将延昭所部扩增至万人（通常只有三五千人）。这一是边关战事吃紧，二是显示朝廷信任，故于国史中都要对此特加一笔。是年，萧太后不甘屡败，复又亲统三十万大军侵宋，前锋直指京都汴梁（今开封）。新任宰相寇准极力主战，组织各地军民奋起反击，辽军连遭重创，终被困于河南濮阳（即澶州）。萧太后见处境危急，遂提出停战议和。宋真宗本就惧战，顺势以“屈己安民”为由，诏令罢兵签约，答应每年向辽国纳银十万两、绢二十万匹。此约即为史上著名的“澶渊之盟”。此后，真宗尊萧太后为叔母，称辽圣宗为兄弟。杨延昭此时正统兵在一线作战，突闻罢兵议和，不禁顿足捶胸，大为激愤，遂急忙上书请战，称辽军被困澶州，远离本土上千余里，已是人困马乏。且其剽掠的财物全都负于马上，行动艰难，虽人数占优，但战斗力已经大减。因此自请统兵扼其归路，必可将其一举而歼，就连幽、易各州亦可乘势夺回。结果奏疏被搁置不理。延昭不等诏命，犹自率军突入辽境，攻克古城，俘获甚多。岂料这便成了他一生当中的最后一战。是年四十六岁，正值鼎盛之年。此后两国息战一百余年，直到辽灭于金。

延昭自二十一岁（979）归宋，由一随军子弟直做到边关统帅。在这二十五年间，先守雁门，后镇河北，身经百战，出生入死，为保大宋江山立下无数丰功伟绩，向为国人所依，辽邦忌惮，号称“杨无敌”。论军功政绩、官位勋爵，均在其父之上，不愧为民族英雄，杨家将中的杰出代表。

第二节　志难酬饮恨而亡

澶渊结盟之后，宋屈于辽，两国休战，杨延昭随被改徙保州知府，兼缘边都巡检使，旋又擢为高阳关（河北高阳）副都部署。在任九年，时时以国耻难消、父仇未报为恨。遂渐至意志消沉、无心理事，最后竟将军中事务全部交由小校周正代理。这名小校私下营奸，欺罔作弊。此事被真宗察知，命将其斥送回营，并对延昭痛加诫勉。大中祥符七年（1014）九月十七日申时，延昭公终因积愤成疾，不治而亡，虚年五十七岁。杨氏历有天增一岁、地增一岁、帝赠一岁之说，故被祖谱记为“享寿六十”。真宗闻之，嗟惜不已，即命中官往祭。其尸棺被葬于高阳关水城之南，后其子杨宗镇守中州（即河南），复迁至河内县常平乡九渡村，与妻柴氏合葬。迁葬之时，帝遣中官扶榇以归，河朔（即河北）人民望柩而泣。墓址在今之河南沁阳市丹河峡谷的九渡山，坟冢高悬半山腰上，现为市级文物保护单位。

《宋史·杨延昭传》论称："延昭智勇善战，所得奉赐悉犒军，未尝问家事。出入骑从如小校，号令严明，与士卒同甘苦，遇敌必身先，行阵克捷，推功于下，故人乐为用。在边防二十余年，契丹惮之，目为杨六郎。"后又复叙前功，与父业公均被追封太师（业公初赠太尉），可谓生荣死哀，千秋荣耀。其肩下的五个弟弟，后都默默无闻，既未见于军伍，亦未载诸谱牒。据杨氏家传，此五祖各得寿满善终，故十二寡妇之说显然无从谈起。再如演义中的渊平战死幽州，延辉招赘辽邦，延德出家五台，延嗣乱箭攒身等诸多故事，不仅名讳不符，且都于史无据，无非是些节外生枝、穿凿附会的情节罢了。

延昭娶配柴氏，比公年长四岁，先其二年而卒，享年五十九岁。据杨氏祖匣牌位上的原始记载："妣柴氏，乃后周皇帝世宗柴荣之三公主，先主刑州龙冈，帝父生尧山。因国破落难，屈嫁业公长子延郎，两家有旧好，潘公促姻缘之。延郎公生于太原，后周显德五年八月十九日。殁于大中祥符七年高阳关任上，葬于高阳关水城南。后儿宗，女宗保、宗英受招，迁葬于河内常平山九渡，与妻合葬黄河南口，河朔民众以泪洗面，恭迎之。卒赠太师，享寿六十。"在灵牌的阳面，正书"杨延郎 奠，"下署"子乐政恭"。其作为亲子祭奠父亲，笔下断无妄言，必为信史。文中提到的潘公，实即检校太师潘美，字仲询。其与延昭的祖父杨衮同为后周旧臣，曾是同僚。归宋后名列宋初四大名将之一，向以忠勇著称于世。其既能亲自为延昭为媒作伐，说明柴杨两家确有君臣之谊，亦可见证潘杨两家并无世代冤仇。可惜潘公不幸，竟被后世泼脏，以致成了苦害杨氏父子的奸臣贼子，从此落下千古骂名。天下之冤，又孰能大过于此？这桩公案唯有杨家最为清楚，实则是让宋代的潘美替明代的石亨背了黑锅。

公生三子，长名宗，字传永，号乐政。次名宾，字传持，号德政。三名容，早夭，以文才出众，绰号"文虎"。另有二女，长名宗保，配夫周勉，开封人，

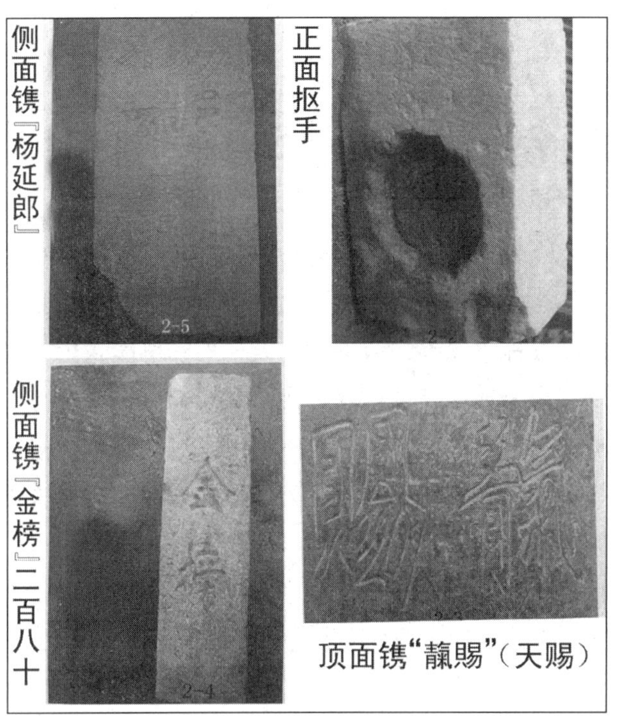

顶面镌“龘賜”（天赐）

官经历，乃夫家子，后改随杨姓。次女名宗英，配夫李忠，开封人，由贡生中解元。姊妹二人熟习弓马，祖谱中确有征战沙场的记载。奈何《宋史》竟将杨宗错记为文广，而小说之类又把宗保讹传为小生。其如此辈分混淆、男女不分，实因后人不明就里，而又疏于考证所致。若早有《杨氏祖谱》面世，又焉能有这等荒谬流传。

第十章　杨宗移镇保中州

杨宗字传永，号乐政，乃延昭公长子。至元代脱脱撰修《宋史》时，竟将其遗漏，误将其子文广称为延昭之子。若按此说，两者之间整差了五十五岁，明显漏掉一代人。后世的艺人、书匠可能觉出有误，但又不知所以，遂于其间妄自加入了杨宗保一代。殊不知这杨宗保乃系延昭公的长女。故世间流传的评书、小说之类，便造出了杨宗保临阵招亲、穆桂英大破天门阵，乃至辕门斩子之类的一系列传奇故事，因而使这段历史遗误由假成真，并让真实的杨宗名湮千古，一向不为人知。

实际上，杨延昭共生三子二女，长子名宗，次子名宾，三子名容（早夭），长女宗保，次女宗英，均系柴公主所出。杨宗生于太平兴国三年（978）十月二十三日，与乃父相差二十一岁。因其作为军户子弟，自幼便投身军伍，长期跟随父亲四处征战，故早早便成了一名少年虎将。至延昭公镇守莫州期间，杨宗年方及冠，为使其早成大器，遂将其派往泥沽寨、杨芬港一线设哨驻防。这泥沽寨即今之天津市静海区的子牙镇，杨芬港位于武清西南，现属廊坊市安次区所辖。这两处边哨，均与辽境犬牙交错，是为抗辽一线的最前沿。杨宗带兵在此独当一面，军事才能已然非同一般。

真宗景德元年（1004），萧太后亲统三十万大军南下侵宋，兵锋直捣京城汴梁。宰相寇准组织各地军民齐起抗辽。杨宗是年二十六岁，亦随父由河北转战至中州河南（古称豫州，属九州中心，故名），一路之上冲锋陷阵，为扭转整个战局立下战功。就在歼敌在望之际，真宗却与辽邦签下了屈辱的澶渊之盟。杨氏父子深以为耻，遂无诏而行，自率孤军突入辽境，一举攻克古城。两国结盟后，延昭公任高阳关副都部署，杨宗为替父分忧，一直带兵巡守于边关前哨。父亲病逝后，杨宗将其尸棺就近葬于高阳关水城之南。此时远在京城的折太君尚健在，当闻知长子先已而亡，不免昼思夜想，悲哀成疾，一年之后亦因病而终。杨宗代父服丧，将祖母安葬于河内常平乡九渡村，使与儿媳柴公主同墓。数年后，为了却祖母遗愿，复将先父棺椁迁移至此，终得夫妻合葬，母子相聚。迁葬之时，河北人民以泪洗面，一路扶榇相送。时至今日，杨宗为祖母祀立的灵牌尚在，为茵陈木质，前刻“妣太君 杨门折氏”，背刻“长孙宗供奉”。

自延昭公去世后，朝廷为保持杨家旗号不倒，继续对辽邦起到震慑作用，遂开始对杨宗一路提拔，倍加重用，先后进封征辽上将军、武略大夫、阶州节度使、中州（即河南）防卫使，兼京城内外都巡检使。从封职来看，其既是河南驻军的统帅，又身兼首都卫戍长官，均属非亲信而莫属的军中要职。论权位之高，均在其祖其父之上，可谓达到了巅峰。因此时已是两国休战期间，故并无与辽交战立功的记载。所应明了的是，其此时镇守的地方已不再是河北边关，而是南移到了京畿河南。这既是宋辽两国关系变化的结果，也显示了北宋朝廷对杨宗一代的信任程度。

至仁宗明道元年（1032），宁夏的党项族酋首李元昊在兴庆（即银川）立国，史称西夏。其国情、政策均与契丹极为相似，故经常对北宋进行侵掠。仁宗在位可谓旧患犹存，新患又起。杨宗身为中州主帅，故此便成了抵御西夏入侵的中坚力量，一连数载征战不绝。后仁宗见其年迈，遂改授西头供奉（御前武官）及秉义郎之职，将其留在朝中，专事参赞军机，并执掌皇家侍卫。庆历二年（1042）八月初九，寿终而卒，享年六十四岁，谱称六十七岁。仁宗深为痛惜，诏赠河朔虞候（有称虞侯者为误，当侍卫讲）。被葬于河内九渡山，与祖母及父母同墓。

公之原配，复姓慕容，名樱，后被演义为穆桂英。其本河北高阳关人氏，大姓名宦之女，所生长子名充广。继娶越氏，安徽滁州人，生二子，长名越衡，次名越卫。因杨宗久掌兵权，为防不测，避免株连，遂一直将其隐匿于外祖家，并改随越姓。安徽今明光市管店镇大越庄的越姓一族，实即杨宗的嫡传后人。当父子分离时，曾让其带走折太君、杨延昭与杨宗的三幅画像，以作日后证明身世由来的家传信物。近数年间，经与瀛西（即河西务）杨氏联宗会谱，证明《杨氏祖谱》所记确凿无误，这支被隔绝了上千年的杨氏血脉，终于得以认祖归宗，并被续入新谱，诚可谓盛世奇闻。

宗公一生，先抗辽于河北，后御夏于中州，本乃一代名将，又系杨家将的第三代传人。奈何《宋史》竟将其遗漏，或将其错记为文广，以致后来生出许多伪迹讹传。若非《杨氏祖谱》记载确凿，其事实真相恐将沉湮海底，永被失传。凭此而论，其不仅匡正了《宋史》的千载遗误，且为还原杨家将的嫡传代系提供了铁证。只可惜谱记内容不可能面面俱到，故所述宗公事迹只得随精就简，有一是一。

第十一章　杨充广平蛮拒夏

第一节　凭智勇屡建奇功

杨充广字中容，乃宗公之子，慕容氏所出。二十九岁时经仙人指点，改名文广，三年后复用原名。其二叔杨宾之子同名文广，字仲容。后其长孙杨光霞之子又名文广，字敬德。一门四代便有三人同名。因世人不明就里，故难免分辨不清，或误将其混为同一个人。《宋史 · 杨延昭传》即将其记为“文广，字仲容”，并错安为延昭公之子，可见国史亦考证不周，致以留下如此纰漏。

充广公出生于真宗大中祥符六年（1013），少小从军，常随父左右。十几岁时便以班行(即随军子弟)的身份，随军征剿反贼张海，因阵前立功，开始被补授殿直（名为皇家侍从，实为一种起步的官阶）。至仁宗明道元年（1032），党项族酋首李元昊反叛，在宁夏银川（时称兴庆）另立朝廷，史称西夏。为防御西夏入侵，仁宗以龙图阁直学士范仲淹为陕西经略副使，协助主帅夏竦(读耸)镇守陕西。一日与中州(今河南)大帅杨宗会商军事，见一弱冠少年随侍在侧，当得知这便是宗公之子杨充广后，便与之交谈起来。不想这员小将竟语出不凡，因而受到范公的高度赞赏，被视为军中奇才。于是范公便将其收于麾下，交给狄青亲自栽培。狄青身为范公的亲授弟子，对老师相中的人自然格外看中。其当时职任延州指挥使，每次临敌必要披散头发、面戴罩具上阵，敌兵望之如神，故屡为所败。数年后，广南蛮侬智高起兵反叛，狄青奉命南下征讨，升充广为征南副招讨使。宋军赶到前线之后，恰逢正月十五元宵节，狄青下令各营张灯设宴，至夜半时分突发奇兵，直捣敌寨，一举将蛮军彻底击溃。杨充广冲杀在前，居功最著，因被进封德顺军指挥，兼宜、邕二州知州。此后又为平蛮拒夏屡立战功，累官至左藏库使（职掌金银国库），兼管御用器械。至英宗以后，以充广为名将之后，且又累积战功，故屡加提拔，先后进封成州团练使（官阶在刺史之上）、龙神卫四厢都指挥使（即侍卫亲军总指挥），复迁兴州防御使、广州刺史，爵封武功大夫。

仁宗朝正值宋夏交兵的高峰期，因此涌出了韩琦、范仲淹、狄青等著名的抗敌名将。时有谚称："军中有一韩，西贼闻之心胆寒。军中有一范，西贼闻之惊破胆。"这位范公文可经国，武可安邦，乃一代名臣良将。其弟子狄青得其亲授，文韬武略堪称盖世无双。杨充广在其麾下多年，屡经战阵，军事才能渐至巅峰。一次西夏大举入侵，韩琦以筚篥（读必力）城关居险要，遂派充广带兵急去据守。此城位于甘陕边界，相距出发地一百八十余里。充广为抢先到达，便在军前谎称筚篥城内有一神泉，近来昼夜喷珠。士卒们闻之大振，遂争相往奔，一气赶到城下，这时才知原来是一计。充广又连夜督率军民固城修堑，处处做好御敌准备。次日天明，敌骑大至，见宋军早有防备，知不可犯，遂撤兵而去。充广见势，立即率兵冲出城外，紧紧随后追杀，斩夏兵数千，获辎重若干。此战出奇制胜，以少胜多，史称甘谷堡大捷。朝廷闻报，遂下诏大加褒奖，并赏赐袍服、官带及战马等物。充广公凭智谋创下一项战争奇迹，威震西夏，名扬朝野，并被载入大宋国史。

杨充广身在平蛮拒夏第一线，出生入死，征战数十年，以智勇双全、战功卓著，终成一代名将。至晚来身居将帅，兼抚地方，累官泾州知州、镇戎军指挥，终至定州路副都总管、步军都虞候（侍卫总长）。至神宗初期、已息事多年的宋、辽两国，又在山西代州发生兵戎之争，充广于病中进献布防图于朝，并拟出攻取幽、燕之地的具体策略，未及上报而卒。时为熙宁四年（1071）二月初三日也，虚年五十九岁（谱称65岁，显系有误）。诏赠同州观察使，崇祀名宦祠，归葬于都门长安城北，地名大台子。后追叙前功，复赠太师、中书令。终其一生，秉承祖业，忠勇报国，使杨氏威名长传百年，不愧为杨家将的第四代传人。史载谱记不甚其详，凡可稽者大略如此。

充广公娶配王氏，都门长安人，生子贵迁。此子后被过继杨昭为嗣，从此袭职播州刺史。贵迁实则一子兼祧两门，故祖谱中仍录其为充广公之子，且独一无二。宋代杨家将本以抗辽为属性，遂从贵迁起已告终结。

第二节 传统绪创修祖谱

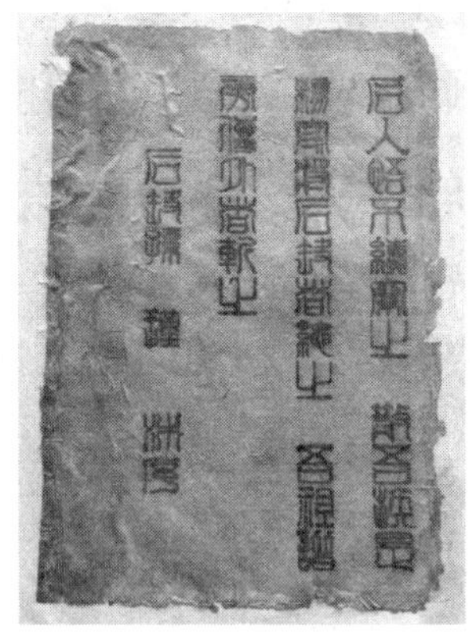
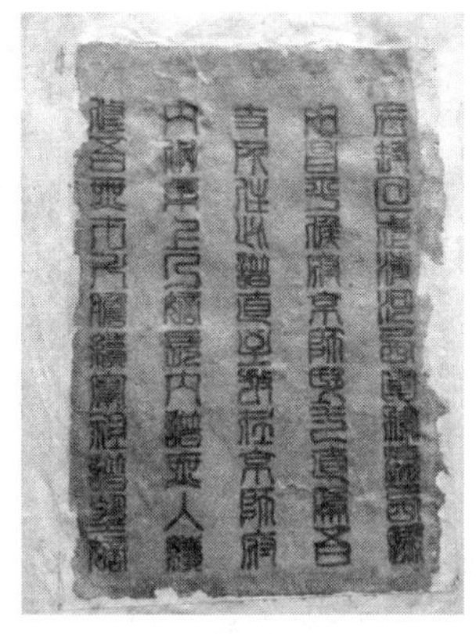
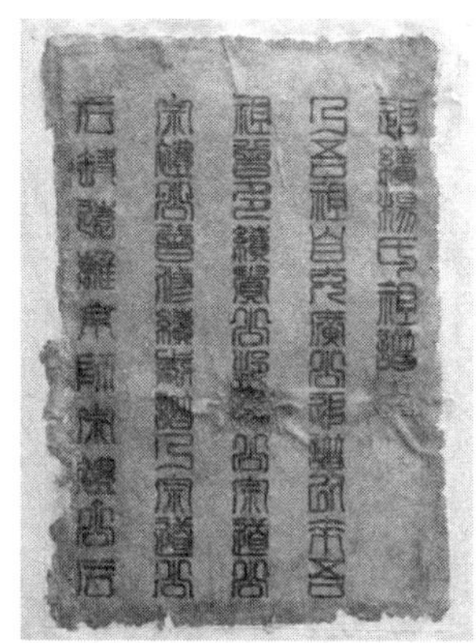

杨瑾续谱序

至充广公晚年，因念及祖传旧谱远在湖南城步，既无从接续，又不便瞻祭，故又另立门支，亲自创修《杨氏祖谱》一部。因所录者主要为本门嫡长一支，故注明为“嫡长内谱”。新谱上追唐末杨端为一世始祖，下迄己子杨贵迁，凡八代。成谱刻于茵陈木简之上，以皮条为编。后经充广公十一世孙杨邦宪接尾续修，又下延至元初的杨顺，前后共十九世。杨邦宪续修时将全谱合一，另用纸本手抄一部，并于卷首补题《续修杨氏祖谱》序一篇，篆书原文如下：

吾祖自充广公立祖谱，茵陈木质。谱上追至周宣王曾孙封于杨，自此后之孙以杨为姓。传至西汉喜公，弘农人，汉高祖封赤泉侯。喜公生敞公，生宝公，生震公，生秉公，生赐公，生（缺彪字）公，生修。宝公次子霆公，生子泽公，生球公泉州。球公子境公，传十数代至弘信公，曾为齐（应为麟）州刺史。公自称衮，因国无主，自竿而起，建杨家城，自封霍山王。子重贵公，投靠大宋，五十七寿。子延朗公，生宗公，生充广公，生贵迁公，生光霞公，生文广公，征西有功，封武节大夫止，乃吾杨氏之盛焉也。

受胞兄贵之命，续修祖谱。

后裔孙 邦宪 沐序

至明朝中叶，杨业二十世孙杨瑾在续修此谱时，复又补序一篇，仍用篆书，译文如下：

追续杨氏祖谱：乃吾祖自充广公追谱以来，吾祖曾多续。贵公、邦宪公、宗道公、宗礼公，曾续修前谱。乃宗道公后裔远离京师，宗礼公后裔回武清河西军务。瀛西归（应为旧字）宅昌平侯府、京师（府）邸一直为吾支所住。此谱直至放在京师府内供桌上，乃嫡长内谱，无人续修。吾无才，斗胆续写祖谱，望嫡后人悟不续写之。散吾族是杨家将后裔者绳之，吾祖谱旁传外者斩之。

后裔孙　瑾　沐序

依家法祖训，《杨氏祖谱》一直孤本单传，专由历代长门长子亲加保管，虽同门近支均都难得一见。故后世所传的国史家乘、传记碑铭中，常有讹误流传，以致杨氏先祖的名讳、辈分，乃至宗族统绪等多生龃龉。杨充广创修的这部木简原谱，曾被匿藏于湖南城步大竹坪的杨氏祖祠，至大明永乐二十二年（1424）始被迎至北方，先供奉于京师（北京）杨府，后又转移至瀛西河西务大龙庄之杨氏祠堂，直至1970年“文革”中被彻底焚毁。所幸者尚有纸抄本深藏至今，虽已残头烂尾，一触即成齑粉，但其原文仍大都清晰可辨，此番谨将谱中的世系年谱照录于下，其中包括元代杨邦宪及其后代所续接的部分，下限为元末。

一世祖　端　二子。长子敛，名守节，字师立。次子会，字师厚。

唐朝太原人，统治播州，封播州刺史。宋赠太师。系唐僖宗乾符三年（876）入播州任职。

二世祖　敛　子牧南。

郑州观察使，兼播州刺史。

二世祖　会　子弘信，自称衮。

唐征西大将军，曾与胡人大战，后被封金刀王。

三世祖　牧南　子部射。

播州刺史。

三世祖　弘信　字君爱，二子。长子重贵，改名业。次子重训。

麟州刺史，仕北汉为政事令。自起兵称衮，后自称霍山郡王，建杨家城，为当地土豪。

四世祖　部射　子三公。

播州刺史。

四世祖 重贵　名业。七子，长子延郎。

妣折氏，折德扆公之女。

字绍祖，名继业。仕北汉，累迁至建雄军节度使。后归宋，止名业。为全紫光禄大夫、检校太傅、左领军卫大将军，兼御史、云州观察使。卒赠太尉，大将军节度使，追封开国公，赠太师。

公生于后唐天成四年（929）三月十八午时，卒于雍熙三年（986）七月十三日辰时，寿五十九岁。

墓在香河县南，距祖杨球公墓地八里大枣树林中。

四世祖 重训　字重勋。妣姜氏，生子光扆。

麟州防卫使。

五世祖 三公　二子，长宝，次实。

播州刺史。

五世祖 延郎　号白玉虎，人称杨无敌。

妣柴氏，子三。长宗，字传永，号乐政。次宾，字传持，号德政。三容，早夭。容文才出众，因父号玉虎，人赠容绰号文虎。女二，长宗保，次宗英。

征辽大将军，特进光禄大夫，兼枢密军国重事。持节莫州诸军事，幽州路马步军观察使，检校太傅，上柱国。家住莫州修德堂。奉上谕密修边关地下战沟。公为长，赠太师。曾受八王赵元俨多次庇护。长女宗保，夫家周勉，开封人，官经历，乃夫家子，随吾族之姓。次女宗英，夫家名李忠，开封人，贡生，考进解元。二胞妹争战沙场。

杨氏祠堂延郎祖匣牌位原记：

牌位前面：杨延郎奠，子乐政恭。

牌位后面：延郎，妣柴氏，乃后周皇帝世宗柴荣之三公主。先主邢州龙冈，帝父生尧山。因国破落难，屈嫁业之长子延郎。两家有旧好，潘公促姻缘之。延郎公生于太原，后周显德五年（958）八月十九日，殁于大中祥符七年（1014），高阳关任上。葬于高阳关水城南，后儿宗，女宗保、宗英受招，迁葬于河内常平山九渡，与妻合葬于黄河南口，河朔民众以泪洗面，恭迎之。卒赠太师，享寿六十。

口传：柴公主比延郎公大四岁，先延郎二年去世。

五世祖 光扆　字名光。妣韩氏，生子琪。

西头供奉官，监麟州军马。

六世祖 实　子昭。

播州刺史。

六世祖 宗　三子，长子充广。

公字传永，号乐政。生于太平兴国三年（978）十月二十三，卒于庆历二年（1042）八月初九。

妣慕容氏樱，高阳关人，大族名宦之家。继娶越氏，滁州人，生二子，长子越衡，次子越卫，从舅隐居管店大越村，随母姓，并带走学影祖像三张：折太君、杨延郎、杨宗。

授征辽上将军、武略大夫、阶州节度使、中州防御使，兼京城内外都巡检使。

祠堂牌位前面："杨宗奠　子充广供"。牌位后面："宗公初镇守泥沽寨、杨芬港，后与西夏作战，官至西头供奉、秉义郎。卒赠河朔虞候，葬于河内九渡山。"

六世祖 宾　字传持，号德政。

妣王氏，生四子，长文广，次行广，次武广，次持广。

公守河内，官西头供奉，卒赠殿直。九渡、代州为文广公之后。文广字仲容。

墓在九渡。

六世祖 琪　子畋。妣慕容氏。

供备库副使。墓在洛阳杜泽原。

七世祖 昭　无子，过继充广子贵迁。

播州刺史。

七世祖 充广　子贵迁。

妣王氏，都门长安人。

初名充广，二十九岁时经仙人指点，改名文广，三载复原名充广。公生于大中祥符六年（1013），卒于熙宁四年（1071）二月初三。字中容。

广州刺史，授武功大夫、征南副招讨使。累迁左藏库使、成州团练使、都指挥使、兴州防卫使、定州路副都督、总管步军都虞候。卒赠同州观察使，崇祀名宦祠。宋赠太师、中书令。

公享寿六十五寿，归葬都门长安城北大台子。

七世祖 畋　字乐道，子祖仁。

大学士，文武全才，与欧阳修同科进士。授左卫将军统制、云州防卫使。特进左武大夫、侍卫亲军马步军都虞候。崇祀名宦祠。墓在汴梁。

八世祖 贵迁　子光霞，改名光震。

充广公之子，过继给昭公为子，初任德州刺史，后为播州刺史。

（杨充广始修部分应到此为止，以下为杨邦宪续接。）

九世祖 光霞　改名光震，子文广。

世袭播州按抚使。

十世祖 文广　子惟聪。

世袭播州按抚使，抗金保朝，卒赠武节大夫。

十一世祖 惟聪　子选。

世袭播州按抚使，保朝抗金。

十二世祖 选　十三子，长子轸，次子轶，三子轫，四子轼。

以子轼官封武功大夫，曾任播州按抚使。

十三世祖 轸　无子，过继轼子粲。

播州按抚使。

十三世祖 轶　无子，过继轫子虢。

授通判，赠资政大夫。

十三世祖 轫　四子，长子虢，二子武，三子佰。

六合县令。

十三世祖 轼　子粲。

主持播州政务，建庙兴学，私塾遍及。

十四世祖 粲　子价。

官终武翼大夫，累赠右武大夫、吉州刺史、左尉大将军，卒赠威烈侯。

十四世祖 虢 仁和县游击。

十四世祖 武　六子世芳。

武功大夫。

十四世祖 佰 子世兰

团练按抚使。墓在泰和。

十五世祖 价 子文。

封播州侯，嘉熙三年（1239）。

十五世祖 世芳 二子，长子上瑞。

六合县班头，庠生。

十六世祖 文 子邦，二岁少亡，过继上瑞公之子宪，改名邦宪。

亲卫大夫，加忠州团练使。卒追赠金州观察使、荣禄大夫、同知枢密院事、柱国、播国公。

十六世祖 上瑞 二子，长贵，次宪。

仁和县教官。

十七世祖 邦宪 子汉英。

袭播州权柄，授成忠郎，雄威军副都统，通管州事，拜龙虎卫上将军，升宣慰使。

十七世祖 贵 七子，长子生辉。

六合贡生，授宣慰司案差。

十八世祖 汉英 嗣子嘉贞。

元世祖忽必烈赞："聪慧过人，是儿真国器也。"封龙虎卫上将军，授金虎符，赐名赛英不花，加封管军万户，播州按抚使。

十八世祖 生辉 六合县秀才。三子，长子顺，仲子训，季子紃（读寻）。

妣朱氏，濠州钟离人。

十九世祖 嘉贞 子忠彦。

播州按抚使。

十九世祖 顺 字从善。三子，长子镦，次子政，三子和。

妣吴氏，青墩村人，生子政、和。继邱氏，六合城内人，生子镦。

（杨邦宪续谱大约至此为止，至杨政父子随朱元璋起义，已值元末明初，故被归入明朝阶段。）

附：杨氏祖谱世系图

（唐末至宋元阶段）

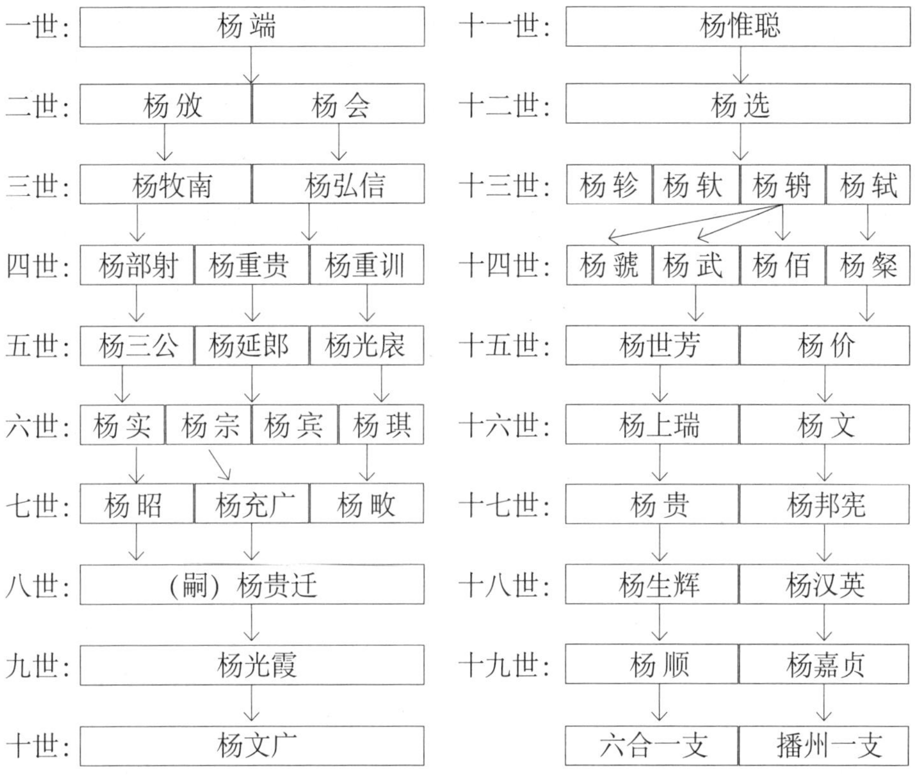

下编

大明英烈

元末乱世，杨业十七世嫡孙杨政亲率三子二侄勇举义师，共为大明开基立下赫赫战功，尝被誉为“一杰五虎”。洪武初，“五虎”之首的杨璟功封营阳侯，后奉命戍守十四仓和北运河，由此落籍武清瀛西，渐又衍出“瀛西杨氏”一族。至“靖难之役”中，璟公为救护燕王被南军腰斩于安徽灵璧，追封璟国公。后其子杨洪复又率领兄弟子侄数十众，长期镇守于京北塞外，一直雄居各路边军之首。至“土木堡之变”，杨门将士各以勤王拥立之功，一门同出三伯侯，四都督，十数位将军、指挥使，另有苍头得官者十六人，因被代宗皇帝封为“英烈之门”。民间曾有“朱家天子杨家将，换王不换将”的谚语广为流传。在以杨洪为首的杨门将士中，其核心人物大都出自武清瀛西（即河西务），若论阵容之强、功勋之著、官爵之高、传代之久，均比其宋代先祖只有过之，而无不及，故称之为瀛西杨家将，实属实至名归，毫不过誉。

而有明一代，向以诛杀功臣著称于史。杨氏家族久掌兵权，深知龙眼无情，伴君如虎，故常采取分宗裂祖、藏匿子孙，乃至隐姓埋名等各种对策，以避诛族灭门之祸。此举虽则掩人耳目，但也导致自家历史疑误百出、玄奥重重。本编是为全书重点，爰就广稽博采，详加考证，唯期还本复原，而使这支鲜为人知的杨家将公之于世，以俾永久流传。

第十二章　杨政父子伐无道

上溯南宋初期，杨业十世孙杨钠出任六合（今南京市六合区）县令，举家移居六合，后又衍生“六合杨氏”一族。元末，顺帝荒淫无道，蒙古贵族兼并土地，狂征暴敛，加之黄河泛滥，以致中原各省百姓流离、饿殍遍野，并由此引发民族对立、积怨沸腾，终于在至正十一年（1351）五月间暴发了席卷全国的红巾军起义。时在六合的杨政亦揭竿而起，亲率长子杨璟（字孟春）、次子杨换（字孟良）三子杨柱（字孟赞），从侄杨鹤（字孟熙）、杨芳（字孟华）等一行族人，共同追随常遇春起义，数年后才归由朱元璋统一领导。政公三弟杨和，因为人孤傲，不愿受人约束，故另自投于朱元璋麾下。

杨政字仁辅，约生于元仁宗延祐五年（1318），乃宋赠太师杨业的十七世嫡孙，六合杨氏的八代传人。其父杨顺字从善，生值蒙元中叶，终身隐德弗耀，不肯事元。所生三子，长名杨镦（读兑），出自庶生。次即杨政，三名杨和，并为嫡出。当义军蜂起之际，乃留杨镦看守祖业，其余子孙俱投入灭元大业。这班杨门子弟在杨政的带领下，先随常遇春攻城陷府，屡胜元军。因个个英勇善战，所向披靡，故而深受常帅赏识，被其誉为义军中的“一杰五虎”。至归附朱元璋后，父子数人竭尽忠勇，拼死效力，复为太祖夺取天下屡立战功。其中尤以五虎之首的杨璟居功最著，遂被太祖一路擢升，累封管军万户、亲军副都指挥使、枢密院判官，爵封营阳侯。其父及四个兄弟亦累积战功，各得封赏。

历经十数年的浴血奋战，起义军逐步攻占南方各省，并先后扫平陈友谅、张士诚、方国珍等割据政权，终于统一了长江中下游地区。元至正二十七年（1367）十月，朱元璋命徐达为征虏大将军，常遇春副之，着手调集二十五万大军北上伐元。义军分为数路，齐向山东集结。各军争相报捷，先是攻下山东诸郡，继又占领开封，平定河南，夺取潼关。至正二十八年

（1368）正月，朱元璋在南京称帝，改元洪武，至当年七月初，北伐的明军齐聚于山东临清，徐达、常遇春遂统率马步舟师，开始沿京杭大运河直驱北上，很快便攻陷德州等地。元顺帝闻讯，急派平章俺普达朵儿只进巴等率军前去迎击阻截，结果又被明军所败。闰七月二十五日，明军前部开始攻至武清县北部的河西务。此地距大都仅只一百二十余里，地扼水陆咽喉、通京要道，故而两军在此展开了殊死决战。据《明史 · 徐达传》记载：徐达“合兵取长芦，扼直沽，作浮桥以济师。水陆并进，大败元军于河西务，进克通州”。清乾隆七年（1742）《武清县志》亦称：“闰七月，魏国公徐达帅诸将进抵河西务，郭英首战元军。”国史县志所载的这场灭元决战，就发生于北运河畔，两军拼杀的主战场即在务关城（今土城村）西北隅的那片荒沙滩上。北运河在此拐弯向东，因地势低洼，积沙严重，以致河床不断提升，渐至成了一段高出地面的悬河。每逢夏秋，洪峰骤至，屡屡决堤成患。洪水挟带着大量淤沙，将这片荒原堆积成了高低起伏的沙滩，方圆足有数里。每值风起，则黄沙蔽日，故被乡民称为“黄沙港”，亦称“金沙滩”。

在这场金沙滩决战中，明军大将郭英率领的先头部队首先与元军遭遇。因此役关乎大都安危、政权存亡，故元军派出了全部看家主力。交锋之后，时为前部副先锋的杨璟一马当先，率领自家兄弟首先突入敌阵，直将元军杀得人仰马翻，分为数段。同为副先锋的高明德不幸身陷重围，被一群敌将斩落马下，惨死于阵中。杨璟目睹此景，痛若割股，故后来将其子高秋收为义子，取名杨浩。此役元军虽众，但毕竟已是惊弓之鸟，士气不足，因而不待明军主力赶到，即被其先头部队打得四散溃逃。此时的务关城尚在敌手，常帅手下的回民部队用火炮轰开西门，全歼守军。这些将士后被留下守城，当地因而成了著名的回民聚居区。时至今日，仍有“十二把把（回民称祖辈为把把）炮打瀛西城”的故事广为流传。此役明军大获全胜，并擒获元军知院哈剌孙及省院将校三百余人、战马六百余匹、船只百余艘、军粮二千六百余石。

此后，明军一路追杀，连夜将通州城围住。时逢大雾封江，城中守军被诱出城外，杨璟正撞见敌军主将卜颜贴木儿，遂一箭将其射于马下，立时毙命而亡。明军四面合围，斩敌首七千余级，活捉元军守将及皇室宗亲孛罗、梁王等众。至深夜三更，一举攻克通州。至当月二十七日，明军主力先后赶至大都城下。元顺帝见大势已去，遂于二十八日夜间潜出京城，携带太子、后妃及一班蒙古大臣，仓皇逃往上都，元朝灭亡已成定局。后按徐达部署，郭英、杨璟、吴桢、顾时四将各领铁骑一万，在城四面高搭云梯、起筑高台，齐向城头施放火器，迫使元兵无法立足城上，把守西宁门的待制（官名）王殷仕刚一探头，即被杨璟一炮击中头颅。至是年秋八月二日，大都终被明军攻陷，由此改称北平府，并宣告了蒙元帝国的彻底灭亡。

攻取大都后，明军稍事调整，复由徐达、常遇春率领，继续前往征讨河北、山西、陕西等北方诸省。杨氏父子随军转战，又屡建功勋。据《杨氏祖谱》记载：政公“随朱元璋起义，做常遇春阵前先锋，带领杨家子弟，尝称一杰五虎。攻瀛西、大都、西安富平县、汉中佛坪县，封汉中卫左所百户，家住长角坝”。至永乐二年（1404）卒于汉中，享寿八十六岁。初葬于长角坝乡下沙窝村南，后由曾孙杨能、杨俊复迁至北京右安门外柳村慈云寺南。至其孙杨洪显贵，复被追赠柱国、昌平侯。公之三弟杨和，官至昭信校尉，明初弃官为僧，身后留下一段千古奇闻。长子杨璟，功封营阳侯，洪武间落籍武清，被瀛西杨氏奉为开基始祖。次子杨换，累任阵前先锋，尝舍命救徐达，后战死于汉中，追封柱国，谥号武襄。三子杨柱，官终从军百户。长侄杨鹤，官授监军使，远征漠北（今蒙古国境内）时，战死于瀚海沙漠。次侄杨芳转战汉中，值政公病逝，接任汉中百户，卒赠武信校尉。

在这场元末起义中，杨氏父子喋血疆场，舍生忘死，终于用鲜血和生命换来了洪武开基，天归一统。入明以后，以璟公之子杨洪为首的瀛西杨家将，复又高举保国卫民的旗帜，御外抚内，共筑边防，继续为大明王朝做出了无与伦比的历史贡献。

第十三章　杨和弃官皈少林

第一节　做游僧客死淞江

杨和，字仁君，法号福信，乃顺公三子，与杨政同为一母所出。据杨氏口碑相传，和公武功高强，招数怪异，善使一杆铲头大枪，在众多兄弟中唯其堪称冠首。且其两臂如猿，双掌如扇，体格迥异常人。当元末起义之初，杨和自知秉性孤高，不服管束，遂不愿与兄侄等人同伍，乃独自另投于朱元璋麾下。从军以后，其自恃己才，刚直不阿，虽居功至伟，却一直不得重用，十数年间，才只是个从军左哨，仅类似于当今的连排长之类。至洪武初大封功臣，其远不在拜将封侯之列，仅被授予昭信校尉之职，最高不过六品。故此心灰意冷，一气之下便弃官而去。其久闻嵩山少林乃禅宗祖源，武功圣地，遂决意皈依佛门，练武修行。少林掌门得知其来自义军，便推说无法颁发度牒，只准其带发出家，当了一名寄寺游僧。这杨和自幼习武，今虽半路出家，却诵不得经文，打不惯禅坐。每日里除了吃斋练武，便是传授僧徒。有时性起，则如闲云野鹤，任意四处云游。不论山高水远，还是佛山仙洞，足迹无所不及。至其八十岁那年，尚远游至淞江府（今上海市一带），不期无疾而终，圆寂于华阳台的一所寺院之中，因不见度牒，便按俗家丧礼，以棺木葬于当地，时年八十一岁。据知其兄杨政生于大元延祐五年（1318），凭此推断，杨和似应生在 1320 至 1325 年之间，故其卒期约为建文至永乐初期，即 1403 年前后。

延至正统四年（1439），杨和入土已经三十余载，孰料又有人声称在当地街市之间曾屡次见到过这位蓄发老僧。此事传出，一时轰动了僧俗两界。当职的淞江府尹久闻此僧练就金钟罩、铁布衫的功夫，已成金身不朽之体，为验明虚实，遂招人将杨和棺木起出，当众进行开棺验尸。当棺盖打开，果见其肢体未腐，容颜韫色，仍似活人一般。此事奏闻于朝，英宗查明原委，乃复其昭信校尉之职，赐法号福信，并命有司为其补发度牒，一并随葬于墓中。当地官府遵旨而行，依制为杨和重新置棺立墓。据《杨氏祖谱》记称：和公“字仁君，号福信，无子。妣宋氏，大学士宋濂之胞姊。从军左哨，后封昭信校尉，后出家少林当游僧。善使铲形枪，招术怪异。终八十一寿。墓在淞江府之地华阳台”。因杨氏家族立有祖训，凡方外术士之类一概不得入谱，故谱中所记仅此数语。至于那些传奇情节，自然不宜录入。但文中大意清楚，梗概俱全，足可证明这段杨氏家传确有其事，并非是空穴来风的无稽之谈。

第二节　抛妻氏终守鳏独

杨和早年成婚，娶配宋氏，乃明初第一文人宋濂的胞姊。因其自幼习练金钟罩、铁布衫的功夫，必须保持童子之身，故与之只有夫妻之名，而无夫妻之实。至其起义投军之后，夫妻二人始终天各一方，再也无从见面。直到终老，一个鳏独一世，一个寡守一生，自然无有子息。

洪武三年（1370），太祖大封功臣，从侄杨璟受封营阳侯，后随徐达镇守北平，奉命戍守河西务十四仓（元代所设的漕粮仓）和北运河，从此落籍于河西务。杨和恰在此时前后弃官出家，遂将宋氏太君托付给杨璟代为赡养，因被安置于瀛西杨府。府中专为宋氏另置一座跨院，平日里除了身边的丫鬟、使女之外，其他人等俱不准入内。在此期间，曾受到杨璟夫人施氏的精心照料，彼此形同亲人一般。宋太君从来足不出户，每日只是守住青灯黄卷，吃斋念佛，直挨至永乐后期，方才耆寿而终，享年九十九岁，被杨氏家族称为第一寿星。至景泰元年(1450)，璟公之子杨洪以功封昌平侯，奉敕于京师北平和瀛西老家各建侯爵府一座，复于府宅三排东侧单成一座小院，门楣嵌砖，上雕“杨门宋氏”，专为祭祀这位已经故去多年的叔祖母。后经侄孙杨洪、杨清出面请旌，皇上御赐一匾，呈蓝底金字，敕书“节烈”二字。此匾一直悬挂于院门之上。1900年庚子之乱，杨府大部被八国联军所毁，这方御匾复被移至三排西侧的“功状阁”内。这是三间穿堂式建筑，专门用来张挂历代先祖的功名匾状。据亲历者称，此匾即被悬挂于西门内侧，在其两端的如意钩上，长期盘着两条大蛇，体色一黄一白，从来不怕见人。至二十世纪四十年代，这座厅堂终被拆平，那方御匾因而传入旁支，

重修楊氏祖譜長門家傳

受仁君公之托遍覽楊氏祖譜楊氏家傳嫡長內譜弟拙笨續其家傳先人一

世

祖

楊端者其先太原人仕越之會稽遂為其郡望族後寓家京兆唐末南詔叛陷播州久弗能平僖宗乾符三年下詔募驍勇士將兵討之端夢神告曰爾亟往

此功名機也端與舅氏謝將軍詣長安上疏請行上概而遣之行至瀘獵謀知之歛退者半乃詣瀘州合江遂入白錦軍高遙山據險立砦結土豪史蔣黃三氏為久住計蠻出寇端出奇兵擊之大敗尋納款結盟而退唐祚移於僕擾端廖憤發疾而卒子孫遂家于播宋贈太師太師生欿欿生牧南既嗣世殤父業

末成九溪十洞蠻未服日夜憂憤其子部射遂其職遂鍊獞卒伐羅閩時閩附南詔部射深入閩屈將士絕其使部射力戰死其子三公抱父屍不去閩執之以歸牧南卒三公幽於閩半載會阿求蠻酋黑長與閩有連語之曰殺其父而囚其子人弗為也盍歸諸閩不答謂長定怒夜以一牝馬竊載與俱歸且發兵

納三公界上三公遣衛兵檄召謝巡檢謝帥夷獠遂之會稽江夷獠怒懷異志引舟岸北呼謝曰為我謝若主當免我科賦否則吾不以舟濟三公怒瞋目視舟嚮者三舟奔而前三公遂涉夷獠爭持牛酒羅拜為謝三公剪帛擊獠類吸水噀之帛成蛇形獠伏地哀祈誓輸賦不敢反三公複嘆之席如初三公生二子

實實實當立白以才不逮讓與實實字真卿閩宋太祖受命即欲遣使者入貢會小火輪及新添族二部作亂實同謝巡檢討之夜薄越營盡殲其眾實傷流矢病創而卒實生昭字子明嘅嗣世二弟先鍊各擁強兵先據白錦東遂羲軍號下州鍊據白錦南近邑號播州昭不能制曾未幾竭蛾稱南衛將眾舉兵攻

先且外結閩兵為助謝巡檢子都統謂昭之子貴遷曰蛾召仇離而賊間氣邪不容死恚詩之遂發兵設三覆于高遙山要其歸而擊之閩大潰赴水死者數千蛾亡入閩貴遷太原人與端同族其父充廣乃宋贈太師中書令業之曾孫莫州刺史延郎之孫宗之子嘗持節廣西與昭通譜昭無子充廣甥貴遷為之

使自是守播者皆業之子孫也貴遷字升叔慶曆皇祐間儂智高亂邑貴遷曰遷夜郎牂牁出其不意擊之孫志南粵之奇者也吾當拒險以自效郎如瀘戎濮南川得暴疾將還其季父先使南川巨族逃難要殺之官至武功大夫嚮州刺史生三子光震光榮光明光震字長卿瀘南夷羅乞弟叛瀘遣使乞師光震

督兵行時閩竟宋大郎與乞弟通遇莫歸道光震與戰逾七日不決遣帳卒王龍問道走播趨謝都統請師謝至武婁山見二酋縱騎橫槊馳聘若指麾其眾謝以勁弩射其一應弦而斃其一大憤拔刃沖陣謝矢落其首殺之即宋兄弟也二夷懼而退因不能為瀘患光震官至從義郎沿邊都巡檢使生五子文廣

文真文錫文貴文宣文廣字仲卿少故仲父光榮潛謀篡立眾弗與光榮奔高州欲歸徽兵以危宗嗣文廣與都將謝石近謝成忠謀奉書詐逆光榮以歸事之如初光榮複欲焰文廣文廣讒為不知愛敬曰篤嘗懷僞盤發光鞭蓋文廣浦斬之事連其弟理郭理卿奔高州蠻謀作亂會老鷹砦家移族亦叛文廣命

謝都統討夷之斬理郭歐豬獄釋其黨七人初西平蠻視謠豐尤傑無賴制文廣信成忠夜入其營擒獲之眾數其罪貸罪當文廣之時蠻獠為邊患楊氏先氏所不能羈縻者至是叛討服懷無梗權武封疆歸而戶口增矣年僅三十六而歿君子惜之官至武節大夫生三子惟聰惟吉惟信惟聰字晦之七歲而孤

育于母舅謝石近家石近以主少眾貳因奉光榮播攝事光榮立日久益固位惟聰既長光榮深忌之置毒魚中欲加害覺之弗食光榮複為逆歸高州始與俱將發於中途謀泄弗果行光榮恚歸播州二縣地千七百里往獻於朝闕即其地建白錦堡加光榮禮賓使光榮還惟聰率部佐出迎光榮豫置毒於茗以

伏隸人誘進光榮顛之即斃惟聰始復成光榮弟光明欲奔蜀訴于都使者李惟聰出禦光明惟聰恐被以劫之兵獻惡惟聰謀不執獻入其靜婿發南平諸寨兵入播惟聰懼適不自勝大集兵拒戰敗其師事聞詔奪獻官進惟聰修武郎左班殿直賜金帶錦袍撫諭之光明因亡入關而死居無何惟吉復作亂

殺惟聰二子眾怒共誅之惟聰深感家難禱於上下神祇誓曰世世子孫不可以權假人違此言者天實滅之惟聰複生二子選遂選字師夫始立位號欽二帝播遷高宗南渡選慨負氣載志勝晨練兵以待徵調士大夫趾之性嗜讀擇名師授子經閩四方士有賢者輒厚幣羅致之歲以十百計益士房萬尋來

市播為夷人所劫歸贖者至再遇則出之遣於客館給食與衣者數報屬獄大比選厚館遣抄眾送其鄉益膺登為士弟達貳于選謀入閩作亂選邑長明而終官至武翼郎生十有三子惟軫賦最良軫字儒英英資長身狀貌瓌偉剛果勇決人服其能嘗病痛僕臨祭纔傑北二十華移家川山水之佳修治之是

為湘江軫初無嗣輸賦子築為後晚生三子勳居留以氣負遠不易初讓尤愛賦尋授賦繼政獨築室萬泉以終軫審一虎騶服左右常駕以出遊人與之官至乘義郎賦字德載沉靜寬厚孝友無間言選軫諸子不睦若幾出初先據下州世治兵相攻凡七傳至燦軫之幕官蠻詠從容白曰骨肉相殘夷狄之俗也

上下播其初由一人而今干戈日夜相尋軫若歸但修睦複兄弟之護乎賦欣然曰吾有志久矣子為我往諭之誠至下州修頓顧受命遂盟而還賦留意藝文蜀士來依者遍眾始廣制田使安食之由是變荒子弟多讀書攻文士俗為之大變賦官至成忠郎贈武節郎粲字文鄉小字伯強幼授大學即掩卷歎曰

此非一部行程歷乎必涉歷之至乃可爾長好騎學投壺粲母弟師有寵于父幾奪其位粲亦欲以其位讓之因猶泳煙得不發則儒三年蜀帥與曦叛粲帥師杜擾會曦誅不果實職周三百黃白金巨萬且謝因曦叛大舉北伐已齎光恥上優詔答焉嘉定十二年複輸萬三百于蜀帥蜀帥以聞上益嘉之時平夷

粲永惠監攝公家田業曰粲不遣犯王略吾為藩臣可縱其死罪帥兵討平之斬永忠歸其田南平閩直偉律賦父自立粲聚眾致討放其眾於溪洞斬首數千級辟地七百里獲牛羊器仗各以千計煥遣盟砂探界上粲遣兵拒之歸煥所掠地賦於珍州下播平達遂歸粲性孝友安僉家治政寬簡民便之複大

修先廟建學舍士作家訓十條曰盡臣節隆孝道守箕裘保疆土從儉約辨賢佞務平恕公好惡去奢華謹刑罰論者多之楊氏居播十三傳至粲始大官經武翼大夫累階右武大夫吉州刺史左衛大將軍忠州防禦使賜廟忠烈封威毅侯生三子價佐佑價字善父英偉沉毅自少不群父沒以都殿升其子文事

志嘗母端平中北兵犯蜀圍青野原價曰此主憂臣辱時也其可後乎乃移徼蜀閫請自效制置使趙彥吶以聞詔許之聽用遍制師家世自勝之兵五千成蜀口國解價功居多詔授雄威軍都統制未及撥白錦堡為播州文顧都價統兵如故蜀帥又急詔價以雄威軍戍變峽價分屠所部屯盤渝間遣奇兵擊東

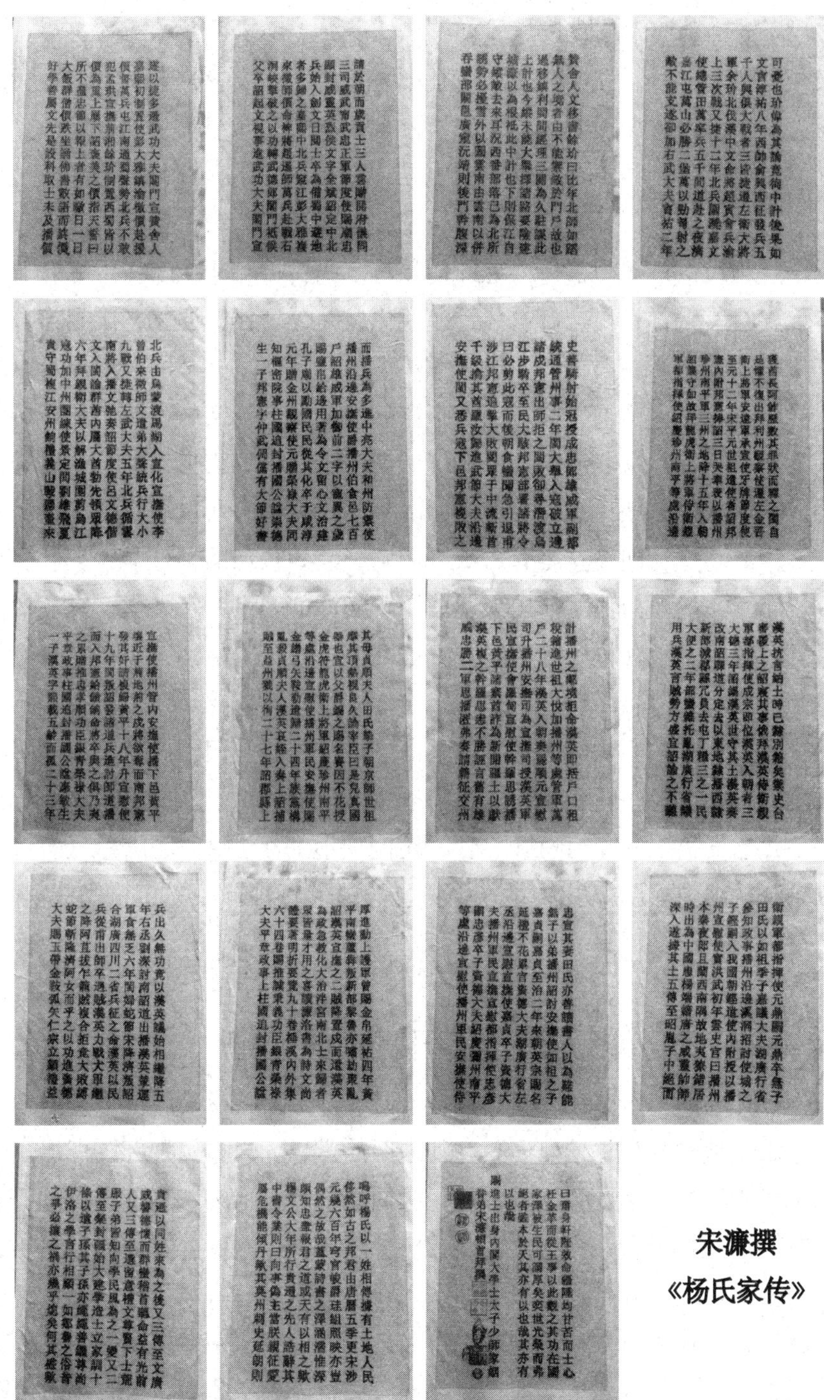

宋濂撰

《杨氏家传》

询之已于“文革”中被毁。

杨和出家之后，曾多次游历京师（时在南京），并得与妻弟宋濂晤面。其在倾诉之余，曾托请宋濂为杨家续修祖谱。宋公乃当世大儒，贵为太子朱标的授业老师，尝奉旨主修《元史》。因姻亲关系，其曾亲自拜读过杨氏家族的传世谱牒，并趁修史之便，查阅了前朝的皇家档案，故才应约写成《重修杨氏祖谱长门家传》这篇谱稿。此稿曾被雕印成帙，可见并非孤本单传。卷首先称：“受仁君（杨和字仁君）公之托，通览杨氏祖谱、杨氏家传、嫡长内谱。弟拙笨，续其家传。”卷末落款：“赐进士出身，内阁大学士，太子少师，家姻眷，弟宋濂顿首拜撰。”文中表明，他与杨和本系妻弟关系，并亲自通览过杨充广所修的宋版《杨氏祖谱》。这篇谱稿大约成于洪武中前期，在流传期间，曾被杨氏几代人所珍藏，现存于《宋学士文集》刊本，即在卷尾黔有数方印章，诸如杨璟的雅号“大虎”（因属虎得名）、杨和的法号“山人福信”、杨沖的表字“宗义”，以及杨俊的手章等等（余下几枚不敢妄认），证明这些杨氏先祖都曾亲自经管或鉴览过此谱。

杨和的一生，心高气傲，不谙拳曲，致以遁迹空门，老死不知所踪。宋氏夫人为其所误，只落得望夫守寡，白来一世。如其当初能与兄侄同伍，少些争强斗气，单凭那一身独门绝技，定能少不了拜将封侯之位。反而言之，若临到藏弓烹狗、滥杀功臣之际，他又岂能逃脱。以此论之，倒也祸福相依，各有得失。

第三节　华阳镇重现尸身

据媒体、网络多方披露，2000 年 8 月 5 日，上海市松江区华阳镇的农民在平整土地时，意外挖出一具完整未腐的古尸。当地民警赶至现场，但见棺木已被挖土机刨开，这具古尸正脸面朝下趴于地上，身着一身古代装束。经初步查看，死者系为男性，从皮肤、面容等部位判断，应为元末明初人，死时年龄约在七十五到八十岁之间，入葬年代距今已有数百年。此后，淞江博物馆的专业人员亦相继赶到，一名馆员近前用双手触摸尸体，自称就像将手伸入冰箱的冷冻室一般，感觉寒气透骨，异常冰凉。当时正值江南的酷暑八月，这种闻所未闻的奇异现象，着实让人感到大惑不解。后在查找随葬品时，工作人员首先从尸体衣服内发现一块度牒，即由官府为佛教僧侣制发的身份证件，上面注明持有者名叫杨福信，制发时间为大明正统四年（1439），推算起来已五百多年。随后又找到木俑武士一具，铲头标枪一支。此事一经传开，曾在社会各界中引起很大反响，有人将其与湖南马王堆的辛追女尸、连云港的凌惠平女尸等相提并论，俱被视为旷世奇闻。

这具古尸后又得到有关专家的重新鉴定和分项研究。古尸专家发现，其皮肤湿润柔软，仍具有弹性，某些关节居然还能活动。尤其是那双手掌，明显大于常人，显然是长期练武所致。鉴定结果，其死时应在七十五至八十岁之间，与最初的判断完全相符。再经取样化验，其体内所含的金属元素指标均属正常，证明入葬前并未做过任何的防腐处理。在环境检测中，专家们认为，安置尸棺的砖室属于灌浆结构，为防止开裂，保持密封，曾于灰浆中掺入了大量的米汤和明矾，因与空气隔绝，故才起到了恒温、缺氧、抑菌的效果。再者棺材的底板较薄，地下水充分，渐至渗入棺内，在密封缺氧、腐败停止的条件下，渗水恰好起到了保湿的作用。墓中出土的那杆标枪，枪头呈铁铲形，枪杆为木质，经武术研究专家认定，其并非实用兵器，而仅是墓主生前所用兵器的一件仿品，专为用来随葬的。至于那个木俑武士，均未提及，似应代表墓主的部下或侍从之类。因墓中并无墓志铭文，故鉴定结果仅限于此，诸如亡者杨福信究竟为谁，其又有着怎样的身世背景，则都只能不了了之。

本文所据的《杨氏祖谱》，始创于北宋，后续于元明，入录者上追唐末，下讫明亡，共计二十九代。杨和列居二十世，据传为大明宣德年间经其侄孙杨洪、杨清之手续入的。当和公于永乐初圆寂之时，洪、清二人均已二十岁以上，正是承前继后的一代，故其所记谱文虽则简略，但必定是出自实情。延至杨和被开棺验尸之际，已比其续谱之时晚了一二十年，因被缺略于外，亦属逻辑中事。再者杨和久在南方，与瀛西杨氏相隔甚远，其入葬之后发生的事情，不知多少年后才被传回瀛西老家，以此推论，这才是谱中失记、唯有口传的原因所在。

还当上海华阳镇发现不朽古尸的消息传来之初，瀛西杨氏后人马上便想到了自家先祖杨和，按度牒所记的姓名、年代以及对尸体、葬品的鉴定结果来看，均与杨氏谱记家传的内容合凿对榫，因被确认为这就是祖谱中所记的杨和无疑，于是便将此事端由正式补入了即将出版的《杨端嫡传族谱》之中，随又将这则信息公诸杨氏网站。各地宗亲看后，无不感慨万端。他们万万没有想到，其已故去近六百年（约 1403—2000）的一代先祖，竟又暴尸露野，故人人心里都不免生出一股深深的哀痛。但对于那些正在研究杨家将历史的人们而言，这倒成了一个解疑释惑的绝好机会。因为这具古尸的出土，不仅再次印证了杨氏谱记家传的真实可信，也为杨和练就金刚之体、不朽之身的传闻找到了现实依据。在其流传过程中，虽则被掺入了一些荒诞无稽的神话，但在杨和死后确曾有过二次殓葬的经历，总还是一段不争的事实。如其不然，一个永乐初期即已死去的八旬老僧，其怀中又焉能揣着正统四年的度牒？

以上分析，只是一己之见。至于能否成立，还有待于专家们来一决与否。

第十四章　杨璟两朝封公侯

第一节　灭大元功至封爵

杨璟，字孟春，号中立，宋赠太师杨业十八世嫡孙，汉中百户杨政之子。母张氏，乃合肥东街皮货商（广兴号）张公（名宏仁、字广兴）之女。公于元顺帝至元四年（1338）六月初三卯时生于合肥，属虎。自幼习武，胸藏韬略，形神伟岸，卓然不凡。元末随父起义，父子六人并投于常遇春麾下。因其英勇善战，深得常遇春赏识，很早即被赞为“将才也！”。其父子后被誉为“一杰五虎”，杨璟名列五虎之首，居功最著，故常被委以阵前先锋之职。至义军统归朱元璋领导后，杨氏父子仍隶常遇春所辖。此后便随太祖转战江南，连年攻城陷地，屡立战功。初授管军万户，连擢亲军副都指挥使、枢密院判官等职，官至湖广行省参政、行省平章政事，成为省级最高长官。

元至正二十七年（1367）十月，朱元璋命徐达、常遇春会集二十五万大军北上灭元。翌年正月，太祖称帝南京，国号大明，改元洪武。当时杨璟正率军转战湖南，乘势连下数城。后夺永州久攻不下，杨璟遂分兵四门，筑垒架桥，奋力强攻，终于逾城而入，擒其守将，永州随被明军所得。继又兵围靖江，数攻无果，乃掘开濠江，以水淹之，城随之而破，守将被俘。进而移师郴州，连降两江土官（即荒夷地区的土司首领）黄英岑、伯颜等众，其地尽归于明。诸役告捷，乃挥师向北，再随徐达夺取山西。其间曾奉诏宣谕西夏（早被元朝所灭，仅其残余而已），劝夏主李升归顺大明，因其内争不决，终被明军所灭。又逢慈利土官覃垕（读后）联合诸蛮作乱，杨璟帅师往讨，几战皆捷，蛮兵均被击溃而逃。至洪武元年（1368）闰七月初，杨璟率部赶至山东临清，得与徐、常大军会合，随被授以副先锋之职，与郭英一道率部先行。当月二十五日，郭英所部率先攻至河西务，先于黄沙港大败元军，继又连克通州。至八月二日，徐、常大军终于攻陷大都，取得全胜。在这数月之间，北伐明军势同摧枯拉朽，一举将元朝统治彻底推翻，从此宣告乾坤易主，元灭明兴。自起义以来，以杨璟为首的杨门虎将披肝沥胆，浴血拼杀，共为大明开国立下不朽之功。

攻取大都后，杨璟又随徐、常大军继续征讨，先后攻克真定（河北正定）、平定山西、进占陕西等地。所到之处，元军残余非降既逃，新生的朱明政权顺利实现南北统一，天下随之大定。洪武三年（1370），太祖大封功臣，进封杨璟为营阳（地在湖南永州，杨璟在此立功最著，故以命名）侯，食禄一千五百石，并予世券（呈铁质瓦状，俗称铁券。分为两幅，上铸功名及免死情由，封受双方各执一幅，以备日后勘核）。洪武四年（1371），杨璟先随信国公汤和西征灭夏，五年（1372）又随卫国公邓愈南下平蛮。后因北逃的蒙古残余屡犯边境，遂又改随徐达镇守北平（即北京），曾被派往辽东训练铁骑营。截止此前，杨璟所建功业大略如此。《明史 · 杨璟传》记载如下：

杨璟，合肥人。本儒家子。以管军万户从太祖下集庆，进总管。下常州，进亲军副都指挥使。从下婺州，迁枢密院判官。再从伐汉，以功擢湖广行省参政，移镇江陵。进攻湖南蛮寇，驻师三江口。复以招讨功迁行省平章政事。帅左承周德兴、参政张彬将武昌诸卫军，取广西。

洪武元年春进攻永州。守将邓祖胜迎战败，敛兵固守，璟进围之。元兵来援，驻东乡，倚湘水列七营，军势甚盛。璟击败之，俘获千余人。全州守将平章阿思兰及周文贵再以兵来援，辄遣德兴击败之。遣千户王廷取宝庆，德兴、彬取全州，略定道州、兰山、桂阳、武冈诸州县。而永州久不下，令裨将分营诸门，筑垒困之，造浮桥西江上，急攻之。祖胜力尽，仰药死，百户夏升约降。璟兵逾城入，参政张子贤巷战，军溃被执，遂克永州。而征南将军瘳永忠、参政朱亮祖亦自广东取梧州，守浔、贵、郁林。亮祖以兵来会。进攻靖江不下，璟谓诸将曰：彼所恃西濠水耳。决其堤岸，破之必矣。乃遣指挥丘广攻闸口关，杀守堤兵，尽决濠水，筑土堤五道，傅于城。城中犹固守。急攻二月，克之，执平章也儿吉尼。先是张彬攻南关，为守城者所诟，怒欲屠其民。璟甫入，立下令禁止之，民乃安。复移师徇郴州，降两江土官黄英岑、伯颜等，而永忠亦定南宁、象州。广西悉平。

还，与偏将军汤和从徐达取山西，至泽州，及元平章韩扎儿战于韩店，败绩。还，捕唐州乱卒，留镇南阳。未几，诏璟往使于夏。是时夏主升幼，母彭及诸大臣用事。璟既至，数谕升以祸福，俾从入觐。升集其下共议，而诸大臣方专恣，不利升归朝，皆持不可，升亦莫能决。璟还，再以书谕升，终不听。逾二年而夏亡。璟迁湖广行省平章。慈利土官覃垕构诸洞蛮为乱，命帅师往讨，连败之。垕诈降，璟督战士力攻，贼乃遁。

三年大封功臣，封璟营阳侯，禄千五百石，予世券。四年从汤和伐夏，战于瞿塘，不利。明年充副将军，从邓愈讨定辰、沅蛮寇。再从大将军徐达镇北平，练兵辽东。十五年八月卒，追封芮国公，谥武信。子通嗣，二十年帅降军戍云南，多道亡，降普定指挥使。二十三年，诏书坐璟胡惟庸党，谓以瞿塘之败被责，有异谋云。

杨璟奉调北平时，年约三十四岁。传中称其“练兵辽东”，便一跃跨至洪武“十五年八月卒”。其身为开国元勋，一代公侯，后半生的功过是非、下场怎样，尽被一笔抹去，只字不提，显然不合常理。据杨氏谱记家传，璟公实际死于建文四年（1402）的四月二十七日，享年六十四岁。《明史·杨璟传》所以到此而止，并留下不实之说，实则是在其背后隐藏着一桩既无法入史、更无人敢提的历史公案。至清初张廷玉等人修史时，因大明档案中缺略不详，无从稽考，故而只得如此落笔。

第二节　避诛戮诈死潜踪

洪武五年(1372),杨璟奉调随徐达镇守北平,不久即被派往武清瀛西(即河西务），专门负责戍卫十四仓（元代所设漕仓，今东西仓、南仓一带即其遗址）和北运河。按年龄推断，其早年在南方征战期间，曾先后娶欧氏、吴氏、闫氏三位夫人。这位吴氏本是河西务人，世居瀛西城内北五街。其父吴应登（《武清县志》有载），曾任河南卢氏县主簿，后升经历，因此，璟公到任之初，便落户于岳父家中，故被传为招赘吴家。这次职务调动，既显出漕运的日趋重要，实则也是徐达对这位老部下的特意关照。

洪武六年（1373），远在江苏六合（今南京市六合区）看守老家的伯父杨镦病重，杨璟由瀛西前去看望，其父杨政亦偕夫人从陕西汉中赶至六合。暂留期间，经故旧为伐，父母做主，又为杨璟说下表妹施妙岩，先在汉中完婚，而后一起返回瀛西。数年之后，施氏便于瀛西城内先后生下七子杨洪、八子杨清。应就在此期间，杨璟因见家口日增，遂于城外东南隅择地建府，永远定居。因这瀛西城曾为元朝的滆州治所，故为新址取名“治南村”。至于戍守仓河一节，《明史》虽无记载，但在其死后的永乐二年（1404），太子少师姚广孝奉成祖之命，亲为璟公撰刻墓志，碑文起首便直呼其为“守仓河将”，可见确有其事，并非谬传。

太祖登基不久，念及“诸子既长，宜各有爵封，分镇诸国”，于是便分封宗室二十余人为藩王。其中第四子朱棣于洪武三年（1370）受封燕王，十三年（1380）正式就藩（即实际到位）于北平，虚年二十一岁。恰在此时，太祖开始着手大诛功臣，时任左丞相的胡惟庸，首先以结党谋逆罪被诛，同案株连一公、二十一侯，先后被杀戮者三万余众。当年的那批开国元勋几乎全被斩尽杀绝。捱至洪武十五年（1382），当时远在北平或辽东的杨璟亦被构入胡惟庸一党，太祖密令燕王就近诛之，并灭三族。这位雄才大略、志存高远的燕王殿下，此时在岳父徐达和贴心谋士姚广孝的精心辅佐下，以拥兵最多、边功日著而渐露头角，因而受到太祖的格外看重。当燕王接到父皇的密令之后，便与徐达、姚广孝密谋，他们深知杨璟乃忠勇之士，如今身陷谋逆之罪，纯属无辜，若能设法将其全活下来，日后必有大用。于是便由姚广孝亲自出面，说服其追随燕王共谋大事。杨璟见有活命全家的机会，自然乐意相从。通心之后，姚广孝便亲手设计并导演了一出瞒天过海的大戏。

按照计划，杨璟先是称病不出，并于暗中紧急疏散人口，分路将妻室儿女等转移至湖南等地，秘密隐藏起来。拖至当年八月间，突称璟公暴疾猝死，实则是由其贴身侍卫范冉自食毒菇，替主身亡。这位范冉跟随璟公多年，二人长得体形相仿，面容酷似，如今换身装束，外人更是难分真假。诸事停当之后，乃由其子杨通出面，报丧于朝。太祖闻奏，亟命将尸棺运往南京，奉旨验尸的中官太监见其面目生满疮疸，恐怕传染，因被草草瞒过。太祖得知杨璟未诛先死，乐得送个顺水人情，遂命有司依制将其葬在了钟山北麓，追封芮国公，谥号武信。其子杨通于洪武十七年（1384）袭父侯爵。

延至洪武二十三年（1390），已经报亡八年的杨璟复被诏坐胡惟庸案，此前封赠尽被削夺。其子杨通亦被扣上心怀“异谋”的罪名而惨遭诛斩，欧氏夫人并受株连。杨氏满门被屠者共计二百七十九人，所遗尸首均被乱葬于应天（即南京）城外的大坟包内。后经买通关节，杨通的尸首被其三叔杨和（即出家为僧者）偷埋于太和县杨万里的桂花园内，欧氏夫人则被其亲生子杨达盗至武清，秘葬于今下伍旗镇邵庄村南。至杨达卒后，亦葬于此。

杨璟的诈死经过，秘被载入《大明杨氏日新更迭》。所谓“更迭”，实即杨氏家族的日志，形同皇家的实录之类。其原文称：“洪武帝命燕王赐杨璟死，燕王使徐达亲办此事。其时恰逢马皇后驾薨，燕王往奔金陵京师吊丧，回归时将姚广孝带至北平。经姚广孝出谋，初匿璟公于武清瀛西之旧居，并改名孟春，佯称百户，后派去辽东操练军马铁骑。”至宣德间，其子杨洪、杨清续修《杨氏祖谱》时，复于璟公名下记道：“洪武帝定罪，诈死病故家中，为朱棣命二军师道衍暗中保护。其吴氏、闫氏所生之子秘藏，改姓欧阳，通受诛。”文中提到的“二军师道衍”，乃是姚广孝的法号，因时称刘伯温为大军师，道衍名列其次，故有二军师之称。宣德九年（1494）秋季，杨洪重病不起，其为使子孙后代明了这段家族历史的真相，遂于病榻之上仰面写下《吾父秘事》一札，并于书面钤下杨洪、杨清、杨冲及长子杨俊的四方印鉴，以备永传。后不期大病得愈，因嫌字迹不佳，复又伏案重抄一份，只钤己印一方。此札共分三页，其手书真迹至今犹存。兹照录如下：

吾生于洪武丙子年（有误）九月十七亥时，瀛西城内北五街。吾父璟国公实乃芮国公，谥武信。杨璟公生于元顺帝至元四年六月初三卯时，年虎，薨于明建文四年四月二十七。随燕王南攻，夺敌粮草，护燕王腰斩于灵璧。元年帝复其爵，冢立六合，衣冠冢于雍阳（武清雅号）瀛西，封土赐之。吾母欧善堂公之女欧巧梅，吴应登公之女吴桂花，闫文奎公之女闫暮英，施子良公之女施妙岩。吾父拾子，达字宗永，通字宗统，遇字宗政，遜字宗德，途字宗绪，避字宗福，洪字宗道，清字宗礼，从子冲字宗义，干子浩字宗智。先五子（不含杨通）之后，已（当以讲）欧阳、欧、易、阳、吴、汤（为姓），匿藏营阳（即湖南永州），外公欧善堂秘之。兄通复职数年，上诛，欧母太君受累。兄达之子万朝、都朝、进朝、万成、晚朝，随吾征北，后复杨姓。

吾父佯（指装死）而辟（与避通用）此劫，谢范冉公自食毒菇替主。燕王谋之，徐达亲力，二军师后略。望吾族后世之子孙不可外泄，以避诛族之灾。

宣德九年秋，不孝子杨洪。

通览杨氏家传的这些谱记札文，再以之与口碑传说互为参佐，可谓是原委清晰，合情入理，尽将杨璟无辜获罪及欺君诈死的事实真相揭示得一清二楚。这些珍藏史料的重新露世，不仅拨开了压在杨璟身上的尘埃迷雾，抑或说是纠正或颠覆了国史典籍中的不实之词，从而使这桩深受皇家忌讳、已被人为篡改的生死公案，终于得以大白天下。

第三节　救燕王腰斩灵璧

杨璟诈死之后，便深藏于瀛西城内的吴氏旧宅。挨过一年有余，其已保养得形神俱变，再也不怕被外人认出，遂被徐达派往辽东，名为朝廷操练精旅铁骑，实则是替燕王培植力量。去时被燕王赐名孟春，号中立，官称百户。至太祖暮年，太子朱标病亡，其子朱允炆被立为皇太孙，朝中形势随之大变。为便于窥探朝廷动向，杨璟又被派往三淮（淮南、淮北、淮中）地区，以一个营官的身份潜伏于南军(即中央军)之中。洪武三十一年(1398)，太祖驾崩，传位于皇孙朱允炆，翌年祸起萧墙，遂听取齐泰、黄子澄等辅臣的建议，开始着手削王撤藩。此时的燕王实力最强，声望最高，自然是首当其冲。新登大宝的惠帝虽还不敢轻易对其下手，但夺爵索命的利刃已然步步逼近了他的颈上。在此形势之下，燕王一面称病装疯，一面在暗中调集人马，时刻准备拼死一争。建文元年（1399）七月，其以《皇明祖训》中所称的“朝无正臣，内有奸逆，必举兵征讨，以清君侧”为口实，终于发动了史上著名的“靖难之役”。建文二年（1400），杨璟由南军中潜回瀛西老家，将有用的子侄家丁等齐聚于黄沙港（即元明决战之处），而后亮旗出发，一路随燕王南攻。至决定双方成败的灵璧大战中，燕王身陷重围，正当一发千钧之际，杨璟飞身护驾，结果被南军拦腰斩断，惨死于阵前，终以老命报答了燕王的活命全家之恩。时值建文四年(1402)四月二十七日，虚年六十五岁。璟公遇难时，其子侄随到，目睹了这惨烈的一幕，遂一拥而上，斩退敌将，抢回父尸。燕王得救后，随手折下一根树枝，蘸着璟公的鲜血，在一块河卵石上写下“守河将杨璟护王”“燕王笔亲封”等字（余字为后来雕刻时所加），完后将其交给璟公之子杨洪，以示不忘这段救命之恩。此石至今犹存，已呈绛紫色，长三十三厘米，宽十六厘米，厚十二厘米。杨氏后人均称之为“封祖石”。

“靖难”得手，燕王即位。为昭示此役师出有名，皇权实由天授，自然不会将背后的隐私内幕公之于外。尤其像杨璟诈死之类的阴谋举动，则更是讳莫如深，绝不能让其泄露出去。如若不然，燕王预谋在先、早就觊觎皇位的实底便会大白天下，这场“靖难之役”岂不成了篡权夺位的叛逆勾当？这不仅有损新皇的声誉，更重要的是还将动摇他的皇权地位。故在此役当中，又将杨璟由“孟春”改作“杨景”，复将其变为了另外之人。至封赏时，改名的杨景被追封为璟国公，单就这个封号即可看出，此杨景便是彼杨璟无疑。再者璟公生前的公开身份仅是个营官小吏，官阶不过八品，如其不是明初的营阳侯，其纵有救驾之功，亦远不够封公之位。成祖所以如此破格加封，肯定事出有因，绝非随意为之。

此时的杨璟虽已阵亡，但因其身涉欺君诈死和参与蓄谋夺位等重大政治隐情，故当燕王即位后，便将他的真实姓名及生辰、履历等一概抹去，并在宫廷档案、皇家实录中均不作任何记载。揣其用心，无非是怕事情败露，贻人口实而已。至于杨氏家族，亦深知凡是参与谋权夺位的臣子，在新皇得势后最怕的就是灭口诛族之祸，故也心照不宣，将错就错，干脆将璟公的真名改掉，只称杨景。并对其出身背景及往事前功等全部削方就圆，重新进行了编造。兼之此后的历代皇帝都是朱棣的嫡传子孙，这桩公案始终属于皇家大忌，即便有人了解内幕，谁又敢于再揭这块疮疤。杨氏后人本就提心吊胆，避犹不及，当然更不会对外吐露实情。故至明末的二百数十年间，杨璟的真实身世不仅没被暴露，反而久假成真，以致留在其名下的许多自相矛盾、难圆其说的不实记载，竟被直传至今。这些虚假信息，虽则蒙蔽了世人耳目，但也导致自家子孙数典忘祖，全然不知这位开国救驾的杨璟才是瀛西杨氏的开基祖宗。

第四节　永乐帝厚赠报恩

杨璟阵亡后，燕王随命其子杨洪等将其父尸棺运回原籍六合暂厝（即停放），至成祖登基，始按公侯礼制厚葬于六合城南，距夫子庙千步许。此墓直传至明末，终被农民起义军所毁。

永乐二年（1404），成祖追封杨景（假名）为璟国公，妻吴氏、闫氏、施氏俱封一品夫人。遂拨银二万两，钦派其子杨清负责督办，先在河西务城南（今大龙庄村东）兴建龙王庙一座，殿中供奉玄武大帝。据称玄武乃主北方之神，燕王既发祥于北国，故暗以玄武比之。复又于庙南一里修筑宝塔一座，作为璟国公的衣冠冢，以便于杨氏子孙就近祭奠。此塔呈六层六角，青砖白缝，层高丈余。券门朝南，上嵌方砖，雕名“瀛西六合塔”。塔基之下另辟地宫一层，灵床之上安放金丝楠木棺椁一具，内中置有璟公生前所用的衣冠、甲胄、枪箭及文房四宝等物。宫壁上嵌入御赐墓志碑一方，铭文朝外，无匣无盖，因被称为“壁志”（有匣有盖，平放于棺前者称墓志）。碑面呈正方形，边长各六十厘米，厚十三厘米。所镌铭文为：

御封追赠璟国公衣冠冢

永乐二年二月，太子少师姚广孝奉刻

守仓河将杨景（明用假名），乃衮（即霍山王杨衮）之十九世嫡孙。护驾腰斩灵璧，封追璟国公。妻吴氏、闫氏、施氏封夫人。子杨洪，字宗道；子杨清，号仲淋。乃生武清瀛西，封土武清。从子杨冲，御养。干子浩已亡，免。拨银两万两，酌杨清在河西镇（即河西务）建龙王庙，供玄武帝。建六合塔，为璟（于此处暗复其真名）衣冠冢。恩报厚德。大明永昌。

璟国公衣冠冢墓志铭及拓片

这篇志文仅止一百三十一字，其先用假名，后才于人不经意处，巧妙地为杨璟恢复了原名。二军师的满腹玄机，用心良苦，可见一斑。文中提及的干子杨浩，本名高秋，实即在黄沙港决战中阵亡的高明德之子。此人后在运粮途中溺死。此碑已于2008年出土，现存于武清区文博馆，经市级文物专家鉴定，被确定为明代原物，其铭文字迹确系姚广孝的手笔无疑。如若说《吾父秘事》之类尚可造假，杨氏口传之类或有失真，那这方志碑、这篇铭文却是凿凿铁证，其上边留下的岁月痕迹则更是无法临时复制的。故单凭此碑便可排除所有猜疑，再也不用为事由真假而心悬不定。

至六合塔落成之日，姚广孝又奉成祖之命，率领北平大庆寿寺（道衍乃该寺主持）等处的一班高僧，亲临塔前摆设道场，齐为杨璟诵经超度。此塔后被传出许多神话，成了当地的一处胜景。在其存世的五百余年间，左近乡民只见其白杨（只栽杨树）蔽日，只闻其钟鼓悠扬，却极少有外人洞悉实情。至清朝后期，塔身被雷电击坍，地上仅剩两层有余，高逾两丈，从此便成了乡民口中的“半截儿塔”。1958年，残塔被彻底夷平，地宫中的随葬品及墓志碑等均不知去向。为璟公护塔守苑的庄户，最初都是璟公夫人施氏从老家姑苏（今苏州）带来的家仆，后在塔东半里许落户成村，初称“姑苏庄”，后才简为“苏庄”，此村直传至今。如今塔已灭迹多年，但凡从外地返乡祭祖的杨氏后人，仍都不忘到其遗址祭拜一番。

永乐十一年（1413），璟公之子杨洪、杨清为祭奠先父，定于府邸东侧修建家庙一座，经请命成祖，被诏准施行。至工程告竣，成祖御赐下马碑一通，树立于庙门之前。碑阳御书“文武官员军民人等至此下轿下马”。碑阴御书圣谕一道，因铭文久已残损，仅凭族中长者共同追忆，记录如下：

敕赐武信祠

毋忘，孟春救驾之功耳。孟春生合肥，先祖六合，从吾父皇起义，征战沙场，直至元都。又随吾清君侧，靖难之战，除昏救驾，被南军腰斩。孟春生于元顺帝至元四年六月初三，薨于建文四年四月二十七，救主。孟春一生得十子：宗永、宗统、宗政、宗德、宗绪、宗福、宗道、宗礼、宗义、宗智。孟春有孙二十九，万一至万二十九。救主有功，尔复原武信，封土赐之雍阳（武清别称），祠建瀛西耳，敕建武信祠也。

毋□□圮，上将无以妥神祇，下将无以肃瞻念，及在昔创造之非易即于心。

毋□，今将勒石垂后，而令后人有所观感，相与修于无穷焉，爰为记。

毋□，邑宰庸……，朕命守此土，莅此致□，证。

毋□移，□基业□久，安敢擅迁，实万民司福之主，……。

毋□轻，吾与敕建武信祠，之制皆并举，焕然而一新。

棣亲笔，永乐癸巳年桂月吉日。

这道圣谕共分六段，各以“毋”字开头，故被杨氏家族传为“六无碑”。通览全文，虽不敢断言全对，但其内涵颇具遗风古义，谅这几位追忆之人一者无须伪造，二者力所不及。据其自称，杨家的男丁从小即有背诵祖训家规，以及碑文札记的规矩，故判定其言有据，并非杜撰。仔细读来，文中虽然始终未提“杨璟”二字，但其所言所指，显然与《杨璟传》《吾父秘事》，以及六合塔墓志铭中的主人公确属同一个人。成祖笔下所以如此曲意迂回，无非是为了回避“靖难”时的那段隐私而已。至关重要的是，其在文中竟然涉及了璟公的生辰、谥号及子孙等关键内容，这无疑是对其真实身世的解密，亦是对那些杨氏秘籍、杨氏家传的最好佐证。

成祖在位期间，因碍于那段历史隐私，既无法为杨璟表功，更无法为其正名，故只得通过厚加追赠或封妻荫子的方式来表达感恩之情。璟公之子杨洪、杨清、杨冲等，便都是成祖亲手提拔或御养的铁石心腹，这些人后来全都成了新一代杨家将的缔造者或中坚人物。平心而论，这位救驾的璟国公无疑是明代杨家将的真正奠基者和铺路人。

第五节　徐皇后抚恤杨门

永乐二年（1404）四月二十七日，是杨璟阵亡两周年忌日。早在二军师姚广孝来为璟国公诵经超度期间，即已代传口谕，称成祖和徐皇后将于开春后北上燕京，一者为巡视边务，二者为抚恤功臣，届时徐皇后将代表成祖亲临杨府慰问。杨璟遗孀施夫人及众子侄们闻讯，自然不敢懈怠，立即为迎驾做好一切准备。

徐皇后乃中山王徐达长女，成祖登基后被册封为正宫娘娘。徐氏向以仁慈贤惠、才智过人闻名于世。这次随成祖从南京乘船北上，直到暮春四月才赶到河西务地界。徐皇后在此弃船登辇，径直驻进位于城南的杨府家宅。待君臣礼毕，徐皇后亲自晓谕杨家，诸事从简，务戒奢华，每日只以蔬食素斋进御，不得动用荤腥，以示对璟公的哀悼。待众人退去，只留下施夫人一人相陪。这位施夫人乃是璟公的第四位妻子，名讳妙岩，出生于元至正十八年（1358）正月十六日，比璟公年少二十岁。其父施子良，世居姑苏骆驼桥北塔报恩寺，代为官族。夫人幼习诗礼，日事闺门，端谨寡言。徐皇后闻其长己三岁，遂自以姊妹相称，嘱其不必拘泥常礼。随又细语关心，亲加宽慰，直让施夫人感激不尽。

次日上午，徐皇后与施夫人正在堂前闲谈叙旧，当询知其子杨洪、杨清、杨冲俱在家伺候，便授意召来问话。这三员将门虎子依次入觐，叩拜如礼，被一一召至御前。此时杨洪二十四岁，杨清二十二岁，杨冲十九岁，个个英姿焕发。徐皇后见了顿生慈爱之心，禁不住地连连称赞。询问之间，杨洪、杨清均对答得体，尤对帝后的格外施恩表示感激。当问到杨冲时，施夫人在旁搭话："此儿乃璟公二弟杨换之子，两岁丧母，五岁失怙（即父亡），一直由我抚养至今。"徐后听了忙用手相抚，心中不由得生起一股怜爱之情。原来其父杨换曾跟随徐达南征北战多年，至洪武中期，蒙古诸部屡次犯边，在隆庆州（今北京延庆）一役中，主帅徐达身陷重围，杨换以身挡箭，几乎为之丧命。洪武二十三年（1390），又随大军征战陕西，战死于汉中，杨冲当时尚不满五岁。徐皇后对杨换救父一事早有所闻，如今见到这位烈士遗孤，不免悲从中来，遂动情地对杨冲说："乃父有功于大明，有恩于我父，此前虽被诏封御养（即由皇室支付俸禄），实不足为报，今哀家有意收你为御儿干殿下，不知你可乐意？"杨冲闻言，赶忙伏地谢恩。从此以后，他便成了义子皇儿，因其排行第八，朝廷内外皆称之为"八王爷"。杨洪、杨清见状，亦一同跪下，谢恩之余，又向徐皇后禀道："家叔阵亡后，尸棺运回河西务，被草草葬于村南，至今尚无尊号，恳请娘娘千岁悯之。"徐皇后应道："此事理所当然，容我回去禀明皇上，必有封赠，尔等无须为虑。"

数日后的一个早晨，风和日暖，施夫人陪伴徐皇后信步来到西花园内游览，因见池水南岸伫立着一座高耸的楼台，便问其何用。施夫人回道:“此为璟公当年戍守仓河时所建的堠台（古代瞭望敌情的高台），高九丈九尺，遇有敌情匪警，可居高瞭望运河沿岸的烽火狼烟。清平时节，立于台顶，可远眺燕京的云峰山影，故又称望京台。因得知娘娘千岁要来，又提前做了装修改造，在台顶之上加修了一层阁楼，以备娘娘登临时休息使用。”徐皇后听了甚喜，便令杨冲搀扶，缓缓登上廊桥。这道廊桥也是新修的，桥面距地两丈有余，呈走廊状，横跨于府邸和花园之间的隔道上方。从府内的入口进去，可直通台顶。此时的徐皇后虽才四十三岁，但因多年的惊恐忧惧，身体已然非常虚弱，故几经停歇，方才勉强登至台顶。展目观瞧，但见阁楼四面开窗，十分明亮。阁内环列美人椅，凭窗远眺之余，可供坐下休息。脚下的台面全由木板铺成，长宽各四丈开外，足可在上边唱戏听戏。徐皇后稍作休息，便缓步走近西窗，痴痴地向北平望去。一时间，她便思绪如潮，重又忆起“靖难”期间的那段惊魂岁月。据《明史 · 后妃传》记载，靖难兵起，燕王统兵南攻，留世子朱高炽据守北平，一切军政大事多请命于徐王妃。南军大帅李景隆乘机围攻北平，欲切断燕王归路。徐王妃亲自激励将士，发动民众，连妇女都披甲执器上城坚守，终得保住城池不失。这惊险一幕距今仅数年，现在回想起来仍让她心悸不已。施夫人见娘娘沉思不语，不时地从旁插话，聪明伶俐的杨冲亦走近前来，打岔说:“得知皇娘驾临，伯母专让工匠们在阁楼上安装了一道销系儿，今天正好为您演示一番。”说着便命丫鬟们将几枚金银筹码投入机关之内，只见南窗外悬挂的一只金凤（雄者为凤）、北窗外悬挂的一只银凰（雌者称凰），随即把双屏徐徐打开，在场众人前后跪倒，齐呼:“凤凰开屏，大明永昌；娘娘千岁，福寿锦长！”徐皇后被这幕情景逗得喜笑颜开，心事全无。遂一手扶起施夫人，一手拉着杨冲，并不住口地连连称谢。那份亲切和蔼，如待家人一般。

徐皇后已有多年没过过这种舒心自在的日子，故恋在杨家迟迟不肯离去，一连住了半月之久。后经中官太监提醒，前边还有功臣需要抚恤，这才不得不起驾前行。临别时对杨府上下各有赏赐，并将一批御用器物留与杨家，以作纪念。

徐皇后赶至北平，将此行经过一一禀明皇上，成祖听后亦大为感慨，遂将追封杨换之事一口准下，只待回朝之后照典施行。永乐五年(1407)七月，徐皇后疾革（病危）而崩，享寿四十六岁。瀛西杨府的那座望京台，自徐皇后走后便被改称“凤凰台”，直存至二十世纪六十年代，尚有两丈多高，后因修建大龙庄小学需要用砖，始被彻底扒平。

徐皇后亲临杨府抚恤，无疑是一件光宗耀祖、空前绝后的大事，因被杨氏家族世代相传，很多详情细节至今犹能口述其祥。这些口传轶事虽未见诸史记谱载，但仍不失为一种旁参佐证，故予辑存。

第六节　解疑惑细说端倪

前者虽以数节篇幅记述杨璟，但仍有许多内容尚未囊括其中，并遗下不少疑惑需要细加分说。

其一，杨璟的名讳之谜。

《明史》系由清初的张廷玉所撰，在《杨璟传》中，起首既未追溯其祖源父讳，写至“（洪武）十五年八月卒”后，又将其承业子孙一概抹去。想其作为一代公侯，这种写法明显有悖于著史立传的常规体例。张廷玉本乃文臣首辅，对此又岂能不知。从而可见，其修史所据的前朝档案，早已被人做了手脚，故只得因缺就简，照本成章。而在同一书中的《杨洪传》，开头则称：“杨洪字宗道，六合人。祖政，明初以功为汉中百户。父璟，战死灵璧。”好似是两个杨璟，但以之与瀛西杨氏的谱记家传稍加比对，即可看出这显然就是同一个人。其中的奥秘就在于杨璟曾经欺君诈死，事涉燕王蓄谋夺权这桩政治隐私，故才闪烁其词，刻意制造假象而已。

此外，在瀛西杨氏现存的谱记碑铭中，常将璟、景二字混用，但在秘不外传的秘笈札记中，则尽都明记为杨璟或璟公。这种现象，恰可表明那种直说怕招灾、讹传怕忘祖的用心所在。还有，其子杨洪在《吾父秘事》中叮嘱：“望吾族后世子孙不可外泄，以避诛族之灾。”其玄孙杨瑾在续谱序中，再又留下“望嫡后人悟不续写”，以及“绳之”“斩之”之类的遗训，其所含所指，实际就是告诫儿孙切不可对外泄露杨璟是自己的祖宗。如无那桩欺君大案，其又何必对杨璟的名讳如此讳莫如深、心惊胆战。凡此种种，都可佐证那位在“靖难之役”中为救燕王而死的营官杨景，实即洪武中期早已报亡的营阳侯杨璟无疑。

其二，杨璟的生辰寿数。

在《明史 · 杨璟传》及瀛西杨氏对外公开的谱记碑铭中，凡涉及璟公生辰之处，总是含糊其词，或干脆避而不提。因为只要照实说出他的出生年月，就等于挑明了杨璟与杨景同为一人。而璟公早在洪武十五年（1382）即已暴死家中，缘何又在建文四年（1402）战死灵璧？这种破绽无疑会将燕王谋夺皇位、杨璟欺君诈死的老底暴露出去。

至明末清初，璟公六世孙杨秀所修的《瀛西杨氏宗谱》成书，其在后跋中释称：“杨景随燕王扫北，由运河北上到瀛西，当时年龄十六岁。……十九岁时，在瀛西被吴应登招婿，娶吴氏，无出。二十岁续闫氏，无出。二十一岁，……又续六合表亲姑苏施氏，由汉中完婚，带回瀛西。生二子，长子杨洪，字宗道。次子杨清，字仲淋。”试想燕王是洪武十三年（1380）就藩北平的，即使当年扫北，杨璟年方十六岁。至二十一岁续娶施氏时，已是1385年之后了。而其长子杨洪是洪武十四年（1381）所生，长杨清两岁，可见杨秀所言纯属满纸荒唐，毫无依据，根本与杨璟的真实年龄对不上。杨秀出自晚门次支，想必未曾见过嫡长内谱，更没见过祖传秘籍，故才削足适履，妄加臆断，致以谬误流传。

其实在杨氏祠堂供奉的祖匣牌位上早有明文记载，称璟公“生于元顺帝至元四年（1338）六月初三卯时，年虎。建文四年四月二十七日战死灵璧，寿六十八岁”。按常理而言，祖匣牌位上的记载都是随死而书，既无须外传，更毋庸隐讳，故才是最原始、最真实的。至永乐十一年（1413），成祖为武信祠御赐碑文，亦分明将杨璟的生卒年月记述得与这灵牌完全一致。由此可知，当燕王扫北时，杨璟已经三十多岁了，并非是个才刚十六岁的少年，因而也就从年龄上解开了此杨景即是彼杨璟最关键的一道死结。

按上述生辰计算，杨璟阵亡时应为六十五虚岁，但其牌位上却被记成了六十八岁。据杨氏家传，旧时的官宦世家但凡有人去世，常用天增一岁、地增一岁、帝赠一岁的方式来表示天地惋惜、君王不舍之意。这个传统习俗在杨氏谱牒中随处可见，已逝先祖只要功名在身，几乎人人如此。

其三，杨璟的妻氏子男。

据《杨氏祖谱 · 嫡长内谱》续载，杨璟一生共娶四妻，亲生七子（长子杨达未入谱）。入谱次序为：施氏生杨洪、杨清，吴氏生杨遇、杨逖、杨通，闫氏生杨途、杨避。另一夫人欧氏所生之子入谱记为吴氏所生（应即杨通），以防诛族。至璟公阵亡后，吴氏、闫氏、施氏俱被封为一品夫人。盖因欧氏已于洪武二十三年（1390）受累被诛在先，故谱中未再列入。

至宣德九年（1434），璟公之子杨洪在《吾父秘事》这篇札记中，则将四位母亲的位次排列为欧氏、吴氏、闫氏、施氏，并将同父异母的八个兄弟依次记为：杨达字宗永、杨通字宗统、杨遇字宗政、杨逖字宗德、杨途字宗绪、杨避字宗福、杨洪字宗道、杨清字宗礼。如其所记，璟公共娶四妻，实生八子，外加从子杨冲、义子杨浩，统称十子。另据2016年版《杨端嫡传族谱》考证，杨璟出生前曾被指腹为婚，订下外婆家（即合肥皮货商广兴号）大掌柜李宠贤之女为妻，此女早夭，未及成礼。后纳一小室姓朱，生下庚柒、庚捌二子，因自幼在外，故未入谱。璟公与施氏还生有三女，名妙清、妙能、妙惠。

综上所述，杨璟早年于湖南永州先纳欧氏为妾，生有二子。庶长子杨达久在永州看守家业，隐名不露。次子杨通记为吴氏所出，由庶改嫡，故才袭爵被诛，并累及欧氏。至其功成名就，始娶吴氏为正妻，原籍河西务，生二子，长名遇（或称为欧氏所出），次名逖。继娶闫氏，乃吴氏侍女，生途、避二子。至戍守河西务期间，复娶姑苏表妹施氏，与公相差二十岁。亲生洪、清二子及三女。施氏贤能聪慧，深得宠信，故一直执掌瀛西家事。后母以子贵，因被谱中列为众夫人之首。

其四，杨璟的避难儿孙。

洪武十五年（1382），杨璟获罪坐诛，并灭三族。经燕王、徐达、姚广孝合谋相救，先让其装病不出，拖至八月间才诈称暴死家中。在装病期间，璟公急忙派人给住在合肥的欧氏夫人送信，让其和长子杨达立即潜回湖南永州，与外公欧善堂一起提前做好安排，随后即让吴氏、闫氏及其四子分途南下，在南京会合后，一起改由码渡港乘船，顺长江驶入鄱阳湖，继又转入江西，而后以江西移民的名义混入湖南，复由湘江遁入营阳（即永州）。

在此接应的外公欧善堂遂分别将这弟兄五人转移到预先定好的隐藏地点。其具体情况为：

长子杨达（宗永）一家，先隐匿于武冈州新宁县碑子村，改姓欧阳。数年后又迁往永州城步县。至永乐二十二年（1424），其五个儿子万朝、都朝、进朝、万成、晚朝被堂弟杨能带到北方，随七叔杨洪镇守京北塞外，恢复杨姓。

三子杨遇（宗政）一家，隐匿于宁远，改姓欧阳。当年病逝，其后不详。

四子杨逖（宗德）一家，隐匿于营阳的崇山峻岭之中，其地称四眉山杨村甸，改为阳姓。

五子杨途（宗绪）一家，先随长兄杨达隐匿于武冈州新宁县碑子村，改姓欧阳。后又遁入黔阳翁雪峰山中，分居于黔阳竹坡、武修罗溪等处。清朝中叶恢复杨姓。

六子杨避（宗福）一家，隐匿于营阳四眉山杨村甸，与四哥杨逖相距十里左右，改为欧姓。

2012年，《武清瀛西杨家将》一书被公诸网上，上述各支杨氏后人获悉后，相继与瀛西杨氏联宗会谱，终于得以认祖归宗。一脉子孙在离散六百余年后，重新团聚，莫不为之感慨万端，额手称庆。

尚需说明的是，当璟公疏散人口时，施夫人所生之子杨洪才刚周岁（洪武十四年（1381）九月生），故其在瀛西潜藏期间，身边只剩施氏母子，至洪武十六年（1383）才又生下八子杨清。吴氏、闫氏二位夫人，自随子远遁南方之后，便全无记载，后事如何一概不详。至于次子杨通（宗统），因事前即以嫡长子身份注名官册，再也无法隐藏，故由其出面为父报丧，并于洪武十七年（1384）袭父侯爵，以致后来被构罪受诛，并累及生母欧氏。据杨氏家传，其仍有漏网儿孙，可惜至今仍未发现。

其五，全家图里看实情。

在瀛西杨氏众多的祖传遗物中，有一幅极为珍贵的《杨璟全家图》，向被族人称为“祖像”。此画像为轴式中堂，绢地彩绘，面幅宽大，成就于“壬申桂月上浣”，即洪武二十五年（1392）秋八月上旬，正值杨璟诈死潜伏期间，距其报亡的洪武十五年（1382）正好十年。图中的杨璟与施夫人并肩而坐，但见璟公须鬓花白，容颜老态，恰是一位五十多岁的威严武将。施氏则是面容清秀，发如墨染，明显是一位三十多岁的端庄少妇。无须细看，这夫妻二人的年龄差距，正与祖匣牌位、家传秘籍中的记载完全吻合。再看其膝前并立的三位男童，右为七子杨洪，左为八子杨清，中为从子杨冲。按谱记生辰计算，此时杨洪十一岁，杨清九岁，杨冲六岁，其年龄大小均被描绘得十分准确。三子身侧各有注语，系父母全都去世后，由这兄弟三人亲笔所加，以防年湮日久，后世儿孙辨不清谁为其祖。注语依次为“洪我字宗道”“堂弟季冲，帝赐景春”“弟清字仲淋”。此图传至景泰初，三兄弟各得高官显爵，复又补配对联一副，隶书横批“清白传家”，落款为“洪景泰元年”。行楷上联“有严有翼共武之福”，落款为“清景泰元年”。魏体下联“慈爱和睦慈眉善目”，落款为“季冲景泰元年”。右上题签原为《杨景全家图》，至大清康熙年间，时任河道总督的杨锡绂（读福）来瀛西谒祖，亲为景字添加斜玉旁，从此恢复为《杨璟全家图》。这道添改痕迹清晰明显，一目了然。可见这位远房后裔亦早已知晓璟公诈死埋名的事实真相。古时的画像，实即现在的照片。杨璟入像时既然活着，便足以判定其曾被燕王所救，并亲自参与了“靖难之役”的事实存在。至于后人杨秀所说的“二十一岁娶施氏”之类的不实之词，自然也就不攻自破了。

其六，墓志铭中存奥秘。

永乐二年（1404）二月，大谋士姚广孝奉旨为杨璟衣冠冢撰刻墓志铭，全文短短一百三十一字，里边却暗含着种种玄机。

如开头便称“守仓河将杨景”，其意在表明，这是戍守十四仓和北运河的杨景，与明初的营阳侯杨璟并非一人。

继又称“乃衮之十九世嫡孙”。这位衮公实即霍山王杨衮，其长子便是名传千古的老令公杨业。姚广孝所作的这句交代，就是要表明这个杨景是杨家将的后裔，而朝野皆知的那位营阳侯杨璟本是“儒家子”，二者并无关系。这无非是怕引起人们的猜疑，以防授人以柄。

再如其封号璟国公，所含寓意尤为奥妙。杨璟为救驾而捐躯，功莫大焉。但在追赠报恩时却不敢露其真名，成祖自然于心多有不忍，故特意追封其为璟国公，倘日后被人直呼封号，岂不正好为杨璟恢复了原名。此计必又出自姚广孝之口，这位黑衣宰相的精明老道可见一斑。

最为关键的，还是末尾那句“建六合塔，为璟衣冠冢”。内中那个“璟”字用得着实巧妙。其贸看像是笔误，实则恰是碑主的名讳。想那姚广孝满腹经纶，身为帝师，岂能错将“景”字写成“璟”字？此举之妙，就妙在瞒天过海，既为杨璟恢复了原名，且不致被人抓到把柄。可见这对君臣，真个是费尽了心机，竟为六百年后破解这桩诈死疑案，留下了无可辩驳的皇家铁证。

第七节　施夫人享誉贤良

璟公的第四位夫人施氏，讳妙岩，祖居姑苏（今苏州）骆驼桥北塔报恩寺一带。父讳子良，乃唐袁州宜春尉施旭之后，世为官族，当地大户。夫人生于宦门，秀外慧中，自幼延师授教，人品才学俱佳。所生二子，长名洪，次名清，皆称大孝。至璟公殁，长子杨洪奉调远戍开平，不久即将孀母迎至身边就养。永乐十六年（1418），因病客死异乡，因被就近葬于赤城东南之寨顶山下，以故将“清乐岗”改名为“落凤坡”。时因璟公有诈死之忌，直拖至正统元年（1436）始为施母树碑，篆额为“杨母淑人施氏墓碣铭”。此碑现存赤城县博物馆，品相基本完好。正统十年（1445），杨洪官至一品都督，璟公父以子贵，亦追赠特进荣禄大夫，后军都督府左都督，杨洪乃依制为母墓加修神道、牌坊，并又新刊一碑，篆额为“明赠都督杨公夫人施氏墓表”。此碑至今仍伫立于施氏墓前，因“文革”中被民兵当作靶子，已被子弹射得缺字断行，无法通读，故仅将前碑铭文照录于兹，以资佐证。

杨母淑人施氏墓碣铭

赐进士出身，翰林修撰，儒林郎兼修国史，庐陵周叙撰

奉议大夫，礼部仪制清吏司郎中，蜀郡庞叙书

奉政大夫，吏部郎中兼翰林待书，广平程南云篆额

游击将军、万全都指挥佥事杨公洪，母淑人施氏卒葬赤城东南山之十有九年，以岁久墓上之石未有刻词，乃具书来告予曰：吾闻为人子者，莫大于立身扬名以显父母。尤莫切于纪德昭行以垂永久。追思劬（读渠）劳

之恩，罔极莫报。今荷蒙圣天子宠光，为将守边，获立战功，位列三品，幸不忝训育，而铭志未称，敢以为属（读嘱，即请为撰文）。予惟当代显人足膺表扬之托者多矣，顾念芜鄙，曷敢当笔辞焉。已而复遣其子俊来京师申前请，至再三不厌，予重其爱亲之笃，且相知有素也，乃按状序次之曰：施，故姑苏大姓，世居府城骆驼桥。父有隐德。淑人讳妙岩，生元戊戌（1358）正月十六日。资性柔惠庄重，父母钟爱之。前汉中卫百户、六合杨君讳政，国初从大将克姑苏，为子璟（直呼杨璟）择配，谓莫宜淑人，遂嫔于杨氏。璟即洪先君子也（已故的父亲）。淑人事舅姑（即公婆）致孝。敬待妯娌以辑睦，抚子女慈而知教，御臧获（臧获：意为奴婢）宽而有制。宗姻中外，是仪是则（当作榜样和准则），咸称贤淑。舅姑卒，相其夫子，丧葬尽礼。璟获职未几，没于王事（为国捐躯），号恸欲绝者数四。岁时祭奠，呜咽哀伤，闻者感泣。家道中微（出现衰落），辛勤扶植，以底成立（指成才立业）。暨洪嗣有禄秩（至杨洪为官享禄），恒（经常）告教之曰："汝祖艰难百战，以开厥家（开创了这份家声）。汝父不幸，赍（读积，未了讲）志以终。其继承而振兴之者，汝也，汝宜勉之。"洪佩服不敢忘 。永乐初，洪调开平，迎淑人就养（接到身边赡养）。诸子咸待，所以戒勉之者尤切。岁戊戌（1418）十一月廿八日，以疾卒，享年七十有一（整一甲子，应为六十一岁）。子男四人：长即洪，字宗道。次淋，宗礼。冲，宗义。浩，宗智。女三人：长妙清，早逝。次妙能，适宣府前卫千户周安。次妙惠，适开平卫指挥同知张彤。孙男四人：能、俊、信、杰。曾孙男一人：成。孙惟淑人以名宗之胤（宗族后代），作配德门，笃（读堵，此当专讲）生贤子，为国虎臣，有烈有勋，振扬中外，他日为亲，显者不止。此谓非淑人平昔诲育之所致乎?

铭曰：孝敬柔淑，妇德之贞。安乎素履，人皆可能。鞠育训诲，母德之懿。惟艰惟勤，斯乃可贵。猗欤（读依余，感叹意）淑人，有德有仪。妇顺而节，母教而慈。显显名宗，桓桓令子。为国虎臣，藩垣是倚。威宣漠北，我武维扬。加秩褒功，于亲有光。赤城之东，南山郁峙。盘盘幽宫，垂休委祉。丽牲有石，铭行有文。咨尔后裔，来拜如云。

正统元年岁在丙辰秋八月，孤哀子洪泣血百拜立石。

第十五章　杨换舍身救徐达

洪武元年（1368），明军攻占大都后，又挥兵西进，继续攻取山西、陕西等地。而败逃至上都（今内蒙古正蓝旗东北）的元顺帝，复又重整人马，命丞相也速为帅乘虚反扑，意欲夺回失去的大都，其先头部队曾一度攻至通州城下。鄂国公常遇春闻报，急忙率军来救北平（此时已改名），杨氏“一杰五虎”亦随军而至。元军自知实力不敌，便又赶忙逃回漠北。明军随后追杀，直达千里之外，大获全胜。常遇春为永绝后患，遂又乘胜北上，直捣蒙古老巢，一举攻下元上都，并将守城元军全部歼灭。元顺帝立足未稳，又逃往和林（今蒙古国的哈尔和林）。此后，蒙古残余经休养生息，分裂成瓦剌、鞑靼、兀良哈等几个部落政权，统称蒙古诸部，从此便轮番侵扰大明疆界，成了朱明王朝的心腹大患。

洪武五年（1372），杨氏“一杰五虎”终被分开。杨政、杨柱、杨芳被留在陕西汉中。杨璟奉命戍守仓河，落籍于武清瀛西。唯剩杨鹤、杨换仍在军中，并于是年随徐达兵出雁门关，北上征讨漠北。所谓漠北，泛指蒙古高原大沙漠以北地区，包括今蒙古国及俄罗斯的贝加尔湖一带。这里自古就是匈奴、突厥、蒙古人的活动中心，也是北方游牧民族侵犯中原地区的根据地。此役当中，徐达以都督蓝玉为前部先锋，先击败元兵于土剌河（今蒙古国境内），后因轻敌冒进，反遭元军伏击，导致明军大败，死伤逾万，被迫退至燕山以南。在这场激战中，杨鹤拼死厮杀，终被元军骑兵乱刀砍死，从此尸骨未还，后被追赠为监军使。此时的杨换正分头攻打别处，故得以全身而退。

约在洪武十五年（1382）前后，蒙古骑兵再次南侵，旬日之间便攻到了隆庆州地界（今北京延庆）。镇守北平的魏国公徐达亲自率兵前来阻截，双方在此展开了激战。一日，正在指挥作战的徐达突然被一股蒙古骑兵团团围住，情况十分危急。时任阵前副先锋的杨换正好赶到，奋不顾身地率队杀入重围，拼死护住主帅，虽身上连中数箭，仍力战不退，终于保护徐达脱离险境。因伤势太重，杨换后被送到河西务的杨璟家中疗伤休养。此时的杨璟正躲在瀛西老家装病不出，杨换来后便帮助兄长紧急疏散人口，至璟公诈死后，又帮助从侄杨通料理丧事。杨换眼见哥哥遭此无端之祸，心中自然是不平，遂以养伤为由，一拖就是数年之久。在此期间，兄嫂为其接来王氏夫人，并于洪武十九年（1386）在瀛西老家生下独子杨冲。不足两年，王氏因病去世，杨换只得将幼子托付给兄嫂抚养，忍痛返回军中。至洪武二十三年（1390），陕西发生战事，杨换随军出战，最终战死于汉中。此时的太祖朱元璋正忙于惩治贪腐，诛杀功臣，故对杨换之死既未追封，更未加谥号。后其尸棺被运回河西务，仅按常人礼制埋葬于老家村南二里许，此地今称中白庙村。

“靖难之役”后，燕王登基称帝，徐达长女被册封为正宫皇后。永乐二年（1404），徐皇后亲临杨府抚恤功臣，经杨换侄子杨洪、杨清当面申诉前情，请求皇上为叔父追加封赠，徐皇后这才知道这位开国将领、救父恩人在为国捐躯后，竟受到如此冷遇，心中甚为痛惜，遂一口应允为换公请封，并当面将其孤子杨冲认为御儿干殿下。待徐皇后返回京师后，亲向成祖奏明此事，成祖听了亦嗟叹不已，钦准收杨冲为义子，赐字“景春”，并下谕收归御养(即由宫中支食俸禄)。随后又追封杨换为柱国，谥号武襄。复由国库拨帑，钦点杨清负责督工，依制为换公修坟立庙。重修后的杨换墓焕然一新，设施如制，仍伫立于原址。不久，其家庙也如期建成。此庙位于杨换墓以北二十丈，青砖抹浆，浑然白色，尽仿江南建筑风格。院内共建三层大殿，前殿供奉玉皇大帝，中殿供奉东海龙王，两殿均以绿色琉璃瓦饰顶，黄色琉璃瓦起脊，脊端各伏龙头一具。后殿略小，供奉杨换塑像，两侧有家将陪侍。山门以内建有一道高大的影壁，通体白色，上书“龙泉寺”，为杨清亲笔所题。后由看坟佃户聚居成村，初称“换庄”，后又改名“白庙”。大清康熙年间，这段运河大堤屡次决口，此村被洪水冲为三块，由此形成前白庙、中白庙、东白庙三村。这座敕建的龙泉寺几经修葺重建，一直保存完好。1937年七七事变期间，国民党二十九军属下曾在此与日军一部发生冲突，庙前的围墙和后排的大殿同被日军的炮火轰塌。至新中国成立初期，龙泉寺被改作白庙小学，后经拆改扩建，一直沿用至今。

永乐之后的历代皇帝，都是成祖和徐皇后的嫡传一脉，因念及杨换的前功旧恩，遂对其儿孙后代总是另眼相看，宠信有加。兼之换公夫人王氏，本山东邹平县韩店镇西王村人，出身于名门大姓，其与宣德皇后孙氏不仅同乡，且系孙氏的表姑。这位孙皇后在位八年，至其子英宗继位被晋封为皇太后，又历经正统、景泰、天顺三朝两帝（英宗曾两番为帝），共又二十六年。由于这种特殊关系，其母子一直将杨换的后代视为皇家心腹，屡屡委以重任。至成化以后，换公一门六代袭爵（彰武伯），官爵权势渐至超过杨洪、杨清两支，从而成了瀛西杨家将的后期传人。闯王进京时，其九世孙杨崇犹仍袭爵戍守京师，直战至以身殉国。

第十六章　杨洪重振杨家将

第一节　遇道衍赐字结缘

杨洪字宗道，号宣义。洪武十四年（1381）九月十七日生于武清瀛西城内北五街（今河西务镇土城村）。宋赠太师杨业十九世嫡孙，璟国公杨璟之第七子。其自孩童时起便出类拔萃，气度不凡。

据杨氏家传，杨洪自幼便喜好玩军阵游戏，且常以将军、统帅自居，亲自指挥一帮顽童攻杀战守，设隐埋伏，务必取胜方肯罢休。七八岁时，有一天他指挥十数个小伙伴正在城北的沙丘间排兵布阵，互作攻防，恰被一位游方的大和尚看了个始终。但见杨洪虽还满身孩子气，却把整场战争指挥得有模有样，因而感到非常惊诧。于是便上前拦住杨洪，问道："小将军唤何名字？是哪家的公子？"杨洪当时尚不知道父亲的身世和真名，因就立定答道："我叫杨洪，家父讳称杨景。"游僧听了，不禁心中一喜，便说："我正是令尊的故友，今特地前来拜访。"杨洪忙在头前引路，将其领到家中。原来这位大和尚正是数年之前为杨璟设谋诈死的二军师姚广孝，法号称作道衍。其自洪武十五年（1382）跟随燕王来到北平之后，便经常以云游为名，四处为燕王网罗人才，以备日后之用。这次出京访贤路经河西务，正想暗访一下杨璟。二人晤面后亦不用寒暄，只是彼此一揖而已，随即携手躲入内室密谈起来。为时很久，方才移坐客厅，与其家人相见。待行礼之后，他便向璟公夫妇问起杨洪的生辰八字来（即出生的年月日时），施夫人赶忙以实相告。道衍闭目掐算一番，不禁喜形于色，特对其夫妇言道："此子天赋不凡，实乃将星下界，但得用心栽培，将来必成国家栋梁，荣登伯侯之位。"当其得知杨洪尚有名无字时，便又思忖片刻，继而说道："从其命相来论，就以'宗道'为字吧。"璟公夫妇听后，皆都连声称善。临行之时，道衍又从襄中摸出一只祖母绿的玉马项坠儿，并亲手为杨洪挂于颈上，遂又嘱咐他："此物在身，如有佛相护，可保你一生平安，切记，切记。”

道衍走后，一别就是十余年。至“靖难之役”中，杨璟为救护燕王而被南军腰斩于安徽灵璧。永乐二年（1404），追封杨璟为璟国公，并于河西务敕建六合塔，为其衣冠冢，道衍奉旨为璟公撰刻墓志铭，至举行葬礼时，又率众僧亲至六合塔前，为璟公诵经超度。直到此时，杨洪才知道这位大和尚曾救下父亲和全家人的性命。此次重逢，杨洪已是一位二十出头的少年小将，道衍见了倍加爱惜，复又叮嘱，一定要兼修文武，为国尽忠，切莫辜负当今圣上的恩典。

自此以后，杨洪便以身许国，拼杀一生，果然积功至拜将封侯，终成一代名将。而道衍早年所赠的那件玉马项坠儿，则与他昼夜相随六十余载，直到其七十一岁病逝，才被摘下传与儿孙。此物历经六百余年沧桑，至今完好无损，仍为杨氏后人世代珍藏。

第二节　守开平将星冉起

建文二年（1400），杨洪随父参加“靖难之役”，时年十九岁。至父战死，奉命扶榇回籍，厚葬于六合城南夫子庙前千步许，随即与八弟杨清依制为父守孝。永乐元年（1403），杨洪袭祖职汉中卫百户，奉调至边塞开平卫驻防。当时的开平卫所还在今内蒙古正蓝旗以东，滦河北岸。蒙古中统元年（1260）将其定为元上都，并设官置府，称开平府，所辖境域包括今正蓝旗及多伦县一带。明宣德五年（1430）才将开平卫内移至河北赤城境内的独石口。杨洪临行时，家人见其才二十二岁，故都为他担心。杨洪坦然说道：“大丈夫立功扬名，宁有在跬步（即半步）之内”，遂谈笑而往。当时镇守开平卫的成安侯郭亮见杨洪英姿威武，举止持重，故非常赏识，特将其留在府内，每每与之谈论军机，成了成安侯手下的心腹干将。

永乐八年（1410）四月，杨洪奉调率所部五百卒随成祖北征蒙古诸部（主要为瓦剌、鞑靼、兀良哈三大部落），一路之上带头冲杀，直将鞑靼兵赶出数百里。五月十六日，在斡难河一战中，杨洪赤马金刀，率先冲入敌阵，所到之处皆人仰马翻，无人能敌，其形神武艺颇似当年的老令公。亲自督阵的成祖见此情景，不禁频频颔首，称赞道：“真乃将才也！”随即命人记下杨洪姓名，以待日后提拔重用。此番扫北，明军连战告捷，蒙古诸部或败或逃，皆大伤元气，以致在数年之间，边关无战事，国民得安宁。

永乐十七年（1419），杨洪在沿边巡哨途中，恰与一股蒙军狭路相逢，经一番激战，杀敌甚众，并缴获战马二十三匹。次年，又巡哨至簸箕河与边寇相遇，双方转战至东凉亭，杨洪再次大败敌兵。洪熙元年（1425）春，杨洪奉调随阳武侯薛禄出征大松林。杨洪率所部首冲敌阵，一举击败敌军，获其人马而还。报捷于朝，以功升正千户（正五品）。

宣德二年（1427），再从阳武侯薛禄征敌至红山，俘获敌首三人。又与清平伯吴买驴出征，充阵前先锋，战敌于朵儿班你儿兀。杨洪率先冲入敌阵，斩获敌军首级、牛羊等甚多，并生擒敌首镇抚晃令帖木儿等二十一人。宣德四年（1429），奉命率二百精锐铁骑，专事巡哨边塞，以期保境安民。宣德五年（1430）冬，开平卫已移至赤城独石口，边敌乘机进犯潮河川（今河北承德及丰宁一带）。移镇独石的杨洪奉调随都督方政出兵迎敌，一路追杀，获其人马器械而还。宣德六年（1431），敌兵又犯至大石门，杨洪奉命出击。其一边安营以对，佯装防守，一边暗中另选精骑绕到敌阵后方，而后突然发动两面夹击。区区五百人马，竟被杨洪运用得出神入化，直将敌军打得几乎全军覆没，余者亦都投降。其部下欲尽杀降兵，杨洪忙加制止说：“杀降，非勇武者所为。”并亲自扶起平章（元代官职，为地方高级长官）脱脱等，降将无不叹服。

自宣德初开始，边寇即连年犯境，朝廷遂决定在永宁、雕鹗、赤城、云州、独石等处修城筑堡、增设兵员，借以巩固京北防线。为了这项战略工程，共发军民三万六千人赴工，并出动一千五百精骑专事巡护。杨洪带兵驻守的开平卫（即独石口），正处于这些城堡的北部前沿，既是沽水入塞的山口，亦是蒙军顺白河川南下入侵的咽喉要隘。它三面孤悬（即三面被蒙古部落包围），角突塞外（像犄角一样突出边境），自古就有“控扼南北，实为巨防”之称。入明以后，则更是一处“甲士九关屯虎豹，风云万里护金汤（指京师）”的战略要地。正是由于杨洪不断率兵征剿，堵截追杀，才排除了敌军干扰，保证了所有工程的顺利竣工。这些明代古城至今尚有幸存者，仍巍然屹立于白河（即北运河上游，古名沽水，又名白河）两岸。

宣德七年（1432），朝廷又选在西猫峪（今赤城县马营乡）这一战略要地增设兵马营一处，以便遏制蒙古诸部顺白河川南下入侵。知杨洪已在塞外戍边近三十年，对这一带的边情、地势均已烂熟于胸，于是便命其督建马营城，并在此分兵驻守。杨洪亲率士卒一万，不分昼夜地在西猫峪的荒山野岭之间“披榛莽，筑城堡，立烽堠，逾月而成”。这座马营城，就建于山峦之间，城垣雄伟，箭垛起伏，其能月余告竣，堪称奇迹。杨洪始终亲临一线，与施工士卒同甘苦，共休戚。并资助婚娶，医病疗伤，关怀备至，故人人心悦诚服，乐为其用，充分显示出了高超的指挥才能和成大事者的风度。

杨洪以弱冠之年远戍边陲，初以五百卒起步，先者驻守旧开平，后又移镇独石口（新开平），这一沉就是三十余年。在此期间，他屡挫敌寇，建树边关，犹如一颗耀眼的将星冉冉升起，并以功以德，在这红河、白水（赤城境内有红、白、黑三条河流纵贯南北）之间留下了千古美名。

第三节　连十载八度升迁

宣德八年（1433），杨洪移镇新建成的马营城，以此为其大本营，时年已届五十二岁。是年夏，蒙古一部进犯孤榆树，杨洪率部追剿，败敌于红山，斩首四十有一，并获驼马牛羊若干。宣德九年（1434），再又出兵长城以北，剿肃股窜之敌，几战皆胜，以功升指挥佥事（正四品）。宣德十年（1435）七月，朝廷以问计边事、核设驿站等事，召杨洪入京，以对答切中，升指挥使（正三品）。是年兵部尚书奉旨巡边，回京后复旨时称：“开平哨备指挥使杨洪，所领军马不过五百，贼皆畏避。各处官军岂无如洪者。”随又进言：“乞命大臣分行各处，会同总兵等官，精选所操官军，就选骁勇、有智略如洪者领之。”时任陕西右参政的年富亦上书言事，指斥边将“竟恤其私而忘国家”，感叹“苟得如洪者二三人，即边患可弭”。上纳其言，不久即命杨洪充游击将军，统率万全都司所属精兵二千、厩马一千二百，巡备开平（指旧治）、独石等处。这次提升虽不涉及品级，但所授兵权却远胜从前。是年九月，杨洪率部在开平旧治簸箕河一带剿寇，通过分路夹击，大败敌军于瓦房嵯，斩首三百余骑，生擒其首领脱脱白暖台等，以功升都指挥佥事（正三品）。

杨洪戎装图

至正统元年（1436）英宗即位时，先朝的那些功勋将领相继去世，边关战将开始替换新人。从边防一线一步步磨砺出来的杨洪，此时已是五十五岁。在过去的几十年间，其素以智勇双全、能征善战著称，曾屡胜强敌，积功无数。值此用人之际，这员老将终于得以脱颖而出，接连受到提拔重用。据《明英宗实录》记载：“上（指英宗）每敕诸将，辄举洪（指杨洪），以示激劝。”这种权位的提升、皇上的奖励，却让杨洪受到了来自各方面的妒忌，不时被人上书诋毁，英宗每次闻之，皆不以为然，屡加曲护。杨洪心存感戴，唯有竭忠尽力，以报皇恩。

杨洪在任都指挥佥事期间，一边剿肃边寇、整饬边防，一边在防区之内建庙兴学，倡导礼教。正统二年（1437）六月，杨洪属下的指挥使杜衡、部卒李全因个人私怨，遂上书告发杨洪大兴土木，构筑宫殿，欲图不轨。英宗闻报，速派刑部尚书魏源亲往查实。消息传来，正在督工的杨洪面对那些尚未塑像的殿庑厅堂，亦担心会真的引起朝廷猜忌，遂采纳工匠们的建议，只在数日之间便于各殿中用荞麦面塑齐了神佛塑像。当地盛产的这种荞麦面，既可速干，而且不裂，塑完之后马上即可上彩涂金。待钦差赶到，均已成型。故魏源看后，均与京城的寺庙并无两样。因就断定，这些建筑既未僭规越制，更非杨洪的私人官邸。至其回朝复命后，英宗十分恼火，为还杨洪清白，遂下诏将杜衡谪贬广西，并将李全交与杨洪处置。风波过后，寺院开始清闲，周边的野狗闻到荞麦面的香味，便都悄悄溜进庙里，纷纷将那些塑像吃光或啃坏。此事在赤城一带流传甚广，终成典故，这就是“马营的佛爷——被狗吃了”的始末由来。

正统二年（1437），兀良哈部进犯李家庄，杨洪率部败之，擒其首领朵栾帖木儿等。是年冬，蒙古部入侵延绥，杨洪率兵驰援，抢先于回回墓设伏，断敌归路，再选轻骑突发袭击，一举将其击溃，擒获敌首乞里麻等。自杨洪移镇马营后，赤城、独石则改由都督佥事李谦守备，因李谦老迈怯敌，故又加派杨洪协助他共同防守。李谦心生醋意，常与之作对。杨洪但欲出兵，李谦总是暗加阻挠。杨洪每当激励将士杀敌立功，李谦则又以言相讥：“敌可尽乎？徒杀吾人耳。”此事被御史张鹏所知，因将其弹劾罢职。杨洪取代李谦后，自励自强，几番出兵巡剿，曾在西凉亭大败兀良哈部。英宗赐敕嘉奖，并示谕宣大（宣府、大同）总兵谭广等称：“这股敌兵前曾进犯延绥，为指挥王祯所败。你部距其很近，竟迟迟不能扑灭，若与杨洪相比，尔等岂不感到羞愧吗？”

正统三年（1438），兀良哈部再次犯边，杨洪率部与之交战于伯颜山，因战马失蹄伤及足部，其冲杀愈勇，力擒敌首也陵台等四人。穷追至宝昌州，连擒阿台答剌花等五员敌将，致敌大败而逃。英宗赐玺书慰劳，并派御医为其治伤。以功进都指挥同知（从二品），充右参将，替代谭广镇守宣府（今张家口市宣化区）。经其建议，重新加固开平城，拓展龙门所，并从独石到潮河川增置堠台（烽火台）六十座，以功进都指挥使（正二品）。正统四年（1439）秋，又追杀阿木狼、斩获可列歹等，以功迁都督佥事（正二品）。其间，杨洪上书，请准在宣府督造火枪、神铳等新式兵器，英宗当即放权应允（因火器制造一直由兵部专营），边北部队因火器补给快捷，作战实力均大为提升。

正统七年（1442）九月，因前沿吃紧，复命杨洪为左参将，移镇独石、永宁等处。尤其是独石口，自其改设为开平卫以来，一直与张家口（今张家口市）并称京师锁钥、华北屏障，在战略地位上堪称要害中的要害。正统八年（1437）三月，杨洪率兵出哨苦乞河，败敌于比只岭，生擒敌首那多，以功进都督同知（从一品）。正统九年（1444）二月，兀良哈部又犯延绥，杨洪与内臣（太监）韩政等兵出大同，追敌至黑山迤北，于克列苏破之。兀良哈尽弃所掠人马器械仓皇而逃，明军斩获甚丰。杨洪以功进后军都督府左都督（明设前、后、中、左、右五军，各军分设左、右都督帅之，官秩正一品）。其部下将士蒙赏者九千九百余人，一时声震朝野。杨洪自宣德九年（1434）被擢升为指挥佥事，至正统九年（1444）官拜后军左都督，十年间战功累累，八度升迁，功名官位由此达至巅峰。

正统十二年(1447)八月，杨洪挂镇朔将军印，充宣府总兵。十三年(1448)冬，有边寇窜入宁夏盗掠军马，杨洪率兵直追至兴河。适逢天降大雪，积深数尺，于是兵分四路，一举歼灭该敌。自永乐初北上戍边至此，杨洪已在京北塞外浴血奋战了四十五年，向以忠勇善谋、所向无敌著称于世，因被誉为“正统年间第一智将”。蒙古诸部视其为克星，既恨又怕，背后皆呼其“杨王”。边寇只要望见杨字旗号，无不惊呼逃窜，并彼此相告：“杨王来也，不可出！”当时尤属瓦剌部实力最强，其酋首脱脱不花、太师也先等都曾遣使致书，或赠送良马与杨洪，以示修好，杨洪每次都遵旨厚礼相还，好言相慰。故也间断出现二十余年“边事赖洪而息，边民因洪而安”的相持局面。

杨洪本文武全才，一向推崇文修武备。当其职权可及之时，则将御外抚内之责兼顾并施。曾于军中设置随营学馆，鼓励部下习文知礼。后又在宣府建立学堂，专门教育将士子弟。并于马营、龙门等八城兴办社学，大力发展地方教育。其间，还出私俸先在云州（今赤城县云州乡）重建崇真观，请名于朝，御赐“灵真观”，后又于龙门卫重建重光塔（在今龙关镇，现为省级文物），又重修瑞云寺和静宁寺等佛道寺院。这些名胜古迹至今仍有遗存，为塞外赤城留下一份厚重的文化积淀。

第四节　纾国难功全社稷

在蒙古诸部中，唯数瓦剌部的实力最强，瓦剌乘机控制了兀良哈等卫及一些女真部落，从此将地盘逐步扩张到了我国东北地区。其明里仍向明廷称臣纳贡，暗中却在厉兵秣马，积极备战。当条件具备后，便开始向朝廷寻衅滋事，故意挑起争端。正统十三年（1448），瓦剌将入朝进贡的人员增至三千之众，而后以“赏不如例”为由，终于为开战找到了借口。正统十四年（1449）七月，瓦剌诱胁其他各部，分头从甘州、大同、宣府、辽东齐向明境袭来。年轻的英宗皇帝因受宠信太监王振的蒙蔽挑唆，遂不顾多数朝臣的极力劝阻，执意要御驾亲征。起兵之初，先命杨洪随军北进，当行至沙岭子（宣府南），突又命他前往阳和（山西阳高县）、开山隘口一带防守。杨洪率军至楞栳山，生擒敌将则不丁等，并缴获被掠人马若干。不久，英宗又命其仍回宣府镇守。至八月初，明军接连败绩，英宗从大同仓皇逃还。至宣府时，召杨洪入见，令其率军殿后，阻挡追兵。行出一段路程，又命他还守宣府。瓦剌骑兵随后攻至宣府，杨洪率兵出城，连胜数阵，敌军被迫不敢近城。此时的明军本应急速回撤，可荒唐至极的王振，却非要领着英宗和部队绕道从其家乡蔚州经过，想借此来炫耀权势，光宗耀祖。大军所经之处，遍地的庄稼尽被夷为平地，英宗实在看不下去，复命原路返回，仍又取道宣府回京。经此一番延误，便就错过了逃脱的有效时机，被源源而来的蒙古骑兵死死围困于怀来县的土木堡附近。几天后，断水绝粮的明军待毙，瓦剌首领也先乘机下书诈和，英宗、王振不辨真假，急令各营向南取水，饥渴欲绝的明军顿时大乱，被由四面涌来的蒙古铁骑马践刀砍，直杀得尸横遍野，血流成河，大军尽被一举全歼。上自兵部尚书，下至统制各军的公侯、都督，以及陪君护驾的文武大臣等，共有数百人死于非命，奸宦王振亦被乱军杀死。剩下英宗只得束手被擒，糊里糊涂地成了敌军俘虏。这便是史上著名的“土木之变”。

当明军被困土木堡时，杨洪正奉命在宣府坚守城池，因不见英宗下诏，自然不敢擅自出兵。从这个情节中亦可看出，此时的英宗和王振并未看清形势，仍是有恃无恐，根本就没想到要调兵解围。而作为地方守将的杨洪，则对瞬息万变的前方战事缺乏了解，就以为比敌人多上十倍左右的明军，无论如何也不至于落到全军覆没的地步。这场彻败，完全是由英宗昏庸、王振跋扈所致。至英宗复辟后，有人竟将英宗兵败被俘的责任推到杨洪父子身上，这无非是为皇上遮羞、为自己讨好而已，纯属是歪曲事实。

正统十四年（1449）八月十七日，瓦剌太师也先将英宗押至宣府城下，企图用英宗手谕诈开城门。杨洪命守城士卒向城下喊话：“所守者主上城池。天已暮，门不敢开。且洪已他往。”也先无奈，只得离去。此后又两次胁迫英宗命杨洪开城迎驾，均被拒绝。也先继又命被俘的锦衣卫校尉袁彬喊城，杨洪令在城头架起火铳，将其吓退。也先见诈不开城门，又多次攻城不果，只得挟持英宗返回漠北。

八月十八日，英宗母亲孙太后亲自召集百官，当朝示谕："皇帝率六军亲征时，已下令郕（读成）王在京监临百官，现正式由郕王监国。"二十四日论功封赏，杨洪被进封昌平伯。九月六日，群臣拥立郕王即皇帝位，号称景帝。时过不久，也先诡称奉英宗还朝，取道大同、阳和来至宣府，又胁迫英宗下诏，命杨洪开城接驾。杨洪不敢自专，急将诏书封好，直接送至京师。景帝看后，忙驰谕杨洪："上皇书伪也。自今虽真书毋受。"明确指示杨洪，英宗的诏书是假的，从今往后，即便是真的也不可接纳进城。杨洪得旨，遂就一心守城，再不为之所动。也先见无法撼动杨洪，便和脱脱不花分率大军绕过杨洪防地，改由西路紫荆关和北路白羊口突入，兵锋直指北京，京师为之震动。

此时的京城兵力空虚，危机四伏。十月十一日，也先大军逼临城下，朝中百官顿时一片惊慌，遂有人主张迁都，有人提出议和。值此危急时刻，刚接任兵部尚书的于谦挺身而出，力排众议，愤然宣称："京城乃国家根本，一动则大势云浮矣！"其一边聚兵派将，组织城内军民上城防守，一边请景帝下诏，命杨洪等边将速来勤王入卫。杨洪接旨后，亲率精兵两万直向北京驰来，沿途之上，接连杀退数股援敌，缴获武器辎重若干。也先围攻数日，看出京城绝非一时可以攻下，徒自损伤人马，遂就撤围而去。初时还想抢先占领居庸关，以便为军队和物资北撤打开一条通道，结果又遭到都指挥杨俊（杨洪长子）和居庸关守备罗通的通力反击。当其得知杨洪等所率的勤王部队即将赶到，不禁闻风丧胆，于是便率领主力部队先行北去。待杨洪所部赶至北京时，围攻的敌军均已提前撤走。景帝随即命杨洪为总兵官，与都督孙镗、范广等合兵六万，乘机清剿京城周边的瓦剌余部。杨洪率兵先追敌至紫荆关、倒马关等地，继又杀回霸州、固安（今廊坊市）一带，几乎将所有流窜之敌彻底消灭干净，共斩杀敌兵数千余众，活擒阿归等敌将四十八名，夺回被掠人畜数以万计。至十一月初八，瓦剌部队全部退至塞外，历时约一个月的北京保卫战终于结束，京城由此转危为安，朱明王朝亦随之躲过一劫。

此役之后，举朝上下仍惊魂未定。景帝为整顿城防，遂将杨洪所部留在京师，命其总率三千营（即卫戍部队中的精锐骑兵），并亲自督帅京营训练。是年十一月十三日，论功行赏，晋封杨洪为昌平侯，兼掌左军都督府事，食禄一千一百石。在京期间，杨洪屡被召问军事，其先后提出“御寇三策”“简汰三千诸营将校”“不得以贫弱充伍”等治军强边方略，均为景帝采纳。景泰元年（1450）八月，加授杨洪为奉天翊卫宣力武臣，特进荣禄大夫、柱国，并颁予世券。九月又入值经筵侍班（为皇帝讲经说史的顾问班子）。世券铭文为：

朕惟帝王之于勋臣，因其劳绩而进以爵禄者，所以旌能报功，示天下至公之道也。尔昌平侯杨洪，以刚毅之资、果敢之志，历事先朝，藩翰边鄙，多历年岁，克建茂勋。朕当嗣统之初，卿有入卫之师，乃能劫胡寇于千里，振威武于三军，斩馘俘酋，厥绩维著，忠精义气，朕用尔嘉。

特授奉天翊卫宣力武臣、特进荣禄大夫、柱国、昌平侯，食禄一千一百石，子孙世袭其爵。仍与尔誓：除谋逆不宥外，其余若犯死罪，免尔本身一次，以酬尔勋。於戏！爵禄有加，所以举报功之典；忠勤不替，乃能毕事上之诚。朕既不忘尔劳，尔尚无忘朕训，往益毖懋，以永终誉。景泰元年十二月十三日。

所谓世券，又称铁券。形似瓦状，两面铭文，平分两半。左归功臣，右藏内府。遇事勘核，可折功抵罪。实即皇家赐予功臣世袭特权的一种凭证。

第五节 封伯侯建府赐碑

杨洪进封昌平侯后，朝廷随即划地拨银，依制在京城和原籍为其敕建侯爵府各一座。河西务老家的这座侯爵府建于瀛西城外东南隅，距大运河仅一堤之隔。总计占地一百四十八亩，其中府邸占地约三十八亩，下余者为龙王庙、璟公祠及街道、官场所占用。肇建之前，朝廷专门为此下诏书一道，诏曰：

景泰元年十月，御批重建璟旧府。

以璟王之规制，敕府库银。

前门楼三间，五架。中门楼一间，五架。前厅房五间，七架。厢房十

侯爵府御赐下马碑

间，五架。厨房三间，五架。库房三间，五架。米库三间，五架。马房三间，五架。耳房自（即自己出资），围墙自，花园酌。凤凰台重修。

杨卿著办。钦此。

诏书中的“璟王”，系指璟国公杨璟。其子杨洪既已进封侯爵，璟公亦依制被加追为杨王。而诏书所称的“架”数，乃指一间房屋所用的檩数。因前后两棵檐檩并不架空，故不计在内。如其“五架”者，实则为七檩之数，意在限定房屋进深的大小和房屋脊顶的高度。此时的瀛西杨氏早已族大支繁，如依制建府，实难容下现有的人口家丁，故经奏请，准予自添工料，额外对住宅部分进行了扩建。因而新府建成之后，其实际规模要比诏书的规模大出许多。

竣工后的侯爵府，就建在璟公旧宅的基础之上，仍坐北朝南。四周建有围墙，墙高近三丈，里侧设有马道，可供攀登。墙顶布满箭垛，以备防御。由远处望去，宛如一座小城。南墙开设二门，居东者为府宅正门，面阔三间，高大巍峨。门上高悬“侯爵杨府”御匾。大门之外建有御碑亭，两侧排列拴马桩。居西者为偏门，专供人马车轿出入之用。围墙之内，另有一道中墙，将全府隔为东西两院。

东院为侯府正宅。由府门进入这座豪宅大院，迎面便是一道高大的雕砖影壁。转过影壁往里，共建有五排正房，从前到后共被隔成六层院落。每排正房均为十一间，当中五间明显高大，是为主宅。在其两翼各连三间耳房，略显矮小。主宅正中一间为穿堂屋，前后悬置垂花门。这五道穿堂构成一条南北走廊，直将各院串通。

头排正房的垂花门上，题额“四知堂”，昭示宅主乃系东汉太尉杨震之苗裔（时代较远的子孙）。穿堂东侧为客厅、书房、藏书阁。西侧为家族塾馆，凡同族子弟均在此启蒙授课。在影壁两侧，各建路顶（因人员出入均从其门前经过，故俗称路顶儿）三间，为门丁、护院住处。

二排正房的垂花门上，题额“弘农世泽”，表明杨氏源自陕西弘农（现属河南省）。穿堂东侧为杨氏祠堂，供有祖匣牌位。西侧为私家戏台，演出时可将门窗变为台口，主人在室内团坐，仆役们可在门外观听。这排主宅实即诏书准建的“前厅房五间，七架”，故尤其显得宽敞高大。其规格为主柁长一丈四尺五寸，两端插柁各长五尺。前后老檐出头，前檐出七尺，后檐出五尺。檐下为前后游廊。由前檐至后檐，总进深为三丈六尺五寸。每间檩长一丈一尺，室内架空七檩，连同两檐共计十一檩。前后各立明柱、暗柱两排，总计二十四棵。在院内两侧，各建厢房三间，供本院的仆人所用。

三排正房的垂花门上，题额“清白传家”，传为东汉远祖杨震之手笔。此院为杨氏内宅，宅主家眷全居住于此。院内两侧各建有厢房三间，供仆人居住。并开设东西二门，东门可通府外，常闭不开。西门则从厢房中间穿过，东向门楣悬挂“状元及第”金匾，西向门楣镶嵌“季门晓月”四字。穿堂两壁张挂圣谕、榜文、喜报等褒奖之物。

四排正房的题额为“紫气东来”，取家宅吉祥之意。穿堂东侧为厨房、餐厅，西侧存放金银细软。院内两侧各有厢房三间。

五排正房的题额为“演义堂”，为杨家父子们研习兵法、传授武艺的场所。杨洪、杨清为激励子孙习武报国，曾各书小传一幅悬挂于中堂。杨洪自称：“祖居六合，我生瀛西。弘农世泽，是我根基。刀光剑影数十载，枪指之处展旌旗。”杨清自称：“龙封士武，我生瀛西。皇宫大内，铁笔独艺。提枪上马，沽水直渠。”院内两侧亦有厢房各三间。

“演义堂”的后院为练武场，刀枪剑戟一应俱全，制石沙袋分级列等。经数百年世授家传，曾从此走出无数的少年英雄。明代杨洪、杨清、杨俊、杨伦，及清代的武进士杨德徽等习武用过的制石至今犹在。宋代先祖杨延昭所用的制石被运至河西务后，就一直放在演义堂中，现存者尚有三块。所谓制石，即古代习武所用的标准方石，上面凿有抠手，刻着用者姓名及标定重量等。其可分为状元石、进士石、举人石等几个级别，故凡应试或比武者，必须举起相应的一级。

侯爵府的西院被分为前后两段。前排单成一院，共有北房二十余间，为仆役差夫们的住所，轿房、马厩俱在其中。人马车轿一律从南面的偏门出入。此院房后，便是杨府花园，占地二十余亩。全园以水面为主，池中水榭亭台，鱼荷共养，舟泛其间。岸上曲径回廊，花圃假山，美眷娇童。水之南岸，筑有碉楼一座，高九丈九尺九寸。凭栏远眺，可望见燕山云影，故名“望京台”。自永乐初徐皇后登临之后，已被改称“凤凰台”。因瀛西杨氏来自江苏六合，故满园风景尽仿苏杭。

这座皇封敕建的侯爵府，论等级之高，规模之巨，在武清一境绝称冠首，无人可及。若论人文之深厚，经历之辉煌，堪称是一座奥秘无穷的历史宝库。

就在封侯建府的同时，代宗皇帝还御笔亲封，赐予杨府下马碑一通。此碑身高二百一十厘米，宽七十五厘米，碑座高五十厘米，用优质汉白玉雕成。碑首四角蟠龙。碑阳题额分两层，上为楷书“英烈之门”，下为篆书“如奉圣旨”。碑中竖行楷书“文臣武将过此下轿下马”。左上题款“代宗祁钰帝御笔亲封”，系由天启皇帝后补的。碑阴上首横书“圣谕”二字，其下竖镌铭文九行。文曰：

杨业十八世孙杨景，太原府人，国朝之功臣，战死沙场，帝追封为杨王。其长子杨洪，昌平伯，守边战瓦剌有功，封昌平侯、奉天翊卫宣力武臣，颁发世代免死铁券。封土为昌平、宣府、独石。次子杨清，六千户，随龙有功，文笔超群，帝封世袭瀛西九千户。封土三河、白潞河至杨柳青。侄儿杨景春，随龙有功，封太子千殿下，封土文安。其孙杨俊、杨经、杨仁、杨能、杨信、杨智各有封赏。杨府，英烈之门，清白传家。钦此。景泰元年八月立石。

此碑原立于京城的侯爵杨府门前。据传系用修建天安门前金水桥的余料刊成。镌刻之际，发现景帝原稿中有一个“楊”字，其偏旁上的“日”字中间缺少一横，明显是个“口”字，遂向吏部尚书王直请示该如何处置，王直一看果然如此，沉吟片刻说：“皇上怎么写的，就怎么刻。”此碑直存至今，所有铭文一字不缺不残，唯有杨仁的“楊”字确实少此一笔。王直时为当朝首班大臣，其家妹嫁与杨洪胞弟为妻，两家乃是姻亲关系，故于背后提醒杨氏兄弟：此字之差，乃不祥之兆。想这“日”字常被代指皇上，如今少了一横，预示当今将要损寿，杨家将要减日（指受皇家宠幸的日子）。此后数年，先是太子朱见济夭折，后有英宗复辟，代宗驾崩。杨家亦祸事连连，转年九月杨洪病逝，接着少子杨杰早亡，继又是长子杨俊蒙冤被诛。王直所言，果都应验。

景泰八年（1457），英宗复辟，随即先杀于谦，后诛杨俊，朝中形势陡然巨变。杨家恐被抄家灭门，忙在暗中紧急疏散人口，转移财务。因这通下马碑系景帝所赐，正冲犯了英宗的忌讳，故也被趁乱运回了瀛西老家。由于走得仓促，便将原来的驮龙底座弃在北京，如今所见的盘纹方座乃是后配的。至明末清初，杨家作为前朝大将，自然就成了满清的宿敌，为免灾避祸，便将此碑埋入地下。顺治二年（1645），杨家挈地投旗，由此充任内务府豆粮庄头。待势态平稳，复将御碑挖出，重立于府门之前。1900年，八国联军沿运河进犯北京，为防不测，又将此碑埋入地下，直到2006年8月，才得重见天日。

这通御碑，曾经一移两埋三复出，不仅见证了瀛西杨家将的鼎盛时期和衰亡过程，亦经历了几番改朝换代和无数次的人祸天灾。在漫长的五百六十余年间，竟能一字无损地保存至今，实乃子孙不忘其祖，天道不忍其绝。

第六节　寄丹青雄风永驻

昌平侯杨洪生就一副堂堂相貌，从形神到武艺，乃至所用兵器，都与其先祖杨业颇为相似。在杨氏祠堂中，世代供奉着一幅祖宗群像，绢质彩绘，长宽逾丈，几乎遮满一面山墙。图上从汉至元，共绘有百十余位杨氏先祖的“学影儿”（即逝后追画的肖像），老令公杨业亦位列其中，因被族人称之为“丈布”或“画谱”。延至元末，画布用完，遂告终结。杨洪虽无缘入画，但其生前的数幅纪实丹青却保存至今。这些肖像虽经年久远，历经坎坷，但依旧丹墨清晰，题款俱全。凡有幸亲眼观瞻者，无不为他的伟岸雄姿、英雄本色而啧啧称羡。

其一为《杨洪戎装图》（图上无题，为编者所起）。从其唇口上的两撇儿短须看，应是杨洪中年的画像，其采用素描技法，大约画于永乐中后期。此时的杨洪正戍守开平卫，并多次随驾北征。画上的杨洪，身形峻挺，头戴缨盔，身着铠甲，足蹬战靴，背扎披风，腰悬钢锏，全然一副威风百步、坚毅沉着的大将风度。这帧画像原被收录于明末版《瀛西杨氏宗谱》之中，另有仿品流传至今。

其二为《杨洪封侯图》(图上无题，为编者所起)。轴式中堂，帧幅高大。画中的杨洪正襟危坐，气度威严。头戴九梁官冕，身穿赭红朝服。在其身后分侍二人，均头上青帽齐眉，身着箭袖短袄，足蹬薄底快靴。其居左者为杨伦，怀抱丹书铁券，乃堂弟杨冲之子，曾任羽林军指挥使。居右者为杨智，手捧象牙笏板，乃胞弟杨清四子，曾任开平卫指挥使。此像画于景泰元年（1450），即杨洪进封昌平侯之际，传为景帝命宫廷画师为其所画。此时的杨洪虽身受极褒显赠，然面容严肃，毫无喜色，似乎在为军国大事而沉思，抑或为日后凶吉而担忧。

画成之后，时任兵部尚书的于谦在其顶部题赞一篇，赞曰：

神完气充，貌伟言扬，江湖宇量，铁石肝肠。胸盘韬略，而神鬼莫测；手持剑戟，而星斗垂芒。摧风万里，轰雷迅电。号令三军，烈日秋霜。功在朝廷，威震边疆。一骑前驱，万夫莫当。旌旗所指，犬羊遁藏。知其内者，以为孙吴管乐；识其外者，以为卫霍关张。曰福曰寿，自天降祥；尔公尔侯，子孙蕃昌。噫斯人也！殆所谓勋业盖世，而身名流芳者欤！

景泰二年冬十月下浣。

赐进士、荣禄大夫、少保兼兵部尚书，西平于谦赞。

文中的“孙吴管乐”，指的是春秋战国时的著名军事家孙武、吴起、管仲、乐毅。“卫霍关张”指的是两汉时期的著名将领卫青、霍去病、关羽、张飞。实则是将杨洪比作这八位古人。

后在题赞之下，又题诗一首：“凤凰台畔旧开平，漠漠龙沙太子城。一自武襄（口）勒后，至今铁柱对峥嵘。”诗后落款已辨认不清。以杨洪卒谥“武襄”而论，应为洪公去世之后所题。

其三为《杨洪归家图》。此图为轴式中堂，丹青彩绘，帧幅宽大，底为绢本。图题左下署款：“岁在庚午（1450）暮春，王直作于瀛西土城杨璟旧宅”，款侧钤印两方。此图背景为：正统十四年（1449）秋十月，杨洪以功进昌平侯，官拜左都督，胞弟杨清被封为世袭瀛西九千户。转年清明时节，兄弟二人借祭祖之机回乡省亲，杨清妻兄王直亦受邀同行，一并来到瀛西，就住在了璟国公当年的旧宅，也即杨洪兄弟二人的出生地。王直时任吏部尚书，不仅身居高位，且于书画无所不精。此行恰得闲暇，便按路上情景绘制了这幅纪实画像。全图以瀛西古城为背景，城垣门洞隐约可辨。图上的杨洪赤马金刀，戎装闪亮，披风飘舞，稳坐雕鞍，一部花白须髯飘洒胸前。与其并辔而行的杨清白马银枪，银盔素甲，面向其兄，似在一问一答，另是一副风流儒将的气概。此图被带至北京后，兵部尚书于谦见了甚为欣赏，遂在图题下方题诗一首：“彤云口野迷，层水万木折。冲塞杨洪侯，踏破连山雪。”下署“于谦拜觐”，并钤印两方。于谦为杨清的妻兄，与王直一样同属姻亲，和杨氏兄弟交谊甚深。一百七十余年后，天启皇帝为巡河来到瀛西，就驻跸于大龙庄的侯爵杨府，当看到这幅画像后，遂于其右上方题写了“铜帮铁底北运河”七字，署款“天启御笔”。随行的御前秉笔又遵旨意，在左上方题记十七行，将这次御诏加固北运河，及九千户杨基捐木、督工的过程记录一清（原文详载于后，以避重复）。整幅画像，名臣妙笔生花，皇帝御题增色，纵称国宝，亦不过誉。此画像于“文革”中被抄失踪，四十年后重现，其间又衍生一段不便直言的题外故事。

其四为《杨洪进谏图》。仍系轴式中堂，帧幅宽大。图题下方署款：“景泰元年秋八月下浣，赐进士、荣禄大夫、少保兼兵部尚书，西平于谦作”，于旁钤印两方。画上的杨洪仪态庄重从容，头戴官冕，身着红袍，腰悬玉带，手捧象牙笏板，似正在出班奏事。时京师保卫战刚刚结束，杨洪以功封昌平侯、左都督，被留在京师督训京营兵马，并随时以应策对。其间为强军固边曾几次上疏，提出“御寇三策”“简汰三千诸营将校”及“不得以贫弱充伍”等一系列谏言，皆被景帝采纳。于谦时任兵部尚书，对杨洪忠勇报国的精神深感钦佩，故按朝觐装束，为其画下了这幅进谏图。此图原本于清末被八国联军掠走，现存美国亚瑟塞克琴美术馆，曾在大英博物馆展出过。

其五为《昌平侯颍国杨武襄公》画像。此像画于景泰二年（1451）杨洪病重期间，采用工笔彩绘，古称“追脸儿”或“追影儿”。按公侯礼制，应出自宫廷画师之手。杨洪时年七十一岁，已逾古稀之年。因遭逢“土木之变”，倍感国家危机，故而劳损于外，忧惧于心，终致身心俱惫，病倒在了宣府任上。据杨氏家传，杨洪所患之疾实即今称的肝腹水，当被接回京师医治时已是病至晚期，再也无力回天。从这幅画像上亦可明显看出，其面容已严重水肿变形，胡须、眼眉均已脱落无几，却虎目圆睁，心中似还装着很多未了的夙愿。此像画成不久，这位干国忠良、五朝名将便与世长辞了。经其亲手缔造的明代杨家将，由此纛旗倾倒，主帅无人矣！此像现藏于北京故宫博物院。

古代的人物画像，就如同现在的照片。瀛西杨氏保存至今的这几幅祖传遗像，堪称是历尽沧桑，弥足珍贵。其不仅为后世留下了视觉中的杨洪，而且突出地反映了这位英雄的巅峰时刻，及其最值得纪念的几幕人生片段。故不论何人观瞻，莫不为之感叹、为之倾倒。尤其是临终前的那张“追影儿”，总是给人一种“老骥伏枥，志在千里；烈士暮年，壮心不已”的心灵触动。

第七节　防后患迁葬赤城

景泰元年(1450)八月间，瓦剌见明朝有新皇即位，再扣留英宗已无大用，遂几经互使，终将其送还。英宗回京后，被尊为太上皇，闲居于南宫。此后不久，朝中重臣便在暗中分为两派。杨洪因在“土木之变”中拒绝开城迎驾，并对挟帝入犯的瓦剌军给予了坚决的抗击，尤其是在景帝即位这个关键问题上，杨洪是站在拥立派一边的，因此和英宗结下了解不开的积怨。此时眼看着英宗复辟的迹象已日趋明显，其心中自然充满了忧思恐惧，遂向于谦流露了离京还塞的愿望。

于谦对杨洪的实际用意自然是心知肚明，因此以边警未息、恐敌情反复、宜有大将戍边为由，奏请景帝仍派杨洪前去镇守宣府。景帝示谕：“顷者以宣府地方密迩京师，屡报声息，用是暂命洪往备之，秋后事宁，即令回京。”（见《明实录类纂》）景泰二年（1451）五月，景帝命杨洪挂镇朔大将军印，统率禁卫军一千六百人还镇宣府。他的两个侄子杨能、杨信分别以都督同知、都督佥事，充其左右参将。其长子杨俊亦以前军都督府右都督之职，统率三千营（京营中的精锐骑兵），一起随父开赴塞北。杨洪深谙为将之道，今见自己官居统帅，子侄皆握有重兵，遂上书请求休致(即申请交权退休)，景帝不准。杨洪继又上书，请将杨俊等人调往其他边镇戍守。景帝下诏，令杨能、杨信仍随杨洪协镇宣府，其子杨俊改率三千营回戍京师，以为宣府援军。杨洪在离京前往宣府的途中，沿路军民争相目睹其容，致使道路为之堵塞。而窥伺时机的各处边寇，一闻杨洪复又回镇宣府，便都引兵遁去，再也不敢轻举妄动。因此，以宣府为核心的京北防线，均归于杨洪的统辖之下。蒙古诸部慑于杨氏父子的雄威，亦不得不偃旗息鼓，京北塞外致以出现了多年少有的“关北士气高昂，关南高枕而安”的稳定局面，从而使劫难方休、重创待愈的大明王朝得到了及时恢复。

杨洪还镇宣府之时，已是年逾古稀。两月之后，终于忧惧成疾，一病不起。就根本而言，杨洪此次得的是心病，主要是由朝中的皇权争斗所致。景帝得报，亟派御医前往诊治。后闻病情转重，复又将其接回京师就医。到京之日，景帝连派中使（御前太监）前往杨府探视。杨洪自知大限将至，遂上表于朝，称：“国恩未报，臣职未尽，愿朝廷以宗社为心，夷虏为虑，崇文修武，以安攘之于万万年，臣即死瞑目矣！余无所及。”景帝阅之，叹息良久，深为痛惜。挨至九月十三日，杨洪终因不治而亡，虚年七十一岁。

讣告传来，景帝哀伤不已，命为之辍朝一日。随又诏令，追赠“颍国公”，谥号“武襄”，并着有司为其营葬。朝中百官纷纷前往吊祭，麾下将士无不为之哀泣。至十一月六日，依制厚葬于北京西山之原。妻潘氏封一品夫人，继吴氏、周氏俱赠淑人，继魏氏封一品夫人，室葛氏赠淑人。嫡子杨杰袭昌平侯爵。

杨洪浴血边疆，久戍边陲，直到古稀之年仍在披坚执锐，报效国家。最后竟在人生顶点溘然而逝，终以善始善终、生荣死哀而走完一生。事后看来，这于其本人乃至整个家族而言，皆属不幸之中的万幸。试想在“土木之变”中，他先是闭关不纳英宗，继又拥立景帝即位，如其再延寿几年，那夺门复辟的英宗又岂能轻饶于他，恐就其中一件，便足以定他一个杀身灭门之罪。事至于此，又让人不得不想起那位神机妙算的道衍和尚，其六十多年前的预言又是何等的灵验不爽。

杨洪的初葬之地，本是景帝为自己选定的陵址。据明人蒋一葵所著的《长安客话》记称：“景皇帝陵在金山口，距西山不十里。陵前坎窞（读旦，当深坑讲），树多白杨及樗（读出，即臭椿）。凡诸王、公主夭殇者，并葬金山口。其地与景皇相属（即相连）。又诸妃亦多葬此。”按理说，当朝的皇帝将臣子厚葬于自己的陵区之内，对逝者无疑是最高的礼遇和无上荣耀。然于杨洪而言，却是一件有悖初衷、本非情愿之事。

因早在永乐年间，杨洪有一次巡哨赤城（今属张家口市辖县），在途经寨顶山（在县城东南十五里，属样田乡）时，曾亲往仙游观上香。观中道长见杨洪气度不凡，便与之交谈起来。临别时道长提醒他：“将军功劳卓著，不愁拜将封侯。但记百年之后，切莫贪恋京师。”杨洪听了不由一怔，便又止步请问其详。道长只答一句：“将军若问归宿处，凤凰岭上看端详。”杨洪随就率人来到凤凰岭下。这道岭就在寨顶山以南二三里之遥，两山对峙，均不甚高。白河之水（又称沽水，即北运河之源头）由西向东，恰从这两山之间的平原中流过。凤凰岭东麓有一条羊肠小路可直通山顶，路旁裸露的青石上留着一行清晰的爪印，据传为恐龙足迹。杨洪登至峰顶，但见寨顶山中峰隆起，两翼微垂，宛如屏风靠椅一般，心中顿然醒悟，这就是那位道长为自己指点的归宿之处。时人叶盛在《水东日记》中记称：“居庸（关）以北，俗择葬地以验蛇盘兔为上，昌平侯杨洪赤城葬母处亦然。意者（意思是说），地气温暖，二物（指蛇兔）皆穴焉。偶相值而相持，亦适然耳（虽遇严冬，亦能生存）。”可见此地确实风水极佳。在这片山川之间，平原连陌，水源及土质条件都较好，故被屯垦的明军开辟成了样板田，地名因称样田乡。至永乐十六年（1418），洪母施氏客逝于开平卫（即元上都之旧址），为方便就近祭扫，遂将母亲棺柩就葬在了寨顶山南麓，这里从此便成了瀛西杨氏的塞外新墓，并取名为“落凤坡”。

宣德五年(1430)，开平卫南迁至赤城境内的独石口，杨洪官至都指挥使，复以右参将移镇宣府，其间共在赤城驻守八年。正统十年（1445），杨洪进封左都督，充宣府总兵，时年已六十四岁。因念及在京北塞外征战一生，这里的山川草木、城堡烽台，无不浸含着自己的心血；这里的数百里长城内外，到处都掩埋着为边防献身的将士忠骨，故而引起对这一方水土、这一带军民的深深眷恋。后经反复抉择，终于决定自己死后就葬身于赤城，一者为威慑边寇，魂蔽京师；一者为陪侍母亲，永尽孝道。当其把这个想法告知弟弟之后，杨清亦深表赞成。于是便于当年择吉动土，亲自为母亲隆坟树碑，并于墓前起建神道、牌坊。随又选派家丁张志，率人在墓地东侧落户立村，世代为杨家护坟守墓，这就是如今的样田乡杨家坟村。

景泰元年（1450）八月，英宗被释放回京。至翌年五月，由此引发的帝位之争便已开始暗流涌动。时为左军都督、经筵侍班的杨洪，对朝中动向自然了如指掌，故而忧惧成疾，以致一病不起。弥留之际，他密嘱胞弟杨清："主上仁慈宽厚，反将种下祸根。倘先皇一旦复辟，我即便死去，亦难逃剖棺戮尸的下场，且将殃及满门。你当统筹其事，早做准备。"随又叮嘱长子杨俊："我死之后，或将葬于京师，到时定要听从旨意。待丧事过后，可先于祖母坟后预修墓穴，俟时机成熟，再趁人不意，暗中将我尸棺迁往赤城，密葬不宣。我料这西山绝非净土，早晚要生祸端，你等切莫心存侥幸。"挨至九月十三，杨洪终于不治而亡。景帝诏命有司，将其厚葬于北京西山之原，以示昭恤。父殁之后，杨俊便官司不断，几被弹劾，几番入狱。幸而堂弟杨信镇守宣府，遂由其一手操办，终于在景泰七年(1456)将伯父尸棺秘密迁至赤城落凤坡，与施母同墓。西山旧墓实已成了一座空坟。景泰八年（1457）正月十九日，英宗复辟成功，在先杀于谦、后诛杨俊的同时，又命武清侯石亨派兵，一举将西山之原的杨洪墓冢，及碑石造像、神道牌坊等全部砸毁夷平。后因孙太后出面庇护，英宗亦想到还得依靠杨家将士，故才放弃深究，杨氏家族因而躲过一劫。

杨洪迁葬赤城后新成一冢，依于施母墓东侧。呈立墙拱顶，砖石结构，直径六米。墓道深入地下丈许，两侧摆设十二口油缸，每年添油一次，用捻点燃，可长明不灭。墓道北端立有两扇石门，门里便是墓室，伸于山底。室中设有棺床，杨洪及妻室的棺椁即厝置于床上。重新入葬时，杨俊刻砖一块，上镌"我父杨洪生瀛西，子俊"，一并置于墓中。天顺八年（1464），其弟杨清的尸棺亦由北京西山迁来，被葬于母墓西侧，从此又将地名改为"清乐岗"，直称至今。后由其子武强伯杨能拨封地十顷，交于五弟杨惠的后代管理，以地租收益作为修葺陵墓的永久经费。成化元年（1465），从侄彰武伯杨信见诸事安澜，乃择吉动土，始为伯父刊石树碑，重建神道、牌坊。神道碑共有两通，其一系按景泰三年（1452）原立于北京西山的旧碑复制而成，原文原款，署时不变。同年十月，又新刻一碑，系由王越撰文，叶盛书丹。至成化十一年（1475），杨信自知来日无多，遂于此碑碑阴补刻追思碑文一篇（详见杨信专章）。有明一代，边北居民均将杨洪父子敬奉如神，每年清明，前来墓地祭拜者常多以千计，杨氏后人必要周济孤贫，舍饭三天，因成惯例。传五百余年至今，杨洪母子的三座主墓仍依山而立，除施母和杨洪的两通残碑及一道半截儿牌坊尚存之外，余者或被毁灭，或被当地的政府部门收存。墓前的荒原之上，坟包散落，足有上百余座，长眠者均为杨氏子孙。整片墓地统称杨洪墓，现为河北省重点文物保护单位。

第八节　入列传名垂青史

杨洪辉煌一生，足称忠勇爱国的千秋典范，故广被方家、典籍所推崇，为之立传扬名者岂止一二。其中当以《明史 · 杨洪传》最为正本，以《赤城历史概述》中的《杨洪传》最为通俗，故一并辑录，以俾参照。

明史 · 杨洪传

杨洪，字宗道，六合人。祖政，明初以功为汉中百户。父璟（直称杨璟），战死灵璧。洪嗣职，调开平。善骑射，遇敌辄身先突阵。初，从成祖北征，至斡难河，获人马而还。帝曰："将才也。"令识其名，进千户。宣德四年，命以精骑二百，专巡徼塞上。继命城猫儿峪，留兵戍之。败寇于红山。

英宗立，尚书王骥言边军怯弱，由训练无人，因言洪能。诏加洪游击将军。洪所部才五百，诏选开平、独石骑兵益之，再进都指挥佥事。时先朝宿将已尽，洪后起，以敢战著名。为人机变敏捷，善出奇捣虚，未尝小挫。虽为偏校，中朝大臣皆知其能。有毁之者，辄为曲护，洪以是得显其才。

尚书魏源督边事，指挥杜衡、部卒李全皆讦（读节，攻击讲）奏洪罪。帝从源言，谪衡广西，执全付洪自治。寻（不久）命洪副都督佥事李谦守赤城、独石。谦老而怯，故与洪左。洪每调军，谦辄阴沮之。洪尝励将士杀敌，谦笑曰："敌可尽乎？徒杀吾人耳。"御史张鹏劾罢谦，因命洪代，洪益自奋。朝廷亦厚待之，每奏捷，功虽微必叙。

洪初败兀良哈兵，执其部长朵栾帖木儿。即代谦任，复败其兵于西凉亭。帝赐敕嘉奖。又敕宣大总兵官谭广等曰："此即前寇延绥，为指挥王祯所败者，去若军甚迩（距此敌很近），顾不能扑灭，若视洪等愧不？"

三年春，击寇于伯颜山。洪马蹶（读决，跌倒讲）伤足，战益力，擒其部长也陵台等四人。追至宝昌州，又擒阿台答剌花等五人。寇大败，遁去。玺书慰劳，遣医视，进都指挥同知，赐银币。寻以谭广老，命充右参将佐之。洪建议加固开平城，拓龙门所，自独石至潮河川，增置堠台（瞭望台）六十。寻进都指挥使。与兀良哈兵战三岔口，又尝追寇至赤把秃河。再迁都督同知。

九年，兀良哈寇延绥，洪与内臣（宦官）韩政等出大同，至黑山迤北，邀破之克列苏。进左都督，军士蒙赏者九千九百余人。洪尝请给旗牌（令旗令牌），不许，乃自制小羽箭、木牌，令军中。有司论其专擅，帝不问（未追究）。

十二年充总兵官，代郭玹镇宣府。自宣德以来，迤北未尝入寇，惟朵颜三卫众乘间扰边，多不过百骑，或数十骑。他将率巽愞（读训诺，都很懦弱讲），洪独以敢战至大将。诸部亦惮之，称为"杨王"。瓦剌可汗脱脱不花、太师也先皆尝致书于洪，并遗之马。洪闻于朝，敕令受之而报以礼。嗣后数有赠遗，帝方倚任洪，不责也。帝既北狩（指被俘），道宣府，也先传帝命趣（催促讲）开门。城上人对曰："所守者主上城池。天已暮，门不敢开。且洪已他往。"也先乃拥帝去。

景帝监国，论前后功，封昌平侯。也先复令帝为书遗洪，洪封上之。时景帝已即位，驰使报洪："上皇书，伪也。自今虽真书，毋受。"于是洪一意坚守。也先逼京师，急诏洪将兵二万入卫。比至，寇已退。敕洪与孙镗、范广等追击余寇，至霸州破之，获阿归等四十八人，还所掠人畜万计。及关，寇返斗，杀官军数百人，洪子俊几为所及。寇去，以功进侯，命率所部留京师，督京营训练，兼掌左府事。朝廷以洪宿将，所言多采纳。尝陈御寇三策，又奏请简汰三千诸营将校，不得以贫弱充伍，皆从之。

景泰元年，于谦以边警未息，宜令洪等条上方略。洪言四事，命兵部议行。都督宫聚、王喜、张斌先坐罪系狱，洪与石亨荐三人习战，请释令立功。

诏已许，而言官劾其党邪扰政。帝以国家多事，务得人，置不问。上皇（指英宗）还，洪与石亨俱授奉天翊卫宣力武臣，予世券。

明年夏，佩镇朔大将军印，还镇宣府。从子（侄子）能、信充左右参将。其子俊为右都督，管三千营（京师部队中的精锐骑兵）。洪自以一门父子官极品，手握重兵，盛满难居，乞休致（申请退休），请调俊等他镇。帝不许。八月，以疾诏还京，逾月卒。赠颍国公，谥武襄。妾葛氏自经（自己吊死）以殉，诏赠淑人。

洪久居宣府，御兵严肃，士马精强，为一时边将冠（居诸边将之首），然未尝专杀。又颇好文学，尝请建学宣府，教诸将子弟。

（下为杨俊、杨能、杨信列传，从略。）

洪父子兄弟皆佩将印，一门三伯侯。其时称名将者，推杨氏。昌平侯既废，能以流爵弗世。而信独传其子瑾，弘治初领将军宿卫。三传至曾孙炳，隆庆时协守南京，召掌京营戎政，屡加少师，卒谥恭襄。传子至孙崇犹，李自成陷京师被杀。（见《明史 · 列传六十一》）

赤城历史概述 · 杨洪传

杨洪（1381—1451），字宗道，祖籍山西太原。是北宋名将杨业（即电影、戏剧《杨家将》中的主人公杨继业的原型）的后代。据墓碑记载：杨业与宋赠太师的播州（今贵州）杨端属同谱同宗。杨端于唐末以骁勇应募，并应诏攻陷播州后，子孙仕官，从而继守播州，人称“杨播州”。杨业生莫州（今河北任丘一带）刺史杨延昭。延昭生广州刺史杨充广。充广生德州刺史杨贵迁。杨充广曾持节广西，见杨播州之孙杨昭无子，甚为怜悯，便以其子贵迁过继给杨昭。从此，守播州者都是杨业的嫡传后代。贵迁生光震，杨光震生武节大夫文广。杨文广生三子，长子名惟聪，杨惟聪生子杨选。杨选生十三子，有一子名叫杨翀，南宋时曾为江苏六合县令。自杨翀之后，其家久居六合，遂称六合人。杨翀传约四至五代至杨顺。杨顺正值元代，因其注重气节而隐德弗耀，终身不仕。其子杨政倜傥有志，元末从明太祖朱元璋勇起义师，积有战功，被授为陕西汉中卫百户。其生三子，长子名杨景，魁伟豪迈，咄咄英姿，不同凡响。明初，杨政随主帅常国公常遇春攻克姑苏，正值杨景及冠，杨政有意为杨景在苏州城择配完婚。部属都说：

若要择妻，唯城中施氏之女最好，杨政采纳众言，遂娶世居姑苏府城骆驼桥的大姓施氏子良之女施妙岩。施子良，吴郡人。唐袁州宜春尉施旭的后代，世为官族。子良有隐德，其女施妙岩聪慧贤淑，生而端谨，寡言笑，唯日事闺门，足未尝至中庭，习知女史，为子良所钟爱。杨氏即纳聘，施氏妙岩遂聘于杨氏。婚后，事舅姑（公婆）致孝敬，待妯娌以辑睦，抚子女慈而知教，持家务宽而有制。秀外慧中，是仪是则，咸称贤淑。

建文四年（1402），即“靖难”之战的最后一年。在此战役中，杨洪父杨景为军中一百户令，于四月廿七日战死于灵璧（今安徽省灵璧县）。洪母施氏得知这一噩耗，绝而复苏，号恸不止，闻者感泣。丈夫殁于王事，家道中微，施氏毅然挺立。对子女辛勤抚其幼，严教训其长，显现了一位知识女性的伟大母爱。

永乐元年（1403），杨洪袭父职远戍开平（今内蒙古正蓝旗东北），而后迎母就养。杨洪每逢出剿敌寇，其母必训诫曰：“捐躯国家，乃吾杨氏之家法也！汝父殁于战，吾虽常痛其不幸，然无益之。汝当奋身绍续前人之烈。吾有汝弟在，慎毋以我为意也！”杨洪奉承唯谨。凡战则身先士卒，冲锋陷阵。后以功官拜都督，爵至封侯，位登极品，萃兹一门，芳声伟绩迈于当世，皆以其母教诲之力所致也。因此，杨洪对其母敬重异常。

杨洪以廿二岁远戍开平。临行前众人问道：开平远在数千里之外，那里寒风荒野，地瘠民贫，战火连年，生死难测，你果真不害怕吗？杨洪说：大丈夫立功扬名，宁有在半步之内！遂谈笑而往。当时成安侯郭亮守备开平，一见杨洪甚为喜悦，置于幕下资论军事，深见器重。

永乐八年（1410）四月，杨洪率部随永乐帝北征，经威虏镇、渡饮马河，追击本雅失里。五月十六日追至斡难河，大败之，本雅失里仅以七骑逃遁。在这场激战中，杨洪冲杀陷阵，获人马而还，永乐帝甚为喜欢，因赞曰：“此乃将才也！”令识其名，以俟擢用。也正是由此，杨洪便开始了他由百户至都督四十余年的征战生涯。

永乐十一年（1413），永乐帝封阿鲁台为和宁王，以牵制瓦剌。同年冬十一月，瓦剌马哈木兵渡饮马河，阿鲁台告警。永乐帝命边将严加守备，命陕西、山西及潼关等五卫兵驻宣府，中都、辽东、河南三部指挥使司及武平四卫会兵北京，应城伯孙岩备开平。永乐十二年（1414）三月，永乐帝率大军兵发北京，亲征瓦剌。六月追击马哈木残部至土剌河，马哈木宵遁。自此直至永乐末，成祖曾先后五次亲征迤北，但都未对蒙古诸部造成毁灭性打击，以致其得以休养生息，终于在正统十四年（1449）发生了史上著名的“土木堡之变”。

洪熙至宣德二年（1427），杨洪随阳武侯薛禄征大松岭。杨洪首冲敌阵，击败敌众，获其人马而还，升正千户。宣德五年（1430）冬，敌再犯潮河川，在此镇守的杨洪随都督方政追击敌寇，获其人马器械而还。宣德六年（1431）敌又犯大石门，杨洪奉命迎敌，列营相向，佯示不动，以麻痹敌人。然后密选轻骑，绕道出其后方，敌阵大乱，无一逃遁，全部卸甲投降。其部下欲杀降兵，杨洪制止说：“杀降非勇武者所为，不能滥杀。”并亲自扶起平章脱脱等，敌虏尽服。奏闻朝廷，对其褒奖有加。

宣德七年（1432），朝廷针对敌情，计议在西猫儿峪置兵马营，以备边塞。此时杨洪在塞外永宁、赤城、独石一带征战、驻守已有二十余年，对该地的地形地貌及备御情况十分熟悉，且朝廷对其战绩亦多有记闻，认为其可担当此任。遂命杨洪筑城并驻守。杨洪奉命率士卒约万人，于荒山野岭之间、荆棘丛林之中，披榛莽，筑城堡，立烽堆，逾月而成。偌大一座城堡，且其西部城墙全部筑于山上，不足两月就已筑成，真是一个令人难以置信的奇迹。城筑好后，杨洪召集众将士说：吾与尔等一样孤悬一城，从此就要长期驻守于此。在这穷荒边塞，人在则城在，城毁则人亡，我与大家一定要齐心协力，死守此城，切不要怀有二心。杨洪遂与将士们同甘共苦，忧喜相关，对部下士卒资助嫁娶，治疗疾病，关怀备至。从此人心安和，士气高昂，全不觉得是在穷荒的塞外孤城。也正是由此，马营所在的赤城北部地区便有了人烟，并得以开拓发展至今。宣德八年（1433），杨洪以马营城为大本营，率兵追剿边寇，败敌于红山。九年（1434）复追袭剿边，以功升指挥佥事。十年（1435），朝廷为问边计驿，召杨洪至北京，以所言切中升指挥使。并充游击将军，统领万全（今张家口市万全区）都司所辖精兵二千、厩马一千二百。尝巡哨北边至开平旧治簸箕河一带，因大破敌众，生擒敌首脱脱白暖台，以功迁都指挥佥事。

正统元年（1436），英宗即位。兵部尚书王骥奉命巡边督军，斩临阵逃脱者都指挥使安敬，使边境肃然。回京后向英宗进言：“边军怯弱，应速选人加强训练，杨洪可当此任。”当时先朝宿将已尽，杨洪后起，又以敢战而著名。其为人机变敏捷，善出奇捣虚，虽为偏将，朝中大臣都知道他的能力。时有人暗加诋毁，英宗总是给予曲护，杨洪由此得以施展其才。正统二年（1437），刑部尚书魏源督边事到马营，杨洪部下指挥使杜衡、部卒李全因私怨诬告杨洪。魏源查明真相，奏闻于朝，英宗遂将杜衡贬谪广西，将李全交由杨洪处置。此案原委，系因杨洪素来力倡修武，更图文治。他极好建庙宇以行高台教化，立社学以训育军民。在其倡导下，始于马营城中兴建各种寺观。为此被杜衡、李全之辈诬为越制修筑宫殿楼台，意欲自立，与朝廷抗礼。英宗起初不明真伪，速派人调查此事。消息传到塞外，杨洪面对一座座没有佛像的庙宇、殿堂，唯恐解释不清。情急之下，有人建议用荞麦面捏圣像可速干而不裂，且马上就能彩绘。杨洪采纳此言，命所有工匠一夜之间用荞麦面塑好了各庙宇中的所有佛像。京师来人见城中井然有序，庙宇鳞次栉比，圣像妙好庄严，一派和平景象，绝无构筑宫殿、分庭对抗之兆。待钦差走后，庙内看护松懈，城中猎狗嗅到荞面香味，诸多佛像有的被啃坏，有的被吃掉，因此留下“马营的佛爷——被狗吃了”这段轶事，并直传至今。

诬告被洗清后，命杨洪协助都督佥事李谦镇守赤城、独石。李谦年老胆怯，当杨洪调兵出战，常面带不悦，冷嘲热讽。当杨洪激励士卒杀敌报效，便又出语相讥：“北战如野草，你能杀尽吗？”后由御史张鹏弹劾，将李谦罢免，即命杨洪取代其职。正统三年（1438），兀良哈犯边，杨洪率部与其战于伯颜山，激战中杨洪落马伤足，但仍越战越勇，生擒敌首也陵台等九人，以功升都指挥同知，充左参将，统守宣府边塞要地。此间，杨洪建议加固开平城（今独石城）、拓龙门所（今龙关）。其主要作用是统领牧马堡和赵家庄等城堡，以加强四海（今北京延庆境内）至独石段长城的防御。还建议自独石至潮河川，增置堠台六十。因建议功，进都指挥使。正统四年（1439）秋，追杀阿木狼，擒获克列歹等，以功进都督佥事。正统七年（1442）充左参将，移守独石。在明代诸多论及边防的军事奏章中，总是提到独石、张家二口，而且首先要论述独石之险要，可见其地位重要至极。正统八年（1443）春，出哨苦乞河，败敌于只比岭，以功进都督同知。九年（1444）春，兀良哈再犯延绥，杨洪与韩政等出大同，败敌于应昌州的别儿克，敌尽弃所掠遁去。杨洪复追至克列苏，敌凭险拒之，杨洪督兵进攻，敌大败，擒斩打剌孩等，以功进左都督。其部下将士蒙赏者九千九百余人。自正统改元至此，九年间杨洪战功累累，屡屡升迁，由偏将至都督，位居朝中宿将，声震朝野。

正统十年至十二年（1445—1447），杨洪趁边事稍宁，出私币重建了云州崇真观，并请于朝廷，赐名“灵真观”。又于龙门卫城的唐代古刹遗址上重建了重光宝塔，还重修了赤城温泉的瑞云寺和赤城城内的静宁寺等，并为其母施氏增修了墓前神道及石像生。这些名胜古迹至今仍保存尚好，为塞北赤城平添了一份历史的厚重与岁月的苍茫。正统十三年（1448）秋，挂镇朔将军印，充总兵官，取代郭玹镇守宣府，府城将士欢声动地，喜得良帅。自宣德以来的二十余年间，迤北诸部未曾大举入侵，只有朵颜三卫之小股敌人乘隙扰边，多不过百骑或数十骑。其间的边事息宁，在诸多因素中，有杨洪坐镇宣府、戍卫京北防线，不失为其中的重要一环。自永乐初至此，杨洪戍边已四十余年，其以敢战善战至大将，声震迤北，蒙古诸部深知其厉害，都十分惧怕，称其为“杨王”。瓦剌部首领脱脱不花、太师也先都曾与其修好，经常写信问候他，并送以良马。每遇此事，杨洪均奏报朝廷，英宗敕令让其接受，并准其以礼相还，以维持边塞的和平与安宁。

正统十四年（1449），瓦剌寻衅并诱胁迤北诸番分道大举入寇。七月间，英宗皇帝被瓦剌兵俘虏，发生了历史上有名的“土木堡之变”。其时杨洪正镇守于宣府。英宗御驾亲征至沙岭（今宣化沙岭子）时，召杨洪入见，命他随驾西行，继而又命他守阳和及开山二口。至还师经宣府时，先命其殿后（即断后），复又命他还守本镇。如此朝令夕改，出尔反尔，足见英宗惶恐至极。土木一战，亲征大军全军覆没。瓦剌太师也先挟英宗由土木西行至宣府城下，企图用英宗手谕诈开城门。杨洪知为诡计，命守城士卒对城下喊话：吾等所守乃皇家之城，坚守乃吾等天职，且主帅不在城中，故无令不敢开。也先见此计不成，只得挟英宗经大同返回漠北。八月末，太后命郕王监国。九月二十日，郕王即皇帝位，尊英宗为太上皇，以明年为景泰元年（1450）。九月二十一日抄王振家，杀其全族。十月也先诡称奉上皇还京，由大同、阳和（今山西阳高县）而来。路经宣府，复命英宗谕书杨洪，杨洪不敢自置。将谕书封好，急送京师呈与景帝。景帝驰使示谕杨洪称："上皇书，伪也。自今虽真书，毋受。"于是，杨洪一意坚守宣府城池。也先无奈，遂取道西南由紫荆关攻入，直逼北京。在兵部尚书于谦的指挥下，杨洪应急诏率精兵二万入卫，驰至，敌兵已退。复令其与孙镗、范广等追杀余寇，追至霸州（今河北霸州市），擒获敌首阿归等四十八人，夺回被掠人畜数以万计。敌寇败去，京师保卫战大获全胜。论功，杨洪由昌平伯进为昌平侯，兼掌左军都督府事。并赐金织绮（读起，带花纹的丝织品）文、玉带、冠帽等。复令其率所部暂留京师，督练京营军马。此时杨洪已高龄六十八岁，且战功赫赫，位登极品，朝廷以其为宿将，谏言多被采纳。其曾向景帝陈御寇三策，又奏请简汰三千诸营将校、不得以孤弱充伍等，皆被景帝采纳。景泰二年（1451）三月，朝廷赐杨洪世券，授奉天翊卫宣力武臣，食禄一千一百石，子孙世袭其爵。

景泰元年（1450）秋，也先知中原实力仍厚，谋无胜望，遂愿请和，后几经互使，于八月间将英宗送还。至此，英宗被俘整整一年。英宗还京后，威仪不减，朝中重臣间矛盾日趋激化，以景帝和英宗分为两派。杨洪因"土木之变"中未出城救驾，并力主抗敌，且入卫京师有功，故深受景帝倚重。随着英宗复辟迹象日趋明显，其终日心怀恐惧，于是就向景帝流露了离京还塞的愿望。景泰二年五月，虑及边警未息，恐敌情反复，宜有大将在边，遂命杨洪挂镇朔大将军印，统领禁卫军复镇宣府。其侄子杨能、杨信充左右参将；其子杨俊为右都督，统领三千营，随其共赴塞北。杨洪复镇宣府，军声为之大振，关北之人士气高昂，人心稳定。关南之人亦高枕而安，无所忧虑。杨洪在回宣府途中，沿路军民都争先恐后以求一睹其面，道路因之堵塞，大军不能前进。

杨洪重镇宣府后，因心境不宁，终于抑郁成疾。奏闻景帝，亟遣御医亲往诊视，后又接回京师治疗。杨洪见病情日重，即命其子杨俊奉表于朝，以明心志。遗表称："国恩未报，臣职未尽，愿朝廷以宗社为心，边寇为虑，崇文修武，以安攘于万万年，臣即死亦瞑目矣！余无所及。”景帝阅后，叹惜良久。第二天，杨洪溘然而逝，时为景泰二年九月十三日，享年七十岁。讣告奏闻，景帝命辍朝一日，着有司为之营葬，赙祭甚厚。朝中大臣皆往吊祭。麾下将士无不为之哀痛。诏赠颍国公，谥武襄。于同年十一月六日葬于京都西山之原。初娶潘氏赠夫人，继吴氏、周氏皆先卒，继魏氏封夫人，室葛氏自殉，诏赠淑人。长子杨俊授前军都督府右都督，次子杨杰（魏氏嫡出）嗣父爵。侄子杨能，后军都督府同知；杨信，都督佥事；杨仁，锦衣卫指挥佥事；杨智，开平卫指挥使。后因杨杰早卒，继由其兄杨俊袭侯爵。

(下为杨能传、杨信传，从略)

景泰八年（1457）二月，杨洪长子杨俊获罪被诛，昌平侯爵即废（实由长孙杨珍承袭）。杨能的武强伯爵也未能传袭于后（因无子所致）。独有杨信的彰武侯爵，传于其子杨瑾。瑾于弘治初佩将军印，宿卫京师。三传至曾孙（信公玄孙）杨炳，隆庆间协守南京，后又主掌京师戎政，屡加少师，逝后谥恭襄。复传子及孙，直至李自成攻陷京师战死。

杨洪二十二岁从江南到塞外，戍边四十余年，悉以边事为心。自始有众五百，以至于领三千之众；自统一方士卒，以至于总天下之兵。不以一将者寡，而屈于人下；不以所率者众，而旁若无人。敌强不以自怯，必熟计而后战；战胜不以自骄，必量敌而后安。有功不专诸己，有惠必分诸人。故其驭下唯严，而人乐为之用，整饬边防，屯垦良田，训练士马，振起荒颓。建立庙学，以教兵戎子弟；赈恤孤寡，以慰士卒死亡。尤为有仁义之政焉。史传赞曰：“洪父子兄弟皆佩将印，一门三伯侯，当时称名将者，因首推杨氏。”又曰：“洪久居宣府，御兵严肃，士马精强，为一时边将冠。然未尝专杀。又颇好文学，尝请建学宣府等处，以教诸将子弟。”

杨洪一生得寿七十，然在赤城、马营、独石、宣化、怀来一带征战、镇守、屯垦、开拓就有整整四十八个春秋。赤城一带的山水草木，城堡烽台，社学庙坛，驰道良田，无不留有他的足迹。他创筑马营城，固筑独石、龙门、赤城诸城堡，修葺温泉瑞云寺，重建金阁山灵真观，请建龙门等八城社学，兴建龙关重光塔寺等，其胜迹比比皆是。至其卒后，仍留恋这一方热土，复又将其尸棺由京西迁葬于塞外赤城。纵观杨洪一生，守边卫民，御外诲内，功勋卓著，位登极品。碑石有铭，史书有传。塞外民间有口皆碑，以致相传五百余年而不衰。

(略有删改)

第九节 神道碑千古流芳

杨洪墓前共有神道碑两通，一为景泰七年（1456）其尸棺被秘密迁葬赤城后所立，因原碑遗于北京西山旧址，故复制而成，仍用原文原款，年号不变；一为成化元年（1465）从侄杨信为其辟建神道、牌坊时所立。因碑文各有残缺，难免判辨有误。为供稽考，并予辑录。

颍国公谥武襄杨公神道碑

故奉天翊卫推诚宣力武臣，特进荣禄大夫，柱国，昌平侯，追封颍国公，谥武襄杨公神道碑铭

特进荣禄大夫，少保兼太子太傅，户部尚书，文渊阁大学士，修撰史，知兼同知经筵事，庐陵陈循撰

赐进士出身，荣禄大夫，少保兼太子太傅，兵部尚书，西平于谦书

奉天翊卫推诚宣力武臣，特进荣禄大夫，右柱国，太子太师，武清侯，关西石亨篆

余尝读《史记》，至田氏齐威王，言其臣有檀子者，使守南城，楚不敢为寇，泗上十二诸侯皆来朝。窃意古有未然者，及观昌平侯为将守北边，始信其事。盖虽国家威惠被于万方，而苟非可以德化者，亦必得人为之藩屏，而后有所赖以济也。若昌平侯杨公，其可谓之得人者欤。

公讳洪，字宗道，杨氏。其先太原人。系出霍山王子宋太师中书令讳业，与宋赠太师播州端通谱。业生莫州刺史延朗，延朗生广州刺史充广，充广生德州刺史贵迁。充广尝因持节（奉旨出巡）广西，悯播州之孙昭无子，遂以贵迁嗣之。自是，守播州者皆业之后也。贵迁生从义郎光霞。光霞生武节大夫文广。文广生三子，长曰惟聪，生武经郎选。选十三子，有讳翀者，仕宋为六合令，因家六合，后遂为六合人。公曾大父讳顺，不仕。大父讳政，国初从常国公起义，积劳至汉中卫百户。父景袭职。三世并以公贵，累赠特进荣禄大夫，后军都督府左都督。曾大母吴、大母张、母施，俱累赠夫

人。公兄弟三人，公其长，仲淋、季忠。公生十七年（有误），父战死灵壁。公事施夫人甚孝敬，抚二弟甚友，尊幼安之。

永乐初，公袭父职，当远戍开平，人皆为公惮之。公叹曰：“大丈夫立功名，宁在跬步之内！”遂谈笑而往。时成安侯郭亮守开平，一见公语大悦，置之幕下，资论军事，深见器重。

八年，公率所部随驾北征。至饮马河，虏率众迎敌。公首入贼阵，获其人马以献。上喜，曰：“将才也！”令识其姓名。十七年冬，公遇虏寇，战于泥河，斩馘（读国，割左耳报功）甚众，并获其马二十三匹。明年，哨簸箕河，遇虏寇，转战东凉亭，生擒贼首一人，获其马五匹，贼败走。

洪熙纪元之春，从阳武侯薛禄征大松林，公首击败虏众，获其人马，升正千户。又明年为宣德二年，复从阳武侯征虏至红山，俘获三人。公与清平伯吴买驴前行，战于朵儿班你儿兀之地，公先冲入敌阵，斩获首级、牛羊等畜甚多，生擒贼首镇抚晃令帖木儿等人口二十有一。五年冬，虏寇潮河川。时开平卫治已徙入独石，公从都督方政追败之，获贼马器械。明年，虏复寇大石门，公列营与相向，佯示不动，密选轻骑，绕出其后，虏退无所遁，遂解甲弃弓矢降。众欲歼之，公曰：“杀降非武。”遂收其平章脱脱等人马器械。归奏，酬公有差。

又明年，朝廷用边将都督方政之计，于西猫儿峪置马营，以遏贼冲，命公为守。公躬率士卒，披榛莽，筑城堡，立烽堠，逾月而成。既而号于众曰：“吾与若等孤城守边，生死以之，慎毋怀二。”遂与士卒甘苦同受，忧喜相关。其或嫁娶有不能为力者，助之。疾病有不能致疗者，资之。由是人心安合，不自觉其在穷荒也。

八年夏，虏寇孤榆树，公追杀至红山，斩获其贼首四十有一，驼马牛羊无算。九年，复追袭抄边，斩获虏首级人口而还。事闻，升公指挥佥事。十年秋，以问边计驿，召公至京，升指挥使。赐金织文绮、袭衣、宝刀、盔甲、弓矢、楮币，遣还。寻遣给事中等官，赍玺书符验（送委任状和印信）就镇，命充游击将军，统率万全精兵两千，厩马千二百，巡备北边，至开平、簸箕河。还遇虏寇，战于闵安、瓦房嵯。公挥其下，分翼进攻，大破贼众，斩获首级凡十有六，并其器械、驼马、牛羊，生擒贼首脱脱白暖台。还，升都指挥佥事。

正统元年八月，被召至京赏劳。还，副都督李谦总督怀来等处守备。是月，复受命与都督方政计边务于大同。明年，诏使启行。公受命领所部军马与方都督合势，出哨黄河东，胜，虏使甚恐。是年秋，兀良哈寇李家庄，公追败于兴州之三岔口，贼弃所掠，并其马甲器械无数，公生擒其首朵栾帖木儿。复召至京，受赏而还。是年冬，闻虏寇延绥，公伏兵回回墓，截其归路，别选轻骑从间道袭击，大破之，斩获首级器械羊马等，并生擒其党乞里麻等。三年春，兀良哈寇边，公与战之伯颜山并宝昌州，夺回所虏人口，并斩获首级、驼马、牛羊、器械，生擒贼首指挥也陵台等四人、阿台苍剌花等五人，迁都指挥同知，遣官赉赐金帛。已而命公充右参将，镇守宣府等处。进都指挥使，复遣官赉（读赖，送给讲）赐金帛。四年秋，公受诏追杀叛虏阿木狼等，由白塔河倍道兼进，至三岔口及之，斩获其下可列歹等首级，并其器械、马畜，进后军都督府都督佥事。七年秋，受制谕充左参将，专守独石、永宁等处。八年春，哨苦乞儿河，败寇于比只岭，斩获首级并马，生擒贼首那多，进都督同知。九年春，兀良哈寇迤西，公受命追袭，败贼应昌之别儿克，贼尽弃其所掠人马器械遁走。公复追至朵颜稳都儿之克列苏，贼得险欲拒战。公督兵进攻，斩获首级并者赤王部属，生擒其首打剌孩等，蒙赐玺书褒谕，进左都督。十三年秋，受命挂镇朔将军印，充总兵官，镇守宣府等处，膺重赏行。八月至镇，将士皆喜得良主帅，欢声动地。明年冬，公领兵袭击虏寇之盗宁夏马者。至兴河，遇雪深数尺，公曰："此正破蔡时也！"遣兵四出追之，虏不及备，尽俘斩之。

十四年秋，虏众大举入寇。车驾亲征至沙岭。公入朝见，命公前行。即又命守阳和、开山二口。公进至栲栳山，生擒贼虏则不丁等三人，并获被掠人马以献。驾还，命公为殿（即断后），寻命还守宣府。贼以精兵来攻，公出连战败之，贼不敢近。

土木之溃，贼为伪书，遣其下伯颜帖木儿（也先之弟）、麻亮等诱公开门。公遣人出，缚送京师。今上令谕，升公为昌平伯。未几，虏犯畿甸（指首都周边地区），公受召命入卫。既驰至，受厚赏。即日命充总兵官，率军马六万，往追遁贼。公至金坡镇拗羊山，击败其众，斩首数百，夺回人马辎重甚多。既还，赐赉有加，令总三千营兵，进昌平侯，兼掌左军都督府事，连有金织文绮、玉带冠帽之赐。

景泰二年三月，赐诰券及勋阶，食禄千一百石，子孙世袭其爵。五月，上虑虏情反复，宜有大将在边，乃命公挂镇朔大将军印，领禁卫兵千六百人往镇宣府。虏闻公至，皆自引去。其有以请盟约为名，挈众纵牧旁近山谷，窥衅而后动者。公知其为怀二，遣将出击，败之于玉石沟，斩获首级器械。自是，虏非朝贡至者绝迹，不敢近边。蒙赐敕奖谕甚切至。自公再至宣府，军声为之大振。关北之人固皆以为虏不足为其患，关南之人亦莫不为奠枕而安，曰："有杨公镇宣府矣！"不特此也，方虏寇入畿甸之时，军民耄倪（读冒尼，老小讲）无不汹汹，一闻朝廷召杨公至，帖然为之不惧，至有拥塞道路求识其面，不得辄怏怏终日者。其声价之得于人也，如此。於呼（读呜呼）！士审如此，可不谓之大丈夫乎！

公再至镇两月得疾，诏遣御医临视，继又命亟还京医之。比还，遗中贵人（御前宦官）慰劳甚至。公自知不可起，即命其子俊、杰奉遗表进，大意为："国恩未报，臣职未尽，愿朝廷以宗社为心，夷虏为虑，崇文修武，以安攘之于万万年，臣即死瞑目矣。余无所及。"表奏，上嘉纳之。翌日遂薨，是年九月十三日也。后四日即公之生辰，其年为洪武十四年，迄今春秋七十有一。

讣闻，上辍视朝一日，命赐赙祭甚厚，有司为营丧葬。朝之公、卿、侯、伯、大夫皆往吊祭，麾下将士莫不为之哀痛。以薨之年冬十一月六日，葬于都城西山之原。配初娶潘氏赠夫人，继吴氏、周氏皆先卒，继魏氏封夫人。子男二，长曰俊，周出，前军都督府右都督。次曰杰，魏出，嗣公爵者。女四，长适唐海，次适都指挥申义。其二尚幼，别室张氏、李氏出也。别室有从公薨曰葛氏者，诏赠淑人。孙男一，珍。女三，俱幼。公之戍开平也，施夫人及二弟淋、忠尚留汉中，公皆乞令同居开平，俾得尽其友爱，或乞归守先茔。其后犹子四人；曰能，官至后军都督府都督同知；曰信，都督佥事；曰仁，锦衣卫指挥佥事；曰智，开平卫指挥使。皆公训育之所启也。

公在边时，军士恒苦乏孳牲马，有质子女以偿官者，为积岁患。公为选军中牝牡（读聘母，雌雄讲）之良，纵牧于野，使自为合。数年，马大繁息，代偿之余，足以进充内厩。朝廷闻之，下其法于各边，公私便之。又尝陶致砖石，包甃（读宙，砌墙讲）缘边城堡，以固守备。公有时出在边，虏或潜山谷间，窥见旗帜，知为公也，辄相戒不可出，甚至急引而匿去者。

公自守边以至将兵京师，所陈为国为民，兵戎御卫之事甚多，多见听纳而行。盖公为人孝友忠信，果敢刚毅。在边四十余年，恒以国事为心。自始有卒五百，以至于领三千之众；自统一方士马。以至于总天下之兵。不以所将者寡，而屈于人下；不以所帅者众，而旁若无人。敌强不以自怯，必熟计而后战；战胜不以自骄，必量敌而后安。有功不专诸己，有患必分诸人。故其驭下虽严，而人乐为之用。至于修饬边防，经画岁计，训练士马，振起荒颓。与夫建立庙学，以教兵戎子弟；赈恤孤寡，以酬士卒死亡，尤为德政之大方。

公之葬也，其子俊、杰具其生平，请书刻石立于神道，以垂无穷。公与余有同朝之雅，又以列侯偕侍经筵，余不能辞，故为书而铭之。铭曰：

皇皇圣朝，奠都朔方。海宇内外，奄在封疆。文以安邦，武以御侮。

上师唐虞，恒不偏具。天子仁圣，如日行天。风霆震扫，神武奘焉。爰咨勇略，藩屏塞下。恒恒杨公，独擅声价。公所从来，肇自汉中。厚积薄发，曷非武功。辟之高山，屹然而峙。人皆仰之，成岂一篑。维塞以北，迢迢开平。孤城戍守，迫于虏庭。公于其间，如处安宅。诘兵恤人，谈笑却贼。指挥士马，维有总戎。出奇制胜，曾不如公。有声洋洋，闻于黠虏。致以毋犯，自约所部。阅几何时，掌镇边城。马营独石，尘何自惊。爰受大拜，迁帅宣府。天子曰嘻，得所委付。四十余年，公事圣明。父子一门，皆被至荣。维翰得人，实公所启。公受国恩，岂止哀死。极褒显赠，百世有光。咨若嗣者，勉继厥芳。

景泰三年岁次壬申五月既望立石

御赠颍国谥武襄杨公神道碑

故奉天翊卫推诚宣力武臣，特进荣禄大夫，柱国，昌平侯，颍国公，谥武襄，杨公神道碑

赐进士出身，正议大夫，巡抚大同都察院右副都御史，黎阳王越撰

赐进士出身，中宪大夫，巡抚宣府都察院左佥都御史，昆山叶盛书并篆

昌平侯杨公卒之十六年，其侄征西前将军、彰武伯持公状过予，泣且言曰：“吾本布衣，致位封爵，皆吾世父教诲之所致也。今世父不可见矣，愿以其勋业丐一言于君，刊诸墓道，用垂不朽。”予曰：“昌平公勋业纪于史传，铭于太常，勒于券诰，炳炳烺烺（读朗，明亮讲），可与日月争光，庸俟予之赘言？”曰：“是不然，特尽吾不忘之意云耳。”予感其孝义，遂不辞而为之执笔。

按状：公讳洪，字宗道。其先本太原人。上世尝有仕宋为六合令者，因家焉。然谱牒散佚，绪系无所考证。追曾祖讳顺，隐德弗耀。祖讳政，元季从高皇帝定天下，以功授汉中卫百户。令终，父璟（直称杨璟）代之，战殁于灵璧。公时尚幼，事母施孝谨，抚二弟克尽友爱。永乐初，袭父职，调戍开平，适成安侯镇其地，与语器之，俾在麾下多所匡益。八年随驾北征，首获贼驼马以献，上命纪其名，以俟擢用。十七年，连与虏战，生擒斩首者甚众。洪熙改元，从阳武侯克贼余党，升千户。寻与清平伯深入北地，屡战屡捷，生擒敌首晃令帖木儿，斩获无算。宣德五年，寇犯潮河川，公从方都督追败之。六年，虏复入寇，公以轻骑掩袭其后，寇计穷遂降。七年，朝廷命公设兵于西猫儿峪，以备敌锋。教令肃然，贼无敢犯。八年，贼寇扰边，公两出奇兵剿捕之。事闻，升指挥佥事。十年，召问边计，允协宸衷，进指挥使，赐楮币文绮，命充游击将军。未几，遇虏于瓦房嵯，公分兵夹击，斩首二百余级，生擒贼首脱脱白暖台，升都指挥佥事。正统元年，总督怀来诸军。次年追寇于三岔口，生擒其首朵栾帖木儿。是年冬，寇犯延绥，公从间道伏兵，大破其众。三年，寇乘隙侵掠，公率众追战，悉夺其所掠人畜，且复擒贼首也陵台等，迁都指挥同知，遣官赐赉甚厚。无何，进都指挥使，复赐金帛，镇守宣府等处。四年，奉命追捕叛虏，斩获克列万等，拜后军都督佥事。七年，充左参将，移镇独石、永宁等处。八年，只比岭生致渠魁那歹，进都督同知。九年，在迤西袭剿，贼众北走，乘胜直捣克列苏。敌据险死战，公督兵进攻，生俘者赤王党属。蒙玺书奖谕，进左都督。十二年，佩镇朔将军印，充总兵官，统制宣府等处。十三年，寇犯宁夏，公领兵趋赴，大获其利。十四年，北虏大举入犯，公迎乘舆于沙岭，命为前军。旋命守阳和、开山，多所斩获。既而遣还宣府。土木之败，贼将持伪命诱公出迎，公以计封送京师。是年冬，升昌平伯。寇逼北京，召公入卫，充总兵官，率京军与贼战于倒马、紫荆关，斩获千数，追夺人畜辎重。既还，兼总三千营兵，进昌平侯，掌左军都督府事，特加彩缎玉带之赐。景泰二年，赐诰券，食禄千一百石，追赠三代，世袭侯爵。上恐边情难测，仍以公镇宣府。寇闻公至，为之敛迹。有请约为名者，公悉捕获。自是，除非贡方物不敢近边。玺书褒奖，语极切备。公至镇数月，寝疾。上遣御医往视之，继命还京以便医药。比还日，遣中使问安否。公自知不可起，令其子奉表以进。翌日遂薨，是年重九后三日也。公生洪武十四年，得寿七十有一。讣闻，上哀悼不已，辍朝一日。赠颍国公，谥武襄。厚赙其家，有司为营丧事。朝臣皆往吊之，将帅在麾下者哭之悉尽哀。以薨之年冬十一月六日，葬于都城西山之原。配潘氏殁，赠夫人。继吴氏、魏氏皆封夫人。弟二，曰淋、曰忠，皆以子贵，追赠伯爵。子男二，曰俊，前军左都督。曰杰，袭公爵，相继而殁。侄七人，曰能，官至武强伯，亦殁于住所。曰仁，锦衣卫指挥。曰智，开平卫指挥。曰伦，羽林右卫指挥，淋之子也。曰信，即彰武伯。曰傅，有贤德，家食弗仕。曰伸，武成中卫千户，忠之子也。孙男四人，曰珍、曰珷、曰璁、曰瑗。侄孙四人，曰琦、曰瑀、曰瑾、曰瓒。女二人，长配指挥唐海，次配都指挥申义。侄女二人，长配都指挥刘政，次配指挥尹辅。其后军都督佥事周贤、镇抚周德、舍人周福、都指挥张寿、指挥张震、舍人张霖、张霁，俱外甥也。于戏！序前人之事易，序后人之孝义难。盖孝义者，天理人心之本原，存之则为人，丧之则人道灭矣。方昌平公存时，族党中蒙恩受惠者何止几人，及其既殁没，感恩思报者寥寥无闻，由之感叹不已。又从而立言立石，永图遗厥，系谋之计，是何心哉？不背德之心也，不忘本之心也，一孝义之所发也。孝义足以动天地，杨氏子孙其将悠久而弗替乎！（残略十五字。）

大明成化元年岁次乙酉十月吉日立石

第十节　垂伟业大事年表

洪武十四年（1381）

是年九月十七日，生于北平府通州武清县瀛西城内北五街（今河西务镇土城村）。

洪武二十八年（1395）

与弟杨清一起，以舍人（未应役的军籍子弟）随父军中，侍从璟公左右。虚年十五岁。

建文二年（1400）

于瀛西聚集家丁，随父参加“靖难之役”，南下与燕王军会合。虚年二十岁。

建文四年（1402）

燕王军大战于安徽灵璧，璟公为救护燕王而被南军腰斩，杨洪身在阵中。燕王赐“封祖石”，命其抚父柩回六合治丧守孝。虚年二十二岁。

永乐元年（1403）

袭职汉中卫百户（正六品），奉调由六合远戍开平卫。成安侯甚为器重，留在营中资论军事。虚年二十三岁。

永乐八年（1410）

是年四月，率所部随驾北征。五月十六日，战于斡难河。首冲敌阵，获其人口驼马以献。上喜，令识其名，以俟擢用。虚年三十岁。

永乐十七年（1419）

是年冬，与敌战于泥河，斩馘甚众，并获其马二十三匹。虚年三十九岁。

永乐十八年（1420）

巡哨至簸箕河遇敌，转战至东凉亭，生擒敌首一人，获马五匹，敌败走。

洪熙元年（1425）

是年春，随阳武侯薛禄征大松林。杨洪首冲敌阵，击败敌众，获其人马，以功升千户（正五品）。虚年四十五岁。

宣德二年（1427）

复从阳武侯薛禄征敌至红山，俘获敌首三人。旋又与清平伯吴买驴为明军前锋，深入北地，战敌于朵儿班你儿兀。杨洪率先冲入敌阵，斩获首级、牛羊等甚多，生擒敌首镇抚晃令帖木儿等二十一人。虚年四十七岁。

宣德五年（1430）

是年冬，蒙古部侵犯潮河川（今承德、丰宁一带）。此时开平卫治所已由塞外旧址迁入独石（位于赤城县界内），杨洪移镇新治。从都督方政追袭边寇，败之。虚年五十岁。

宣德六年（1431）

蒙古部再犯大石门，杨洪以轻骑掩袭敌后，出奇制胜，寇计穷遂降。虚年五十一岁。

宣德七年（1432）

朝廷命于西猫儿峪辟建马营城，以遏敌锋。杨洪率士卒万余人，在荒山野岭之间披榛莽、筑城堡、立烽堠，逾月而成。遂移镇马营，教令肃然，敌不敢犯。虚年五十二岁。

宣德八年（1433）

是年夏，蒙古部进犯孤榆树，杨洪率部追杀，败敌于红山。斩首级四十有一，获驼马牛羊无数。虚年五十三岁。

宣德九年（1434）

率部至外长城以北地区征剿股窜之敌，斩获甚多，以功升指挥佥事（正四品）。虚年五十四岁。

宣德十年（1435）

是年秋，宣宗为问边计驿（边防、驿站），召杨洪至京，以允协宸衷（符合皇上心意），升指挥使（正三品）。命充游击将军，统率万全都司所领精兵二千，厩马一千二百，巡备开平、独石等处。是年九月，遇敌于开平旧治簸箕河一带，败寇于瓦房嵯，斩首三百余级，生擒敌首脱脱白暖台，升都指挥佥事（正三品）。虚年五十五岁。

正统元年（1436）

时先朝宿将尽殁，杨洪随而崛起。是年八月，奉召进京，受赏。命协都督李谦镇守独石，总督怀来诸军。继又奉命至大同，与都督方政共商边务。虚年五十六岁。

正统二年（1437）

率所部人马与都督方政形成合势，出哨黄河以东。至秋，兀良哈部入犯至李家庄，追败于兴州三岔口，生擒其首朵栾帖木儿。奉召入京，受赏而还。是年冬，寇犯延绥，率兵驰赴，伏兵于回回墓，大破敌军，生擒乞里麻等。虚年五十七岁。

正统三年（1438）

是年春，兀良哈部寇边，与敌战于伯颜山、宝昌州等地，生擒敌指挥也陵台等四人，阿台苍剌花等五人，悉夺其所掠人畜，迁都指挥同知（从二品）。充右参将，镇守宣府等处。旋进都指挥使（正二品）。虚年五十八岁。

正统四年（1439）

是年秋，奉诏追剿叛虏阿木狼等，斩叛首克列歹等众。以功进后军都督府都督佥事（正二品）。虚年五十九岁。

正统七年（1442）

是年九月，命充左参将，守备独石及永宁等处。虚年六十二岁。

正统八年（1443）

是年春，巡哨苦乞河，败敌于比只岭，生擒敌首那多，进都督同知（从一品）。虚年六十三岁。

正统九年（1444）

是年春，兀良哈部进犯迤西，杨洪率兵追袭，败敌于应昌之别儿克，贼众尽弃所掠人马器械，仓皇北逃。复乘胜追至克列苏。敌据险死战，杨洪督兵进攻，再败之。斩获首级及者赤王党属，生擒敌首打剌孩等，蒙赐玺书奖谕，连进左都督（正一品）。虚年六十四岁。

正统十年（1445）

出私币重建赤城云州崇真观，御赐“灵真观”。继又重建龙门卫的重光宝塔、温泉山的瑞云寺、赤城城内的静宁寺等。并先后倡建宣府学堂，教育将士子弟；请建龙门等八城社学，以开创地方教育。且于母亲墓前辟建神道、牌坊，刊立碑铭、造像等。虚年六十五岁。

正统十二年（1447）

秋八月，挂镇朔将军印，充总兵官，统制宣府等处军马，守城将士欢声动地，喜得良帅。虚年六十七岁。

正统十三年（1448）

是年冬，蒙古部盗掠宁夏马匹，杨洪率部追截至兴河，遇雪深数尺，遂分兵四路追堵，敌寇防备不及，尽被俘斩之。虚年六十八岁。

正统十四年（1449）

秋七月，瓦剌部诱胁迤北诸部，分四路入侵。十六日英宗受奸宦王振蛊惑，御驾亲征至沙岭子，杨洪入见。先命其随驾前行，继又命拒守阳和、开山二口。杨洪兵进栲栳山，生擒敌首则不丁等三人。

八月初，明军还师至宣府，命杨洪殿后，旋又命其还守宣府。十五日，明军被困土木堡，致全军覆没，英宗被俘。十七日，瓦剌太师也先挟英宗至宣府城下，派人持英宗手谕命其开城迎驾。杨洪知其有诈，拒不开城，也先遂引兵离去。十八日，皇太后命郕王监国。二十四日封杨洪为昌平伯，仍坚守宣府。

十月初一，也先率数万铁骑绕过宣府，改由紫荆关、白羊口两路进兵，直逼京师。于谦领导了“北京保卫战”。杨洪奉召，率精兵二万急驰入卫。驰至，敌军已撤围而去。景帝命其充总兵官，与都督孙镗、范广等合兵六万，清缴京师周边的散敌，追击至倒马关、紫荆关，斩获千数，夺回被掠人畜辎重若干。二十四日，又追杀至霸州，擒获阿归等敌将四十八人，夺回被掠人畜数以万计。

十一月初八，瓦剌军退出塞外，京师正式解严。景帝命杨洪留戍京师，督率三千营军马。十三日，由昌平伯进昌平侯，兼掌左军都督府事。虚年六十九岁。

景泰元年（1450）

八月，授杨洪奉天翊卫宣力武臣，特进荣禄大夫，柱国，予世券，食禄千一百石，追赠三代（曾祖、祖、父），世袭侯爵。

九月，命杨洪位列经筵侍班。虚年七十岁。

景泰二年（1451）

上以边警未息，恐有反复，仍以杨洪镇守宣府。

五月，杨洪挂镇朔大将军印，统领禁卫军一部还镇宣府，其侄杨能以都督同知、杨信以都督佥事，分任左右参将。其子杨俊以前军都督府右都督，统率三千营，亦一同开赴塞北。杨氏一门同出四都督，共守京北塞外，敌寇闻之，纷纷遁去。

七月，杨洪病于任所，景帝遣御医临视。继命亟还京就医。

九月病至垂危，十二日上遗表，十三日病逝京师。讣告奏闻，景帝命辍朝一日，追赠颍国公，谥武襄。享年七十一岁。

十一月六日，厚葬于北京西山之原。后由其嫡次子杨杰袭昌平侯。

附：杨洪所上奏疏

夷使疏 · 护封夷使

臣比奉敕，同都督方政率兵护送都指挥康能、指挥陈友及瓦剌使臣阿都赤等出野鹊关。得边报，知黄河迤西有警。臣犹前行数程，至官山议事台，与能等议别。是日，风雨晦暝。瓦剌从人有不由营门行者，门者难之，其众纷争，自误击一人，伤其首。臣等自诘责管队官军。而阿都赤已知其曲在彼，来谢过，遂宴会别去。今能等妄称臣等护送不前，纵卒徒击伤其从人至死。蒙赐敕问臣，臣敢不以实对。

边备五事疏 · 边备

一、宣府操备、哨守等项马步官军止一万三千五百余人，城堡、关隘一十四处。内西阳河、洗马林、张家口、新开堡、野狐岭关最为要害，其余白羊口等六堡，实非要地，乞归并以便戍守。

一、柴沟堡地近万全，却调宣府等卫官军守备，其宣府城所领官军，却又调自万全等卫。彼此两不便，乞依地方对换。

一、柴沟堡调来备御官军，其刍粮仍于本仓支给，往来道途，动经旬月。乞于柴沟立仓，就令山西民运粮输纳，或给银收籴（读敌，买粮讲），或召商中盐，庶免军士奔走负载之劳，而亦不妨戍守。

一、守边军器，所造非所用，最为弊政，凡军器皆然，惟火器最要。朝廷恐其传习者多，不许边方自造，然京库关领者多有不堪。而臣前在独石，亦蒙朝廷许以自造，乞如前例，自造应用。

一、宣府沿边，臣躬行相度，其间墩台阔远，择地添设。古路窄狭者，用石砌塞。地势平坦者，置门关锁。无事则巡逻出入，有警则发兵策应。

言四事疏 · 军政

一、申军令。臣以为，为将之道在乎号令严明，则兵之畏将、畏过如畏敌，孙子所谓可以使之赴水火是也。乞赐总督军务少保于谦以将权，俾军士知所以畏令。

一、选军操练。臣见在京教场德胜、安定门外两处，军士自城南至者，往回三十余里，营房不可不设。操练时少，走路时多，宜于九门外各设教场。将官军选过精壮一等、软弱一等，粮数拣能干惯战都指挥分领，常时操练，臣等时去比较弓马。倘或有警调用，则管军者知爱其军，为军者知听其令。

一、成造兵器。臣见在京操备官军数多，盔甲器械数少。乞敕工部移文各布政司，将所属州县成造军器匠作人等取赴本司，准该班日期，著令成造。凡合用布、铁，就于各库收贮官钱内支给买办造，陆续送京。

一、樽节粮储。臣见口外近被鞑贼警散来京官军，优给、纪录者多系老弱、残疾、寡妇，恐此亦非柔边人之意。宜听回原籍依亲，优给者支与半俸，纪录者免支月粮。待出幼之时，令亲管官司起送，袭职应役。

言八事疏 · 边务

一、怀来、永宁、雷家站三处，当用精兵守备。除原守备官军外，宜将在京官军添辏(集中讲)。一处可用五千，一千守城，二千耕种，二千巡哨。

一、宣府、大同等卫所屯田军，全被贼惊散，未得耕获，子粒粮草无从追征。临城田地宜听其耕种，不许禁止。

一、大同边城俱少铁以为军器，宜于在京官库内关领，每处给十万斤。

一、紫荆关城低壕浅，东西受敌，难以守御。合于春暖土开之时，移窑子口修筑关隘城郭。其石门峪东至白羊口，直抵居庸关，宜遣都督一员，率领曾经修筑官军，将通行人马道路设法砌垛。

一、大同、宣府各边隘口甚多，虽设置栅榨，挑掘壕堑，但恐贼人窥伺越过。闻山西潞州出铁，宜令于秋粮内折办铁蒺藜一百万，遣人送至雁门关，俟官军自运备用。

一、向者虏寇入境，保定等处俱无火堠，所以人不得知。宜于各村社立柴墩五座，接至边墩。但闻举放炮火，各村随即接应，人得移入附近城中，庶不失所。

一、万全都司所辖卫所原有余丁，编成队伍，宜令把总管队官员如法操练，以防不虞。

一、永宁城宜令都指挥黄宁守城，都指挥张受巡哨，指挥张荣提督边墩。怀来城宜令都指挥康能守城，都指挥沈礼巡哨，指挥朱亮提督墩台。雷家站宜令都指挥王俊守城，指挥郝忠巡哨，指挥汪琮提督墩台。

第十七章　杨清世袭九千户

杨清，又名淋，先字宗礼，后字宗青，晚年改字宗宝，别号仲淋。洪武十六年（1383）生于武清县瀛西城内（今河西务镇土城村）北五街，为璟国公杨璟之八子，昌平侯杨洪之胞弟。母施氏。

洪武二十八年（1395），正在诈死潜踪期间的璟公为保险起见，秘将瀛西老家的二子转入军中，杨洪时年十五岁，杨清才刚十三岁。时在甘肃镇守雷坝野麻关的守将，曾为璟公旧部，相交至深，因将杨洪留在身边，而将杨清匿于雷坝，从而成了雷坝左哨的一名小卒。洪武三十一年（1398），新任甘肃宣慰使司到职，此人亦名杨清，与璟公系同姓同宗，故对其子暗加庇护。为避主讳，璟公乃将己子改名杨淋，字宗青。后经宣慰居中引荐，杨淋辗转调至南京通州（今南通市），提为管军百户（相当于连级），虚年十六岁。时任通州守御千户者也叫杨清，亦属同姓同宗。杨淋得其关照，渐露头角。当时正在兴建通州城，守御千户身授工程总督，因命杨淋为其协理，以故出力甚多。后世所传“杨清修筑通州城”，实含两个杨清的功劳在内。

建文元年（1399），燕王朱棣发动“靖难之役”，一路南攻。建文三年（1401），燕王挥师直逼南京。为加强京师防卫，朝廷急将周边驻军调入南京城，杨淋所在的通州卫兵亦在内。其堂弟杨冲此时已在羽林军中，故兄弟二人得在城中会合。翌年四月二十七日，璟公为救护燕王而被南军腰斩于安徽灵璧，其兄杨洪秘密传信，让二人在城中准备接应燕王大军。六月初三，燕王军自瓜州强渡长江，十三日逼至南京北门（时称金川门）。守卫金川门的李景隆和谷王朱橞开门迎降，当时指挥士卒打开城门的正是杨淋和杨冲兄弟二人。燕王攻取南京后，被百官拥立即位，帝号永乐。稍后，杨淋便随兄长杨洪一起，奉命前往六合为父亲服丧守孝，因此复用原名。

永乐元年（1403），杨洪奉调开平卫，杨清亦侍奉母亲回到汉中，与

杨清戎装图

祖父团聚。永乐二年（1404），父亲被追封璟国公，谥武信，杨清受诏返回瀛西，奉命为璟公督建衣冠冢和龙王庙，施母一并北归。时值武清卫刚刚创建，卫所设于河西务十四仓附近，初名武清卫仓。杨清因被任命为武清卫副千户，以便带职督工。至诸工告竣，丧礼完成，经杨洪请命，乞将母亲迎至身边就养，杨清亦一同迁往开平（即内蒙古多伦，曾为元上都）。

永乐中，亡国败北的蒙元残余经多年休养生息，重又纠集成数个部族，如瓦剌、兀良哈、鞑靼之类，史称蒙古诸部。这些游牧民族经常扰边入犯，渐至成了大明国患。杨洪驻守的开平卫突悬蒙境，尤为战事频繁。杨清北上之后，便跟随杨洪一道出生入死，固守这片孤城。因屡立战功，很快即由副千户升为千户（正五品）。后经大学士杨士奇举荐，被调至宣府杨家营（因其驻地而得名），从此独当一面，积功至六千户。

杨清自幼研文习武，练就文武全才。戍边以来，每逢出战必是银盔素甲，白马长枪，腰挎苗刀。较之跨马持刀的蒙古骑兵，犹多了一杆镔铁大枪。故所到之处，无人可敌。因有“赛六郎”之称。所谓苗刀，汉唐时期即已有之，统称“御林军刀”。刀形窄长似剑，略弯，单侧开刃。总长五尺，刀头占三尺八寸，贸看颇似禾苗之叶，故俗称苗刀，兼具刀、枪两用之功。后被传入日本，改称“倭刀”。杨清与一般武将最大的不同之处，是其熟通典章，且文笔超群。因当时所上的奏章多以军事为主，而当值的秉笔太监又大都不懂军务，遂于宣德五年（1430）将杨清召入朝中，任为翰林院侍讲，内阁总管下统办事务，兼司礼监编修，代管批红。所称“批红”，即皇帝在阅过的奏章上用红笔做批示。一般情况下，皇帝只御批其中最紧要的几件，余者全由秉笔太监或司职大臣们代劳。所加朱批代表皇上，既要针砭利害，切当可行；又须合格入体，以示权威。杨清对此颇具专长，故经其手批答的奏疏本章向以文精意确，深合帝心而著称，因此被誉为“朝内第一铁笔”。这一干就是十数年。正统十年（1445），加太子少保（从一品），进武英殿侍郎、通奉大夫。此时的杨清可谓是事业有成，如日中天，故于是年以绢帛写成小传一幅，自称：“龙封土武，我生瀛西。皇宫大内，铁笔独艺。提枪上马，沽水直渠。”杨清时年六十三岁，特地用这篇小传，概括了自己的这段文成武就的精彩人生。

正统十四年（1449），发生“土木堡之变”，英宗被俘，景帝即位。杨清以拥立功被封为世袭瀛西九千户，封土三河、白潞河至杨柳青，并主修沽水。这沽水即今之北运河及其上游河段的古称和统称。其北端发源于河北省沽源县境（沽水之源），南流经赤城、密云、通州注入武清。由通州至杨柳青段初称潞水，明朝后期始改名北运河。整条沽水蜿蜒而下八百里，杨洪统兵镇守上流城塞，杨清负责主修南北河道，就当时形势而言，均属于屏蔽京师、护漕通邮的要害所在，故时任兵部尚书的于谦，曾亲手为杨洪、杨清绘制了一幅《绝密沽水防御图》。此图上下通高六十五厘米，左右幅宽三十厘米，呈上南下北制式。图题左侧注明为“洪防城，清修沽水”；图左下题款“廷益（于谦字廷益）手札”，旁钤朱印一方。将该图倒过来看，自北至南，一条沽水伴着西岸的通邮驿道纵贯全图。北部绘有三道长城，第一道长城之内，标有开平卫（屯卒五千）、马营堡（屯卒五千）、赤城堡、青午楼、土堡共五处城防卫所。第二道长城内，标有宣府城（屯卒五千）、龙门卫、滴水崖、四海、延城等五处。三道长城以南，则为永安城（即昌平城）、京师皇城及通州城。由通州向南进入武清界，北运河西岸标有国仓（即元代十四仓）、西大营（屯卒三千）、瀛西城（河西驿）、武清县（雍阳城）、河防（屯卒二千）、南蔡村、北蔡村、杨村（屯卒一百）、杨柳青（屯卒五百），共计九处城镇兵营，总计驻兵五千六百人，整合一卫编制（明代军制，每卫兵员为五千六百人）。此图至今犹存，纸地虽朽，但图文尚清晰可辨。

景泰三年（1452），命杨清统领通州卫和武清卫，食双卫俸禄。景泰八年（1457）正月，英宗复辟，杨清从侄杨俊构罪被诛，在北京西山的杨洪墓（已成空墓）亦被砸毁夷平，一场家族灾难顷刻就要降临头上。当此危急时刻，杨清一面授意其子杨能、从侄杨信表态支持英宗复位，一面设法寻求孙太后的庇护，同时紧急安排族人疏散，以防祸灭全族。他将族人及金银细软分为两股。一支走旱路，由侄子杨伦（堂弟杨冲长子）之子杨略、杨畴率领，前往河南怀庆府，即今焦作市武陟县西陶村藏匿。其中一部分族人后又转移到了河内县，即今河南省沁阳市香柏镇落户。另一支由杨俊三子杨璁率领，从运河水道逃到了浙江的仁和县。直至今日，这批杨氏后人仍在这两省三县之地繁衍生息，人口已达十数万，并都已入谱归宗。

英宗复辟之初，相继诛杀了于谦、王文、杨俊、范广等文武大臣，孙太后得知后不禁大怒，指斥其子应多自责自省，不该妄杀这些救国于危难的功臣。英宗此时也头脑清醒了许多，想起瓦剌正盛，诸番未息，还得依靠杨门将士为其戍边守城，就放弃了报复杨氏满门的想法。不久，杨能即以“迎复”功（迎英宗复位）擢升左都督，进封武强伯。杨清父以子贵，依制加授后军都督府都督同知。堂侄杨信先被召回京师，慰勉一番之后，命以总兵官往镇延绥。继又迁升都督同知，进封彰武伯。其他杨门将士亦都升迁有差。至此，瀛西杨氏又像璟公当年蒙冤诈死时一样，再次躲过一劫。

天顺二年（1458），杨清病重不起，被从京师送回老家，最终病逝于瀛西侯爵府（今河西务大龙庄），朝廷依制追赠武强伯、荣禄大夫（从一品），谥号戎武。初葬于北京西山，至天顺八年（1464），复由其五子杨惠迁至赤城落凤坡，与母、兄同墓。墓地重又改名“清乐岗”，即今之赤城县样田乡杨家坟，统称“杨洪墓”。原配陈氏，追赠一品夫人。继王氏，封淑人（已故称赠，在世称封），乃吏部尚书王直胞妹。继娶于氏，封淑人，为兵部尚书于谦胞妹。共生经、能、春、智、惠、厚六子。

庶长子杨经，字久远，号文秋，室张氏所出。由例监（特招的国子监生员），初以笔帖式（即文书）从杨洪镇守宣府，以功迁京师中城兵马司指挥（正六品）。景泰元年（1450）八月，升顺天府通州（北京通州）通判。父殁后袭瀛西九千户。在乡出资助学，曾捐修河西务白河书院。卒葬赤城，与父同墓。乾隆七年（1742）《武清县志》有载。

次子杨能，即武强伯，详见专章。

三子杨春，母王氏，生于瀛西。为保血脉，不入族谱、宗祠，对外伪称王氏无出（未生育）。自幼匿藏于京师椿树胡同，后又转移山西营（大栅栏廊房头条一带）。长大后被任广平百户的族叔杨宁带至广平府威县（今邢台市辖县），今威县杨宋村的杨氏家族即其后人。

四子杨智，字渊海，于氏所出，过继族叔杨武为嗣。累官开平卫指挥使、济阳府同知，封昭勇将军（正三品）。景泰间尝留诗一首："功深切莫逞英雄，使尽英雄智力穷。窃恐梁王生逆计，龙泉血染惨西风。"

五子杨惠，以武功升指挥使，卒葬赤城杨家庄，另辟新茔。

六子杨厚，外室赖氏所生。隐不外传，匿于广平府成安县，其后人现居李家町镇杨岗村，近已入谱归宗。

杨清一生转战南北，侍御朝堂，武功立身，文笔成名，足称一代儒将。而又襄兄率子，传家继业、左右安危，因与胞兄杨洪并被瀛西杨氏尊为始祖，实所当然。

附：《明赠夫人陈氏墓志铭》

天顺二年冬十月，宣府守臣武强伯杨公（即杨能）走书京师抵余，曰："哀子能无似粗效犬马之劳，至有今日，深惟母氏鞠育之恩，禄不逮养，抱此无涯之戚。往者，朝廷推恩，已赠夫人。兹欲为不朽之图，敢抒情素于大君子之门，觊惠然以铭诸墓。"予重其言而从之。

夫人姓陈氏，世家陕西汉中。父讳真，汉中卫百户。母某氏，封安人。夫人性温厚庄恪，善女工，自幼为父母钟爱。比长，择所宜配，曰："非佳士不可。"时名家子杨宗礼（杨清字宗礼），有乡曲之谊，以媒通焉，遂受夫人于陈氏之庙，而归于正堂。夫人曰："吾闻妇道之良，惟孝敬勤俭而已。"自是，事姑惟谨，凡敦牟卮匜（读支仪，生活器具讲），用不敢假，与不敢私。闺仪素整不少怠，纺绩补辍不惮寒暑，衣食自御不厌粗恶。姑喜谓人曰："自新妇入门，吾心未尝不乐也。"未几姑丧，哀毁几绝（悲伤过度，几乎致死），岁时修祀如事其生（像生前一样）。子能，初事家人产业，夫人教之曰：“人生天地间，不见用于时，非男子也。”能自是从其伯父昌平侯洪立战功，朝廷嘉之，累官都督，又自边城用荐者入统京营兵。天顺改元，皇上复位，特命佩镇朔将军印，镇宣府，威声震慑，与昌平（指杨洪）相望，遂膺爵封，实夫人义方（教育有方）之所致也。

夫人之没，景泰辛未（1451）二月十四日，距生洪武辛酉（1381）十一月十三日，享年七十。卜葬于京师坤隅钓鱼台之原。朝廷赙祭之仪甚厚。宗礼以能贵，受封荣禄大夫、都督同知。子男一，即能。女一，适都指挥刘政。孙男几人，女几人。

铭曰：猗嗟夫人，汉中之秀。荣禄之妻，武强之母。恒恒武强，为国虎臣。义方之训，孰如夫人。生荣死哀，匪幸之会。我铭其葬，百世无废。

（撰者李贤，时任吏部尚书，与杨能为结义兄弟。此文收录于李贤的《古穰集》）

第十八章　杨沖御封干殿下

杨沖，又名忠，字宗义，洪武十九年（1386）出生于武清瀛西，乃杨璟二弟杨换之遗孤。自幼由伯父杨璟、伯母施氏抚养，收为九子。因排行最小，故自号季沖、季忠。

其父杨换，在“杨氏五虎”中位居第二，为大明开国立有战功。洪武十五年（1382）前后，随主帅徐达御寇于隆庆州（今北京延庆），激战中为救护徐帅而身中数箭，后被送至河西务的兄嫂家疗伤休养，时年已逾四十岁。在此期间，与夫人王氏生下杨沖。至洪武二十一年（1388），王氏因病而亡，杨沖年仅两岁。从此便以伯父母为父母，与七岁的杨洪、五岁的杨清同室长大。施母对其格外疼爱，胜过己出。洪武二十三年（1390），杨换伤愈复出，后转战陕西，战死于汉中。杨沖双亲俱亡，由此成了烈士遗孤。

杨沖幼就家塾，追随洪、清二兄习文练武，十四五岁时已长成一员少年虎将。伯父不忍将其发往荒远之地受苦，遂就暗中托人，将其送至京师南京，在羽林军中当了一名小卒。建文四年（1402），伯父战死于安徽灵璧。月余之后，燕王军即逼近南京城下。杨沖此时正与堂兄杨清一起守城，因事先已接到杨洪的密信，故早就做好了内应准备。至六月十三日，守将李景隆和谷王朱橞决意迎降，杨清、杨沖二人随即率领守卒打开金川门（即北门），迎接燕王入城，“靖难之役”终以胜利告结。其后，杨沖仍被留在羽林军中，依旧戍卫京城。

燕王即位后，依例大封功臣。永乐二年（1404）二月，追封杨璟为璟国公，施氏封夫人，杨洪、杨清封土武清。杨沖以烈士遗孤，被收为御养（即由皇家内务府关支俸禄）。后在太子少师姚广孝奉刻的《御封追赠璟国公衣冠冢》墓志铭中，即对此次封赏留有详确记述。是年四月间，徐皇后（徐达长女）亲临瀛西杨府，代表成祖抚恤功臣。经杨洪、杨清替亡叔当面求请，徐皇后始知这位救父恩人至今仍屈冥地下，始终未得封赏，因就一口应承，待回京禀明皇上，一定为换公请封。杨沖当时亦在现场，徐皇后见了十分怜爱，遂将其认作义子皇儿，时年十八岁。永乐三年（1405），杨换被追封柱国（从一品），赠谥武襄。杨沖被封太子干殿下，并赐名景春。因其伯父已隐名杨景，字孟春，故取“景春”二字，以示对这位救驾英烈的缅怀之情。杨沖受封、赐名一节，在景泰皇帝赐予杨洪的侯爵府下马碑上，已被铭刻于《圣谕》之中。杨沖受封之后，自己改名杨忠，随被擢升为金吾卫左卫指挥佥事。据《大明杨氏日新更迭》（即《瀛西杨氏日志》）记载：“永乐八年（1410）七月甲午，论功行赏，敕谕金吾左卫指挥佥事杨忠为金吾左卫指挥同知（从三品），二十五岁。”

永乐十九年(1421)，成祖见皇权稳固、羽翼丰满，遂正式颁旨迁都北京。然当时不少的朝中旧臣及地方大员仍对迁都持反对意见，故在运作过程中步步都隐含着极大风险。杨沖指挥的金吾卫作为皇室家族及中央政权的禁卫亲军，一路保驾护航，为顺利实现迁都起到了至关重要的作用，因被称为“随龙有功”（见御赐下马碑）。迁都之后，杨沖身为太子干殿下，兼掌亲军禁卫，每日入值宫禁，向被成祖倚为铁石心腹。历洪熙、宣德至正统三朝，前后长达三十余年，其一直护卫于皇帝身边，从未离开过皇宫大内。在北京期间，因离家很近，故不时回到瀛西老家小住几日。正统十三年(1448)

宁河杨沖墓

初夏，杨冲重又回到瀛西祖宅，其当时已年届六十三岁。望着北运河水滔滔南去，他不禁思绪万千，随口吟成《吾曹吟》一首：“瀛西土城东二里，河渠静水竖千帆。两岸杨柳随风魅，舟橹摇而纤夫唱。”诗中描述了潞水帆樯、岸柳藏舟等沿河景致，抒发了一位漂泊赤子对故乡的赞美与依恋，亦暗含着留恋悱恻的垂暮之情。

景泰元年（1450），杨冲以拥立功封土文安，统领锦衣卫诏狱。锦衣卫，始由明太祖朱元璋所设，掌侍卫、缉捕、刑狱等事。直属皇帝领导，超出法外，故恒以勋戚、亲信统领。内设诏狱，凡属钦命要案，均归锦衣卫诏狱审理，因此成了生杀予夺、百官惊悚的特权机构。杨冲得授此职，虽则权势冲天，但其牢记清白传家祖训，畏四知（天知、神知、我知、子知）、去三惑（酒、色、财也），一贯以良心、社稷为重，从不做丧德辱行之事，深得景帝及孙太后的信赖。满朝王公大臣无不敬其老、服其正，皆尊称其为“八王爷”。至天顺二年（1458），其次子杨信以功进彰武伯，杨冲父以子贵，被加封后军都督府佥事（正二品）。

成化六年（1470）杨冲病逝，享年八十五岁。赠彰武伯、荣禄大夫（从一品）、骠骑将军。谥号武威。因其长子杨伦封地于宁河（今属天津辖县），故被葬在了龙河湾畔，墓址位于今潘庄镇西塘坨村西南隅。龙湾河乃系青龙湾减河下游，其上口北起香河县（河北省辖县）红庙村，与北运河相通，为承泄北运河洪水而开设，下行至宁河境内注入七里海泄洪区（现为国家级湿地）。此河系于清雍正八年（1730）经人工疏浚改造而成，当杨冲立墓时尚属北运河的泄洪故道。若从源头论起，乃是沽水（北运河及其上游的总称）分出的一条支流。沽水自北而来，沿岸长眠着许多杨氏先祖，如赤城的杨洪墓、香河的杨业墓、瀛西的杨球墓、杨璟衣冠冢，及杨冲之父杨换的坟墓等等，便都分布于沿河两岸。杨伦葬父于宁河，犹为祖孙相望，魂息相通矣。

杨冲墓选址于皋凸之地，后因河道迁徙，逐渐被普济河围在水中，从此变成了一片水上孤洲。其次子杨信遂命工匠用条石将墓冢圈起，以防水冲。因被清初的《瀛西杨氏宗谱》记为“墓在宁河潘庄，为石冢”。此后又经逐年添新祭扫，渐被堆成小山一般。自万历朝以后，《杨家将演义》

之类的文艺作品开始广泛流传，当地人误将墓主杨沖传成了老令公之子杨七郎，并将这片河洲称为了“七郎山”，杨沖墓自然也就成了“七郎坟”。兼之潘庄离此不远，以致潘仁美害死杨七郎的故事广被以讹传讹，愈发地让当地乡民信以为真。杨信为父修墓之后，又在墓地东侧不远处兴建一座杨氏家庙，杨沖塑像端坐殿中，头顶上空蟠绕两条金龙，寓为洪武、永乐二帝。殿脊之上安卧三块铁瓦，比喻杨洪、杨清、杨沖兄弟三人。借以求祈君臣互保、两姓齐昌。因杨沖曾受封太子干殿下，有“八王爷”之称，故取庙名为“大王庙”。此庙存世四百数十余年，据传，当地官商士民遇事必到庙中焚香祈祷，总是有求必应，因此成了一方名胜。1947 年该庙毁于战火，人们改往坟前许愿，则更是灵验无比，因将“七郎山”改称“灵台子”。当地的一名军官自称曾受过杨家将的冥中保佑，为了报恩，遂自己出钱，为七郎坟重新甃石、树碑，并增修焚香亭、护碑亭各一座。近几年间，又由当地村民和瀛西杨氏后人出资，重将该墓修葺一新，并于墓前刊立大型墓碑和杨沖造像各一。

杨沖娶配温氏，继王氏。所生六子，名伦、信、伟、传、俨、僖。

长子杨伦，袭羽林军右卫指挥使，迁开平卫指挥使，授昭勇将军。

次子杨信，即彰武伯，后有专章。

三子杨伟，由千户进指挥佥事，累升都指挥佥事，署都指挥同知，授镇国将军。世袭指挥使。

四子杨传，以游击将军镇守古北口。“土木之变”中战死，赠忠义官。

五子杨俨，阵前先锋，官至怀庆府通判，卫辉卫指挥使。

六子杨僖，累官卫辉守御千户，武清卫指挥使、锦衣卫指挥使，授武德将军。

杨沖一生，仰承父荫，皇恩加被。然在锦衣卫横行，东、西厂肆虐之际，犹能洁身自好，甘当“清白吏子孙”（杨震语），诚为官场楷模，杨门典范。在其身后，本自无心插柳，却落得风月无边（朱熹赞周敦颐死后语），影响之大，垂延古今。至子及孙，仍袭爵挂印，将帅不绝，直将杨家将大旗扛至明末。公之生死，可谓完人。

第十九章　杨能功封武强伯

第一节　继家风忠勇齐身

杨能，字文敬，杨清次子，实为嫡长子。永乐七年（1409）十一月十五日，生于宣府城南寓所。母陈氏。自幼天资聪敏，膂力过人，不仅练得弓马娴熟，且还好习孙吴兵法。后又师从宣府耆儒魏禋（读因）宗，传授儒家经典。早从孩童时起，便显示出志存高远、处事练达的超凡才智。其自小从军，多年追随于伯父杨洪左右，每战辄冲杀在前，从无败绩，故向被伯父倚为膀臂。经洪公真传实授，终致成为将帅之才。

永乐二十二年（1424），杨能虚年十六岁，因受伯父和父亲所遣，亲率一班小兄弟前往湖南永州、陕西汉中等地祭拜先祖，探望宗亲。杨能等在返回时将收藏于城步祖籍的木简祖谱，历代的祖像、祖匣，及延昭祖用过的习武制石等祖传遗物全部运回瀛西，一共装了十几马车。并将固守或隐居于当地的一批家族子弟带至宣府，从此成了杨洪身边的护卫亲丁。因此行处事圆满、收获甚多，深让洪、清二公感到欣慰。正统元年（1436），为使杨能丰富阅历、增长才干，杨洪又派其游历江淮吴浙等地，经一路访贤会能，结识了不少的名士高人，这不仅让他大开眼界，亦为日后发展积累了许多知识和经验。

正统九年（1444）春，杨能随伯父征战至伊克穆苏，大胜敌寇，擒获敌将塔喇海等二十余人，以功升开平卫镇抚（正五品），从此迅速崛起。当时袭职开平卫指挥使的侄子杨宗（三弟杨春所生，伪称五弟杨惠之子，又名杨盛），因年少多病，不能胜任，经杨洪奏请，遂将二人职位互调，改由杨能为开平卫指挥使（正三品）。正统十三年（1448）冬，明军出征滦河三岔口，杨能率部参战，首先大败敌军，擒获敌将彻赫等，以功升都指挥佥事。正统十四年（1449）秋，英宗御驾亲征，杨能奉命巡哨大同，与敌激战于聚落店，击败敌军。复又追击至栲栳山，擒获敌首珠卜丹等，夺回大批被掠人马器械。继又随都督朱谦巡哨怀安，于城东遇敌，大败之，擒获蒙克、都勒斡特穆尔等，并奉旨将俘虏押送北京，英宗赐金帛等以示嘉奖。“土木之变”后，杨能奉召随杨洪入卫京师，率部追敌至紫荆关、倒马关等地。激战中，杨能双手中箭，几被敌军所俘。其自拔箭镞，带伤冲杀，仍无人可敌。又擒获敌将野剌厮等，并夺回大批被掠人畜财物。

景泰元年(1450)闰正月,景帝论功行赏,进杨能为都指挥同知(从二品)。不久即充任游击将军，统率京军一万五千人马沿宣府北部边境巡剿。先后败敌于万全右卫、西八里沟及荆子村等地。激战中，杨能左腿中箭，仍率部猛冲敌阵，击败敌军，生擒敌首省洪大使等。至秋季始得还朝，以功升都指挥使（正二品），并赏赐大量白金文绮。是年十一月，命充游击将军，与都督佥事石彪各领精兵三千,严督训练,以备调遣。景泰二年(1451)二月，其母陈氏病故。三月，因边警不停，景帝急将在家守孝的杨能调回，升后军都督府都督佥事、充左参将,协助镇朔将军、副总兵纪广镇守宣府。五月，伯父挂镇朔大将军印还镇宣府。杨能进都督同知（从一品），仍充左参将；其堂弟杨信以都督佥事，充右参将，一同协助杨洪镇守宣府。杨能负责提督万全、独石一路守备。其间，杨氏一门三都督同镇京北要塞，边寇随之远遁，军民赖以安宁，被传为佳话。至九月杨洪病逝，升杨能为左副总兵，接替伯父镇守宣府，从此便成了伯父的实际接班人。

景泰五年（1454）二月，杨能奉召回京，以总兵官统领神机营。神机营乃明代京城禁卫军中的三大营之一，是专门配备火器的特种部队。全营五千人，其中三千六百人配置火铳，四百人操纵火炮，一千人为骑兵，是当时最为先进的精锐之师。是年十二月间，设于武清境内（今下伍旗镇神机马房村）的御马场失火，致使驯养于此的数百匹军马断绝草料，不得不将其中的一部分转移到数里之外的瀛西杨府代养。此事报至北京，杨能为解燃眉之急，遂于十二日调集五车粮草运往老家。至十六日，又发来三车。不期途中天降大雪，马车行至通州张家湾时，车轴突然切断，致一名运卒被砸身亡。经查，轴上留有深深的锯痕，方知被人暗算。时任武清侯的石亨，因与杨家积有宿仇（其子石麟系被杨洪之子杨俊活劈），乘机鼓动兵部及六科十三道，一起弹劾杨能私运粮草，并致军卒死亡。景帝闻奏，即着有司立案调查，结果认定杨能事出为公，故未予追究。《明代宗实录》载："景泰五年十二月乙未，神机营总兵官杨能卒私载刍（读除，草料讲），于通州车覆，一死。兵部及六科十三道劾能罪，诏宥之。"

天顺元年(1457)正月，英宗复辟。杨能以"迎复"功进左都督(正一品)。二月充总兵官，挂镇朔大将军印，复镇宣府。至五月，蒙古部犯大同，杨能派兵前往御敌。杨能恐其有失，遂上书自请出征，景帝乃命石彪与其一同前往。至磨儿山、石灰站等地大败敌军，生擒敌将撞骨儿等，并夺回大量所掠人畜。是年七月还师，以功封武强伯，食禄千石。旋加封奉天翊卫宣力武臣，特进荣禄大夫、柱国。予诰券，免本身一死。是时，蒙古瓦剌部首领也先已死，兀良哈部归顺明朝，唯鞑靼部日益强大。杨能因势上书，欲联合兀良哈部一起夹击鞑靼部，兵部弹劾杨能勾敌，英宗以其"志在灭贼"，不予问罪。九月间，鞑靼部进犯延城，杨能用"以狄制狄"之计，为兀良哈部配送火炮，命其乘夜袭击鞑靼大营，果然大获全胜，俘获甚多。天顺三年（1459）八月，鞑靼部又犯大同，杨能奉命与大同总兵李文共同御敌，该部闻杨能前来驰援，遂不战而逃。

天顺四年（1460）三月，命杨能督建顺圣川东城（今张家口市阳原县以东）。此城占地五百四十余亩，墙高 3.2 丈。城基宽 2.5 丈，城顶宽 2 丈。护城河宽 3.5 丈，深 1 丈。设东、西、南三门，门楼宽十三间。城内建房屋五百间。杨能亲自主持设计、施工，至当年五月告竣。偌大一座城池，两月而成，足见杨家将修城筑堡的本事，真个子继孙传，无与伦比。

天顺四年秋，蒙古部侵入洗马林，杨能率兵出击，败敌于新河口、独石、韭菜冲等地，继又追到数百里外的宝昌州，擒其将领努沙等，敌军尽弃辎重而逃。才回宣府，敌军又犯大同。杨能马上率兵驰援，敌又先其而逃。杨能遂沿边巡剿，耀兵塞上，边寇皆望尘远遁，多时不敢近边。巡边途中，杨能见边民生计艰难，于是便上书朝廷，请免除官马征偿之役（即靠繁养军马来抵偿赋役的政策），改由官府施加补贴，因此而受益者达数千家。

是年十一月二十六日，杨能从边塞巡阅归来，偶感不适，因庸医误治，以致于十二月初一病逝于任上，享年五十二岁。就在去世当天，仍在病榻间筹划边务，从无一言谈及家事。据其帐下称，当杨能出兵大同时，曾于夜间见一钵盂大小的陨星坠于宣府城中，地上一片通红，观象者解为主将不祥之兆。才只数月，正当盛年的杨能果就病逝于任所。讣闻于朝，命辍朝一日，宣府民众自行罢市一天，以示哀悼。其尸棺被依制厚葬于北京阜成门外钓鱼台之原，后被迁回瀛西，归葬于家庙龙泉寺西侧，其地今称中白庙村。

杨能名垂史册，且多有传记碑铭传世。或称其英敏详慎，慷慨好义，沉毅善谋，临战决胜；或称其赋资刚毅，秉志忠良，下贤礼士，人乐为用。功勋爵位几与昌平侯相埒（读类，等同讲），虽古之名将不能过也。蒙古诸部对其惧惮如神，咸以“杨爷”呼之。

杨能原配蒋氏，定西侯蒋贵长女，无出。继王氏，生二女。室赵氏，亦无出。至公卒，由其堂弟杨伦扶柩回京，以流爵弗继（即无子袭爵），乃命杨伦袭羽林军右卫指挥使。后因五弟杨惠悯其香火断绝，即以己子杨胜为其嗣子。杨胜后率兵远征尼泊尔，本支后人遂流落于外邦。

第二节　遗情债妾落空门

据《大明杨氏日新更迭》记载，永乐二十二年（1424），杨能奉父命前往湖南永州、陕西汉中谒祖探亲，在途经河南汝宁府真阳县时，偶然收下一田姓女子为从妾。后被带回瀛西老家，因杨府礼法森严，不容入户，故被安置于数里之外的孝力村。随田氏一起北上的娘家兄弟、侄子等，另被安顿于附近的高庄村落户，由杨府赏地一千亩，以为生计。至后来，这支田氏后人有的迁往瀛西城内（今土城村），如今已派生多门。

据杨氏家传，自杨能回营后，便长年戍边在外，从此再未回过孝力。数月后，田氏生下一女。这母女俩虽由杨府供养，但仍被拒之门外，始终未给名分。此女长至十五岁左右，杨家为其招赘一位入门女婿。此人姓冯，名金山，系山东泰安人氏，当时正在河西务西大营当兵。田氏空守多年，早对夫妻团圆不抱幻想，如今见女儿已有归宿，遂决意出家为尼。女婿顺从母意，为其修建家庙一座，以便田氏在家修行。田氏带发皈依佛门，法号“紫竹居士”，每日寂守青灯黄卷，以示空心守节之志。家庙取名“紫竹庵”，俗称“冯家庵”。到田氏圆寂后，此庙捐公，从而改住僧侣，并更名为“紫竹禅林寺”。至嘉靖年间，此庙破败重修，经杨氏族人出面请旌，世宗御书“敕赐慈航禅林”巨匾一块。此匾呈蓝底黑字，一直悬挂于山门之上。1947年前后，庙产被分，这块御匾曾被孝力村公所当作床板使用多年，后不知所踪。因此庙系由尼庵改成，故此间仍有“庵南”“庵后”之类的地名称谓犹在沿用。至于冯金山一家，则久居孝力，渐至成了村中的大姓。

由紫竹庵衍变而来的紫竹禅林寺，至清初再度受到皇封，故于旧址之上扩建重修。新庙占地近百亩，中轴线上建有三层大殿，居中一层以黄色琉璃瓦饰顶，是全寺的主要建筑。大殿两侧另建僧舍、配房等数十间，故曾被誉为京东十八大庙之一。直至1949年前夕尚全部保存完好。1961年11月14日，孝力紫竹禅林寺被武清县人民委员会确定为县级文物保护单位。后屡遭破坏，现仅剩前殿、中殿，目前是武清境内唯一的清初古庙。2008年，获准请佛开光，恢复为佛事道场。

田氏在庙修行期间，以杨能久战沙场，杀戮过重，为替其消灾祛祸，祈寿延年，故让女儿、女婿为其父刊刻生身像一尊。这尊“杨能替身佛像”，用的是河北曲阳石料，在山东泰安雕成并经佛法开光，而后运回河西务。先被供奉于孝力紫竹庵，田氏每日为之焚香祈祷。至田氏圆寂、庙宇重修时，又移至杨氏祖庙龙泉寺中供奉。至1937年，国民党部队曾于庙前与一股日军激战，在交火中，庙中的殿宇、神像多被摧毁，这尊杨能替身佛像从此去向不明。

2013年年初，在武清投资置产的台湾知名人士叶景成先生，自愿向武清捐赠来自大陆的三十二尊石刻佛首、佛像，其中有一尊“杨能佛像”，上刻铭文为：“汝宁府真阳县真阳□南岳社谢庄村住庄人，……正统四年九月吉日，父杨能、母田氏□□，造像人冯金山刻呈。”这则消息在《天津日报·武清资讯》上披露后，瀛西杨氏、冯氏、田氏三姓后人一同推测，这尊佛像极可能就是当年从龙泉寺中失踪的杨能替身佛像。因在抗日战争爆发前后，瀛西杨氏后人杨启勋正在冯玉祥身边当秘书，而二十九军既为冯帅部下，故其有能力命人将这尊祖宗雕像随军运走，至于日后是怎样漂离大陆的，就不得而知了。

若按报上披露的这段铭文分析，“正统四年”即1439年，杨能时年三十一岁，此时田氏已空守闺房十五年，其女儿也到了出嫁的年龄，嫁与了冯金山。田氏在此时出家，并为杨能雕像，从时间上讲完全符合情理。再从佛像上所留的地名、人名、姓氏来看，恰与瀛西杨氏的志记口传完全吻合。单凭这两点，便可证明杨、冯、田三姓后人的推测是颇有道理的。孰料就在杨氏家族正在向上申述期间，即当年的7月4日，这尊佛像却被河南省驻马店市正阳县认走。缘由是将铭文中的“正统四年”更定成了“正德四年”（1509），整推后了七十年。又将“杨能”改认为“杨聪”，从而使其主体发生了质变。这两字（即德、聪二字）之差，便彻底颠覆了台商此前提供的原始资料的核心内容。至于所依何据，鉴定经过又是如何，报道中均一概未提。

台商既将这些佛首、佛像捐赠给武清，则已表明其原本来自祖国大陆。至于这尊杨能佛像到底与瀛西杨氏失踪的祖像是否有关，因目前已无从细考，故只得将杨氏家族志记口传的这些相关史料，以及这尊佛像的来由去向一并备述于此，权作存疑，尚有待方家甄别。杨氏后人一致认为，别把铭文中的残字译成错字，别让自家的祖宗枉被张冠李戴，这才是正理。

第三节　享盛誉史记碑传

予柱国武强伯杨能世券

朕惟将臣受边方之寄者，因其劳绩而进之以爵，所以旌能而报功也。尔后军都督府左都督杨能，赋资刚毅，秉志忠良，素谙边情，累效劳勋。兹朕复位之初，式副委托之能，驱虏克胡，振威边塞。既以绥宁，褒典岂宜缓举？特封尔为奉天翊卫宣力武臣，特进荣禄大夫，柱国，武强伯，食禄一千石。本身免一死，给诰券。

仍与尔誓：除谋逆不宥外，其余若犯死罪，免尔本身一次，以酬尔勋。於戏！爵禄有加，用著报功之典。忠勤不替，方资事上之诚。朕既不忘尔勋，尔亦不忘朕训。往励尔节，益懋徽猷。钦哉！天顺二年三月十八日。

明史 · 杨能传

能，字文敬。沈毅善骑射。从洪屡立功，为开平卫指挥使，进都指挥佥事。景泰元年进同知，充游击将军，沿边巡徼。寇犯蔚州，畏不进。复与纪广御寇野狐岭，败伤右膝，为御史张昊所劾，宥之。寻命与石彪各统精兵三千，训练备调遣，再加都督佥事，累进左副总兵，协守宣府。巡抚李秉劾其贪惰，弗问。五年召还，总神机营。

天顺初，以左都督为宣府总兵官，与石彪破寇磨儿山，封武强伯。也先已死，孛来继兴，能欲约兀良哈共袭劫之，与以信炮，兵部劾其非计。帝以能志在灭贼，置不罪。寇犯宣府，能失利，复为兵部所劾，帝亦宥之。是年卒，无子，弟伦袭羽林指挥使。

武强伯杨公能传（陈镐）

杨能字文敬，系出太原之霍山王。至宋有官六合者，因家焉。少随伯父颍国武襄公洪，处兵间诣习孙吴法。

正统甲子春，从颍国战伐有功，升开平卫所镇抚。时侄开平卫指挥使宗，幼疾，不任事，颍国奏易其官，从之。戊辰冬，战贼滦河三岔口，败之。己巳春，擢都指挥佥事。冬从颍国还朝，赐赉有加。时虏入近地，诏令追剿。遇贼紫荆、倒马二关，连败之，擒获野剌厮等。

景泰初元，擢都指挥同知。寻拜游击将军，御边宣府。夏，战贼八里沟及荆子村，败之。秋，还朝，擢都指挥使。冬，仍充游击将军，统神机京兵。寻擢后军都督佥事，充左参将，镇宣府。夏，进都督同知。寻充左副总兵。甲戌春，召还，总神机京兵。

天顺改元，以迎复功擢左都督，总兵宣府。夏大同有警，奋然请自行，战贼磨儿山及石灰站，败之，擒获撞骨儿等。秋进爵武强伯，食禄一千石。乃上疏，欲乘虏弊，举兵殄之，不许，赐敕奖其忠勇。戊寅春，赐以诰券，加封奉天翊卫宣力武臣阶，特进荣禄大夫勋，柱国。秋，朵颜胡款（当联合讲）塞吉虏且入寇。能给以炮火，谕使夜斫（读卓，攻击讲）其营，果大败之，俘献所获于朝。夏，虏寇大同，复请进讨。虏闻能至，悉惊遁。秋，战贼新河口，败之，擒获努沙等。寻往独石，战贼韭菜冲，追至宝昌州，贼势穷蹙（读促，仓促讲），悉弃辎重遁。诏发兵策应大同，贼闻其至，夜遁去。庚辰闰十一月朔，卒于军。

能沉毅善谋，临战决胜，北虏詟（读哲，惧怕讲）惮，以杨爷呼之。至于军法严明，律身廉洁，体悉士卒，得其死力，虽古名将不能过也。初，颍国佩镇朔大将军印镇宣府，能继其职。弟信佩征西将军印镇大同。东西犄角，保障边陲，武勇功名为本朝边将之冠云。

武强伯杨公墓志铭（倪谦）

天顺庚辰闰十一月朔，镇朔将军、总兵官、武强伯杨公以疾卒于位。倾城骇痛，市为之罢。远近无间，老稚妇女皆哀慕如失父母。讣闻，上震，悼惜之，为辍朝一日。遣官谕祭，命有司营葬事，赙恤其家。公无嗣，其弟伦自京师来奔丧，扶柩还京。卜以是年十二月某日，葬阜成门外钓鱼台原，从母兆也（即陪待母墓）。乃欲为兄不朽之图，丐谦铭其墓石。谦辱公爱厚，义弗容让，谨稽其世系、勋伐、德善之迹，为序而铭之。

公讳能，字文敬，系出太原霍山王。宋有讳辆者，官扬（扬州）之六合，子孙因家焉。高祖顺，不仕。曾祖政，汉中卫百户，祖璟（直呼杨璟）嗣。政、璟皆赠柱国、昌平侯。父琳（应为淋），封后军都督府都督同知，妣陈氏赠夫人。督府昆弟三人。伯洪昌平侯，追封颍国、武襄公。季忠（杨冲）封后军都督府都督佥事。督府（杨清）其仲也。

洪武中，颍国（杨洪）嗣百户，调官开平，偕二弟（杨清、杨冲）来宣府。督府（杨清）实生公（杨能）于城南寓所。公端重、和厚、早知，向学习武事，勇略过人。宣德中，督府命公省先茔之在汉中者。公独走关西，展奠尽礼，挈族属还聚宣城。督府喜公之孝。

正统初，颍国知公材器不凡，俾客游江淮吴浙，以博见闻。还，留侍帐下。甲子春，从颍国战伊克穆苏，生得战士二十余，斩首倍是，获其畜众、什器，拜开平卫所镇抚。初，公有族弟智，历官开平卫指挥使。殁，子军家奴嗣。亦殁，侄宗（五弟杨惠之子）嗣，幼疾，颍国欲以公易之。丁卯秋疏闻，诏能嗣智职，宗嗣能职。戊辰冬，颍国遣公出境诇（读 xiòng，侦察讲）敌，遇于滦河三岔口。先登，生得若干，斩获有加，擢都指挥佥事。己巳秋，从颍国哨大同，遇敌聚落店，追北至栲栳山，生得二人，夺回被掠人畜、什器。寻从左参将、都督朱公哨怀安，战敌城东，生得一人，亲械诣京，有白金文绮之赐。冬，敕召颍国还朝，公从之，赐以白金文绮。时北骑入寇，势猖獗甚。即命公督兵征哨，战敌紫荆、倒马二关，左右臂中二矢，生得若干，斩首有加，夺回被掠人畜甚众。

景泰初元春，擢都指挥同知，赐以白金文绮。寻敕充游击将军，提兵宣府巡边，赐盔甲、弓矢、佩刀、银杯、文绮、楮（读楚，纸讲）币。夏，战敌万全右卫及西八里沟，矢中左股，生得一人，斩首有加。秋还朝，擢都指挥使。冬，诏仍充游击将军，统神机京兵。辛未春，居母夫人丧。夺哀（命停止守孝），擢后军都督府都督佥事，命充左参将，镇守宣府，赐以楮币。夏诏洪充宣府总兵官，挂镇朔大将军印。能进都督同知，仍充左参将。信进都督佥事，充右参将。信，公从弟也。一门三将同镇边陲，时人荣之。壬申冬，命充左副总兵。癸酉夏，赐诰，封赠父、母、妻 。甲戌春，敕召还朝，总练神机京兵。

天顺改元春，迎上复辟，擢左都督，赐白金二十五两、彩帛二表里（衣服的面料和衬里）。寻奉制谕充总兵官，挂印镇宣府，赐白金五十两，彩帛四表里。夏，大同有警，诏公选精兵付裨（读皮，副讲）将讨之。公愿亲行，赐敕奖励，命统前兵。战敌磨儿山及石灰站，生得六人，斩首十五级，及夺回被掠畜众。秋，进爵武强伯，食禄一千石。时敌饥敝，公欲乘机出剿，诏虑轻敌，勉使持重，不果。戊寅春，赐以诰券，加封奉天翊卫宣力武臣阶，特进荣禄大夫勋，柱国。制词有“刚毅忠良，能驱强寇”之褒。秋，诺延卫来报，敌将入寇，公欲以狄制狄，给炮火俾夜斫其营，果如公计，破贼。己卯夏，敌近大同，公引兵赴之，至皆惊遁。庚辰春，城顺圣川，工不阅月，人无告劳。秋，敌入洗马林，公追及于新河口，生得一人。寻独石有警，公出兵剿之，战敌韭菜冲，追北数百里至宝昌州。敌势迫，皆弃辎重遁。获其畜众什器，师还。俄大同警报，即引兵往，敌已退，公还兵保境。敌闻公还，复入。公复驰往，敌又退。乃耀兵塞上，敌遁，不敢复入。逾月师还，奏罢军士官马征偿，官仍为给补，获免者数千家。仲冬二十六日，公自阅武回，偶感寒疾，医误以气治，病六日遽（读剧，快速讲）卒。悲夫！卒之旦，犹力疾筹边务。及昃（读仄，日偏西讲）而逝，无一语及家事。公先往大同时，丙夜，兵将发有星如盂坠城中，光烛地，有识（懂天象者）为公忧之。至是卒，验云。

公英敏详慎，慷慨好义，平居循循。然遇敌则勇气自奋。善用兵，号令严明，师行整肃，有食民一瓜者，辄置于法。与士卒同甘苦，遇寒冻者，则出私帑市皮裘衣之。病则给以肉糜，遣医疗视。死则棺殓祭之，必归其丧。故人畏威怀德，乐为效死。北兵敬惮，至以“杨爷”称之。虽古名将不是过也。修筑边城，斥堠（所建的烽火墩台）得法，敌不能犯。择地莳（读是，栽种讲）蔬，鬻（读玉，卖掉讲）供公费，尽革科扰之弊。筑室数百区，居河南戍兵，乐得其所。持身廉介，深达下情。有诉讼者，灼见情伪，咸服其明。性至孝，视膳问安不离亲侧，未尝辄入卧内。惠睦宗姻，尝出资嫁族之孤女。不遗故旧，交全终始。下贤礼士，人乐亲之。盖春秋仅五十有二而卒，距生永乐己丑十一月十五日。配蒋氏，先公八年卒，藁葬宣城，今迁柩合葬。继王氏，女二，长适宦族王英，次适龙门卫指挥使张祥。铭曰：

天佑国家，笃生英贤。降神钟灵，节彼燕然。伟器雄姿，视前无古。将略世承，允兼文武。乘时奋庸，懋建武功。由裨及专，遂蹑父踪。乃总元戎，乃酬阀阅。铁券金貂，虎符龙节。边庭畏却，保我塞疆。惟忠徇国，罔敢或遑。桓桓虎臣，为北藩屏。威德昭宣，永息边警，国有辅翼，人有怙依。而不永年，其谁不悲。谁能不死，贵遗休声。猗嗟武强，芳流汗青。钓台之原，深閟玄宅。揭德振华，为刻此石。

（见《倪文僖集》）

武强伯杨公神道碑（倪谦）

昔我太宗皇帝，虑北边遗患，频岁亲征，朔野清肃。宣宗皇帝亦尝北伐，歼夷殆尽，自是息兵。思得熊罴之士，不二心之臣，孤守要塞，保乂王家。

时则有若颍国武襄公洪，勇略不世出，朝廷乃拜为游击将军，御边独石，寻佩镇朔大将军印镇宣府。公凡出兵，必与其犹子（即侄子）武强伯能、彰武伯信偕战，辄有功用。致群丑窜伏，威震中外，天下称边将之武者必归杨氏。后洪卒，能佩镇朔将军印镇宣府，信佩征西前将军印镇大同，东西犄角，保障边陲，深为国家所倚赖。天顺庚辰闰十一朔，能亦卒，年五十有二。讣闻，上震悼，为辍视朝。遣礼官谕祭，致厚赙，命冬官营宅兆。其弟伦扶柩归京师。以是年十二月某日，葬阜成门外钓鱼台原。谦尝为志，纳诸圹（读旷，坟穴讲）矣。伦兹伐石，树碑墓道，复欲谦为之铭。谦荷公爱厚，无可酬德。不朽之图，其奚敢辞。

谨按状（主家提供的资料）：

公字文敬，姓杨氏，能其讳。系出太原霍山王。宋有讳辆者，官扬之六合，因家焉。曾祖讳政，陕西汉中卫百户。祖讳璟，嗣。皆以颍国贵，赠柱国、昌平侯。父讳淋，以公贵，封荣禄大夫，后军都督府同知。季父忠，以彰武贵，封骠骑将军，后军都督府佥事。初，颍国嗣父职调开平，二弟与俱，自陕来宣，寓居城南而公生。公幼庄重，异常儿。从耆儒魏禋宗讲学，习孙吴兵法，膂力善射。宣德中，尝还汉中展墓，督府称其孝。颍国欲玉其成，资遣使游，公乃之齐鲁吴楚之墟，亲贤取友，智充识博。比还，颍国益奇之。

正统甲子春，从颍国出战以克列苏，敌弃辎重走，擒获塔剌海等二十余人，以功升开平卫所镇抚。有族侄开平指挥使宗，幼疾不任事，颍国欲易以公。疏闻，诏许更代。于是公任指挥使，宗任所镇抚。戊辰冬，与敌战滦河三岔口，败之，擒获奇彻赫等。己巳春，擢都指挥佥事。秋从颍国与敌战大同聚落店，追至拷栳山，败之，擒获珠卜丹等，夺回所掠人畜。寻从左参将、都督朱公谦，与敌战怀安城东，败之，擒获蒙克都勒斡特穆尔，亲解诣京。上嘉其功，赐以金币。冬从颍国还朝，有金币之赐。时敌扰边地，诏公追剿。遇敌紫荆、倒马二关，连战败之，擒获伊奇剌斯等，夺回所掠人畜。

景泰初元春，擢都指挥同知，赐以金币。寻拜游击将军，御边宣府。赐以戎具、金币甚厚。夏，战敌八里沟及荆子村，败之，擒获省洪大使等。秋，还朝，擢都指挥使。冬，诏仍充游击将军，统神机京兵。辛未春，丁母夫人陈氏忧（守父母孝称丁忧）。寻擢后军都督佥事，充左参将，镇宣府。夏，进都督同知，寻充左副总兵，赐以诰命。甲戌春召还，总神机京兵。

天顺改元春，以迎复功擢左都督，赐以金币。寻命总兵宣府，赐以金币。夏大同有警，诏禆将往彼会兵御之，公奋然请自行。战敌磨儿山及石灰站，败之，擒获绰和尔等，夺回所掠畜众。秋进爵武强伯，食禄一千石。乃上疏，欲乘敌弊，举兵殄之。上不许，赐敕奖其忠勇。戊寅春，赐以诰券，加封奉天翊卫宣力武臣阶，特进荣禄大夫勋，柱国。制辞有“刚毅忠良，驱敌振军”之褒。秋，诺延来款塞，言敌且入寇。公欲以狄攻狄，给以炮火，谕使夜斫其营，果大败之。俘献所获于朝，上善其策。夏，敌扰大同，复请进讨。敌闻公至，悉惊遁。秋，战敌新河口，败之，擒获努色尔。寻往独石，战敌韭菜冲，追至宝昌州，敌势穷蹙，悉弃辎重遁。诏发兵策应大同，敌闻公至，退去，乃还兵保境。敌闻公还，复入。公复驰往，敌又退。乃耀兵塞上，驻逾月，敌竟不敢复入，而还。初公师行，中夜有星如盂坠城中，光烛地如昼，众咸为公忧。师还未几，公果卒。卒之旦，犹力疾坐厅事筹边，日昃而逝，言不及家事。

公沉毅謦敏，善用兵。号令严明，秋毫无犯。有食民一瓜者，辄置以法。驻营则寂若无人。欲养马力，常与士卒同步。寒则给以衣裘，病则给以肉糜，遣医调视。死则给櫘（读会，薄而小的棺材），祭葬之用。能得士死力，所至成功。北兵詟惮，至以“杨爷”呼之。处事详慎，尝垦隙地，鬻蔬粟以供公费。尽革军卫科扰（滥行征缴）弊。筑室数百区，以居河南戍兵，省其僦（读就，租赁讲）屋资。顺圣川牧地，建议兴筑二大城，措画有方，工不逾月。奏免征偿军士物故马匹，人德其惠。律身廉介，烛理明析。剖决诉讼，深中下情。重文教，朔望则诣庙学谒拜，督励生徒。性至孝，侍膳问安不离亲侧。敦睦宗姻，不遗故旧，倾身下士，忘其势分。故卒之日，宣城为之罢市，远近号痛如失父母，虽女妇童稚亦皆哀感。非公恩德，曷以致兹。虽古名将不是过也。夫人蒋氏，卒先公八年。继王氏，子一人，禄，早夭。女二人，赘龙门所千户弟王英，嫁龙门卫指挥使张祥。公无嗣，以伦袭羽林右卫指挥使。铭曰：

阴山燎扬，久未扑钟。毒蓄谋繁，种落弱则。款附强弗，若潜伺乍。集肆凶虐，我皇赫怒。整于烁称，戈立矛靖。绝幕爪牙，有将雄胆。略奕世虓，武秉忠恪。委以北门，司锁钥授。钺拥纛镇，云朔乘障。以待骑且，骥有或婴。之疾击斫，累累劲敌。俯就缚生，俘死馘气。沮索孑遗，余孽遁遐。邈边烽息，燧静鸣柝。威行塞外，疆围拓民。安国奠境，清廓章德。昭勋偿显，爵铁券金。章誓河岳，长城万里。副攸托忧，抒北顾心。孔乐今无，与俪古可。角凌烟宜，并褒与鄂。营头星坠，光明烁乘。云上征返，冥漠讣闻。当宁色惊，愕悼惜褒。恤恩典渥，螭蟠龟负。石坚确载，德墓门愧。笔弱吁嗟，九京不可。作千秋应，有来归鹤。

（见《倪文僖集》）

第二十章　杨俊蒙冤遭诛戮

第一节　打擂台活劈石麟

杨俊，字文英，昌平侯杨洪之庶长子。生于永乐十年（1412）。自幼研文习武，练就弓马娴熟，胆略过人，在同族十数兄弟中尤以勇武称冠。其少小从军，以舍人（即尚未应役的军籍或将帅子弟）随父左右。至长成，性情豪放不羁，行事直倔刚猛，尤善独撑一面，故常被派往最前沿、最吃紧的边鄙要塞驻防。后与从兄杨能、堂弟杨信结成鼎足之势，同在洪公麾下建功立业，堪称边将冠首，不愧为杨氏三雄。

入明以后，亡国败北的蒙元残余势力逐渐分化为诸多的割据部落，时合时散，经常侵扰大明边境。尤其到了永乐至正统年间，这种南北拉锯式的战争连年不断。为坐镇北方，制约北虏，竟连国都都迁到了北京。当时朝廷为了补充边将不足之需，便常于军中设擂比武，借以选拔后起之秀。这便成了那些军籍子弟出人头地的极好机会。据杨氏家传，宣德初期，京北边军在一次例行的设擂选将中，边关大将石亨（后官至武清侯）之子石麟抽签在先，故最早登台。其一连数日从无敌手，被轮为擂主。这员小将身材魁梧，武艺纯熟，不免有些贪赢好胜。几场完事下来，接连踢伤打残数人，遂愈发地自命不凡，目空一切。此时的杨俊就一直等在台下，见他如此轻狂无忌，不由得心生鄙意，决意要亲手教训他一番。不久轮到其从弟（叔父杨清之子）杨智上场，两人交手仅只几合，终因年龄稚幼，被石麟一脚踢中腹部，顿时口吐鲜血，忙被几个兄弟搭回治疗。杨俊见他伤了弟弟，不禁心头火起，暗暗攥紧了拳头。石麟久闻杨氏武功，今见杨智不过如此，遂就忘乎所以，直向台下喊道："还有姓杨的吗？不怕死的赶紧上来！"杨俊恰好到号，便飞身一跃，蹿上擂台，沉脸喝道："我正要会你！"于是话不多说，两厢便交起手来。只因父亲杨洪曾在赛前一再叮嘱，这是为国选才，切不可逞凶斗狠，自伤同类，故其只想制他一服，并未痛下狠手。几十照面过后，石麟以为杨俊亦不过如此，就出语相讥："你杨家素号无敌，原也就如此稀松平常，岂不有辱祖宗？"杨俊本就性情暴躁，一听此言，再也忍无可忍，全然忘了父亲的反复叮嘱。只见他一招紧似一招，招招不离要害，突又飞起一脚，直将石麟腾空踢起，接着便将其一条腿踩住，厉声喝道："这回你服也不服？不服就劈了你！"石麟已是恼羞成怒，仍是骂不绝口。台下人见了，都想乘机解恨，就齐声呐喊："劈了他！劈了他！"已经失去理智的杨俊，真就把他的另一条腿扛在肩头，然后挺身用力，只听"咔嚓"一声，生生将石麟劈成了两半，惨叫未绝，便当即毙命于台上。因凡参擂者均签有生死文书，故双方不论是死是伤，谁都无话可说。这位石亨，本与杨洪同为边关大将，两人并肩作战多年，一直功劳等尔，官阶近似，曾也惺惺相惜，互为好友。只因这场擂台比武，竟致其痛失独子，从此成了绝户。杨、石两家由此结下了血海深仇，一直延续了祖孙三代。

第二节　称悍将久拒边险

杨俊应役之后，便正式随父亲协守开平。当时的开平卫尚孤悬边外，处境艰险，战事频繁。杨俊常独自率兵沿边巡哨，每遇敌情，则如鹰犬逐兔一般，必要追杀务尽。边寇屡遭重创，后来方知这就是那位生劈活人的杨家小将，故从此皆谈虎色变，避之犹恐不及。在此期间，洪公几度奉调出征，每次都让杨俊代为镇守开平，其总是担当有余，从未有过闪失。数年之后，便累功至独石卫指挥佥事（正四品）。

至正统中期，杨洪总镇宣府，官拜都督。杨俊亦紧步其后，连被擢升，屡替父职。正统九年（1444）十一月，以杨俊署理都指挥佥事，守备马营。十二年（1447）八月，接替洪公总督独石、永宁等处守备。十四年（1449）正月，瓦剌一部前来侵扰，杨俊率部出境迎敌，擒获歹答儿者伦等，升都指挥佥事（正三品）。是年秋七月，蒙古诸部联合起兵，分四路大举入侵明境。英宗受宦官王振怂恿，非要御驾亲征，刚一接战便连遭惨败。瓦剌大军来势汹汹，在攻取大同、全歼明军后，即将全部主力齐向宣府压来。杨俊率兵分守的马营，是个只有几千驻兵的城堡，根本无力与瓦剌大军对阵，与独石、龙门等卫均被分割包围，全部陷入了孤立无援、彼此难顾的危急境地。瓦剌兵后又从上游切断了水源，几日过后，各城均缺粮断水，濒临绝境。据《明英宗实录》七月十五日条记载，宣府总兵官都督杨洪奏："鞑贼围马营已三日，将河水断绝，营中无水。"时过不久，杨俊即奉命撤守至居庸关。此事后被诟病为临阵脱逃，以致有土木之败、英宗被俘等等，纯属不实之词。《明英宗时录》八月二十四日条留有明文记载，时任总督独石等处备御的都督佥事孙安尝上言："先有敕命都指挥赵玫守备独石，杨俊守备马营，夏忠守备龙门卫，署都指挥鲁瑄守备龙门千户所，臣同少监陈公总督四处备御。即今贼势甚多，军力甚少，若分守恐难御敌。王（指郕王朱祁钰，时为监国）令陈公（太监）、孙安（即其本人）、赵玫、杨俊率所领官军来居庸关外驻扎，为京师声援。"这位孙安和太监陈公身为督战的钦差，其所言，已将此事原委说得一清二楚。后人的追责，无非是为英宗的昏庸、王振的误国进行掩饰开脱而已。至八月十五日，亲征的五十余万明军在怀来土木堡全军覆没，英宗亦被俘虏。九月间，给事中（皇帝侍从，掌劝谏、稽察、批转奏疏诸事）金达奉旨巡察独石，上书弹劾杨俊贪侈（即贪生怕死，浮夸不实），经兵部会议，杨俊被召回北京，负责操练京师军马。不久，也先大军乘虚而入，迅速逼近北京。景帝随即加封杨俊为都指挥同知（从二品），命其率京兵前往居庸关一线巡守。时任京城五军总兵官的石亨只拨给他两哨人马，杨俊率领这二百余人一路巡哨，直来到怀来境内，沿途捡拾明军所遗的大量军器物资。《明英宗实录》九月十二日条载："提督居庸关巡守都指挥同知杨俊奏：近奉旨于土木拾所遗军器，得盔六千余顶，甲五千八十余领，神枪一万一千余把，神铳六百余个，火药一十八桶。命遣人辇运来京。"明军在土木堡全军覆没时的惨景，由此可见一斑。

是年十月十一日，也先大军兵围北京，新任兵部尚书于谦力排众议，坚决主战，亲自组织和指挥了史上著名的"北京保卫战"。也先军连遭重创，自知破城无望，又闻各路勤王之师即将赶到，故相机撤围而去。为将所获武器辎重顺利运回老巢，遂选定居庸关为北撤的主要通道。此时居庸关守备右副都御史罗通与杨俊等人正奉命驰卫京师，当返至居庸关时正好与瓦剌军相遇。杨俊等所率仅几百人马，无异于以卵击石，很快便被敌军击溃。

杨俊战至孤身一人，只得突围而逃。瓦剌兵知其为宿敌杨俊，均想置其一死，故紧紧追出数十里。当逃至香山脚下，杨俊寻机将身上盔甲挂在了一块石柱子之上，追兵不敢近前，便一齐开弓放箭。一阵狂射之后，见杨俊仍屹立不倒，方知上当。杨俊趁隙而逃，终于得以脱身。此战被《明史》记为："及关，寇返斗，杀官军数百人，洪子杨俊几为所及。"杨俊死里逃生后，复与罗通会合，经重新召集旧部人马，又杀回居庸关。此时的也先已无心攻城，正指挥部队北撤。杨俊抓住时机，突向其一部发起攻击。《明英宗实录》十月癸亥条载："虏至居庸关，都指挥杨俊率官军八百人追击，斩获贼首六级，马一百二十匹，牛骡四百七十余只，追回男妇五百余口。"杨俊以功署（代理）都督佥事，不久即进升此职（正二品），仍与罗通守备居庸关。

杨俊镇守居庸关期间，曾命人于关内的峭壁上雕刻杨洪坐像一尊。居庸关建于关沟中段，上由八达岭，下迄南口镇。自西北而来的温榆河顺沟南下，两侧山峰峭立，形成一道夹沟，全长三十六里。因沿线关隘栉比，故名关沟。时为蒙寇南侵、明军北讨的主要通道，因有"京北锁钥"之称。而其父杨洪曾久镇京北塞外，向被蒙古诸部视为生死克星，为其雕像于此，意在扬我国威，灭敌志气。此像后被民间讹传为杨延昭，俗称"六郎影儿"，由此成了关沟七十二名胜之一。数年之后，杨俊又命人在香山脚下刻一石塔，取名"挂甲塔"，随又将一些属将家丁的亲眷迁来安家立户，故名之为挂甲塔村。

当也先撤兵归北之初，明廷上下仍惊魂未定。翰林院大学士陈循上书："守宣府总兵杨洪及子杨俊皆善战，宜留之京师。"兵部尚书于谦则建议："宣府，京师之藩篱。居庸，京师之门户。边备既虚，万一也先乘虚据宣府为巢窟，京师能安枕乎？"景帝斟酌再三，最终还是取其折中，命杨洪暂留京师，以稳定局势。另以杨俊为右参将，协同左都督朱谦镇守宣府，并分领万全等处防务。复又派武清侯石亨佩大将军印，统兵专事巡备各边，以为声援。《明史纪事本末》中称："石亨佩大将军印巡边，石彪（石亨从子）、杨俊亦间出，中国势遂振。"可见当时的杨、石两家，俱成了举足轻重、身系安危的军国栋梁。

第三节　性豪强屡黜屡起

杨俊生性刚直暴躁，豪放不羁。至其中年，累积战功，身居将帅，仍不顾同道相轻、官场倾轧之常，依旧我行我素，致被屡遭弹劾，几乎丢官丧命。

尚在正统年间，明廷太监喜宁被瓦剌收买，甘为也先充当鹰犬。其曾数次引敌入寇，因此成了人人切齿的卖国奸贼。尝悬赏：凡擒斩喜宁者赏黄金千两，白金二万两，爵封侯。景泰元年（1450）二月，喜宁又引敌由独石口入塞。万全都指挥使江福获悉后，忙报与分守万全等处的都督佥事杨俊。十五日，杨俊亲率骑兵在野狐岭附近设伏，命江福率兵抄出敌后，一举将喜宁擒获，并将护送喜宁的千余瓦剌士卒斩杀殆尽。报捷于朝，景帝甚喜。廷臣请按前诏行赏，景帝以为杨俊身为边将，乃分内之责，故只越格进封杨俊为中军都督府右都督（正一品），并赐金二十两、银六十两、纻丝三表里。命仍充右参将，协镇宣府，兼分守万全等处。三月间，又加赏金二十两，银三十两，升江福为都督佥事。过此不久，杨俊因与都指挥陶忠发生争执，一怒之下竟将其杖毙而死。此事引起众多非议，纷纷弹劾。景帝以“虏寇声息甚急，防守至重”为由，特为赦免。其父杨洪闻讯，忙又上表自责，奏称杨俊粗率轻躁，恐误边事，乞罢其参将之职，令来京随营操练，遇警杀贼。景帝准奏，命杨俊去任回京。六科十三道以为责罚过轻，弹劾至再，一致要求将其下狱论斩。景帝诚心曲护，乃降其职，诏令随父立功。言官们见弹劾不成，便又揭发杨俊冒领擒获喜宁功。景帝为平息朝议，遂下诏追夺冒升官军，别赏江福等人。并再降杨俊官职，令其剿贼立功，以观后效。在这桩“冒功”案中，杨俊时为分守万全的主帅，亦属江福的顶头上司，经其设计布局，方将喜宁抓获。虽非其亲手所为，但将帅之责重在运筹指挥，而不在功必亲得。况且喜宁也绝非是江福直接擒获，难道这份功劳还要归于动手的士卒不成？可见言官们的讦责有悖公允，非出正义，纯属落井下石。从中亦可看出，杨俊的官场处境是何等的险恶。是年六月，宣府、大同同时报警，景帝唯恐有失，于是便起用杨俊为游击将军，率领在京的五军及神机营的精锐骑兵和神铳手等五千人马，急往增援。宣府参政叶盛等闻听杨俊再起，故都极力阻止。景帝以为值此用人之际，正好给杨俊一个立功赎过的机会，就坚持己见，未改初衷。杨俊才领兵出塞，那些窥伺入侵的边寇便都闻风远遁。于是沿真定、保州、涿州、易州等要塞巡视一周，并将倒马关整饬一新。而后奉敕回京，仍负责督率京营训练。

景泰二年（1451）五月，杨俊官复原职，改任前军都督府右都督，在京统管三千营。景泰三年（1452）十一月，杨俊审时上疏，称也先杀其君主，并其部众，包藏祸心，窥伺边境，正伺机入侵。据闻他的妻儿、辎重等距离宣府只有几百里，我朝沿边屯兵不下数十万，可设正兵于大同、宣府列阵布营，坚守观变，而另以奇兵奔袭其巢穴。当敌军回奔救援时，则呈前后夹击之势，必可大获全胜。景帝将其奏疏交付兵部议处，尚书于谦认为“此疏发愤殉国”“诚有忧国之心”，但却“计非万全”，故最终未予采纳。是年十二月，明廷对京军进行改制，将原有三大营的十五万精锐，重新编为十个团营，每营一万五千人，杨俊奉命督率其中的四个营进行训练。

景泰四年（1453）二月，杨俊复充游击将军，景帝命其先送瓦剌使节返回漠北，而后守备独石。当其回至永宁时，因酒醉杖责守备都指挥姚贵。姚贵随即向朝廷上书控诉，宣府参政叶盛亦趁机上疏弹劾。杨俊一边上书为自己申辩，一边将历年皇家赐予的功状敕书缄封送上，请求以功抵过。叶盛等一班谏官仍参劾不断，终将杨俊关进了都察院大牢。恰在此时，其弟昌平侯杨杰（父殁袭爵）因病早夭，遂由其生母一品夫人魏氏上书，请求准许杨俊回家为杨杰料理丧事。景帝正好顺水推舟，当即诏准。待丧事办完之后，又借故赦免了杨俊，降职为前军都督佥事。至是年五月初九，以杨杰无后，命杨俊袭父昌平侯，食禄一千一百石。

杨俊袭爵后，实至名归地成了瀛西杨家将的二代传人和家族领袖，其父生前所遗的家将亲丁等（此不细讲，另有专章）就全部归附于他的麾下。是年十二月十三日，杨俊上疏景帝，称：“臣今袭封受爵以来，曾无分寸自效，享有厚禄已为非分，而钊（族弟杨钊）等给俸如旧。况今边务方殷，粮用浩繁。钊等既隶臣籍，臣禄足以粗给。乞将其月粮停支，以充别用。尽臣区区犬马报主之诚。”景帝见杨俊怀恩图报，颇知进退，随即嘉许一番。而武清侯石亨、都督张軏（读月）等人，见杨俊屡参不倒，反而每有升迁，故都心怀妒忌，攻讦不断。《明史》记称：“俊又负气，与张軏等素不相能。

至是，輗等数以俊为言。”这伙同僚后又买通杨氏家奴，唆使其多次告发杨俊。而杨俊一向胸无城府，难免授柄于人，故于景泰六年（1455）九月，又先后两次被关入刑部大牢。景帝此时再也无法公开袒护，只得搬出孙太后（英宗生母，与杨冲之母有亲）为其开脱。景泰七年（1456）二月，杨俊被削夺侯爵，宽释出狱。是年十二月，复由其长子杨珍袭祖爵昌平侯。

杨俊出自英烈之门，武勇冠盖当朝，故而深受皇家信赖。然其鲁莽轻狂，累惹事端，难免有恃父骄横、目空群僚之嫌。若与乃父杨洪、从兄杨能相比，实属禀赋之缺。殊不知官高有险，名著生危，而其却屡跌不悟，故离杀身之祸必不远矣。

第四节　遭报复含冤被诛

景泰八年（1457）正月，景帝病重不能临朝。至十九日，蓄谋已久的武清侯石亨、都督张輗、副都御史徐有贞等人，勾结太监曹吉祥为内应，发动了“夺门之变”，一举将景帝打入冷宫，拥立英宗复登皇位。石亨、徐有贞等先以“意欲迎立襄王（朱瞻墡）”为由，速将兵部尚书于谦、大学士王文等当初力主拥立景帝即位的救国功臣逮捕入狱。当时杨俊已被削夺昌平侯爵，正在家中赋闲。石亨、张輗又构陷杨俊在任宣府参将，分守怀来、永宁时不接纳被俘的英宗，举揭杨俊“驾还，密戒军士毋轻纳”，“及驾还，又言是（指英宗）将为祸本”，遂将杨俊逮入锦衣卫诏狱。回想当年，杨俊若是开城迎驾，就等于献关投敌，其作为忠良之后，又岂能为之。至于“祸本”之说，显系无稽之谈。试想在英宗已被送还的情况之下，杨俊再怎么头脑简单，也绝不敢公开散布这种叛逆言论。这正应了“欲加之罪，何患无辞”。石、张等人的恶毒，恰是选在英宗的心结处下手，一招便将那些政敌仇家置于死地。正月二十四日，于谦、王文等先遭刑戮。二月初一，杨俊与都督范广等亦以“救驾不力”“不忠”，以及“党附于谦，谋立外藩”之类的莫须有罪名，被削首于京城西市。

行刑之日，杨俊傲然不屈，放声大呼：“当年陷帝为俘者是谁？我驰援救驾反成死罪，天理何在？”呐喊之间，忽见一身着重孝的年轻女子挤开人群，一路呼号着闯入刑场，顿时引起一片哗然。原来此人名叫高娃，世居京北怀来县，出自书香之家。正统末年，瓦剌也先率兵入侵，其父母被杀，家遭洗劫，正在荒郊上吊自杀时被追杀边寇的杨俊所救。杨俊命人置棺将其父母装殓掩埋，又馈之以银，让其到京城投奔舅父。不期投亲不遇，又将盘川用尽，只得流落街头，靠弹琴卖唱为生。后被人骗卖娼门，经其拼死相争，鸨儿只得让她当了一名卖艺不卖身的清倌歌妓。因怕玷污家门，故而改叫高三。一年过后，杨俊奉召还京，偶然于北海后街与其再次相遇，遂以缘分结为知己。高娃得知杨俊乃是昌平侯杨洪之子，深为仰慕，为图报恩，自愿以身相许。数日之后，杨俊差满回营，另为高娃秘置宅院，从此闭门不出，一等就是数年。近些时听说皇帝易位，朝中正在杀人，因担心杨家出事，便每天派人打探消息。当获知杨俊果为奸臣所害，并定于今日开刀问斩时，便穿好孝服，发疯似的闯入法场，直扑到杨俊近前。

这次斩刑，系钦命大案，故封锁甚严。杨俊的家人、亲故为避免殃及满门，竟无一人敢于上前。现在有这样一位红颜知己前来冒死相送，倒让杨俊心如刀绞，禁不住英雄泪下。他望着高娃，担心地说：“这等地方，你来干什么？”高娃扬脸应道：“来为恩公送行，只想见君最后一面！”说罢，便又仰天大呼：“天哪！杨家世代忠良，谁人不知，竟被奸贼所害，这世间哪里还有公道可言！”在这京城塞北，无人不知杨家将忠勇报国，救民水火，莫不奉若神明。今见杨俊被斩，明知有冤。围观的市民均被高娃感动得声泪俱下，就连监斩的官员和压场的军兵也都背脸相泣，谁也不忍出来阻拦。杨俊几次相劝：“事已至此，喊也徒劳，还是回去吧，免得白受牵连。”高娃对此全然不顾，依旧高呼不止，号啕大哭。

午时三刻，追魂炮响。杨俊对刽子手们厉声说道：“我杨俊尽忠报国，今枉被屈杀，绝不跪死！”刽子手忙为他搬来一条板凳，杨俊挺胸端坐，二目圆睁，引颈就刑。就听刀声一响，首级随之落地，那满腔热血喷溅如虹，足足蹿起一人多高。可惜这员忠勇无敌的戍边大将，未曾亡命疆场，却这样屈死在了自家皇帝的屠刀之下，年仅四十五岁。

此时被官军掩在身后的高娃就像一头鬃立的狂狮，嘶嚎着扑上斩台，一把将杨俊的头颅抱在怀里。她先用纤手将其双眼合上，继又用舌头将上面的鲜血舔净，然后走到尸体跟前，再将头颅安接于颈上。随后即取出针线，仔细地将刀口缝合。这时，前来收尸的杨氏家人已经赶到，她又帮助众人将杨俊的尸身稳稳地移入棺内，并一直护送到杨家墓地。入葬之后，已是子夜时分，她待众人离去，又在坟前大哭一场，口中念叨着“恩公慢走，我来陪你”，哭诉未绝，便解带自缢而亡。

这段旷世奇闻，曾在京城引起巨大轰动，并被传得沸沸扬扬。后由明末著名文学家冯梦龙将其著入《情天宝鉴》一书当中，直传至今。入清以后，此事记载纷纭，传说不断，就连乾隆皇帝敕修的《钦定日下旧闻考》中，都录有其事。原文称：“京师娼女有高三者，自幼美姿容。昌平侯杨俊见之属意，因与之狎，犹处子也。昌平去备北边数载，高闭门谢客。天顺复辟，昌平为石亨所忌，谓正统十六年（原误）驾陷土木，昌平坐视不救为不忠。朝廷命斩于市，亲戚故吏无一人往者。高独素服往哭，亲吮其血，乃以丝连其首，买棺殓之，遂缢而亡。”

杨俊尸棺初葬于北京西山之原，不久即被其子杨琼等偷运回瀛西老家，乘夜葬于杨氏祖茔，距叔祖父杨换墓西北约百步、家庙龙泉寺西侧，未敢撰文立碑。因这前后两次入葬都赶在午夜，故从其往后，瀛西杨氏发丧都选在午夜子时，这个特殊习俗一直沿传了五百余年。

据史载，杨俊、范广被害不久，张軏在入朝途中突发疯癫，见人便行礼作揖，左右怪而问之，则曰：“范广过此。”从此昼夜不眠，痛号月余而死。石亨祖孙（侄石彪，侄孙石后）三代势盛而骄，多行不义，直至蓄养无赖，绣蟒龙衣，不轨迹明，终被抄家灭门，石亨亦惨死狱中。正所谓恶贯满盈，天报不爽。

杨俊弟丧单传，共生五子。长子杨珍，字廷璋。父坐罪夺爵，袭昌平侯。父被诛，被发配广西南丹充边。宪宗即位被召回，授龙虎卫指挥使。成化十七年（1481）复袭侯爵。次子杨琼，又名玺，官开平卫指挥使。至珍卒，袭昌平侯。三子杨珵。四子杨璁。五子杨珷（读武），即高娃所生，英宗复辟时被送至浙江钱塘仁和县藏匿，后成当地大姓，2014 年认祖归宗。

孙辈至少六人。杨珍生四子：继宗、继隆、继祖、继先。杨琼生一子继聪，袭昌平侯。杨珵一子名继恩。杨璁、杨珷之后俱不详。

曾孙辈约九人。继宗一子杨镗，袭昌平侯。继隆一子杨锋。继祖一子杨鉴。继先二子杨斧（加金旁）、杨铎。继聪一子杨钺，袭昌平侯。继恩三子杨钢、杨勇、杨铠。

玄孙入谱者十余人。长门嗣杨诏。次门杨记。三门杨强、杨弓、杨引。四门杨训、杨谭、杨言、杨语、杨谐。五门杨诏（嗣长门）、杨诰、杨谕。至此辈失爵，袭昌平侯者累计五代八人。

第五节　得昭雪庙享武清

于谦、杨俊等被害之后，皇太后孙氏方才知晓，但为时已晚。故对英宗妄杀前朝功臣十分不满，随即加以制止。英宗朱祁镇本系由宫女所生，被孙氏匿为己子，因此才当上了皇帝。当英宗被俘、国乱无主之时，孙太后临危主政，力主郕王即位，并擢于谦为兵部尚书，这才力挽狂澜，使大明社稷转危为安。景帝仁厚，自即位之初便与于谦几经派使瓦剌，全力营救英宗。不期英宗复辟之后，却以怨报德，废黜景帝，报复功臣，这其中的是非曲直，孙太后自然比谁都清楚。

天顺八年（1464），英宗驾崩，宪宗即位，翌年改元成化。宪宗从小即由孙太后亲加抚育，受祖母影响，其对前朝的忠奸功过肯定自有评判。遂于成化二年（1466），首先为于谦平反，其所持立场和态度已然十分明显。时为彰武伯的杨信审时度势，随即上疏请为堂兄杨俊洗冤。武清老家的官绅百姓也联名上表，为直达上闻，便聚集京城，头顶万民书长跪于有司门前请愿，为杨俊昭雪冤案。在《大明杨氏日新更迭》中曾记有“武清万民上表长安（借指京都）之跪请”一节，内称：“成化，圣上平于愍公（即于谦、谥肃愍）反。以杨能之功，杨信之请，平杨俊之反。并赐杨公祠，立于县城（今城关镇）之东南，运粮河（即北运河）以东。赐谥忠愍，复爵位。成化十七年四月，皇帝下诏，准许杨珍袭昌平侯爵。”

按古之风俗，各方郡县均以邑人（即本县人）中出了奸臣逆党为耻。当杨俊以“不忠”“党附”等罪名被诛斩于市曹，武清民众莫不为之蒙羞。既闻于谦已被平反，遂自发而起，齐聚京城为之请愿。从这段五百多年前留下的文字记载中，仍可看出瀛西杨氏当年对武清的重大影响，及杨俊父子在家乡人民心目中的崇高地位。

杨俊平反后，被追谥“忠愍”。这“忠”字表明其忠心报国，原本无罪。“愍”字则寓含哀悯之意，多用于被屈杀的忠臣良将。如于谦即被赐谥“肃愍”，二者属意相同。成化帝为杨俊敕修的杨公祠，又名“忠愍祠”，位于今杨村街北口，北运河东岸。其规制与永乐皇帝为杨换敕建的龙泉寺大抵相同，共有三层大殿，两厢配房若干。中殿突兀宽大，殿顶呈庑式，遍饰黄色琉璃瓦，上骑五脊六兽，两端飞翅龙首。殿中供奉杨俊戎装塑像，子侄家将陪享左右。前后两殿青砖蓝瓦，规模略小，分供玄武大帝及天地神祇。此庙传至清末尚完好无损。光绪七年(1881)，时任武清知县的蔡寿臻在其纂修的《武清志括》中，共辑录县内庙宇十处，述称：“杨公祠，同上（指同在杨村北口的报成寺等），奉忠愍。”并注明“习见不载，载其大者”，是说常见的一般寺庙省略不计，所记者均为境内规模大或级别最高者。可见当时的杨公祠，尚属武清十大庙宇之一。

据武清陈咀镇杨庄子杨氏家族祖传的谱牒记载，其明代先祖杨继隆，乃杨俊嫡孙，杨珍次子，杨继宗之二弟。当杨公祠建成之后，即举家被派往杨村为祖父守庙，从此便于庙南数里的高王院村（今属下朱庄街）落户。因运河两岸均为其二叔祖杨清（即世袭瀛西九千户）的封地，故其家一边经营土地，一边兼管祖庙。直到清朝后期，才因土地失传而流散到县内的陈咀镇、汉沽港镇等处谋生。2015年5月间，这支杨氏后人齐聚河西务寻根谒祖，并正式续谱归宗。杨公祠被毁于二十世纪五十年代，杨村的老户人家至今仍记忆犹新。

第六节　存传疏曲直可鉴

杨俊一生，为官不谙韬晦，处事不屑权谋，不失为英雄本色。却因此惹下祸事再三，直至身后仍被人褒贬不一，毁誉参半。因在史籍文献中存迹不多，谨辑其一传一疏。任人读之，莫不服其勇略过人，忠心可鉴。纵有贬抑不实之词，亦不足以瑕掩瑜。

明史 · 杨俊传

俊，初以舍人从军。正统中累官署都指挥佥事，总督独石、永宁诸处边务。景帝即位，给事中金达奉使独石，劾俊贪侈，乃召还。也先犯京师，俊败其别部于居庸，进都督佥事。寻充右参将，佐朱谦镇宣府。太监喜宁数诱敌入寇，中朝患之，购擒斩宁者赏黄金千两，白金二万两，爵封侯。宁为都指挥江福所获，而俊冒其功。廷臣请如诏，帝以俊边将，职所当为，不允。加右都督，赐金币。

俊恃父势横恣，尝以私憾杖都指挥陶忠至死。洪惧，奏俊轻躁，恐误边事，乞令来京，随臣操练。许之。既至，言官交劾，下狱论斩。诏令随洪立功。未几，冒擒喜宁功事觉，诏追夺冒升官军，别赏福等。而降俊官，令剿贼自效。俄充游击将军，巡徼真、保、涿、易诸城，还督三千营训练。

景泰三年，俊上疏曰："也先既弑其主，并其众，包藏祸心，窥伺边境，直须时动耳。闻其妻孥辎重，去宣府才数百里。我缘边宿兵不下数十万，宜分为奇正以待，诱使来攻。正兵列营大同、宣府，坚壁观变，而出奇兵倍道捣其巢。彼必还自救，我军夹攻，可以得志。"疏下廷议，于谦等以计非万全，遂寝。团营初设，命俊分督四营。

明年复充游击将军，送瓦剌使归。至永宁，被酒，杖都指挥姚贵八十，且欲斩之，诸将力解而止。贵诉于朝，宣府参政叶盛亦论俊罪。以俊尝溃于独石，斥为败军之将。俊上疏自理，封还所赐敕书，以明己功。言官劾其跋扈，论斩，锢之狱。会杰卒，杰母魏氏请暂释俊营杰葬事。乃宥死，降都督佥事。旋袭洪职。家人告俊盗军储，再论死，输赎还爵。久之，又以阴事告俊。免死夺爵，命其子珍袭。

俊初守永宁、怀来，闻也先欲奉上皇还，密戒将士毋轻纳。既还，又言是将为祸本。及上皇复位，张軏与俊不协，言于朝。遂征下诏狱，坐诛。夺珍爵，戍广西。宪宗立，授龙虎卫指挥使。

请击瓦剌疏

也先往时酋长尚在，东西诸番未附。今既弑脱脱不花，并其众。东自女真，兀良哈野人，西至蒙古赤斤、哈密，皆受约束，包藏祸心，待时而动。又闻其妻孥辎重在哈剌莽，来去宣府才数百里，健人壮马囤沙窝，去边尤近。今大同、宣府、怀来，辽东山海、永平，宁夏延绥、甘凉、庄浪等处，宿兵不下数十万。臣愚以为，险阻之处量留守御，其余壮勇各选老成谋略将官统率。迤西悉赴代州，迤东悉赴永平，结营操练。更选京营骑兵，申令股肱大臣统率，至大同、宣府会和，所在兵列营坚守为正兵。其永平营赴独石，代州营兵赴偏头关一带，按伏为奇兵。部署既定，或拘绝虏使，以激其怒，或檄数叛逆，以正其罪。彼必来侵，我正兵坚壁清野，坐观其变。密遣奇兵，日夜倍道捣其巢穴。使彼前不敢进，后不能顾，必擒其妻孥，获其辎重。彼或察知我谋，急还相救，我乘其奔溃，奇兵夹击，立致摧败。此实战攻取胜之机。

抑臣又闻三军之害犹豫最甚。昔在有宋澶渊之役，若从寇准之议必无靖康之悔。今若间以群疑，失今不治，臣恐他日之患，又有甚于今日者。臣一家父子兄弟受恩实深，马革裹尸固其分也。

第二十一章 杨信勋赠彰武侯

第一节 镇西北功追卫霍

杨信，字文实。永乐二十年(1422)正月初二出生于武清瀛西，杨冲次子。幼习文武，少小从军。长期跟随伯父杨洪戍边征战，久被熏陶，深得信赖，向被洪公倚为右臂。每战必捷，尤以智勇双全著称于世。历任延绥、大同两镇总兵，官至都督同知，爵封彰武伯。与从兄杨能、杨俊并称杨氏三雄，均为瀛西杨家将的中坚主力。

正统二年（1437），杨信随杨洪出征兀良哈部。至兴州一战，敌首朵栾帖木儿跃马阵前，杨信持戟相迎，大战数十回合，展臂将其生擒马下，初以战功封开平卫镇抚（从六品），虚年十六岁。正统三年（1438），兀良哈部复又入侵，杨信随伯父出征，与敌激战于伯颜山，大败敌众。正统四年（1439）秋，随伯父率部追剿叛敌阿木狼等人，至三岔口，杨信自为前锋，一举攻陷敌阵，以功升副千户（从五品）。正统八年（1443）春，杨信随伯父巡哨苦乞河，战敌于比只岭，生擒斩首甚众，以功升千户（正五品）。正统九年（1444）春，兀良哈部再犯延绥，杨信随伯父率部驰援，败敌于应昌州的别儿克，复追至克列苏，杨信截获者赤王家属而归，以功进指挥佥事(正四品)。旋又进署(代理)都指挥佥事。正统十四年(1449)，升都指挥佥事（正三品），奉命守备柴沟堡（今怀安县城）。是年七月发生“土木堡之变”，明军彻败，英宗被瓦剌所俘。至十月初一，也先率瓦剌大军进逼北京城，杨信随伯父应诏入卫京师。到时瓦剌军先已撤围而去，遂奉命追剿至紫荆关、倒马关及五郎河一带，将流散的瓦剌余部一一击溃，缴获被掠人马物资若干。

景泰元年（1450）论功行赏，升杨信都指挥同知（从二品），命率兵守备怀来、永宁等处。因大劫之后，这里的边民人心惶恐，各处防务被毁殆尽。杨信到后，率领军民展开战后重建及民心安抚工作，使境内形势迅速得以平复。是年秋，以功升都指挥使（正二品）。景泰二年（1451）五月，进都督佥事，充右参将，与都督同知杨能一起随伯父杨洪还镇宣府，负责提督怀来、永宁等处守备。此时杨俊亦以前军都督府右都督之职，在京统管三千营。杨氏父子一门同出四都督，并肩共守京师塞北，朝野瞩目。景泰三年（1452）十月，杨信迁任左参将，御赐盔甲宝刀等物，仍分守怀来、永宁等处。景泰五年（1454）二月，充左副总兵，接替杨能镇守宣府。其间，他根据蒙古骑兵的特点和官军的不足，曾上书提议推行“鹿角之制”。称此法临阵可抵御敌骑冲踏，保护士卒安全，应每队配备十具。遇敌时以盾牌拒于前，鹿角列于后，兼以神铳、弓矢射击，可确保制敌取胜。景帝及兵部以其言切可实用，遂下诏在军中进行推广。至景泰七年（1456），朝中暗流涌动，英宗复辟渐有前兆。时杨俊已被削爵罢职，故弟遵兄命，经杨信之手，于九月九日暗将伯父杨洪的尸棺由北京西山迁至河北赤城，与母亲施氏同葬于落凤坡。因当时将墓志、墓碑全都遗留于原处，又不敢请人重新撰刻，杨俊从最坏处着想（指被诛族灭门），唯恐后世儿孙不知墓主为谁，遂刻砖一块，上书“我父杨洪生瀛西，子俊”，复葬时一并葬入墓下一丈许，以俾后人寻找。直至今日，杨氏家族仍口传不断，称倘有一日重修祖墓，定可找见这块刻砖。

天顺元年（1457）正月，英宗复辟成功，随即便将杨俊构罪诛杀，杨洪旧墓亦被砸毁夷平，杨信捶胸大哭，并发誓称：“你（指石亨等）杀我兄长一人，我必灭你全家。”时态稍平，被召回北京。是年三月，以杨信为总兵官，往镇延绥。延绥地处陕北黄土高原，北濒我国著名的毛乌素沙漠南沿，位居万里长城之中段，为明朝九边重镇之一，也是蒙古诸部屡次入侵的要害之地。其治所此时尚在绥德（今陕西绥德），后于成化七年（1471）始移治于榆林卫（今陕西榆林），自此统称榆林。杨信到镇期间，加固防守，并屡出奇兵，连败蒙古敌寇，因以威震西北边陲，被比作汉代的卫青和霍去病，并以“西北长城”享誉朝野。时任兵部右侍郎的韩雍曾巡边至此，后赋诗《赠杨总兵》曰：“今代勋臣谁第一，征西才略古人同。名闻中外裴丞相（裴度），身系安危郭令公（郭子仪）。万里长城恒庇国，千寻孤柱独擎空。天骄从此无南下，还拟趋朝总八戎。”是年九月，杨信进都督同知（即副都督，从一品）。天顺二年（1458），孛来、毛里孩袭边，杨信统兵战敌于西黄梁、柴家沟、寺子山、青羊沟等地，斩阿力台王平章、撤因忒栾爱秃知院等。杨信以功进封彰武伯，充总兵官，佩征虏副将军印，仍镇守延绥。在延绥设置总兵官并佩将军印者，乃由杨信为其开端。旋加封奉天翊卫宣力武臣，特进荣禄大夫，柱国，食禄一千石，本身免一死，给诰券。

天顺三年（1459）正月，鞑靼部进犯安边营，命杨信与石彪统兵御敌，连战皆捷，斩鬼力赤平章等，夺回被掠驼马牛羊两万余头。石彪乃石亨从侄，时任大同总兵。其为人凶勇，骄横恣肆，曾侮辱代王（宗室藩王），并又贪赃枉法，强占民田。杨信搜得证据，决意为国除奸，为兄报仇。英宗此时也已发觉石氏叔侄专横跋扈、僭越乱政等种种行迹，正待动手铲除这对奸佞。恰在此际，石彪手下有人将其举报于朝，英宗随即下旨将石彪秘密拘捕。经审讯，果然查出其有“绣蟒龙衣及违式寝床诸不法事”。因以谋反罪将石彪抄家，并命石亨去官养病，不久亦被坐罪入狱，终致惨死狱中。石彪及子石后并被斩首灭族。是年十二月，孛来率二万余骑入犯榆林。杨信设谋败之，并乘胜追击至金鸡峪，斩其平章阿孙帖木儿等，夺回所掠人畜数以万计。

天顺四年（1460）正月，杨信率部追剿敌寇至响海子等地，斩伯颜哈答等，韩雍为之作《凯还图》一幅，并于图上题赞：“玄冠几度加貂蝉，金印三台伏螭虎。残敌胆破夜自惊，脱身北走无留停。”“将军伏兵守要塞，闻风远遁穹庐空。塞垣不见狼烟起，从此三边甲兵洗。”是年闰十一月，杨信奉召还京，英宗亲加奖谕。命其挂征西前将军印，充总兵官，接替李文镇守大同。时大同和宣府同为京师屏蔽，而大同又首当其冲，战略地位尤为重要。其下辖大同五卫、阳和五卫及东胜五卫，总设兵力达八万数千余众。杨信到镇之后，又请准于大同以东六十里新建聚落城一座，亲自“相厥地形，布立方位，依山而带水。于是伐材鸠工作城。周六百丈，高三丈一尺。作楼按卦位，以便瞭望。作门扁（原字，同匾），其东曰镇安，西曰怀远。而复环以深隍，注以流泉。严整固密，屹然一形胜之区”。此城自二月开工，八月落成，用时不足半年。杨信督建城池的才能不逊列祖，堪称一绝。

其在大同任上，还承继伯父遗风，提倡兴庙办学，推行军民教育。天顺六年（1462），杨信出私币捐建大同义学。至工竣，大学士倪谦为之作《大同新建义学记》一篇，称赞杨信“将略本于世授，威名振于中外，而又崇儒好学，兼资文武”。天顺八年（1464）七月，赐世袭伯爵，予世袭诰券，并追封三代。

成化二年（1466）夏，杨信奉诏还京，问计边务。以所言切中，深得宪宗嘉奖，并被采纳施行。即命杨信留在京中，总督三千营训练。是年秋，毛里孩部占据河套，出没塞上，西北地区重又烽烟再起。三年（1467）五月，命杨信佩平虏将军印，统率各镇兵马前往征剿。于小龙州铁青原与敌激战，斩敌首敏安秃等，众寇渡河北逃，遁回迤北大漠。明军才得胜回京，蒙古部又占据河套地区，分掠水泉营及朔州各处。杨信多次率军追剿，每有斩获。后敌军东入大同，宪宗下诏命杨信仍回大同镇守。消息传出，军威大振，形势随之转安。

成化六年（1470），朵颜部纠集毛里孩等，复侵入榆林一带抢掠。杨信率大同一半兵马西征。其行前已然料到，敌军必以为大同空虚，而绕由东面进犯，故与副将徐恕、参将张瑛分道出塞，先于胡柴沟等必经之处伏兵等待。敌军主力果绕道而来，明军突起夹击，致敌伤亡惨重，并获其马五百匹。随后又分道追杀，经大小三十余战，直将各部敌军杀得鼠窜而逃。此后多时，再不敢靠近大明边境。捷报于朝，被颁予世袭伯爵铁券。

成化十三年（1477）十一月十七日，杨信卒于大同任上，虚年五十六岁。追封彰武侯，谥武毅（有称威毅者，此以《明史》所记为准）。翌年二月二十七日，葬于宛平县京西乡太子峪，即今之北京市丰台区长辛店镇太子峪村。信公受伯父影响至深，治军严肃，号令严明，知人善任，奖罚公正。用兵不泥古法，常出奇制胜。如《明史》所称：“杨信在边近四十年，镇以安静，人乐效用，所向成功，可谓一时名将。”

第二节　承世袭子继孙传

杨信既殁，以原配温氏早卒，赠夫人，生子名瑾。继汪氏有贤德，封夫人，生三女。侧室冯氏，生子名琦。侧室詹氏，生子名瑀。室（未经正式婚娶的配偶）生四子，取名：征、西、将、军。孽子（苟合所生）七人，名为：道、德、福、寿、康、荣、和。前后共计十四子、三女。

嫡长子杨瑾，字廷用，成化十四年（1478）四月袭父彰武伯。弘治元年（1488）佩将军印，宿卫京师。封宣力武臣，特进荣禄大夫（从一品），柱国。曾续修《杨氏祖谱·嫡长内谱》。弘治二年（1489）四月卒，谥武毅。三子杨瑀，自廷瑞。袭锦衣卫副千户，授武德将军。其余诸子不详。

孙杨质，又名仲。瑾公长子，庶出。弘治十年（1497）三月袭彰武伯。嘉靖十年（1531）迁右军都督府佥书。累封至宣力武臣，特进荣禄大夫，柱国（从一品）。嘉靖十七年（1538）七月卒，追谥武毅。因《杨氏祖谱》为“嫡长内谱”，故余者多被略去。下同。

曾孙杨儒，又名申。质公长子，庶出。嘉靖十八年（1539）正月袭彰武伯，以武功袭军职。嘉靖四十一年（1562）五月卒。

玄孙杨炳，儒公长子。嘉靖四十一年十二月袭彰武伯。隆庆四年（1570）八月领左军都督府，十一月协守南京。后召回北京，掌管京营戎政。隆庆五年（1571）十一月总督京营。万历八年（1580）二月十八日，神宗举行耕籍典礼，亲自躬耕，劝励农桑。命其与定国公徐文璧、大学士张居正并充三公（即太师、太傅、太保）；以大学士张四维、吏部尚书王国光、户部尚书王宗伊、礼部尚书潘成、兵部尚书方逢时、刑部尚书严清、南京兵部尚书杨兆（南京时为陪部，仍设置六部等机构），以及都御史陈炌、吴兑并充九卿。杨炳在朝中的地位可见一斑。此后又加太子少师（正二品）。万历十一年（1583）九月，复加太子太傅（从一品），特进荣禄大夫。万历十四年（1586）三月卒，谥恭襄。

六世孙杨城，字世阶，炳公之子。父殁袭彰武伯。万历三十八年（1610）六月，领左军都督府。

七世孙杨崇犹，字临沂，城公之子。泰昌元年十二月（1621年1月），袭彰武伯，守卫京师。崇祯十七年（1644），闯王李自成攻陷北京城，杨崇犹身负重伤，自刎殉国。

据杨氏家传，杨崇犹生有三子。当京师外城被攻陷、崇犹公以身殉节时，崇祯帝亟命其长子临阵袭爵彰武伯，以图收拾残兵，继续抵抗。至紫禁城被破、思宗自缢之后，这兄弟三人乘乱逃离北京，从此改名杨复明、杨复国、杨复安。后又辗转投于南明小朝廷，从此不知所踪。

如按此说，彰武伯之爵累袭八代，共计八人，在杨氏一门三伯侯中，是唯一直传明末、与国共寝的。

附：《武侯夫人汪氏墓志铭》（程敏政）

征西前将军、追封彰武侯、杨威（武）毅公讳信之夫人汪氏，故万全都司都指挥讳贵之女也。夫人早有淑质，言动不凡，勤于女事。都司君及其配李夫人钟爱之，择所归，得威毅公乃嫁。既嫁，以谨礼闻。

初杨、汪两族皆西北将家，而杨氏尤显。自颍国武襄公及武毅公，群从并列茅土，家范益修。夫人处之，上承下御，略不以富贵自多。孝敬雍睦，勤俭以慈，诸侯家率自以为弗及。威毅公起舍人，至大将，尝佩印守延绥、大同，余四十年。夫人相之，同其忧。不以家务扰其心，威毅公赖焉。公卒于军，夫人护丧还京师。念公惟早夜，汲汲志成其子。子之庶出者，爱育恒均。女之适人者，能守姆教。人以是益谂（读审，劝告讲）夫人之贤。

夫人生永乐甲辰（1424）五月二日，从威毅公贵，累受诰命，封夫人。卒成化癸卯（1483）七月三日。朝廷遣官谕祭，诏合葬宛平县京西乡威毅公之墓。享年六十。子曰瑾，嗣封彰武伯。庶子曰琦，曰瑀。长女适保定侯梁传，次适锦衣卫散骑舍人赵承序，次适锦衣卫指挥使张淳。

瑾将以卒之岁八月十一日发引，前期奉状来乞铭。予尝读《召南》之诗，而叹周之盛，其化实自闺门始。盖其诸侯夫人有《鹊巢》之德，而又《采蘩》（读凡，白蒿讲）以亲蚕，《采苹》以供祀。不妒而惠其下，则有《小星》之咏。念君子力王事，而思不失正，则有《殷其雷》之篇。事不出乎寻常，而后世邈不可望也。若杨夫人之累行，班诸古人，亦庶几可无愧乎！是可铭也。

铭曰：厥氏惟汪，厥归维杨。嗟若人兮，实妇之望。成夫之勋，励子之学。如古诸侯，享此世爵。召南之风，孰其嗣之。既敬既戒，胡止于斯。生封之荣，没典之恤。后千百年，安此玄室。

第三节　垂不朽碑传斐然

明史 · 杨信传

信，字文实。幼从洪击敌兴州，贼将方跃马出阵前，信直前擒之，以是知名。累功至指挥佥事。正统末，进都指挥佥事，守柴沟堡。也先犯京师，入卫，进都指挥同知。

景泰改元，守怀来，寇入不能御。护饷永宁，闻炮声奔还，皆被劾。朝议以方用兵，不问。累进都督佥事，代能为左副总兵，协镇宣府。上言："鹿角之制，临阵可捍敌马，结营可卫士卒，每队宜置十具。遇敌团牌拒前，鹿角列后，神铳弓矢相继迭发，则守无不固，战无不克。"从之。

天顺初，移镇延绥，进都督同知。明年破寇青阳沟，大获。封彰武伯，佩副将军印，充总兵官，镇守如故。延绥设总兵官佩印，自信始也。顷之，破寇高家堡。三年与石彪大破寇于野马涧。明年，寇二万骑入榆林，信击却之。追奔至金鸡峪，斩平章阿孙帖木儿，还所掠人畜万计。其冬，代李文镇大同。

宪宗即位，信自陈前后战功，予世券。成化元年冬，御寇延绥无功，召还，督三千营。毛里孩据河套，命佩将军印，总诸镇兵往御。寇既渡河北去，已，复还据河套，分掠水泉营及朔州，信等屡却之。寇遂东入大同。因诏信还镇大同。六年，信与副将徐恕、参将张瑛分道出塞，败寇于胡柴沟，获马五百余匹。玺书奖励。

信在边三十年，镇以安静，人乐为用。然性好营利。代王尝奏其违法事，诏停一岁禄。十三年冬卒于镇。赠侯，谥武毅。

彰武伯杨信传（陈镐）

彰武伯杨信，字文实，昌平侯洪之从子。洪击虏于兴州，一虏出阵前耀武，信趋马生擒之。每战必先士卒。初授镇抚，升副千户，进指挥佥事。正统己巳，升都指挥佥事，守柴沟堡。是岁，虏大举进犯京师。信率兵入卫，升都指挥同知。

景泰改元，守怀来，升都督佥事。历左、右参将，协守宣府。甲戌充总兵。天顺初升都督同知、总兵，镇守延绥。辛巳移镇守大同，己酉进伯爵。复征延绥，虏既遁。召还，总督三千营。虏复据河套为患，佩平虏将军印，总制诸路兵。虏平，复守大同。成化十三年十二月卒。讣闻，赐祭葬如例，赠彰武侯，谥威（武）毅。子瑾嗣。

信骁勇善骑射。在边近四十年，镇以安静，人乐效用，所向成功，亦可谓一时名将。

敕封彰武伯威毅杨公墓表（刘翊）

大明成化丁酉冬十一月十有七日，总兵官彰武伯杨公卒于大同之公府。讣闻，上悼叹至再。已而子瑾与柩至京师，遣官谕祭，命有司营葬事，追封彰武侯，谥威（武）毅。瑾具公行实，征言阅状。

公讳信，字文实，世为扬州六合人。年十七时，即以勇略闻，善骑射。正统初，虏寇兴州，公伯考武襄公率兵击之，公亦在行。既遇敌，公与战数十合，生擒贼首朵栾帖木儿。又击贼于伯颜山，生擒贼首也陵台，并获驼马器械无算，升所镇抚。又击贼于三岔口，公率众为首陷阵，升副千户。又击贼于比只岭，生擒斩首数多，升正千户。又击贼于以克列苏，虏者赤王家属，升指挥佥事。又以少监、参将同荐，升署都指挥佥事。又随武襄入卫京师，击贼于紫荆、倒马关，升都指挥同知。先是土木之变，沿边诸镇人无固志，命公领兵抚循安辑，升都指挥使。未几，武襄佩镇朔大将军印，出镇宣府，升公都督佥事，充右参将，分守怀来。暨武襄疾召还，命公协守地方，改左参将，赐盔甲宝刀。是岁又命充副总兵，镇守宣府。

英庙复辟，召至京，升都督同知，充总兵官镇守榆林。又击虏酋孛来、毛里孩于西黄梁、柴家沟、寺子山等处，斩阿力台王平章、撒因忒栾爱秃知院。捷至，进爵彰武伯，佩征虏将军印，镇守延绥。又击贼于半坡墩，斩鬼力赤平章。又击贼于响海子，擒伯颜哈答，自是贼徒远遁。复召至京，命充总兵官，佩征西前将军印，镇守大同。寻赐诰券世袭，追封三代皆伯爵。适延绥守臣奏毛里孩复入河套为患，命佩平虏将军印，总制诸军，往击贼于小龙州铁青原，歼其头目敏安秃等。虏众大败，渡河而北，公领兵回京。左都御史李执中奏："大同为朝廷西北藩篱，毕竟得公往镇守，斯保无虞。"上从之。公复至镇，军民忻戴。又朵颜达贼结连北虏，深入榆林抢掠，乃撤大同士马之半西征。公曰："贼知军未回，以为我兵寡力弱，必东入寇。"乃分布将士于要害处，伏兵待之。其贼果悉众越境，或敌于胡柴沟，或御于尖山墩，凡三十余战，贼奔溃散失。今以公之绩计之，斩获贼首则书，而擒斩贼不能悉书；以朝廷赏功计之，其升秩则书，而前后所赐蟒衣金帛不能悉书。

其生则永乐壬寅正月二日，得寿五十有七。曾祖讳政，祖讳景，考讳忠，皆赠伯爵。曾祖妣张，祖妣施，妣温，皆赠夫人。配汪，有贤德，封夫人。侧室冯、詹，子丈夫三：长琦，冯出；次瑀，詹出；次即瑾，袭爵者。女三：汪出，长适保定侯梁传，次适散骑赵承序，次适锦衣卫指挥使张淳。卜以成化戊戌二月二十七日葬于宛平县京西乡之原。

呜呼！公为人外和内刚，襟度凝远。为将勇而有谋，号令严明。行兵不泥古法，而设奇制胜，出人意表。临阵不惧，虽左右死伤而神色自若。尤能教养士卒，激劝有方，明于知人，而用其所长，故能得其死力。所向成功，未尝剉衄。尤不听谗潜之言，或有毁人者，辄斥去之。虽处富贵，能戒盈满，尚节俭。又知好儒术，见士大夫虽韦布微贱，必遇之以礼。在边几廿年，威名赫然，虏贼知惧，不敢深入寇掠。朝廷倚为西北长城。昔卫青为汉将，七出匈奴，单于远走，漠南无警，王廷策勋，赐号大将军。霍去病六出匈奴，所向辄克，诛其酋领、名王、都尉，何止数千百人，号汉名将。今公东自宣城，西抵榆林，二十年来何止六七出，而能诛斩虏酋贼徒不可胜计。俾虏贼知惧，朝廷免西北之忧，为有明名将，较之卫、霍，盖不多让矣。是岂不重可惜哉！庸表其凡于墓石，俾后之为将者劝焉。

成化十六年立石

（见明人沈榜所撰《宛署杂记》）

第四节　为伯父迁葬树碑

昌平侯杨洪病危期间，景帝先已赐其墓地于北京西山之原，距景帝为自己选定的陵址不远。隆恩之下，杨洪焉可不遵，遂叮嘱其子杨俊，称此地绝非净土，一旦局势有变，可速将己墓迁往赤城，应提前做好准备。至景泰七年（1456），英宗复辟的迹象已明，就在是年二月，杨俊获罪在身，已被夺爵罢官，其弟杨杰亦早在数年前去世，因就与叔父杨清、杨沖，及兄弟杨能、杨信共商，遂决定由杨信负责迁葬之事。揣其原因，不外乎有三:

一是其父杨冲曾封皇家义子，且与孙太后沾亲，即便事发，亦不致有太大风险。二是杨能正在京师督率三千营，抽身不得，而杨信此时正以左副总兵镇守宣府，权威俱在，行动方便。三是杨信和杨能从小即跟随伯父左右，感情深厚，恩同父子。凭此而论，堪当此任者，唯数杨信最为合适。迁墓之时，只将洪公尸棺移出，至于坟冢墓室、神道碑石之类，一律原封未动。故从外表上看，仍一切如故。因杨俊已经提前将墓室凿成，只待棺柩一到，便被随即入葬。故不仅外人不知，就是家人亦知之甚少。

至成化元年（1465），宪宗即位，朝中形势发生逆转。杨信见风险已过，遂着手为伯父刊石树碑，重建神道牌坊。此时除其父杨冲尚还健在，杨清、杨能父子均已逝去。故在杨洪墓前，子侄杨俊、杨能皆未留下一字遗存。成化十一年（1475），杨信已届五十四岁，自知剩日无多。每自睹物思人，犹不忘伯父的教诲之恩，遂于神道碑阴，补刻追思碑文一道。其原文为：

伯父颍国武襄公薨，葬于京都西山之原，后从兄昌平侯俊迁葬于关外赤城，其神道碑未克移焉。信因感念自幼随伯父杀贼，累获功升。正统二年授开平卫所镇抚，四年冬升副千户，八年夏升正千户，九年春升指挥佥事，十四年秋升署都指挥佥事，守备柴沟堡。景泰元年升都指挥同知，奉敕领军前往怀来、永宁创复安插。是年秋，升都指挥使。二年春，升都督佥事，充右参将，分守怀来等处。五年春，充左副总兵，镇守宣府。天顺元年春，充总兵官镇守延绥。是年秋，升都督同知。二年春进封彰武伯，挂征虏副将军印。四年冬，挂征西前将军印，充总兵官镇守大同。成化元年，钦赐世袭伯爵诰券及追封三代。二年夏奉敕回京，总管三千营。是岁秋，挂平虏将军印，前往延绥等处御敌。三年夏，廷臣以戍边知名，熟经战阵，复挂征西前将军印，镇守大同。始由舍人累建军功，历升以及受封伯爵，皆荷伯父之所训启也。然伯父两镇宣府，麾下官校亦有充总兵、参将、游击、守备等官者，咸慕恩威不替。兹特重建碑石，镌其旧文，非徒不没伯父之出处、功业、荣美之盛，抑亦与众共为瞻仰云。

时成化十一年，岁舍乙未，菊月九日，侄男信拜首谨识。

第二十二章　杨杰督建昌平城

杨杰，字文盛，昌平侯杨洪之子。母魏氏所出，系洪公唯一的嫡生子男。约生于宣德六年（1431）前，其父已年届五十，以老年得子，尤被父母所钟爱。自幼教习文武，十余岁便以舍人（未到应役年龄的军籍子弟）随父军中。

正统十四年（1449），瓦剌军大举入侵，随后发生了“土木之变”。至十月下旬，一股敌军攻入天寿山的皇室陵区，先在长陵杀死守陵官军多人，继又侵入景陵，掠去官军印信及器物若干，并劫走役夫、百姓不计其数。

天寿山的明室皇陵，始建于永乐七年（1409）。大明十六帝，除太祖朱元璋被葬于南京钟山之阳，建文帝不知所踪，景帝另葬于北京西郊的玉泉山之外，其余十三位皇帝驾崩后均葬于此处，故被后世称作“十三陵”。至正统末年，已建有永乐帝的长陵、洪熙帝的献陵和宣德帝的景陵，共三处。此番土木兵败，英宗被俘，皇陵遭掠，对于正在由盛转衰的大明王朝而言，无疑是一次伤及根本的旷世浩劫。景帝临危即位后，为确保先帝陵寝安全，亟于十一月十五日命都督同知王通率兵驻守天寿山，并重新整饬陵区的长、献、景三卫。这几处护陵军卫，分别屯驻于天寿山的东、中、西三处山口处，防御工事简陋，又无城池可守，今虽经派将增兵，若一旦遇到强敌，其势仍难坚守。

待形势稍有好转，景帝为作长久之计，遂决定靠近陵区另选新址，重修永安城。这永安城实即当时的昌平县城，始建于大唐初期，世称白浮图城，今之昌平区旧县村即旧址所在。传至明朝景泰元年（1450），已历经八百余年。期间虽屡经修葺，仍是破败不堪。《明代宗实录》景泰元年春正月辛巳条记载：“命于天寿山之南筑城，周围十二里，以居长陵、献陵、景陵三卫官军，并移昌平县治于内。”后经相度取舍，最终将新城城址选定在天寿山陵区以南的龙山脚下。因在此建城，正可一举三得：一是可以驻兵常守，确保陵区安全；二是在居庸关以南新增一道入京屏障；三是作为昌平县城，对皇家举办祭祀活动有利。因昌平本是杨洪封地，且朝野上下无不信服杨家将修城筑堡的超凡能力，故这督建之责自然就加在了杨洪身上。

杨洪此时正以昌平侯兼掌左军都督府事，为稳定战后局势，因被景帝留在京师，负责总率三千营训练，可谓责任重大，诸事压身。在此情况下，委派其子杨杰作为替代，昼夜奔忙于施工现场。父子二人一个经营筹划，一个照令施行，以致筑城工程得以顺利推进。至景泰二年（1451）五月，杨洪重挂镇朔大将军印，以总兵官复镇宣府。因两地相距甚远，无法兼顾，故筑城的重担实际已转移到了杨杰身上。这位杨家少帅不负众望，每日置身于施工一线，殚精竭虑地主持全面工作。是年九月间，洪公病逝京师，杨杰袭父昌平侯爵。此后的筑城任务，则全由其一人运筹指挥，故连为父服丧守孝的机会都被夺去。

景泰三年（1452）十月，永安新城终于全面告竣。满城巍峨雄伟，呈南向正方形。因北靠龙山，故只开设东、西、南三门，俱重门券顶，两道城楼。南门高嵌“永安”二字。城墙全由灰土夯成（多年之后才又甃以砖石），周长1492丈，全高2.1丈，上砌垛口2986个。永安城的如期建成，对于临危即位的景帝而言，无疑是重整河山、保护祖宗的振兴之举，故满朝文武、阖室宗亲无不为之欢欣鼓舞。是年十一月七日，景帝颁旨犒赏所有筑城官兵，官员每人赏钞二百贯，士卒工匠每人赏钞五十贯。消息传来，永安城内欢声雷动。时过不久，县衙、卫所、庙学、仓库等均相继完工。官府、军民随之迁入，这就是延传至今的昌平县城。

杨杰少年承重，以致造成身心劳损。待新城竣工之后，便一病不起。至景泰四年（1453）的三四月间，终因医治无效而亡，时年约二十三岁。此时其家兄杨俊正身陷囹圄，经魏氏夫人奏请，景帝顺势将其赦免，命他回家为弟弟料理丧事。五月九日，诸事完结，复由杨俊袭爵昌平侯。因杨杰病卒时尚无儿女，其母魏氏不忍将其远葬他处，遂被就近葬在了瀛西老家，墓址选在大龙庄村西口，距侯爵杨府近不足半里之遥。丧礼全按侯爵规制，碑铭、神道一应俱全。入葬之初先有二侍女陪葬，至其妻妾终老，亦同被葬于一墓。此后数百余年，杨杰墓始终为孤坟一座，连其本人在内，共葬有一妻一妾及两位侍女，总计五具棺椁。至新中国成立，地上建筑设施早已荡然无存，坟冢亦被逐渐夷平。其后情节，将另有专章记述。

第二十三章　三伯侯载誉竹帛

昌平侯杨洪，武强伯杨能，彰武伯杨信，伯侄两代三人，比肩共守京北塞外数十余载。御外抚内，保国为民，功勋卓著，冠盖一时。其人其事除被树碑立传之外，尚在许多名人著述、传世艺文中广有记载。其中所言杂出，或褒或贬，毁誉不一。为补拾遗缺，丰富见闻，谨将其可稽者辑录于兹，以俾参读考证。

忠义堂序（杨荣）

自昔英特智略之士立功边陲，著名竹帛，使天下后世仰之而不置者，要其中之必有所本而致然也。苟无所本，而欲树绩当时，流声后世，岂不难哉。若今镇朔参将、万全都指挥使杨宗道（杨洪字宗道）名其堂曰“忠义”，可谓知所本者矣。

宗道名洪，世家扬州六合。少以祖父功袭为汉中卫百户，永乐中调开平。时四方靖谧，薄海内外悉皆臣顺，来享来王。惟朔漠遗兵，间尝窃发，为边境患。宗道在开平也，善抚士伍，甘苦是同，猝尔敌至，辄应机决策，操戈奋进，为诸将校先。尤善骑射，矢发则敌应弦而坠，百无一失。由是毡裘震惊，望风远遁，莫敢扰边。厥功茂著，朝廷嘉之。不数年间，累升至今官。

比者，遣其子俊来京，请予序其名堂之意。盖人之大伦有五，而君臣其一也。人臣于事君之道，知无不为，为必尽诸己者，忠也。心有所裁制，而动适其宜者，义也。忠而或不由义，未必能发已。而自尽忠且义焉，则其忠也大矣。古之君子知有其君，而不知有其身。得失利害，一不以动其中，而惟其职之尽者，由其审于忠义之理，有素也。

宗道遭际圣明，祗受委托而当一方捍御之重，鞠躬效劳，夙夜靡懈。位高而不矜，功成而不炫。非以忠义存其心，能若是哉。虽然人臣之事上，固莫大于忠义，而国家所以褒宠之者，亦莫先于是焉。宗道自是而往，益殚乃心，懋乃功。俾勋列煌煌，足以追踪古人，而传之天下。后世者尤可必而致也，宗道尚其勖哉。

（见《杨文敏集》）

赠游击将军杨宗道升都指挥同知序（杨荣）

自古为中国患莫甚于北敌。虽周宣王、汉武帝之盛，而其将帅有若申甫卫霍之智勇，然内侵至于太原，不能免。夫六月之出师外追，穷乎瀚海，不足惩其连岁之犯塞。迨于近代，遂乘时蹈虚，震惊边鄙，其趫（读乔，矫健讲）劲强悍弗可尽述。我国家受天明命，奄有宇宙，仁风化雨，荡涤氛祲，效诚者荷绥柔，顽悖者遭殄灭，由是边尘不惊，海内晏安。非夫德大威隆，委寄得人，曷臻是哉。

时则有若游击将军杨洪宗道，常总锐旅巡掠朔野。宗道精闲（娴）韬略，雄勇杰立，平居与士卒同甘苦，不自择便利，遇敌辄鹰扬虎阚（瞰），身先部曲，由是旗帜所向，罔不克捷。非但同时守边陲者多所弗及，诚凛然有古名将之风者也。乃正统二年冬，烽火发延绥诸边郡。宗道时守独石，有敕俾为之备，宗道即遣逻卒先侦之，继以精骑疾驰二百里，邀其归路。战数合，敌不能支，追斩蹀血，穷荒漠而还，尽取其所虏人畜。事闻，朝廷嘉奖，升都指挥同知，而宠赉尤厚。于是其姻友、翰林修撰周功叙征予文以为赠。予观人臣取功名莫易于为将，患在不得尽其材耳。使得尽其材矣，患在富贵，足则自怠，而不复求进。今宗道才力卓迈，忠激而志强，遭逢圣主，计必用，功必报，尚图效弗止，异时纪功燕然，画像云台，而茅土疏封，河山带砺，与大明相为无穷。岂直若周汉君臣之事而已乎？雅颂之作将亦随之耳。书之以俟。

（出处同上）

杨都督武襄公生祠记

龙门古县也，其废已久。宣德中，始更置兵卫以守。有寺曰普济，塔曰重光，皆上所赐名，而镇朔将军、都督杨公之所鼎建也。于是众相谓曰："自公之来，烽燧不惊，我之所以安妇子而宁寝处者，皆公之惠也。今复尊隆象教，期以保佑于民，公之德岂能一日而忘耶？且公未尝信宿而处于此，盍为祠以像公，以致恭于朝夕，不亦可乎？"众皆曰诺，遂建祠。佛殿中门之东偏向西，以奉公像。举凡从公战阵之士，分侍左右，总十人。乃请记之。其他十人乃张能、杨能、柳春、张林、陶俊、黄敏、杨信、沈礼、吴良、支荣。

（见《龙关县新志译注 · 艺文志上》）

水东日记三则（叶盛）

之一：杨洪委任甚重

杨武襄洪为人虽尚权谲（读决，诡诈讲），然有威严，将士知畏之，此其所长，不可掩者。亦赖朝廷主张，以成其名耳。盖自宣德、正统以来，已受知于上，阁中庐陵杨公辈皆爱重之。如初为指挥杜衡所诬，以魏尚书源覆旨，而衡贬广西。继为部卒李全等奏，上以付洪自治，颇类宋太祖待郭进事。又大同指挥张英尝奏今总戎石公（石亨），蔚州千户张宣奏刘侍郎琏，朝廷皆置之死。祖宗扶掖人材之心，其盛如此。

之二：开平王祠

独石城堡，今开平卫治。初，阳武侯薛禄奏筑城，迁卫于此。有僧庆西堂者，号精地理术，实奉命相地，尝云："城中水泉枯时，当有变。"指东南角地，以为必王侯可当此。

杨昌平时为百户，已有名，因治第在焉。己巳春，泉水果涩不流，今则复泛溢矣。昌平第潭潭余百间，都御史李公下予相度，撤其材，以饰楼橹营壁之经兵火者。其关将军祠，洁丽可爱，不忍毁之，但城中已有祀，不宜复出。而偶得宋学士所撰开平王常忠武公碑文，因念于众，曰："公有功国家，其收漠北，尝道此。而是邦又其封望所在，请易为开平王祠。"仍环书碑文于壁。既成，始闻僧之言，而益奇其术之神也。或传边虏尝目昌平为杨王，昌平为人，虽多事先声，要必曾有是说。

之三：时将不敢专杀

国朝将官专生杀，如都督韩观守广西尚然。观师行庆远，生员迎候，悉命斩之，曰："我知此亦贼耳。"山忠毅公代观，则有间焉。闻公盖惩英国杀黄参将事故耳。予所见时将，有名莫如杨洪、石亨。洪自百户至封侯，威名闻岭北，未尝专杀一人，而亨尤甚。也先犯土城，亨与于尚书等在军中，损军败将颇多，然将士失律无被谴罚者。兵科以为言，上命特示亨等，而亦如故。后闻尚书言："辇毂（读碾古，指帝都）之下，自专诛戮，非宜。"王忠毅公麓川之举则异是，人多能道之云。

古穰杂录 · 杨洪（李贤）

昌平侯杨洪，起行伍，生长在边。有机变，用诡道累边功，历升将帅，能用奇兵。如遇强虏，必捣其虚，或出其不意，善于劫营。北人畏之，呼为杨王。然自宣德以来，北人与中国和好，每岁进马，货卖薄往厚来，未尝大举入寇。或有扰边者，不过朵颜之类，或猎或掠，不过百余骑，少或十余骑而已。洪以此得立边功，大抵用诡道取之。（按：此言之偏颇，近乎诋毁。杨洪以忠勇为根本，凭武功致封侯，青史凿凿，盲人可见。"诡道"乃其用兵之术而矣。若只胜敌十余骑、百余骑，那"北人畏之，呼为杨王"又从何谈起？此后又焉有土木之败、北京之危？文人笔下，有幸亦有不幸，此一例也。）

洎（读计，到讲）正统十四年，也先大举入寇，洪在宣府惊惶无措，闭门不出。若土木之围，洪能以后冲之，必无是败。及也先得上皇至城下呼之，也不出救。视君父之难，略不为急，所存心可知矣。后至京师，适敌势猖獗，人心惊移。念以边将之旧，遂进侯爵。用之，终不能挫敌锋。寻以疾卒。然在边校之诸将，纪律颇严，士卒用命，为一时之巨擘焉。（按：杨洪发迹，主要起于正统年间，其对英宗报恩犹恐不及。而王振奸擅轻狂，英宗年少昏庸，这对搭档偏要贪立永乐之功，岂非祸由自取。英宗亲征之初，曾命杨洪随驾西征，后又令其回镇宣府，职责所在，唯在守城。当也先挟上皇叩关，无疑诱其开城纳降，英宗若还有一些骨气，断不该自害其国。况且此时朝中已拥立郕王监国即位，为人臣者请命于当今，亦属天经地义。正是因为宣府、居庸坚守不失，才让京师得以保全，社稷得以转安。杨洪父子不为已私，决断得宜，诚乃功德无量。然李贤自充太史，歪理正说，枉以忠良垫背。谚曰：文人笔下，杀人无血。如李贤所为，不知冤及多少无辜。）

绋讴三迭并序（倪谦）

镇朔将军、总兵官、武强伯杨公（即杨能），将略兵威，深仁厚德，足以服北塞而惠边人。忽尔中道倾逝，哀慕何极。灵輀（读而，丧车讲）载道，返葬京师，乃作绋讴三迭（绋读扶，拉丧棺的大绳。绋讴，丧葬时唱的歌。

三迭，轮回三次），俾执綍（读律，指拉绳）者歌之，以助哀云。

燕然燕然高插天，上摩日月含云烟。屹如砥柱镇北鄙，残敌睥睨（读僻逆，斜眼相看讲）不敢前。具瞻方为人倚赖，一旦倾颓嗟变迁。呜呼讴兮讴声切，霜雪入树皆僵折。

洋河洋河水潺潺，银河下注来人间。润滋边地足生植，循山激石波回环。洪深正资人饮漱，奔流入海何由还。呜呼二讴兮讴益怆，貔貅（读皮休，猛兽讲，借指军队）百万精神丧。

上谷上谷连朔漠，戍楼清切明鼓角。英威远振边尘空，天骄闻风尽胆落。皇天不吊心孔哀，将星夜殒何萧索。呜呼三讴兮讴已终，重城万里来悲风。

顺圣川新城记（倪谦）

去宣府城西南百七十里，有川曰顺圣。水泉流润，厥土维沃壤，厥草维繇，地宜农牧。自国初以来，以边兵之强，实资马力。爰择斯地，广为蓄牧，并城堡建室庐，为处凡一十有七，厥为旧矣。历岁滋久，废弛荡然。肆皇上光复宝祚之三年，为天顺己卯，修举马政，遣工部主事孟淮至宣府经理其事。

时镇守太监王受，镇朔将军、总兵官、武强伯杨能，恭承上命，偕诣是川，考求遗址。议以为川之东西，相去百有余里，地界辽隔，遇警何以保障，且旧堡湫隘无水，亦难久居。宜于川中别筑大城为便，乃请于朝。诏报曰可。遂相与恪遵睿旨，度鲜原，观流泉，兴筑新城，悉心规画。命万全都指挥使李显鸠其工，守备蔚州都指挥佥事赵瑜、保安卫指挥佥事焦玘董其役。于是陶甓庀材，云委山积，版锸猬兴，并手偕作。惟二公轸念人力，数往抚慰，由是士咸感励，役不告劳，而工不待督。

凡为城，每面相距以步计者三百有六十，城之崇以尺计者三十有二，址之广为尺二十有五，其颠为尺杀于址者八，隍之深以尺计者十，广为尺三十有五。城为门三，南曰永盛，东曰锦云，西曰宝顺。门为楼十有二楹，城之中为室庐五百楹。他如神祠、仓库，与夫董牧厅事，靡不完缮。经始于天顺庚辰三月七日，而五月某日乃讫工。佥谓宜琢石勒文，以垂示久远，顾以属谦。辞不获命，乃言曰：《易》曰王公设险以守其国。《书》曰惟事事乃其有备，有备无患。国家以宣府地邻漠北，而兵马为边藩大务，于以兴仆起废，修复旧典，甚盛举也。

太监公以典厩内臣，武强公以元勋世胄，英名勇略，为镇守总戎。于斯，乃克协心恭，命度土地之宜，画长久之策。高城深池以设其险，敛兵归牧以有其备。外无所虞，内有所恃。马盛兵强，疆圉严辑。由是以战则克，以守则固，尚何寇侮之足患哉！则夫为国屏翰，以永亿万年无疆之休，于斯见矣。古昔作灵台闭宫，皆形诸咏歌，以著厥美，矧（读审，况且讲）边城之重者哉。谦不敏，既纪其成绩，复系以诗。其诗曰：

朔之之墟，为古冀幽。维兹宣府，雄殿北陬。乃命重兵，乃简智勇。咨以武强，元戎是总。亦有中贵，来自禁庭。布德宣威，边尘肃清。牧马有川，是曰顺圣。震惊之余，斥驰维罄。天子曰嘻，宜复旧规。爰命冬官，汝往视之。维我二公，相度地势。虑时有棘，远莫能庇。以询诸众，众谋佥同。匪旧可仍，盍新厥墉。列疏以闻，帝曰俞哉。乃作崇墉，当川之隈。登登凭凭，乃筑乃削。楼橹既宏，室庐斯拓。于以囿牧，马息以蕃。于以域武，士嬉以安。天子神圣，庙谟却顾。恒恒二公，匡国之步。不日告成，永固塞边。守在四夷，天子万年。

善化寺有感（韩雍）

十二月二十有八日，余与总兵官彰武伯杨公、副总兵都督曹公、地官郎中罗公习，正旦仪于善化寺。礼既毕，杨具酒肴邀镇守太监王公、守备中贵罗公同此小酌，以为岁暮休暇之乐。余浩然兴发，因成五言古诗一章，聊叙情曲，且识余感。

流光一何驶，冉冉芳岁阑。嗟我裨益疏，幽怀弗能宽。所幸封域内，物阜民且安。既习嘉礼成，聊此闲游观。内相三槐后，情意如芝兰。总戎出关西，才器比琅玕。谦冲副帅先，教子同登坛。豫章先生裔，中贵及地官。并驰英俊声，相从此盘桓。禅窟大如斗，兀坐无严寒。

总戎邀曲生，羞膳罗杯盘。忘形到尔汝，劝酬心孔欢。余酣豪气充，彼此戒素餐。丈夫感知遇，岂惮世事难。侧闻河套贼，西夏为骄奸。安能建长策，奋飞擒可汗。上报明主恩，尽此方寸丹。局促空太息，不得生羽翰。拂袖归行台，留题后人看。欲问作者谁，台叟吴门韩。

（见《韩襄毅文集》）

和杜工部早朝诗韵（韩雍）

春日与总兵杨公谒玄帝庙，因散步玉虚观。杨具酒小酌，和杜工部早朝诗韵。

寻春驻马玄都观，不见当年千树桃。
满地松阴随日转，绕楼山色入云高。
筹边正拟行多算，壮国宁容挫一毫。
有待天风起鹏鹄，也陪霄汉展鸿毛。

聚落新城记（韩雍）

《易》曰王公设险以守其国。又曰，重门击柝以待暴客。圣人立言，垂训之意。盖欲君人者，必高城深池以固其封守，豫备警戒以防其外患。不然废弛怠荒而患随以生，防守亦难矣。大同古云中郡，西北之重镇，京师之藩篱也。而聚落去大同二舍许，居人丛集，密迩狄境，有驿传而无城郭。往来虏寇充斥，少壮者奔伏草莽，鲜或能全。老稚女妇死于锋镝、辱于驱逐者多矣。而驿吏骑卒亦皆窜匿，四驰因之声援弗通，道路梗塞。敌虽遁去，莫敢遽归，产破而业荒，君子惜之。

天顺庚辰秋，巡抚右副都御史、大梁王公宇请于朝，谋筑斯城。既而公以忧去，雍代之。而镇守太监王公春、总兵官彰武伯杨公信，俱自延绥徙镇于兹。乃相与谋曰，是果有益于边计之大者，盍共成之。副总兵都督同知曹公安、守备中贵阮公、阿山罗公、副总督粮储地官郎中罗君绅、巡按监察御史朱君铉，亦皆力赞。遂上其事，得请而兴工焉。予与群公躬履其地，相厥地形，布立方位，依山而带水。于是伐材鸠工，作城周六百丈，高三丈一尺。作楼按卦位，以便瞭望。作门扁其东曰镇安，西曰怀远。而复环以深隍，注以流泉。严整固密，屹然一形胜之区。经始于辛巳二月二十七日，落成于是岁八月十六日。

既成，益兵卒以严戍守，积刍饷以备警急。于是戍卒耕夫，比屋居止，刍牧种植，以便以安。卒然患生，亦足防守。道路无梗塞之虞，驿使得寝处之安。诚于边计大益也。众率谓雍宜有言以记其成。雍仰惟圣天子在位，道隆化洽，超卓万古，覆载之间，有生之众，罔不革心倾向。惟是北虏，虽羊犬之性，亦率皆畏威怀德，称臣奉贡，弗敢违越。兹复从臣下之请，以城斯城，真安不忘危之盛心。况太监公历事累朝，屡长边镇，练达老成，才望素著。杨公乃颍国武襄公之犹子，将略家传，勇而有谋，卓然为当时名将之称首。而同事诸公，又皆同心协谋，拳拳焉以奉宣威德，弥除边患为事。宜其克副圣心，而成功之速也。

昔周之圣王，命大将南仲城彼朔方，诗人咏之，曰："赫赫南仲，猃狁（读险允，指北部民族）于襄。"盖美其命将得人，城守之功成，而边方之难除也。今斯城虽小，实当大同之冲，使大同羽翼壮而屏翰固。而镇守总兵诸公，又皆得人若此。继今以往，吾知阴山瀚海之北，益皆革心向化，相引来归，圣天子永无西顾之忧必矣。惟诸公慎终如始，兵政益修，边备益严，以无负万里长城之托，是所望也。用记之以纪岁月，且为同志劝。

忠孝堂铭为总兵官彰武伯杨公作（韩雍）

凡厥有生，惟皇降衷。曰子曰臣，惟孝惟忠。其忠伊何，以身徇国。知无不为，罔敢怠忽。其孝伊何，行道立身。终始不渝，扬名显亲。猗欤杨公，关右华族。服官守家，维此是笃。三令节镇，克殚劳勤。边陲晏然，建兹茂勋。才优志充，尽瘁罔既。尧舜军民，厥心斯遂。帝心汝嘉，推本所生。鸾书辉煌，存殁显荣。禄养既丰，时祀弗懈。今兹永感，眷言增慨。惟公之行，循乎天常。惟公之名，奕世允彰。翼翼其堂，我铭其壁。昕夕弗忘，神锡尔极。

大同新建义学记（倪谦）

子思子曰：修道之谓教烝黎（众民百姓）。有生莫不各具仁义礼智信之性，父子君臣夫妇兄弟朋友之伦，率而行之，所谓道也。然不能尽率其性而合乎道，于是圣人为之裁制品节，使其仁亲于父子，义尽于君臣，礼别于夫妇，智睦于兄弟，信实于朋友，不过教之顺其道而已。苟逸居无教，则必肆欲妄行，而民性天伦皆斫丧，而昏斁（读度，败坏讲）之矣。是以古者，建国君民，教学为先，非可后也。

矧（读审，况且讲）武臣子弟，皆将服官政，典兵戎、出死力以卫国家、捍疆圉。使不务学，则德业不修，材识不充，而不知君臣之义，统驭之方，教之又可后乎。由是都察院右佥都御史姑苏韩公，奉命巡抚大同。边备既饬，即以教育武臣子弟为事，乃相度城中隙地而建义学焉。中为申义堂，左为时敏斋，右为日进斋。高其闬闳（读汉宏，巷门讲），崇其樊垣（围墙讲），区域幽深，制度宏壮，衣冠萃止，弦诵断然，诚足为讲学育才之地也。

公尝谓谦曰：斯学之建，虽创意自予，至于材之所出，工之所役，经营区画，劳心殚力，以底于完美者，实有赖于总兵官彰武伯杨公焉。盖公乃颍国武襄公之犹子，将略本于世授，威名振于中外，而又崇儒好学，兼资文武，是以能急先务，志与予协，而成此学也。盍述之以示后。

谦闻干羽舞而有苗格，泮宫作而淮夷服。自昔怀远之道，必本于文德之敷，而不专恃乎武力值竞者也。今斯学之建，文事武备，交修不怠，岂惟足以格服远人，于以教成将才，出为国用。假以岁月，其必明伦尽性，德修识充，皆足以受阃（读捆，家门讲）外之托，折冲之任。则夫今日，盖蕴干橹于礼乐，藏甲胄于诗书，而伏至险于大顺者也。长顾却虑，吁谟远犹，志不出于一时，而为经久之规。不在于一身，而为边防之计。

若二公者，岂非以安社稷为悦者乎。由是知非公之知本达变，不能以作新斯学；非彰武之乐道有为，不能以协成公志。惟二公德同道合，心孚形契，是以谋无不臧，动罔不吉，其致斯学有巍然焕然之盛也，不亦宜乎。是用告于后人，使知兴创之自天顺壬午四月十一日，八月十五日则始讫工之年月日也。

凯还图为总兵官彰武伯杨公题（韩雍）

杨将军不易得，虎头燕颔修髯黑。河目龟文神气赤，三光五岳储精华，生与皇家为柱石。

少事世父颍国武襄公，六韬三略皆精通。手提百斤武库戟，臂挽三石乌号弓。有时射猎驰沙漠，千万人中显英略。南山白额赤手擒，云里双雕应弦落。有时策马出寨游，杀气凛凛横高秋。健儿望风不敢敌，挥刀追斩单于头。弱冠登庸起声望，每向行营护天仗。艰危时复展奇谋，上谷登坛为副将。

彼敌违天常，西夏为奸骄。将军往节度，一道人歌谣。犬羊贪心犹未已，举国入寇平时比。挥兵鏖战却败奔，跃马穷追数千里。僵尸弥山血成川，尽驱驼马欣凯还。献俘奏捷天子喜，报功遣使来穷边。赐赉便蕃未能数，更进勋阶锡茅土。玄冠几度加貂蝉，金印三台伏螭虎。残敌胆破夜自惊，脱身北走无留停。云中长驱肆劫掠，守臣安得逃天刑。宵旰勤民深轸念，在廷元老咨询遍。堪兹重寄惟将军，召对文华隆宠眷。尚衣出龙锦宝藏，分南金大官珍羞。罗良酝酿清香斟，白麻黄麻颁紫禁。

将军重佩征西印，受降城中百万家，家家喜得贤方镇。彼敌蜂屯近边烽，僭志犹欲窥南东。将军伏兵守要塞，闻风远遁穹庐空。塞垣不见狼烟起，从此三边甲兵洗。圣主端无西顾忧，万里长城真可拟。画工模写奏凯归，据鞍顾盼多风威。山川草木动华彩，旌旗戈甲生光辉。君不见车骑将军赵充国，金城方略平羌贼。振旅旋师报匪轻，麒麟高阁图容色。又不见大树将军冯公孙，大破赤眉定三秦。中兴伟迹不可泯，南宫云台写其真。将军勋名不在古人下，云台麟阁终须画。此画亦须宝藏之，后人一睹千金价。

第二十四章　杨家将巅峰阵容

本书所称的明代杨家将，或称武清瀛西杨家将，发起于元末起义的杨政、杨璟、杨换、杨柱、杨鹤、杨芳，时称杨氏“一杰五虎”。至永乐初，璟公之子杨洪振起，以其胞弟杨清、从弟杨沖、长子杨俊、从侄杨能、杨信为核心，组成一支上百人的队伍。自永乐、洪熙、宣德、正统至景泰五朝，这支名副其实的杨家将一直战守于京北塞外。至景泰三年（1452）杨洪去世，历时近五十年。在其巅峰时期，曾一门迭出三伯侯，四都督，十数位将军、指挥使，另有亲兵家将数十人。以阵容之巨、实力之强，而雄居各路边军之首，称冠一时。前章已对其核心人物各有记述，然其余者因资料缺略不足，故多被遗漏在外。故另立一章，专对那些尚未录入的杨门将士作一综合介绍，以俾见证巅峰时期的瀛西杨家将到底规模几何。至于杨洪去世后至明末期间涌现出的后世传人，将择其著名者，补缀于后章。

与杨洪同期的杨门将领还有：

兄弟辈的为：

叔父杨柱长子杨文，官居庸关指挥。次子杨武，官开平卫千户。三子杨双，官锦衣卫指挥使。四子杨全，官锦衣卫指挥使。

堂叔父杨居之子杨明，官统总旗，迁高邮卫后所百户，复调燕山卫。

堂叔父杨臣长子杨萧，字克嘉，随洪公征战，封六合百户。次子杨宁，字克贤，随洪公征战，封广平百户。三子杨雄，字克成，随洪公征战，任总旗，后迁河南。

子侄辈的为：

长兄杨达之子杨万朝、杨都朝、杨进朝、杨万成、杨晚朝。永乐二十二年（1424），由杨能等从湖南永州带回瀛西老家，随洪公征战，复由欧阳改回杨姓。军中误以为是洪公之子，实为从子。

胞弟杨清庶长子杨经，字久远，号文秋。同辈排行老大，母张氏，瀛西孝力村人，产后而亡。由例监（国子监生员），以笔帖式从军。官至京师中城兵马司指挥使。景泰元年(1450)迁通州通判,主掌运粮河(即北运河)。父殁袭瀛西九千户。四子杨智，永乐八年（1410），由金吾左卫千户升指挥佥事，进开平卫指挥使，迁济阳同知，授昭勇将军。五子杨惠，以舍人官至指挥使。

从弟杨冲长子杨伦，字文秩，以舍人从军，袭羽林军右卫指挥使，迁开平卫指挥使，授昭勇将军。三子杨伟，又名杨伸，字文德，以舍人积功至北京营卫千户，进指挥佥事，署都督佥事，充左参将，分守独石、马营等处，授镇国将军、世袭指挥使。四子杨传，又名杨傅，字文宠，绰号“小黑儿”，累功至游击将军，镇守古北口；正统十四年（1449）与瓦剌军激战，古北口三次失陷三次夺回，终因断粮兵败，被乱箭攒身而亡；赠忠义官；尸葬古北口潮河西岸之卧虎山；大排行居七，人称杨七郎。五子杨俨，字文福，幼改民籍参加科考（军籍子弟不许参考），中正统甲子科（1444）举人，后投军，充阵前先锋，曾任怀庆府通判，升府尹，终官卫辉卫（今河南焦作境内）指挥使。六子杨僖，初任卫辉卫守御千户，后迁武清卫指挥、锦衣卫指挥，授武德将军。

堂兄杨双之子杨仁，官锦衣卫指挥佥事，授武德将军。

堂弟杨明之子杨弼，充值武清卫，立统下伍旗（今武清下伍旗界，明代设军马场于此）。后迁宣府，随伯父立功，终官义州（今辽宁义县）卫千户。

堂弟杨谦之子杨佐、杨佑、杨仪。永乐二十二年（1424），由杨能从陕西汉中带至瀛西。初以哨卒驻守桑干河下游之凤河（武清段），立寨于中汉（今武清高村镇辖村）。后杨佐、杨佑随彰武伯杨信镇守雁门关，正德三年（1508）七月，杨佐战死，封土于朔州山阴县，厚葬于五浮图杨村（今属朔县）。杨仪则随杨俊征战，后被派驻瀛西十四仓（即河西务十四仓），任东海子司仓。

孙男辈的为：

杨珍、杨琼、杨瑾、杨璹、杨钊等，其数不下十余人。

十六苍头为：

景泰二年（1451）杨洪病逝，其子杨杰嗣爵昌平侯，尝上疏景帝，称：“臣家一侯三都督，苍头得官者十六人，大惧不足以报称。乞停苍头杨钊等职。”至杨杰早卒，其兄杨俊继袭昌平侯，上书请求停发杨钊等人的月粮，改由自己的薪俸中支给。可见这些苍头先已有之，且为数不少。所谓苍头，实即将帅身边自养的家将、亲兵等。这些心腹家兵，平日充值帐下，听候差遣；战时则随帅出征，充为贴身护卫。其所应粮饷原由将帅自己负担，后因此风盛行，且确有实效，故被朝廷所认可，并大都改由官家支付。据杨氏家传，杨洪生前身为将帅，常自带兵征杀，故身边蓄养的家将、亲兵曾多达数十人，景泰初被封官的这十六名苍头，仅是其中的累积战功者。大致包括杨雄、杨钊、杨萧、杨宁、杨万朝、杨都朝、杨进朝、杨万成、杨晚朝、杨勋、杨勇、杨茂等十二个同族子孙，另有杨大狗、杨成福、杨文定、杨牛等四人，乃系随主改姓的亲信家丁。

综上所录，又涉及三十七人，连同前章立传的杨洪至杨杰七人，其有据可查者总凡四十四人。故此称其阵容之强、功勋之著、官爵之高均远远超过其宋代先祖，所言绝非过誉。至百十余年后的万历年间，杨业二十三世孙（杨洪玄孙辈）杨国时编著《杨家府演义》时，刻意以北宋为时代背景，以杨璟、杨洪为首的明代杨家将为主要人物原型，通过嫁接改造、两代糅和的手法，艺术地再现了自家先祖忠勇爱国、满门英烈的辉煌历史。若以之与本书互为参照，自会看出移花接木、指宋说明、孙冠祖戴的种种痕迹。

第二十五章　杨相奉旨入播州

杨相，字弼公，乃世袭瀛西九千户杨清之嫡孙，清公四子杨智之长子。因其大伯杨经无后，故被过继长门为嗣。至杨经殒殁，则由其执掌家门，并袭职九千户。

弘治十四年（1501），时袭播州宣慰使的杨斌因参加平定普安米鲁叛乱有功，被加授四川按察使，仍兼播州旧职。正德三年（1508），因故被革去按察使，以致心生不满，遂疏于理事，只一心修道。正德十三年（1518），杨斌受道士白云霞所惑，“欲借修仙以隐名”，从此便不管政务，整日沉湎于修炼。此时杨氏家族入主播州已经六百余年，经子孙繁衍，已是门支众多，族人无数，其中觊觎祖职者大有人在。今见杨斌如此痴迷仙道，遂就一哄而起，大动干戈，由此引发家族内部混战不息。杨斌笃信无为，听之任之，造成州郡无主，政权瘫痪。此事传至朝廷，武宗甚以为忧，遂决定由瀛西一支选人前往播州收拾乱局。杨相此时已袭职瀛西九千户，又是瀛西杨氏的掌门族长，因就下旨，命其为播州宣慰传旨官，即日前往播州调停内乱，主持州务。

正德十五年（1520），杨相奉旨来到播州，因其系御派钦差，兴乱的杨氏各支各派慑于朝廷威势，莫不有所收敛。经杨相轮番劝谕，左右斡旋，这场长达数年的家族混战、部落之争终于得以平息。嘉靖元年（1522），诏令杨相为播州宣慰使，以防再生祸乱。自其来到播州以后，则深感此间地险人蛮，远离王法，因从授职主政之日起，便力图通过普及儒家文化，来彻底改善民风，故其上疏朝廷，请求拨给儒学典籍，以解教材不足之需。嘉靖帝闻知此举，颇为赞许，随即以御赐的名义，将一部《四书集注》驰送播州。杨相借势用力，命人编纂成教材若干，又延师招徒，陆续开学。在杨相主政播州期间，此举不失为政绩一件。然其只重教化，而不善治军，这对于治理播州这样的羁縻散州（由当地势力统治的边远民族地区），不异为养泉止火，生效迟缓，因此还是为后来留下了不尽的祸根。

杨相自幼生在武清瀛西，时乃京畿肘腋，繁华地区，而播州尚属贫僻荒蛮、乌烟瘴气之地，彼此之间差如天壤；且两地相隔千山万水，音信难通，故杨相奉旨之初，并未打算在播州待久，故将妻室家小全都留在了老家。至授职播州宣慰使以后，自知返乡无期，遂于当地先后娶纳一妻一妾。先娶的张氏，出自苗寨之女，生性刚强，武功剽悍，《明史》皆称其“悍甚”，所生长子，取名杨烈。后纳一妾，温文知礼，深得杨相宠爱，其生之子，名唤杨煦。单从名字上即可看出，此二子各随其母，杨相的好恶之情已然表露其间。至嘉靖二十三年（1544），二子皆已长到二十多岁，杨相决意让杨煦袭职。此念之差，实有悖嫡庶之常、长幼之分，张氏母子自然不肯接受，故母子联手，盗取兵符，起兵造反，一举将杨相逼迫下台。由是在家族内部再次爆发嫡庶之争，兄弟火并。杨相唯恐被害，只得逃往水西（今贵州毕节境内的大方县、黔西县）避祸。其子杨烈遂自袭播州宣慰使。

杨相在逃亡水西期间，为能脱离险境、重回故里，谎称惊惧而亡，而后将一侍从的尸体装殓入棺，命另一名贴身侍卫率兵扶柩北归。其本人则乔装成家人模样，混在士卒之中。行出数日，见已脱离危险，遂将尸棺葬于中途，此后便日夜兼程，急急潜回瀛西。杨相入播一去二三十年，此时已年约六十上下，早已无人辨认得清。到家之后，被称作外请的账房先生，每日深居简出，从不与外人接触。如此一瞒就是二十多年，直到寿满而终，享年八十二岁，被葬在了奶母庄村南。朝廷原也闻知杨相客死异乡的消息，但事过已久，就信以为真，再也无人过问。《明史》中称其“客死水西”。《皇明经世文编》亦记为：嘉靖二十三年，“播州前宣慰杨相避祸，逃之水西，后以病死”。明末版《瀛西杨氏宗谱》同样不提其生卒年月及生平事迹，仅称其“水西克昌，墓在瀛西奶母庄”。至清康熙版《瀛西杨氏宗谱》，仍照搬原说，唯在其名下特加题赞数行，用词极尽推崇。赞曰：“公袭祖职，留心文墨。居家尚礼义，积善乐施。不张己之长，形人之短。循循然有古长者之风，乡党世服其德。雍阳瀛西杨氏之盛始基于此。赞曰：赫赫德仪，耿耿休光。尽忠于国，仁迈于乡。子繁孙茂，远近蒸曾（同增）。悠悠遗泽，奕代不忘。”杨相的祖匣牌位一直被供奉于杨氏祠堂，牌位背面记有：“假客死异乡水西，实葬瀛西奶母庄。”上述史记家传虽无详情记载，然其诈死还乡、终老于家之说，信非虚构，已然明矣。据杨氏家传，那位护送杨相返乡的贴身护卫名叫穆德，后改姓木，乃是杨相在播州收养的一名苗寨勇士。此人义比周仓（关公的护卫），勇过典韦（曹操的护卫），视杨相如同生父。杨相返乡之后，不便让其留在身边，故于运河东岸为其拨地安家。穆德与胞妹穆英英，后来专以培窑烧砖为生，后由工匠、佃户聚居成村，此即如今隔河相望的下伍旗镇九百户村。穆英英天足体壮，膂力过人，自幼随兄习武，练就满身功夫。据称小说《杨家将》中的烧火丫头杨排风即是以她为原型的，穆氏兄妹烧制的青砖，主要供杨府使用，砖长四十厘米，宽十六厘米，厚十二厘米，侧面模刻“万历五年木德制”印记一行，此砖至今犹有遗存。杨相亲为穆德娶妻成家，并将穆英英嫁与家丁杨宝为妻，穆家兄妹与杨家往来交厚，胜似同祖。

杨相在瀛西老家生有四子，长名文炤，字南楼，袭瀛西九千户。次名文炳，字少楼。三名文焕，字重楼。四名文灯，字玉楼。其于嘉靖八年（1529）曾手书札记一篇，至今保存完好。原文为：

我家有家宅十处，瀛西城西、城北一处，南荡（在城南）一处，袁龙庄（今称大龙庄，侯爵府所在）后一处，京师两处，于外在塞（指下余三处在塞外的开平、宣府）。封土八百里（指沽水沿岸八百里），顺沽水（北运河及其上游的总称）直下瀛西城，城墙为土，城楼、河道税关（指河西务钞关）楼为砖石建。南北一里许，东西二里（指河西务税关城的大小）。城楼上书“瀛西古城”。北门有碑有一块，上书“此城是汉杨球（指东汉尚书令杨球，乃瀛西杨氏之汉代远祖）所建，我大明重建”。城东南约八九里，有汉墓约八亩，为冢，立汉碑，书“杨球墓”，为我杨家土（杨家封地），家护。

瀛西家宅为曾祖父璟（指杨璟，赠璟国公）所留。大祖父洪（杨洪，即昌平侯），祖父清，叔祖父季沖。我家父智，昭勇将军。大伯父经，无子。叔父惠，三子。伯父俊，子珍、琼。我父兄弟十三人，京师家宅，洪祖父、清祖父各一处。瀛西家宅，我父智所住。南荡家宅为伯父能（杨能）所住，为伯爵府。袁龙庄后家宅为俊、杰（杨俊、杨杰）所住，为侯爵府，俊伯父讳（死）后，由大伯父经所住。因门前立赐下马碑，称龙庄（以御碑雕有蟠龙故）。我过继经父为子，仲儒、季学为父子（二弟杨儒、三弟杨学与杨智为亲生父子）。祖父清建六合塔一处，建庙一座，青砖白墙，我祖父亲题书“龙泉寺”。伯父俊、能、智讳后，畏人所知，葬于龙泉寺西侧，未留坟碑，以龙泉寺为记，叫白庙。

曾孙相记，嘉靖八年龙庄家宅。

杨相写下的这篇札记，将瀛西杨氏的新旧家宅、上下门支，乃至祖坟家庙等均交代得清晰有序，故被视为祖传秘籍，一直珍藏至今。其对考证杨氏家族历史，诚可谓弥足珍贵。

第二十六章　杨杲战死新保安

杨杲，字华瀛，明初杨氏“一杰五虎”杨芳之曾孙。宪宗成化三年（1467）四月二十日丑时，出生于武清瀛西大沙河（元代十四仓驻地）。芳公随军征战于陕西，值叔父杨政去世无人嗣职，遂由其接任汉中百户，故举家落籍于此。所生三子，长名荣，次名恭，三名谦。季子杨谦复生三子，长名佐，次名佑，三名仪，杨杲即仪公之子。

永乐二十二年（1424），杨能、杨俊等一班小兄弟奉杨洪所遣，前往湖南永州、陕西汉中等地谒祖探亲，回程时将汉中的三兄弟带回北方，随伯父杨洪戍边立功。景泰初，三人因随军有功，各被授以总旗、哨尉之职。杨佐、杨佑奉派至桑干河下游之凤河（即龙凤河武清段）设哨驻防，立寨于中汉（今高村镇中汉村）。后又随彰武伯杨信镇守山西大同，杨佐战死于阵中，封土于朔州山阴县，尸棺被葬于五浮图杨村。三弟杨仪初随堂兄杨俊征战，至杨俊被诛，复被派至瀛西（即河西务）沙河戍守十四仓（即先祖杨瓌当年守过的漕仓），曾任东海子司仓多年，其子杨杲即出生于此。杨杲自幼便随父职守国仓，至成化十七年（1481），杨俊被平反昭雪，其长子杨珍复袭昌平侯，授龙虎卫指挥使。时杨杲已长至十五岁，遂转随堂兄杨珍征战各地。至仪公去世，复被派回瀛西沙河，由此子承父职，依旧戍守十四仓。

嘉靖六年（1527），北虏鞑靼部举兵入寇，直侵入京畿怀来县境内。杨杲奉檄出征，在新保安一带与敌激战。因蒙古骑兵来势汹汹，加之杨杲年事已高，实力悬殊，致被鞑虏砍去头颅，虚年六十一岁。主上闻之，深为痛惜，追赠游击将军，谥号忠勇，以功封土于武清以西（即当时的安次县界内），为地方圆六十里。因其首级已不知去向，遂命以石刻头接于体上，后被归葬于封地之间。后其子孙陆续在墓北落户，渐至形成村落。据传此处原有一村，名许各庄，因彼此越挨越近，终于连成一片，这就是延传至今的廊坊市广阳区许各庄村。

杨杲墓距村南不远，坟冢高大如丘，子孙墓环绕两侧。当年始建的神道牌坊、碑铭石像早已毁失无存，至“文革”期间（1967年左右），所遗祖坟遍遭哄掘，从此复耕为田。据亲历者讲，哄掘时确曾出土一具石雕人头，知情的杨氏族人不忍其被随地丢失，故将之深埋地下。许各庄的杨氏后人经数百年繁衍，渐增至数十门支，千百余人，早已成为村中第一大姓。

2010年以来，杨杲后人终于查明祖源，得与瀛西杨氏长门一支联宗会谱，并共同创建了“武清瀛西杨家将嫡传后裔宗亲会”。2014年，复由许各庄杨氏发起，成立了“廊坊市杨家将文化研究会”。族中长者杨廷玺，不顾年暮古稀，直为寻根觅祖奔波十数年，因而修成《杨端嫡传族谱》一部，洋洋百余万字。杨杲后裔敬祖之深、耀祖之切，莫不令人赞叹。

第二十七章　杨兆金身葬延安

杨兆，字梦境，乃明初杨氏“一杰五虎”杨柱的六世嫡孙。柱公生有文、武、双、全、国五子，其中杨双生子杨仁。杨仁连得六子，名为钊、威、远、敬、戎、边。其长子杨钊，初以舍人入值锦衣卫，后随昌平侯杨洪征战，景泰初以功封随军百户，名列“苍头得官者十六人”之一。至洪公病逝之后，升陕西西安府肤施县（今延安市）右卫三百户，遂举家迁徙至肤施县五家坡定居，并渐至成了当地的名门望族。杨钊早年无子，过继二弟杨威次子杨启为嗣，至晚来始得一子，名杨昂。然其不改初衷，仍以杨启为长子，取字本深。杨启所生二子，长名杨吉，次即杨兆。

嘉靖十年（1531），杨兆出生于肤施县五家坡。出生当晚，其父杨本深偶得一梦，但见家宅上空祥云缭绕，紫气升腾。经请方外（即道家）释解，贺称生男必有随龙之贵，生女不乏凤仪之尊，实乃大吉大利之兆。至其降生，果然体态清奇，面容俊秀，呱呱之声，异于常人。启公喜不自禁，乃因梦即景，为之取名杨兆，字梦境。杨兆自幼聪明绝顶，母教父训过耳不忘。六岁延师设塾，教授儒家经典，所学皆过目能诵。稍长即兼习文武，练就马步骑射，熟读六韬三略，故后被史籍称为“风度凝峻”“才兼文武”。

嘉靖三十五年（1556），杨兆考中丙辰科二甲第八十名进士，时年二十六岁。此后历任青州知州、绍兴安抚、密云参政（即参知政事的简称）。在参政任上，以督训严谨、屡建功绩，被擢为山东副使。隆庆二年（1568）十月，迁升都察院右佥都御史（正四品），兼顺天（即北京）巡抚。隆庆四年（1570），复迁永平兵备副使，仍兼察院旧职，从此转主军政。永平即今之秦皇岛市卢龙县一带，地处山海关至北京的交通要冲，时属蓟镇（与宣府、大同相类）所领，是屏蔽京师、掌控东北的军事要塞。故于此设置兵备道，杨兆为道员之佐官。

杨兆不愧为杨家将的后继传人，不仅精熟攻杀战守，还以擅长修河筑城闻名于世。自其出仕以来，曾先后督建大小城池数座，浚修河道多条，并曾多次督率军民修缮燕蓟长城，为抵御北寇侵扰，加固京北边防，立下不朽功劳。隆庆三年至五年（1569—1571），武清县城（即今之城关镇）甃砖（读宙，外壁砌砖讲）加固，杨兆以佥都御史、顺天巡抚充值顾问，参与工程设计及监督指导工作。隆庆六年（1572），河西务关城（今土城村）亦奉命甃砖改建，担任此项工程总指挥的便是杨兆。据清乾隆七年（1742）版《武清县志》记载："河西务旧无城（土夯为堡，砖筑为城，因有是说）。明隆庆六年，巡抚都御史杨兆，总督军务兵部侍郎刘应节，霸州兵备副使吴兑、宋守约始建砖城。周六百三十五丈，高二丈，下厚二丈，上厚一丈。雉堞八百八十五，楼四座。隍深八尺。四门：东曰寅宾，南曰阳明，西曰拱阙，北曰澄清。三角为三便门。"这座瀛西古城，系由杨氏远祖杨球始建于东汉末期，大唐后期遭际水圮（读匹，坍塌讲），后由旧址（传为武清高村镇兰城村）东迁至沽水西岸重建，明朝重建。始终为土城，值此方甃以砖。至河西务砖城竣工之后，时任武清县令的李贲（读必）为之赋《河西务》诗一首，赞曰：

铁瓮新城十万家，闾阎旧俗竞繁华。
堤连第宅公勋店，岸拥旌旗使者艖。
税榷五材充国计，商通四海足生涯。
会同诸夏咽喉处，名利烟波炫晚霞。

杨兆当时所司之职，本与修城无关，然却选其充任工程总督，明显是其擅长所致，且与瀛西杨氏屡代居戍于此有关。

自嘉靖年间始，东北地区的女真族（即后来的满州族）迅速崛起，时常侵扰明朝的蓟（州）辽（东）一带，边患由西转东，渐成加剧之势。万历元年（1573），加杨兆右副都御史（正三品）。翌年七月，迁兵部右侍郎，总督蓟州、辽东、保定等处军务。此时抗倭名将戚继光正以总兵职镇守于蓟州，杨兆恰为其顶头上司。值此期间，正是戚继光创新兵制、改良器械的关键阶段，除先后得到当朝宰辅徐阶、高拱、张居正的倚重外，则尤属杨兆对其支持最多。二人合作四年有余，一向同心协力。在杨兆的直接配合和暗中保护下，戚继光筑城制械，演阵练兵，将帅才能得以充分施展。

数年之间，几度修饬长城，兴建驻兵敌台，创立步、骑、车、辎重等诸营，使蓟州防务和战守能力大为加强。戚继光亦御敌败寇，屡立战功，连被升迁。《明史》称其“节制精明，器械犀利，蓟门军容遂为诸边冠”。

万历五年十二月（1578年1月），杨兆升任南京兵部尚书（陪都南京亦设有六部），后奉调回京，协理京营戎政，主掌京营训练。万历十一年（1583）四月，迁工部尚书（正二品）。是年九月加太子少保。万历十三年（1585）六月，进太子太保（从一品）、太子少师。

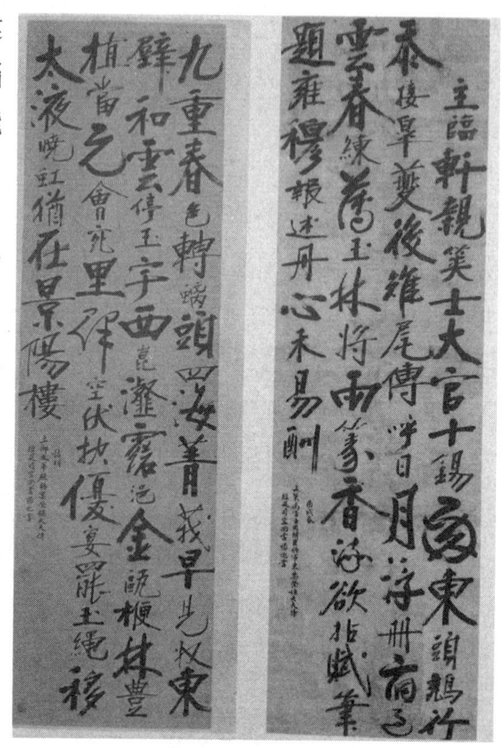

杨兆诗文手稿

杨兆不论文官武职，一向重视文化教育。他曾捐俸，在陕西延安创办了一座著名的书院（即学校），亲笔书写“云山一揽”，刻于显眼之处。这就是延传久远的“杨公书院”。其鼓励科举、开化民风的嘉行义举，受到当地官民的普遍赞誉，并广被引以为荣。后官倡民随，在延安府城之内兴建“太保祠”和“兄弟进士坊”（杨吉、杨兆皆中进士）各一座，以示对杨兆及其家族的仰慕之情。

至万历中期，朱翊钧开始亲政，因其专宠阉党，遂导致朝政黑暗、官场倾轧的日益加剧。万历十五年（1587）正月，杨兆被兵部的一位左都督无端构陷，知为奸宦指使所为，遂上书请求致仕（退休）。二月间，其在回乡途中又被那位都督的爪牙追上，被逼无奈，只得吞金自杀，虚年五十七岁。爪牙割下首级回京复命，遂将其尸身抛入黄河，从此不知飘落何方。

万历皇帝虽昏庸，但对杨兆素来信任有加。当其得知杨兆被人暗害致死，不禁大为震怒，遂将那位左都督立即斩首，并着令中宫总管，用万两黄金为杨兆铸造金身，而后与头颅连为一体，以极品礼制归葬于肤施县五家坡之北原。墓址距县城西北五里许，位于延河南岸，与延安宝塔相离不远。陵园正门为重檐复顶的三过洞石立牌坊，两边各树三节神道碑一通。在左者上刻“三朝柱石”，在右者上刻“一品江山”，均出自皇帝御笔。神道两旁分立石雕的文臣武士，以及狮、虎、象、马、牛、羊等石像，一直排列到陵墓的祭坛之前。墓冢旁环列着七通蟠龙巨碑，系杨兆入葬之初，神宗命使臣每七天大祭一次，共祭七七四十九天，每期赐碑一通。碑铭记载着杨家世代为大明王朝所立的千秋功绩。铭文俱为御撰钦书。自陵园建成后，五家坡村因之改名为杨家陵。

延安杨家陵群众敬仰毛主席

1937 年至 1947 年间，中共中央迁驻于延安杨家陵，从此更名为杨家岭。中央机关、中央领导大都集中于此，十年间在此领导和指挥了抗日战争、解放战争，开展了大生产运动和党的整风运动，召开了具有历史意义的中共第七次代表大会及延安文艺座谈会。杨家岭因而成了全国最著名的革命圣地。

杨兆之子名汝勋，所生三子，长名正荃，次名正菖，三名正茂。正荃一支所生二男，长名训，次名进。经数百年繁衍，杨兆的子孙后代多不胜考，且大都徙居各地，今天津宝坻区高庄子乡朝阳辛庄的杨氏家族，以及滨海新区杨家泊（原为昌平侯杨洪的军用盐场）的杨氏家族，便都是杨兆的嫡传后代。

第二十八章　杨基捐修北运河

杨基，字振寰，乃世袭瀛西九千户杨清之五世嫡孙。清公生有五子，名经、能、春、智、惠。长子杨经袭职九千户，因无子，过继四弟杨智长子杨相为嗣。杨相承袭祖职，所生四子，名文炤、文炳、文焕、文灯。文炤袭职，生二子，长即杨基，次名杨增。

嘉靖四十二年（1563），杨基出生于武清瀛西（即河西务）大龙庄。至万历后期袭职，成为第五代瀛西九千户，并兼任河西务巡检司巡检之职，主掌缉贼捕盗、治河防汛等工程事务。北运河自北京通州南流至武清杨村，其间约计一百四十里，两地落差竟达六丈有余(20.2米)。尤其是河西务一段，处于由冲转缓的交结点上，形同人的脚跟部位，故更加水势湍急，迁徙无常，从而造成积沙严重，决泄频发。据查，北运河武清段历年发生的重大决堤水患，十之八九都出在河西务附近。如城北的磬子坑、棉花市、校军场，城东的耍儿渡，城南的陈庄、白庙等处，尤为曲折凶险，每值夏秋，常被洪水冲决堤岸，灾情之惨重，莫不震惊朝野。据史志记载，自永乐初至天顺中期，仅耍儿渡一处即决堤八次，稼庐俱毁，人畜伤亡，损失无以数计。沿河两岸既为瀛西杨氏的世袭封地，且世代执掌河务，故这修河固堤、保护黎民的重任，自然是非杨家莫属。

天启五年（1625）春季，京畿大旱，田园龟裂，禾苗不长，北运河几近断航。熹宗闻奏，唯恐大旱之后必有大涝，故下诏沿河州县，提早疏浚河道，加固堤防。其重点是以河西务为中心，北起青龙湾坝口（今香河县红庙闸口），南至蔡村之间。沿途的官绅士商积极响应，纷纷捐款捐物。杨基当职工程总督，每日勘测度量，鸠工备料，并率先示范，带头捐献柏木桩两万棵，先自派人雇车从东北运回当地。这些原木被分派到几处最关紧要的河湾险段，经截段削尖，然后楔桩入地，挡以席笆，填土夯实，共做成缓冲防涮工程十余处。在地方州县及有关职役的通力合作下，整个防汛工程隔月而成。竣工的消息报闻于朝，熹宗略为宽慰。为检阅实情，遂于春夏之交御驾亲临河西务。来时传谕沿途州县及关防诸官，均不必路迎觐见，因就轻装简从径直来到杨家，并驻跸于先朝赐建的侯爵府内。到来当日，天启帝首先拜谒了杨府门前的御赐下马碑，仔细观览了碑上铭刻的代宗圣谕，因对瀛西杨氏先祖开国救驾的诸多功绩倍感于怀。次日晨起，熹宗亲往北运河巡阅，杨基弃杖相陪（时年六十二岁，已是拄杖老人），其长子杨勋随行伺候。所经之处，但见河道畅通，堤岸牢固，

《杨基札记》手稿

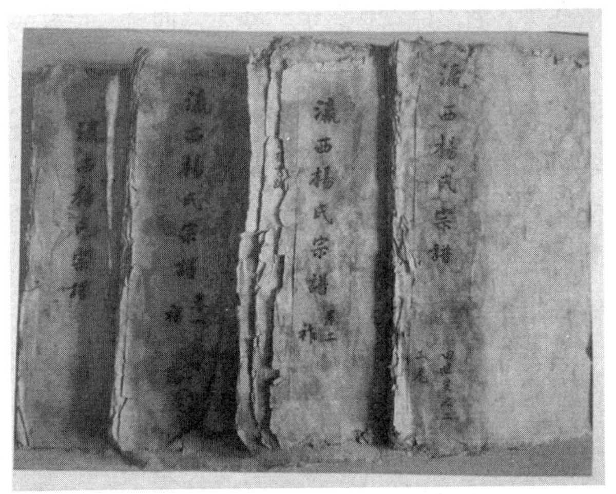

明末版《瀛西杨氏宗谱》抄本

龙颜顿时开晴，遂称赞杨基：“承祖训基业，奋发笃志，修沽水（北运河古称）造福一方，真乃铜帮铁底北运河。”可见其对工程质量十分满意。

返回杨府后，熹宗如释重负，因问杨基：“此地可有特产？”杨基早闻天启帝喜欢饮酒，便立即命人将自家酿制的玫瑰枣酒及当地特有的炸饹馇合儿奉上。杨家发源于晋陕（即山西、陕西），其地盛产大枣，故从千百年前就会以枣酿酒。此酒呈玫瑰红色，性烈绵甜，一经开坛，则酿香四溢。杨家世代相传，每临阵杀敌，都携带此酒，以备提神助气。自汉、唐、宋、

元，以至于明，杨门将士莫不如是，故被自家称为“擂鼓酒”或“岁岁红”。熹宗本是酒痴，不怕度数高，尝之甚喜，不禁连声称好。而这饹馇合儿，则又外焦里嫩，咸香不腻，以之就酒，殊为搭配。熹宗吃惯了宫中御膳，从未见过这等民间小吃，连尝几块，更是称道不已。于是便由呷转饮，渐至微醉。这顿御膳，仅一品酒、几样菜，直让熹宗喝得尽兴，吃得满足，杨家上下悬着的心，总算放了下来。

膳后，熹宗兴致正浓，毫无倦意，因见中堂之上挂着前朝尚书王直所作的一幅《杨洪归家图》，便让杨基取来仔细观赏，而后不假思索，提笔便在画面上补题“铜帮铁底北运河”七字，署款为“天启御笔”，以此表达了对这次修河固堤工程的满意。回京前，又命身边的秉笔太监应景题记于左次。老太监惯熟此道，亦一挥而就，记称：“明天启间，为防北运河大堤决口，下诏加固，沿途乡绅富贾纷纷捐钱物。时河西镇大龙庄有世袭瀛西九千户杨基者，为北宋名将杨业之二十三代嫡孙。其祖杨清，于明正统十四年封世袭九千户。遵旨，杨基之子代其为河务多方奔走，并捐柏木桩两万棵，以加固堤岸。天启帝亲往巡视，居于杨基家中七天。请图，感其祖上忠烈，褒之曰：承祖上基业，奋发笃志，修沽水造福一方，乃铜帮铁底之北运河。为吾大明万代之昌盛。”

数日之后，诸事完结，熹宗信步走出门外，又细细观瞧那通御碑，注视良久，自语道：“此碑有文无款，不知何故。”于是索笔舐墨，亲于碑阳左首追补题款“代宗祁钰帝御笔亲封”一行，共九字。这就是此碑落款为何迟晚一百七十五年，并被直呼帝讳的实情所在。

熹宗巡河时年方二十一岁，至二十三岁驾崩。其在位七年，堪称昏庸第一。大明社稷不久即亡，熹宗难辞养奸误国之咎。然其此次为民着想，下诏修河，总算是做了为数不多的一件正事、好事。若论其一概忠奸不分，倒也并不尽然，如对瀛西杨氏，毕竟还知怀忠悯烈，另眼相瞧。其在杨府驻跸七天，显而小题大做，不免贪玩懒政之嫌，而对于杨家而言，无疑是荣耀门庭、永值怀念的千秋大事。是耶非耶，此唯就事论事矣。

至熹宗回京之日，对杨家赏赐颇丰。其中几样，至今仍被杨氏后人所珍藏。就在当年，北运河一派安澜，杨基以治河有功，被由巡检（正九品）

进升为通州卫指挥（正六品），兼留守掌印。杨基为将此事永传后世，遂留下亲笔札记一篇。其原文尚在。谨录于下：

天启五年，岁在乙丑，暮春之初。京畿大旱，帝忧之。恐旱后而涝，潞水泛滥，殃及百姓，乃下诏加固北运河堤。堤工竣，帝自往视之。驾至瀛西，驻跸余家。帝初至，睹余府前景帝御书之下马碑，乃拜之。礼毕，帝细观通碑，观罢入府。翌日，帝巡河堤，见堤岸固若金汤，河道通畅，龙颜大悦，乃归家。余悉帝性嗜酒，置家酿枣酒，及饹馇合儿于帝。帝甚喜，开怀畅饮。帝微醉，然无倦意。余取出祖像《杨洪归家图》，帝赏之。帝兴起，提笔于图上方御书“铜帮铁底北运河”也。书毕，帝出户，复观御碑良久。帝曰：“此碑有文无款”，遂索笔墨，于碑左下方御书“代宗祁钰帝御笔亲封”九字。七日后，帝返京，临行赐荷花缸十二口，铜印一方，玉如意一把，丝罗十匹，绸缎十匹，并留下壶篓、酒碗等御用之物。

天启五年初夏，杨基记。

崇祯七年（1634），杨基终老于家，虚年七十二岁。其长子杨勋袭职九千户。至明亡，官爵封地尽被取缔。近数十年间，瀛西古城西北平沙垦种，开渠筑路，曾出土若干一头方尖的残桩断木，这便是杨基当年修河固堤时所捐献的柏木桩。朝代更替，岁月悠悠，除杨氏后人之外，又有几人记得这段历史。

第二十九章　杨振叔侄双殉国

杨振，生辰、字号不详，乃明初杨氏“一杰五虎”杨鹤、杨芳三弟杨居的九世嫡孙。居公初随朱元璋起义，后随堂兄杨璟征战，终归扬州宝应县，落籍该县崇俭乡。传二子，长名再，次名明。杨明初以舍人随堂兄杨洪镇守宣府，景泰初官封统总旗，迁扬州高邮卫后所百户，复调燕山卫千户。后以功迁升辽东义州（今辽宁省锦州市义县）后屯卫世袭指挥使。子杨弼，孙杨怀德，曾孙杨旭，玄孙杨子隆，七世孙杨应元，皆世袭指挥使。因久居义州，遂自称义州杨氏。

杨应元所生三子，长名国栋，次名国桢，三名国柱。杨国栋振起家声，以抗清（初称后金）功，历升至义州卫参将，加副总兵衔。其长子即杨振，次子杨捷。此二子一为晚明延喘捐躯，一为大清开疆辟土（后有专章），俱称一时名将。

杨振出生于义州卫，时其父杨国栋为该卫指挥使。至天启二年（1622），辽河以东尽被后金（1636年改清）攻占，因守地失陷，无家可归，其母自缢而亡。杨振年约二十岁，随父亲杨国栋及幼弟杨捷昼伏夜行，趁乱渡过鸭绿江，逃至中朝边境的皮岛。镇江（即鸭绿江）守将、总兵兼左都督毛文龙，素闻其父子之才，遂将其收置于军中并委以临时官职。后袁崇焕以右佥都御史巡阅辽东，毛文龙骄横不服节制，被斩首示众，杨振由此归于袁崇焕麾下，被授以宁远卫千总。崇祯元年（1628），起用袁崇焕为兵部尚书，兼右副都御史。崇祯二年（1629），清军铁骑越过蓟州直逼北京，杨振随袁崇焕统军急驰入卫京师，以救开平卫（杨洪旧曾镇守于此）之功，进都司佥书（明设都指挥司，掌一方军权，下设同知、佥书为佐官）。又以邮马山之战，以功充游击将军，进参将（正三品），继又升为副总兵（又称副将，从二品）。时朝中宦官当道，势分两派，监军太监高起潜几次拉拢杨振归附宦党，均被拒绝，因被权宦中伤，致被降职。后经巡抚方一藻上书保荐，才又官复原职，仍为副将。

崇祯九年（1636），清军围困松山，巡抚方一藻派兵救援，帐下诸将无人敢应，独副将杨振请令前往。行至吕洪山遭遇清兵伏击，全军尽没，杨振被俘，令解往松山劝降。才行不远，杨振面南坐地不起，授意从官李禄："为我告城中人坚守，援军即日至矣。"李禄奔至城下，大声将此话喊与城中，守城将士斗志顿增，致以城池不失。清军见劝降无望，遂将杨振、李禄一并杀之，杨振年约三十岁。耗闻于朝，崇祯帝命从优抚恤。

杨振三叔杨国柱，多年战守于京北塞外，累积战功。崇祯九年官至宣府总兵（昌平侯杨洪旧任此职）。十一年（1638）冬，清军入关犯至京畿，宣、大总督卢象升率军星驰入卫，杨国柱奉调率部随征。卢象升率军行至河北巨鹿（今平乡县），与敌军大战于贾庄。直战至火炮用尽，以致兵败阵亡。杨国柱率兵赶至，急突入阵中救援，然为时已晚。后被弹劾，责以兵败帅亡，独自全活，定罪当斩。大学士刘宇亮、侍郎孙传庭皆上言其身入重围，并非临阵先逃者可比，乃被降官使用，戴罪立功。

崇祯十四年（1641），祖大寿镇守的锦州被清军围困，蓟辽总督洪承畴征调宣府总兵杨国柱、大同总兵王朴、密云总兵唐通各拣精兵赴援，自率曹变蛟、马科、白广恩先后出关，与吴三桂、王廷臣会齐于宁远，共集大将八员，精兵十三万，马四万。洪承畴力主持重，而朝议以为兵多饷艰，催其速战。洪承畴念及祖大寿已被困数月，唯恐有失，乃于七月发兵至锦州外围的松山，结营于西北冈。后经数战，败多胜少，解围不利。八月，杨国柱出兵至松山脚下，陷入敌军埋伏，清军四面高呼，促其投降。杨国柱太息一声，对手下将士们说："此吾兄子（即杨振）昔年殉难处也，吾独为降将军乎！"于是率军突围，终被乱箭攒身，坠马而亡。所带二子，亦都夭折于乱军之中。事闻于朝，崇祯帝哀人自哀，命赠恤如制。国柱夫人何氏得知夫亡子丧，自是悲伤不尽，痛恨交加，遂将亲人留下的甲胄弓矢及战马五十三匹全部献于朝廷，以助出征将士杀敌卫国。崇祯帝深为杨家满门的忠心所感动，特授何氏一品夫人，命有司按月支给粮米一石，直至其终老。

杨氏叔侄以为国尽忠而名垂史册，《明史》列传记为：

当松山被围，巡抚方一藻议遣兵救援，诸将莫敢应。独副将杨振请行，至吕洪山遇伏，一军尽覆。振被执，令往松山说降。未至里许，踞地南向坐，语从官李禄曰：“为我告城中人坚守，援军即日至矣。”禄诣城下致振语，城中守益坚。振、禄皆被杀。事闻，命优恤。

振，义州卫人。世为本卫指挥使。天启二年，河东失守，归路梗，其母自缢。振随父及弟夜行昼伏，渡鸭绿江入皮岛。毛文龙知其父子才，并署军职。文龙死，振归袁崇焕，为宁远千总。崇祯二年从卫入。救开平有功，进都司佥书。邮马山之战，以游击进参将。久之，擢副总兵。监军中官高起潜招致之，不往。中以他事，落职。用一藻荐，复官，及是死难。

振从父国柱，崇祯九年为宣府总兵官。十一年冬，入卫畿辅，从总督卢象昇战贾庄，象昇败殁，国柱当坐罪。大学士刘宇亮、侍郎孙传庭皆言其身入重围，非临敌退却者比。乃充为事官，戴罪图功。十四年，祖大寿被困锦州，总督洪承畴率八大将往救。国柱先至松山，陷伏中。大清兵四面呼降，国柱太息，语其下曰：“此我兄子昔年殉难处也，吾独为降将军乎！”突围，中矢坠马卒。事闻，赠恤如制。

国柱二子俱夭。妻何氏以所遣甲胄弓矢及战马五十三匹献于朝。帝深嘉叹，命授一品夫人，有司月给米石，饩之终身。

自崇祯即位以来，内忧外患，社稷垂危。当此生死关头，能如杨门将士一样秉持忠勇、矢志不移者，虽有而不多见。继杨振、杨国柱为国捐躯不久，又有彰武伯杨崇犹（杨信裔孙）殉难京城。故论及杨家将者，莫不为之兴叹折服。其不单建功于创成之日，尤尽忠于危亡之时。代宗当年尝御赐杨家“英烈之门，清白传家”八字，若读史至此，自会然其所誉，又岂有他说。

第三十章　宗脉迢隔分两支

杨端十九世嫡孙杨顺，字从喜，号龙夫，出生于江苏六合大义镇双润村，时值蒙元中叶。因其先世久为宋臣，故隐德弗耀，终身不肯事元。卒后葬于六合城南，长眠于祖墓。入明以后，以子杨政贵，追赠昭信校尉，柱国。娶配吴氏，当地青墩村人。所生二子，长名政，次名和。继娶邱氏，六合城内人，生庶长子镦（读对）。当杨政率三子二侄起义反元之际，杨镦一支仍固守祖籍家业，照称六合杨氏。至明初杨政之子杨璟落籍武清河西务，渐又衍生出瀛西杨氏一支。因其乃嫡生长子，故被后世尊为瀛西长门。而三子杨和自守鳏独，终生无后，致以断宗绝户。余下两支由此远隔南北，各成一脉。几经繁衍，两支杨氏俱族大支繁、子孙无数。为清晰起见，谨将这两支后人分列于后，以免昭穆难辨，读来费解。

第一节　庶长房居守六合

二十世

杨镦，字仁毓。顺公庶长子，居六合守祖业。元朝武庠生，六合县军务教头。配李氏，竹镇大姓望族之女。生五子：鹤、芳、居、思、臣。

二十一世

杨鹤，字孟熙，镦公长子。明初杨氏“五虎”之一。战死漠北，授监军史。无子，嗣四弟杨思之子杨英为后。

杨芳，字孟华，镦公次子。明初杨氏“五虎”之一。叔父杨政殁后，接汉中百户职。以子贵，赠武信校尉。生三子：荣、恭、谦。

杨居，字孟照，后改名杨兴。镦公三子。初随朱元璋起义，后随堂兄杨璟征战。生二子：再、明。

杨思，字孟雄，号喜梦。镦公四子。六合县秀才。生五子：晋、金、英、锦、秀。

杨臣，字孟狮，号中良。镦公五子。六合县捕快班头。生三子：萧、宁、雄。

二十二世

杨英，本杨思三子。过继伯父杨鹤为嗣。其后人落籍武清河北屯。

杨荣，杨芳长子。生子杨俭。

杨恭，杨芳次子。官陕西汉中卫镇抚。生子杨佺。

杨谦，杨芳三子。生三子：佐、佑、仪。

杨再，杨居长子。生子杨传。

杨明，杨居次子。初随杨俊征战，功封世袭辽东义州卫指挥使。生子杨弼。

杨晋，杨思长子。生子杨作。

杨金，杨思次子。其后人落籍武清河北屯。

杨锦，杨思四子。其后人落籍武清河北屯。

杨秀，杨思五子。其后人落籍武清河北屯。

杨萧，杨臣长子，字克嘉。洪武九年（1376）生。居六合守祖业，务农桑。生子杨任。

杨宁，字克贤，杨臣次子。洪武十一年（1378）生。随堂弟杨洪征战，升广平卫百户。其后人落籍广平府威县。

杨雄，字克成，杨臣三子。洪武十五年（1382）生。随堂兄杨洪征战，以苍头得官统总旗，迁河南怀庆卫。生二子：兴、兰。

二十三世

杨俭，杨荣之子。生二子：翾、纡。

杨佺，杨恭之子。生子杨万。

杨佐，杨谦长子。随彰武伯杨信镇守雁门关，阵亡，封土朔州山阴县。生子杨千，其后人落籍代县五浮图杨村。

杨佑，杨谦次子。随杨信镇守雁门关，卒于朔州山阴县。

杨仪，杨谦三子。随堂兄杨俊征战，后任河西务十四仓东海子司仓。生子杨杲。

杨传，杨再之子。生子杨明。

杨弼，杨明（同名）之子。袭辽东义州卫指挥使。生子杨怀德。

杨作，杨晋之子。生子杨旺。

杨任，杨萧之子。生子杨时。

杨兴，杨雄长子。其后人落籍河南沁阳香柏镇。

杨兰，杨雄次子。后人并迁香柏镇。

二十四世

杨玹，杨俭之子。

杨纤，杨俭之子。生子杨山。

杨万，杨佺之子。

杨千，杨佐之子。生子杨迟光。

杨杲，杨仪之子。战鞑靼于新保安，阵亡，封土武清以西。其后人落籍于封地，今称廊坊市广阳区许各庄。

杨明，杨传之子。

杨怀德，杨弼之子。袭义州卫祖职。生子杨旭。

杨旺，杨作之子。生子杨锐。

杨时，杨任之子。

二十五世

杨山，杨纤之子。生子杨间。

杨迟光，杨千之子。生子杨国时。

杨旭，杨怀德之子。袭义州卫祖职。生子杨子隆。

杨锐，杨旺之子。生子杨朗。

二十六世

杨间，杨山之子。其后人落籍武清河北屯杨碱厂。

杨国时，杨迟光之子。万历间著有《杨家府演义》一书，流传至今。生子杨芳。

杨子隆，杨旭之子。袭义州卫祖职。生子杨应元。

杨朗，杨锐之子。

二十七世

杨芳，杨国时之子。生子杨尔亮。

杨应元，杨子隆之子。袭义州卫祖职。生三子：国栋、国桢、国柱。

二十八世

杨尔亮，杨芳之子。山西皮货巨商，时称“晋半城”。尝亲至武清瀛西杨氏长门联宗会谱。回代县后修杨氏谱，建忠武祠，塑杨洪像，谚称“杨洪像，尔亮建，功德万万年”。世居代县五浮图杨村。

杨国栋，杨应元长子。袭义州卫祖职。抗清保国，兵败携二子渡鸭绿江入皮岛，后事不详。生二子：杨振，杨捷。

杨国桢，杨应元次子。

杨国柱，杨应元三子。明末随总督洪承畴解锦州围，战死松山，二子俱亡。

二十九世

杨振，杨国栋长子。抗清保明，于吕洪山遇伏被杀。

杨捷，杨国栋次子。代跨明末清初。至康熙朝平三藩、收台湾建功。列入续篇。

附：六合长房世系图（明代）

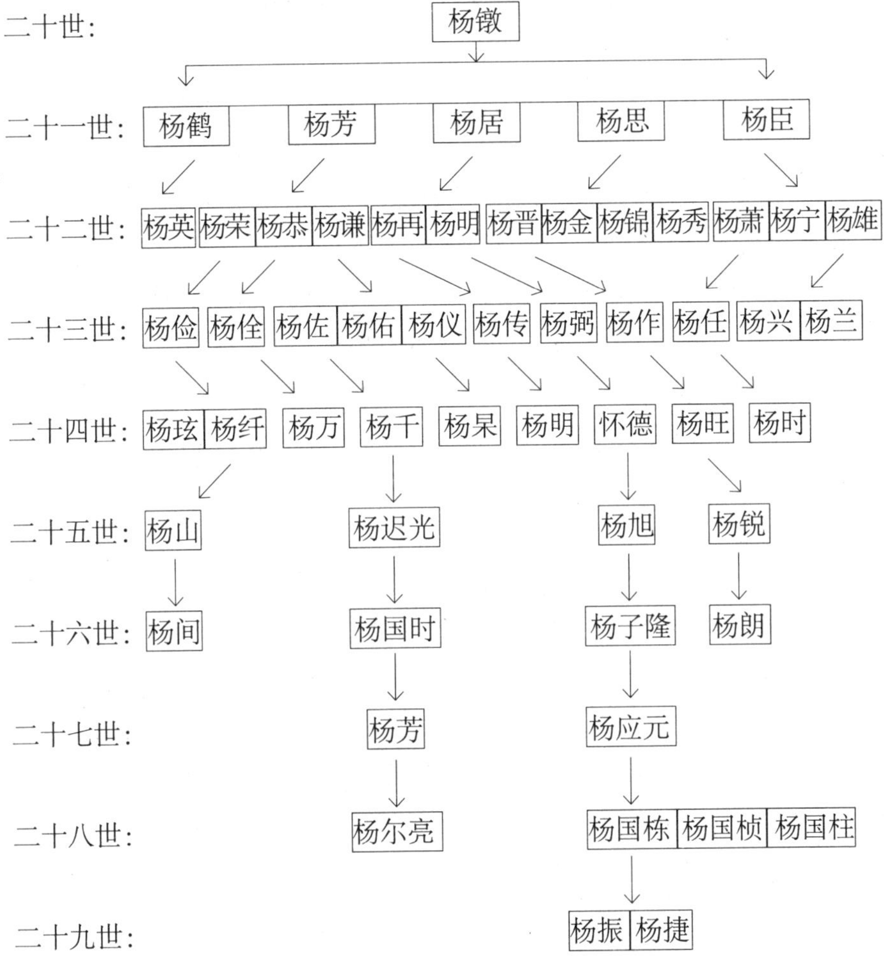

第二节 嫡长门落籍瀛西

二十世

杨政，字仁辅。顺公嫡长子，行二。元末率三子二侄随常遇春起义，尝称“一杰五虎”，公为“一杰”。洪武初封陕西汉中卫百户。卒葬长角坝下沙窝村南。后迁葬于北京右安门外柳村慈云寺南。配张氏，合肥东街皮货巨商张宏仁之女。生三子：璟、换、柱。

杨和，字仁君，号福信。顺公三子。朱元璋旧部。善使铲头枪，招数怪异。初授从军左哨，后封昭信校尉。洪武初弃官出家，在少林寺当了带发游僧。后云游至淞江府（今上海市）客死，葬于华阳台，享年八十一岁。后传复游于市，被开棺验视，果尸身不朽，至今仍如是。配宋氏，大学士宋濂之胞妹，终生无后。

二十一世

杨璟，字孟春。政公长子。为常遇春旧部，居杨氏“五虎”之首，洪武初功封营阳侯。至北攻元都（北京），以郭英为前部先锋，杨璟副之。与元军大战于瀛西，继而占通州、破大都，复攻取陕西富平、汉中各地。后被留戍十四仓及北运河，从此落籍瀛西河西务。因被后世奉为瀛西杨氏开基祖，族称瀛西嫡传长门。洪武中，构罪当诛，为燕王等所救，遂诈死埋名。“靖难之役”中为救护燕王被南军腰斩于安徽灵璧。永乐初追封璟国公，为之敕建龙王庙及衣冠冢于瀛西。景泰初加追杨王。配欧、吴、闫、施氏。生八子：达、通、遇、逖、途、避、洪、清。从子二：沖、浩。号称十子。

杨换，字孟良。政公次子。居“五虎”之一。洪武初，于隆庆州一役为救护徐达身中数箭，居瀛西养伤，归队后战死于陕西汉中。永乐初追封柱国，谥武襄。配王氏，生孤子沖。

杨柱，字孟赞。政公三子。居“五虎”之一。官从军百户。配刘氏，生五子：文、武、双、全、国。

二十二世

杨达，字宗永。璟公长子。洪武中避难湖南永州，改姓欧阳。生五子：万朝、都朝、进朝、万成、晚朝。永乐末年，五子北上随七叔杨洪征战，复改杨姓。

杨通，字宗统。璟公次子。至璟公诈死，袭营阳侯。洪武后期，旧事重提，坐璟公胡惟庸案，通受累被诛，祸及欧氏。子嗣不详。

杨遇，字宗政。璟公三子。洪武中避难永州，改姓。子嗣从略。

杨逖，字宗德。璟公四子。洪武中避难永州，改姓。子嗣从略。

杨途，字宗绪。璟公五子。洪武中避难永州，改姓。子嗣从略。

杨避，字宗福。璟公六子。洪武中避难永州，改姓。子嗣从略。

杨洪，字宗道，号宣义。璟公七子。生于瀛西城内北五街，被后世奉为瀛西杨氏始祖。永乐初远戍开平卫，累官至左都督、昌平侯。在边四十八年，缔造了明代杨家将。卒赠颍国公，谥武襄。配潘氏、吴氏、周氏、魏氏，妾李氏、室葛氏、张氏。生二子：长子俊，庶出。次子杰，早亡无后。

杨清，又名淋，字宗礼，后字宗青，晚字宗宝，号仲淋。璟公八子。生于瀛西城内北五街，并称瀛西杨氏始祖。十三岁远戍雷坝，调南京协守。永乐中随洪兄征战塞北，官至六千户。宣德中入朝，累官少保、武英殿侍郎、通奉大夫，兼司礼监编修，代管批红。景泰初封世袭瀛西九千户，主修沽水。配陈氏、王氏、于氏、室张氏。生六子：经、能、春、智、惠、厚。

杨沖，改名忠，字宗义，号季沖、季忠。换公孤子。生于瀛西。幼失怙，由璟公夫妇抚养。永乐初，以父救徐达功，受宠于徐皇后，封太子干殿下，享御养。成祖赐名景春。少小协守南京，后统领锦衣卫诏狱，朝中官称八王。景泰初封土文安。卒赠荣禄大夫，葬于宁河县潘庄西塘坨村。墓称七郎坟。配温氏、王氏。生六子：伦、信、伟、传、俨、僖。

杨文，柱公长子。官居庸关指挥。无子，过继杨清次子杨能为嗣。

杨武，柱公次子。官开平卫千户。无子，过继杨清四子杨智为嗣。

杨双，柱公三子。官锦衣卫指挥使。生五子，长子杨仁，余者失记。

杨全，柱公四子。官锦衣卫指挥使。无子。过继杨沖次子杨信为嗣。

杨国，柱公五子。早亡无后。

二十三世

杨俊，字文英。洪公长子，庶出。幼以舍人从军，累官至右都督，袭昌平侯。英宗复辟，被杀。生五子：珍、琼、珵、璁、珷。

杨杰，字文盛。洪公次子。袭昌平侯，修永安城。早亡无后。

杨经，字久远。清公长子，庶出。官京师中城兵马司指挥，升通判。父殁袭瀛西九千户。无子，嗣四弟长子杨相为后。

杨能，字文敬。清公次子。官至左都督，武强伯。无子，嗣五弟次子杨胜为后。

杨春，清公三子，吏部尚书王直胞妹所生。自幼藏匿于北京，后迁广平府威县。后人俱在该县杨宋村，2012 年认祖归宗。生子盛。

杨智，字渊海，清公四子，兵部尚书于谦胞妹所生。过继族叔杨武为嗣。累官开平卫指挥使，授昭勇将军。生三子：相、儒、学。后二子俱少亡无后。

杨惠，字景芳，清公五子。起江苏邳州总旗，升指挥使。卒赠武信校尉。生三子：昌、胜、兴。

杨厚，清公六子。外室赖氏所生。匿广平府兴安县，落籍该县李家町杨岗村。2014 年认祖归宗。

杨伦，字文秩，冲公长子。累官羽林军指挥使，开平卫指挥使，授昭勇将军。生二子：署（加王字旁）、璹。

杨信，字文实。冲公次子。累官延绥、大同总兵，封彰武伯。过继族叔杨全为嗣。生二子：瑾、琦。

杨伟，改名伸，字文德。冲公三子。累官都指挥佥事，以右参将，协守宣府。授镇国将军。后嗣不详。

杨传，字文宠。冲公四子。以游击将军镇守古北口，战死，赠忠义官。后嗣不详。

杨俨，冲公五子。初改民籍，中正统甲子科举人，任怀庆府通判、府尹。后官至卫辉卫指挥使。生六子：理、珑、珠、珏、环、琑。

杨僖，冲公六子。累官卫辉守御千户，武清卫指挥使，锦衣卫指挥使，授武德将军。生二子：瑀、瑛。

杨仁，双公之子。官锦衣卫指挥使。生六子：钊、威、远、敬、戍、边。

二十四世

杨珍，字廷璋。俊公长子。两袭昌平侯。授龙虎卫指挥使。生四子：继宗、继隆、继祖、继先。

杨琮，改名玺，字廷瓒。俊公次子。官开平卫指挥使。袭昌平侯。生子继聪。

杨珵，俊公三子。生子继恩。

杨璁，俊公四子。后嗣不详。

杨珷，俊公五子。高娃所生，后嗣不详。

杨盛，春公之子。后嗣不详。

杨相，字弼公。智公长子。嗣大伯父杨经为后，袭瀛西九千户。调播州平乱，授播州宣慰史。在瀛西生四子：文炤、文炳、文焕、文灯。在播州生二子：烈、煦（世系表从略）。

杨昌，惠公长子。后嗣不详。

杨胜，惠公次子。过继二伯父杨能为嗣。后嗣不详。

杨兴，改名锡，字南轩，惠公三子。袭通州西集军职，守北运河西集至张家湾段，落籍肖家林。生五子：焰、烁、炡，后二子俱早夭。

杨略，伦公长子。生子芳。

杨璹，伦公次子。后嗣不详。

杨理，字光洲。俨公长子。睢阳卫千户，升指挥使。生子越。

杨珑，字光溥。俨公次子。进士出身，官河南道御史、山西参政大夫、按察使。生二子：元、贞。

杨珠，字光济。俨公三子。进士出身，官至礼部御史。生子起。

杨珏（读决，两块玉合并讲），字光泽。俨公四子。成化辛卯科举人，官至知州。五十三岁调任香河县同知，回瀛西长门谒祖会谱。生四子：赶、化、骄、傲。

杨环，字光汉。俨公五子。授义勇官。生子诚。

杨琑，俨公六子。早夭。

杨瑀，僖公长子。生子佩。

杨瑛，僖公次子。后嗣不详。

杨钊，仁公长子。以苍头得官，授陕西肤施（延安）县右三百户，后袭职锦衣卫。初娶汪氏无出，嗣二弟杨威次子本深为子，改名杨启。继娶李氏，连生六子，长子名昂。余者皆不详，分居宝坻县高庄子乡朝阳辛庄、宁河县杨家泊，及肤施县五家坡等地。

杨威，仁公次子。官至少卿。生二子，长子本源。次子本深，过继伯父杨钊为后。

杨瑾，字廷用。信公长子，袭彰武伯。佩将军印宿卫京师。封宣力武臣，特进荣禄大夫，柱国。卒谥武毅。尝续修《杨氏祖谱》，补序一篇。生子质。

杨琦，信公次子。后嗣不详。

二十五世

杨继宗，珍公长子。生子镗。

杨继隆，珍公次子。守宣府左卫，后迁武清杨村为祖父杨俊守护忠愍祠，落籍于镇南的高王院村。生子锋。

杨继祖，珍公三子。生子鉴。

杨继先，珍公四子。生二子：斧（加金字旁）、铎。

杨继聪，琼公之子。袭昌平侯。生子钺。

杨继恩，珵公之子。生三子：钢、勇、铠。

杨文炤，字南楼。相公长子。袭瀛西九千户。生二子：基、增。

杨文炳，字少楼。相公次子。生三子：坤、城、芳（早亡）。

杨文焕，字重楼。相公三子。生二子：泰、蓁。

杨文灯，字玉楼。相公四子。生三子：秀、俊、伟。

杨焰，字惟清，又字子廉，号明野。兴公长子。万历元年(1573)举于乡，授山西太谷知县。生二子：长子不详，次子若桐。

杨烁，字惟洪，号原野。兴公次子。进士出身。无子，过继三弟惟治次子翔为后。

杨烬，又名惟治，字子理，号同野。兴公三子。万历二十年(1592)进士，授河南南阳知县，升河南布政司参政。生四子：次翔、三援，另二子失记。

杨芳，号一波。略公之子。生四子：埙、水、桢、进忠，俱落籍河南武陟县西陶村，后人从略。

杨启，字本深。钊公继长子，实威公次子。官至御史，追封太保。生二子：吉、兆。

杨昂，钊公嫡长子。生子印。

杨本源，威公长子。官至少卿。

杨质，瑾公长子。嘉靖十年（1531）授右军都督府检书。袭彰武伯，封宣力武臣，特进荣禄大夫，柱国，卒谥武毅。生子儒。

二十六世

杨镗，继宗公长子。袭昌平侯。官怀庆卫千户。正德庚辰科武进士（时称武会举）。累官至副总兵。无子，过继堂弟杨钺之子诏为嗣。

杨锋，继隆公之子。生子记。

杨鉴，继祖公之子。生三子：强、弓、引。

杨斧，继先公长子。后嗣不详。

杨铎，继先公次子。生五子：训、谭、言、语、谐。

杨钺，继聪之子。袭昌平侯。官至宣府参将。生三子：诏（过继镗）、诰、谕。

杨基，字振寰。文炤公长子。袭瀛西九千户，捐修北运河，接驾天启帝。生六子：勋、臣、临、惠、忠（出家）、宽（早亡）。

杨增，字如川。文炤公次子。守镇南卫，卒于任上。生子九洲。

杨坤，字岐山。文炳公长子。生子德徽、德隆，代跨明末清初，后人从略。

杨城，文炳公次子。生二子：德懋、德功，其后人入清，从略。

杨泰，字复初。文焕公长子。生二子：九皋、九锡，其后人入清，从略。

杨秀，字雯蔚。文灯公长子。代跨明末清初。生三子：九有、九鼎、九思，入清从略。

杨俊，字雯英。文灯公次子。生子九成，入清从略。

杨若桐，焰公次子。生二子：士炌、士烒，连中进士。

杨翔，字若柽（读称，红柳讲）。炢公次子，过继二伯烁为后。生三子：正北、正中、正南。

杨援，炢公三子。抗清保明，杀多尔衮兵将数十人，兵败被清兵砍头。后嗣不详。

杨吉，启公（本深）长子。后嗣不详。

杨兆，启公次子。嘉靖朝进士，万历朝南京兵部尚书，迁工部尚书。被害自杀，敕建巨陵于陕西延安五家坡。生子汝勋。

杨印，昂公之子。生子德。

杨儒，又名申。质公之子。袭彰武伯。生子炳。

二十七世

杨诏，本钺公长子，过继长门杨镗为嗣。嘉靖三十年（1551）任开平卫指挥使。后嗣不详。

杨记，锋公之子。后嗣不详。

杨强，鉴公之子。生子德。

杨训，铎公长子。后嗣不详。

杨谭，铎公次子。其下从略。

杨诰，钺公次子。

杨谕，铎公三子。

杨勋，杨基长子，字铭宇。袭瀛西九千户。生四子：之凤、之麟、之骥、之彪。

杨臣，基公次子。其下从略。

杨士炌，若桐公长子。中进士。

杨士烒，若桐公次子。中进士。

杨正北，翔公长子。代跨明清。

杨正中，翔公次子，字尔茂。清初进士。尝为康熙版《瀛西杨氏宗谱》撰序。

杨正南，翔公三子。代跨明清。

杨汝勋，兆公之子。生三子：正荃、正菖、正茂。

杨炳，儒公长子。袭彰武伯。隆庆间协守南京，后诏掌京营戎政，屡加少师。卒谥恭襄。生子城。

杨威，儒公次子。隆庆间守昌平桐城，后掌潮白河、青龙湾河务。授香河五百户。

二十八世

杨德，强公之子。生子抚。

杨正荃，勋公之子，兆公之孙。生二子：训、进。

杨正菖，勋公次子。

杨正茂，勋公三子。

杨城，字世阶。炳公之子。袭彰武伯。万历三十八年（1610）领左军都督府。生子崇犹。

杨旭，字世聪。威公之子。袭香河五百户。生子九霄。后裔落籍武清大良海自洼村。

二十九世

杨抚，德公之子。生二子：遵、通。次子通过继瀛西九千户一支。

杨之骥，字天驷。末代九千户杨勋三子。清初挈地投旗，隶汉军正白旗，充内务府会计司豆粮庄头。

杨训，正荃公长子。

杨进，正荃公次子。

杨崇犹，字临沂。城公之子。袭彰武伯。闯王攻陷京城，自缢殉国。生三子，后改名复明、复国、复安。长子复明袭彰武伯。数日后明亡失爵。此三子后归南明小朝廷。

附：灜西长门世系图（明代）

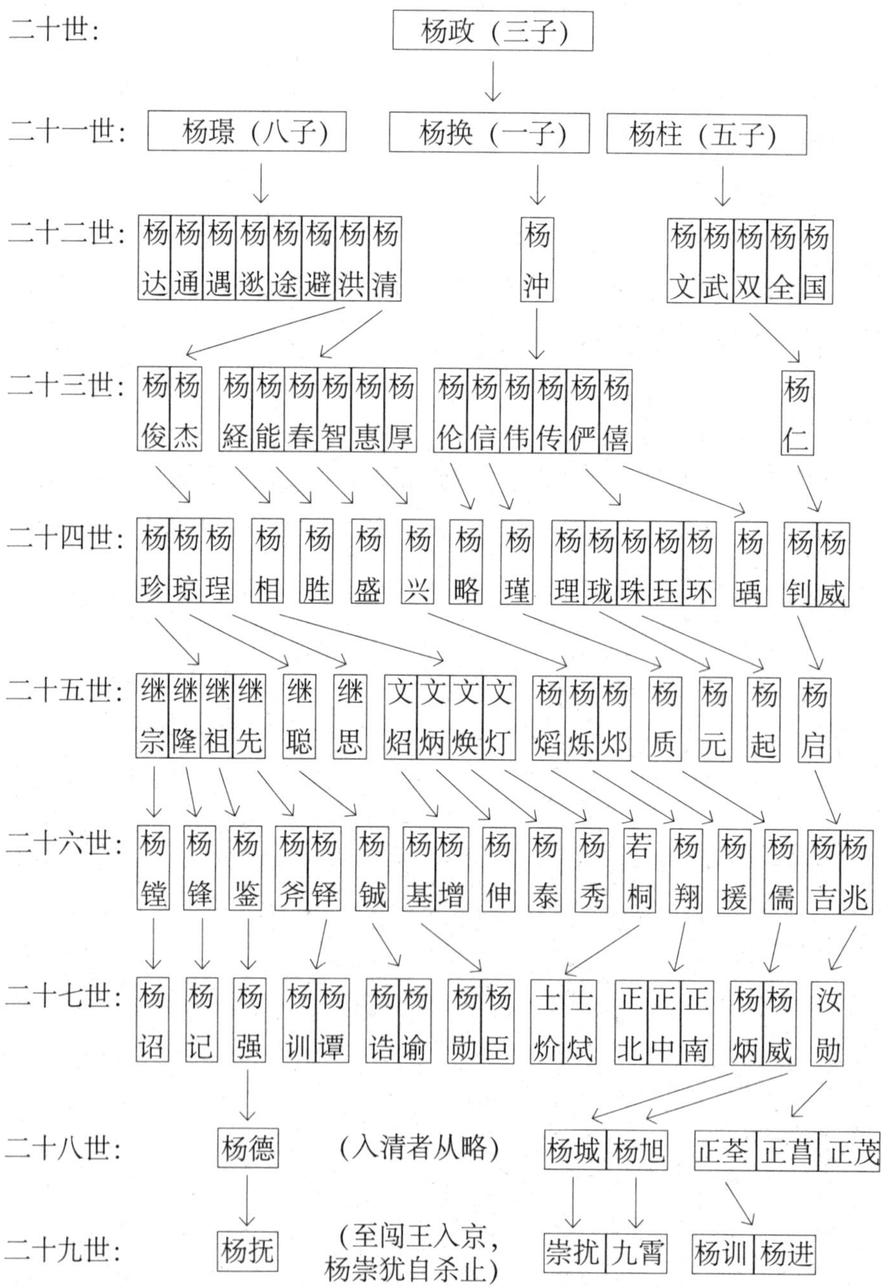

续编

后世沧桑

自清军入关，瀛西杨氏丢官罢爵，前朝封地亦被八旗圈占，昔日的勋臣世家由此一落千丈。至顺治初，清廷为扩充满族人口，虚张八旗势力，曾大兴汉人入旗之风，仅武清一县就出了八大旗户，如大龙庄杨记、宝石庄王记、木厂村周记、南蔡村侯记等等，便都是此际投旗的满族汉人。瀛西杨氏出于应变，先以一支投旗，充内务府豆粮庄头，其余各支仍保留汉籍，以防明朝复辟。由此开端，家族后人大都弃武修文，改途科举，数十年后振起，再度成了名冠一方的仕宦人家。至民国肇建，旗田尽归国有，无业可守的杨氏族人终致分崩离析，各奔生路。新中国成立后，杨姓各家有幸亦有不幸，境况迥然，很难一概而论。在由清迄今的数百年间，这个世卿世禄的封建家族经历了翻天覆地的变化，实乃时代变革与社会发展的必然结果。然其作为杨家将的嫡传后裔，不可不对其间的名人要事，以及经历结局等作些必要的交代。体例之需，人所乐见，故又另成一编，缀续于后。

第三十一章　杨捷归清顺天时

第一节　改朝换代建功业

杨捷，字元凯，号月三。明末义州卫指挥使杨国栋之次子，副将杨振之胞弟。据杨氏祠堂供奉的捷公祖匣牌位记载，此公“生于明万历四十六年”（1618）。至天启二年（1622），清军占据辽东，义州失陷之际，其母赵氏自缢而亡，杨捷年仅四岁有余。杨氏父子落得走投无路，只得昼伏夜行，趁乱渡过鸭绿江，逃亡至中朝边境的皮岛，被镇江总兵毛文龙所收留。后因毛文龙逞强犯上，被钦差御史袁崇焕所杀，其兄杨振遂独自归随袁崇焕征战，直至松山兵败被杀。此时的杨国栋妻亡子幼，又是败军之将，故而意志消沉，从此隐身而退。

崇祯后期，大明王朝内忧外患，积弊交加，已呈四面楚歌之势。崇祯十四年（1641），又经洪承畴兵没松山、归降大清一劫，朱明气数殆尽，江山易主只在早晚之间。杨捷此时年方二十三岁，其间经历杨氏同族引荐，毅然投身于清军阵营。因其能征善战，很快便升至裨将（读皮将，副将讲）一职。后世既称“随龙入关，为开国元勋”，则已证明杨捷已然投清在先，而并非是“顺治元年来降”。至于《清史稿 · 杨捷传》中的相关记述，却对此闪烁其词，明显有被人刻意篡改的痕迹。

顺治元年（1644），杨捷官至山西抚标中军游击将军。时逢高九英在岗县起义抗清，杨捷奉命征剿，以平灭功进升宣（府）大（同）都标参将，旋又擢为副将（从二品）。顺治四年（1647），清廷发兵平定广东，战后命杨捷率宣、大兵三千前往镇抚。五年（1648），池州一带再起反清兵乱，杨捷奉调参与会剿，继续平灭各地义军。至江西平叛结束，加授杨捷为世袭拖沙喇哈番。顺治十年（1653），又参与广东平叛，以克复潮州功，进封左都督（正一品），战后仍还镇九江。不久，清廷即出兵征讨福建，命杨捷为右路总兵。至顺治十二年（1655），复叙前功，再进右都督（官阶以右为上）。时郑成功仍在福建坚持抗清，杨捷率部与之大战于云霄、铜山等地，数年间屡建战功。顺治十六年（1659），福建胜局已定，选拔杨捷为江南提督，总辖南七省之兵。郑成功后移兵北上，攻陷镇江，欲取江宁，清兵数路围剿。杨捷进爵太子太保，充江南随征左路总兵，驻防于扬州。顺治十八年（1661），郑成功率舰队渡海收复台湾，江南战事暂得停止。杨捷先代理庐凤提督，后迁山东提督。其间又有于七等起义抗清，杨捷奉命将其剿灭，获其党众五十余人，诛之。

康熙十二年（1673），杨捷复由山东调任江南提督。十七年（1678），郑锦率台军来攻漳州，海澄随之失陷。杨捷奉命统辖水陆各军前往救援，进少保兼太子太保。此前杨捷曾多年征战于福建，深知福建各军全无大用，故在提督江南期间，先自招募健勇若干，并经其亲自操练多时。此次出征，请准从中遴选三千精锐随征。行至福建，闻郑锦正在围攻泉州，便直趋惠安，与之大战于洛阳桥，一举告捷，捕斩略尽，泉州之急随之而解。郑锦余部复又分头转攻德化、永春、兴化等地，杨捷遂移师漳州，会同副都统吉尔塔布所部，在江东桥再次大败敌军。台兵连战皆输，各自落荒而逃。杨捷根据实战需要，主动上疏，请另设水师提督一职，以便战时能熟悉水战，各专所长。上嘉纳之。遂命其为昭武将军，专掌福建陆路提督。

康熙十八年(1679)，郑锦部将刘国轩卷土重来，杨捷与平南将军赉塔(读赖塔)等两翼夹击，一举败之，斩首千余级，获甲仗无数。刘国轩败走狮子山，又联络远近山寨为其声援，以图再战。十九年（1680），杨捷先率精锐剿平岛屿诸寨，复与总督姚启圣、总兵姚大来分道出击，连破十九寨，随之攻下海澄。继又一鼓作气，与浙江提督石调声一举收复厦门。台军再也无力支撑，只得相继逃归海岛。是年（即康熙十九年），杨捷虚年六十三岁，以老病乞求休致（退休），命以江南提督还镇扬州。后叙旧功，进世袭三等阿达哈哈番（清代封爵分为公、侯、伯、子、男、轻车都尉、骑都尉、云骑尉、恩骑尉九等，每等又分三级。阿达哈哈番即轻车都尉的别称）。杨捷又在扬州驻守数载，至康熙二十九年（1690）终老于任上。杨捷实寿七十二岁，以天增一岁，地增一岁，故称七十四岁。赠少傅兼太子太傅，谥敏壮。

杨捷遭际明末清初的历史转折期，其能顺应天时，另择英主，凭忠勇取信建功，诚乃英雄之所为，与变节倒戈者迥非同类。其为大清开国定基效命五十余年，足称一代忠良。故《清史稿》《福建通志》《台湾文献丛刊》，以及谱牒碑记中，均对其生平功绩记述颇多。然其人其事已专属清代，并非本书要述之重点，故无须多加辑录。

捷公元配柏氏，累封一品夫人。侧室黄氏。所生三子，长名懋绪，次名懋绍，三名懋纶，皆各有官名。下传六孙，序为铸、文铎、锜、文孙、钺、镇。后世散居各地，传人已无从尽数。因杨捷晚年时曾向康熙帝乞请，举家由义州籍改复扬州籍，故自其往后，历代皆改称为扬州宝应人。

第二节 奉葬六合多奇遇

据张玉书为杨捷墓所撰的墓志铭记载，捷公卒于康熙二十九年（1690）十月甲申，至三十一年（1692）九月辛巳日，方才奉旨厚葬于六合县（今南京市六合区）某山之麓。另按其祖匣牌位所记，其墓在濠府泗州天长县渝兴庙山，实即现在的安徽省天长市渝兴乡草庙山。明初，杨捷的嫡祖杨镦因固守祖业而被留在六合祖籍，镦公三子杨居，后由仕（即当官）迁居扬州宝应县崇俭乡，卒后即葬于当地。想这六合、天长、宝应三县，在明清时期可能同属江苏扬州地界，在县界划分上曾有过并析关系，故出现这种不同的地名称谓。但不管如何，唯这六合县才是这支杨氏的祖源根基。

杨捷晚年几番征战闽南，此地四季蒸湿，时生瘴雾，致以染疾。康熙帝体贴老臣，准请其调回扬州，直至终老。驻扬州期间，捷公每每虑及后事，曾嘱咐其子，称自己平生好贪热闹，耐不得凄凉寂寞，故死后一定要在祖籍选一处万家灯火的地方安葬。至其殁后，众子扶柩还乡，一路之上四处打探，非要为父亲找到这样一个称心如意的地方。一日行至夜幕时分，但见前面的山坡之上现出一片灯火人家，于是便循着灯火，叩开一户街门，求请借宿一夜。后经打听，得知这里的住户大都姓万。众子听了不禁喜出望外：这不就是父亲所求的万家灯火之处吗？于是次日晨起，便请人相度，皆称是风水宝地。遂鸠工备料，择日开工，历旬月而工成。至入葬之期，又请方士为之择选吉日良辰，这位方家术士经一番掐指推算，说是必须等到“鱼打鼓”的时候下葬最为吉利。家人听不明白，便问：“此是何时？”术士闭目言道：“此乃天机造化，在下亦不知。”杨家只好停棺等待。吹鼓手轮番吹打，僧道尼对阵诵经，直闹腾到傍午时分。忽见空中飞来一只苍鹰，两只利爪抓着一条红鲤鱼，正当众人惊诧之际，这条鱼突然从空而落，只听“咚”的一声，正好砸在鼓面之上。主祭见状，一声令下，立即将棺椁移至墓中。这幕情景谁曾见过，故被当作旷世奇闻，越传越广，越描越神，致以闹得官民尽知，人人敬畏，就连偷棺掘墓的盗贼都望而却步，从来不敢打这座名墓的主意。

全部建成后的杨捷墓，就坐落于草庙山的南麓，背山向水，风水极佳。墓前的神道长约一里，宽有十丈。南端建有牌坊，北端立有碑亭。两侧分列文官武将，及狮、虎、马、羊之类的石像生七对，并高树蟠龙望柱两棵。气势恢宏，环境肃穆。在其存世的三百余年间，曾屡遭破坏，至今仅剩局部残存，现属省级重点文物保护单位。

第三十二章　杨财创立在理教

杨财，又名杨泽、杨衍蓬、羊宰，字延贤，又字佐臣。明崇祯三年（1630）生于瀛西大龙庄，乃末代瀛西九千户杨勋之孙。天启五年（1625），勋公以加固北运河及接驾功，被加授渔阳（北京密云）守备。其父杨之凤（其三叔即挈地投旗的杨之骥），明末承袭父职，原配张氏，继娶董氏，生一子，即杨财。清军入关时，之凤公与之大战于渔阳，战死沙场。董氏被清兵所虏，斩首后葬于今天津宝坻区南庄子。杨财时年十五岁，改名杨泽，藏匿宝坻为母守墓，后落籍该县牛道口村。数年后，为替父母报仇，开始投入反清复明活动，为不殃及瀛西老家，改名杨衍蓬，并伪造身世，自称是明末进士，山东即墨县羊各庄人，又改名羊宰。此后便整日蓬头赤足，身着白色素服，四处云游访道。顺治十年（1653），正式隐居蓟州（今天津蓟州区）岐山澜水洞，设坛讲经传道。岐山澜水洞距下营以南二里许，原名石板岭。山上苍松翠柏，山下洵河奔流，山之北麓有一石洞，深约二丈，高宽各约八尺，洞前绕溪临潭，泉水四时不涸，风景极佳。羊宰隐身洞内，一心研习陆王理学（陆九洲创立、王守仁发展的一种学说，明代著名学派）。按大清律法，除道士可以蓄发之外，所有男子必须剃发留辫，违者杀头。羊宰遂假托道教之名，于康熙八年（1669）正式创立了在理教。那些本就不满大清统治，尤其讨厌剃头梳辫的汉族民众，纷纷入教，很快便发展到了数千余人。澜水洞作为羊宰创立在理教的发源地，因此定名为羊祖洞。

在理教供奉观音菩萨等诸神，并定下“复明灭满清”五字真言，入教弟子只准缄口默念，上不传父母，下不传妻儿。所立教规共八条：不吸烟、不饮酒、不烧草香、不焚纸帛、不拜偶像、不吹打念唱、不书写符咒、不养鸡猫犬，统称八戒。穿着佩带，一律定位全身白色。康熙四十年至四十五年（1701—1706），羊宰下山云游，先后游历真定、易州、武清、杨柳青、天津、静海、东安等处，跋涉上千里，点传弟子十五人，而后再由这些弟子分头设点立坛，大量拓收教徒，最多时曾发展到七八万人之众，很多白莲教的教徒也都加入进来。他们编成顺口溜儿，供教徒们背诵传唱，内容为：“死了李清抚，来了羊来如，暗夜见明灯，百姓要享福。”此后，在理教又发展到了北京及河北的数个州县，声势愈来愈大。康熙四十五年至五十八年（1706—1719），年近九十岁的羊宰为后继有人，收高来准、赵来璋、牛来仁、周来青、朱来信、王来水、刘来景、乔来洞、王来普、毛来迟共十人为坐山弟子，经在羊祖洞内数年的面传心授，然后分封为坐山师、治山师和捧山师，统称十大亲传弟子。康熙六十一年至乾隆十八年（1723—1753），已年逾百岁的羊宰在坐山弟子王来普的协助下，对全国各地的在理教进行了组织完善，继又将在理教的教旨教义及教语戒规等统编成稿，并由王来普缮写成书。

在理教的发展早已引起清廷的注意，遂暗中派人混入坛口，经这些探子告密，陆续抓捕软禁了很多教徒头目，传教活动也受到了各种限制和破坏。羊宰知道无法与日益巩固的大清王朝对抗，于是便把五字真言改成了“观世音菩萨”，并把反清复明内容改为了“修身礼佛养生”。其临终前，又对羊祖洞进行了凿洗重修，于洞额之上刻下“岐山澜水古洞”六个大字。并于洞口两侧镌刻对联一副，上联为“岐山大道心头觅”，下联为“澜水真理洞内寻”。洞内悬挂各方题赠的字匾九十八块。至乾隆十八年（1753）六月，羊宰无疾而终，奇寿一百二十三岁，对外官称一百三十二岁。其生前发明的羊宰养生法及延寿茶膏曾广有流传。

羊宰卒后，立衣冠冢于澜水洞前，真身葬于天津玉善堂公所（即天津坛口）的茔地之间。自其以后，在理教日渐衰落，至光绪初期，终于走到尽头。在其生前，向称无子无后，其实他的子孙众多，大都定居于宝坻县境内，繁衍至今，早已成了当地大姓。

第三十三章　杨之骥挈地投旗

1644年清军入关，在北京建立了大清王朝。为了封赏八旗将士，实行“裂土酬庸（佣）”，放任旗人跑马占圈。所到之处，大片的官田民地尽被强占。武清近在京畿，受害尤为严重。此时已受封近二百年的瀛西九千户杨家，世袭封爵因朝代更替而被废止，运河两岸的前朝封地亦被旗人圈占过半。那位袭爵于崇祯朝的末代九千户杨勋，字铭宇，因于天启五年（1625）捐修北运河、接驾天启帝有功，故被加授通州卫（在张家湾）守备之职。此时见势不利，便与族人共商，决定由其三子杨之骥另立门户，并率本支人口挈地投旗。当时有一位随龙入关的同族后人恰好在摄政王多尔衮手下为将，遂经其居中牵线，得于顺治二年（1645）挈地一半投于多尔衮旗下，隶汉军正白旗管领。杨之骥被清廷授以“甲喇额真”（即参领，官秩正三品），充内务府会计司豆粮庄头（为投旗庄头的一种，以经管旗田、输纳豆粮为主），并赐姓为金。清廷准许杨家隶属民籍（下等者为奴籍），男丁可参加科考，有功者可入仕为官。女子则免于选秀，永不入宫服役。时值清初，明朝的残余势力在南方尚建有小朝廷，仍有复辟之虞。瀛西杨氏将一门分为满汉两籍，采取脚踩两只船的办法，实为保护田产、应付时局的无奈之举。

杨家旧有的封地遍及运河两岸，多到以里计算，从来不论亩数，到底实有几何，谁也说不清楚。因投旗之前已被圈去一半，以致投旗的仅是剩余部分的半数，实即原有封地的四分之一，据传共有一百数十余顷，转为旗田后仍归杨氏庄头代为经营。而另四分之一，则借势躲过圈占，依旧属汉族各支所有。如此算来，瀛西杨氏仍拥有一半封地的经营权和所有权，其投旗的目的，正在于此。如其不然，这些杨家将的后人很快就会陷入既失官俸，又无产业的赤贫境地。故此举虽称屈辱，但却不失为面对现实的一种生存选择。

杨之骥，字天驷，乃杨勋之三子。此人精明干练，尤善交际，论处事才能在同族人中堪称佼佼者。《瀛西杨氏宗谱》中传称：“公有大志，思振家声。当国朝定鼎之初，裂土酬庸，瀛西附近田产半为旗圈所占，恐祖业或失，爰于顺治二年挈地投诚，隶汉军正白旗管领下办理豆粮事务，世世相承，族业赖以不坠。杨氏之世代延绵，永服先畴之陇亩者，皆公之所留也。”杨之骥作为首任豆粮庄头，经其手将这一万数千亩土地分成数区，每区各设管事庄头。佃户们按约交粮纳税，管事庄头负责定期征缴，而后再由总庄头统一向朝廷输纳。在杨之骥司职期间，用心筹划，上下周旋，直做得府库满意，族人称心，并为后世的继任者留下许多成熟的经验，充分显示出了他的实用之才。

之骥公生有二子，长子国栋生长孙杨达，祖孙三代连任豆粮庄头。次子国柱绝嗣，过继杨洪祖的九世嫡孙杨通为子。后因杨达无后，遂将豆粮庄头传与杨通之子杨必伦、杨必俊先后接任，自此以后，袭此职者实为杨洪的嫡传后代。

至民国初期，国民政府下令化旗田为民产，前清的官地旗田全被没收，原来的佃户改向国府纳粮交租，豆粮庄头之设遂告终结。由清初算起，承袭斯职者经历九代，共计十一任，使杨氏祖上受封的这些田产又得以延传了二百六十余年。

第三十四章　改门风崇尚书香

以杨洪、杨清为始祖的瀛西杨氏家族，久隶军籍，历代男丁作为军户子弟，依制只能从军报效，不得参加文场科考，故满门习武，尚武之风屡代不绝。

入清以后，瀛西杨氏旧有的官职爵位，以及军籍身份尽被化为乌有，家族地位一落千丈，仕途发展亦随之改弦易辙。此时的杨氏家族早已是门支庞大，人口众多，故其中的许多族人后代，或另寻出路，或投亲靠友，不得不离开故土，陆续转投他乡。这些将门之后，因顾忌曾与大清为敌，不便再去军中谋求发展，遂就另辟途径，大都改事农商。但其久为官宦人家，自然最看重的还是从仕为官，故从少年一代起，便纷纷弃武修文，从而走上了科举之路。经塾学师授，奋力苦读，仅十几年过后，文风蔚起，成绩斐然。尤其是原九千户杨清一支的嫡传后裔，可能是受杨清、王直、于谦这些祖爷、舅公的影响，则更是俊彦群出，称冠全族。

顺治年间，居于北京通州境内的清公六世孙杨士炌、杨士烒（此二人实为清初进士）、杨正中（顺治十五年进士）等叔伯兄弟三人连中进士。至康熙十五年（1676），固守瀛西的清公六世孙杨九有又首开科甲，得中进士。其父杨秀父以子贵，被褒封征仕郎、中书科中书舍人。自其开端，瀛西长门入胶庠（官办学宫）、登科甲、得官职者接踵而来。与其同辈的，有其胞弟杨九鼎，字甸庵，岁贡生（由府、州、县推荐到京师国子监读书的秀才）。其笃志攻读，四赴秋闱（乡试在秋季举行，闱即考试的场所），大志未遂。终以明经（博通经史者，旧时选官的一种）选授任丘县、深州、直隶州儒学训导，敕授修职郎。任职期间，“时集诸生，讲解理道，多士翕（读西，聚合讲）然宗之，儒风振起。然恂恂退约，毫不炫耀己长，唯有读书会课以图上进，是所志也”。其堂兄弟杨德徽，字公采，号雪庵。文武全才，博学无所不习，因武功见长，故考中己丑科（1709）武进士。《瀛西杨氏宗谱》称其：“诚杨氏之高品，今世之醇儒也。”堂弟杨九皋，字仪庵，太学生（即国子监生员）。

清公七世孙杨伯龙，字御六，九有公长子。太学生，选授州同（州同知）。杨登龙，字黼公，九鼎公长子。太学生，考授县丞。杨伯凤，太学生。

清公八世孙杨懋祖，字勉斋。伯龙公长子。邑庠生（县级学宫生员），选例贡（国子监扩招的生员）。杨国柱，字石公，由例监（自费的国子监生员），授州同。杨继祖，伯龙公次子，太学生。杨宪祖，登龙公之子，邑庠生。

清公十二世孙杨显泽，字慕宗，国学生（即太学生）。

清公十四世孙杨培元，字植庭，宣统己酉科（1909）拔贡。

所录这十余人，大都稽自《瀛西杨氏宗谱》，其中的杨秀、杨九有、杨九鼎、杨伯龙、杨登龙、杨伯凤、杨懋祖、杨国柱等人，均可从乾隆七年（1742）《武清县志》中查见其名。从这些杨氏后人身上，足可看出清代的瀛西杨氏家族已由昔日的将门世家逐渐转向书香门第。至于其他门支涌出的书香子弟，自然更是多不胜数，只因无从细考，故不敢妄自添加。

第三十五章　杨九有重振家声

杨九有，字粹修，号捷庵。明崇祯五年（1632）生于河西务大龙庄，乃世袭瀛西九千户杨清的六世嫡孙。清顺治十四年（1657）乡试中举，历任广平府永年县、河间府河间县儒学教谕，兼署（即代理）威县、邯郸县、献县、故城县学篆。其在教谕任上，训迪殷勤，倡修学校，使所任之地文风蔚起，众多学子科举成名，抚学两院屡加褒奖，各方士子争相投其门下。其间还亲纂永年、河间两地县志，并为康熙十四年（1675）的《武清县志》题跋。旧跋原文如下：

志者记也，记一邑之事迹也。邑有志则事传而迹著，邑无志则事没而迹湮。志之关于邑也，岂浅鲜哉！壬子之秋，恭遇我皇上御极十有一载，兴文右学，典章彪蔚。允阁臣请，纂修《大清一统志》，因命天下郡县各以志进。吾邑屡经兵燹，文献无存，幸吏垣赵公（即赵之符）首倡其事，协邑侯（知县）、学博诸同人，旁搜旧本，博采新闻，酌古准今，分局类纂。厥事将竣，魏师田君因余司铎瀛海、平干两任，纂修邑志，不以余为谫陋，出稿相示，余从而阅之。见叙次之工，搜罗之富，论断之确，可称三长。至忠孝节义之事，有疑必厥，凡确务扬，一准乎三代之公诚，有合于《麟经》《纲目》遗意。令观者可感、可兴、可歌、可泣。于以淑人心、厚风俗，所关匪细。虽一时之巨观，实千秋之宪典也。因喜而乐道之，谨跋。

康熙十五年（1676），杨九有得中进士，选任内务府中书科中书舍人，时年四十四岁。入值中书后，每借公余之暇，效前人谱牒，将家族统绪、先人业绩次第成帙，终于在康熙二十三年（1684）亲手成就了《瀛西杨氏宗谱》。该谱立杨清、杨洪为始祖，以大伯祖杨文炤、二伯祖杨文炳、三伯祖杨文焕、己祖杨文灯为分支，分立四门，每门各成一卷。首卷开端置序六篇，其一为“赐进士出身，光禄大夫，太子太师，左柱国，户部尚书，保和殿大学士加三级，通家眷生，高阳李霨拜撰”。其二为“赐进士第，

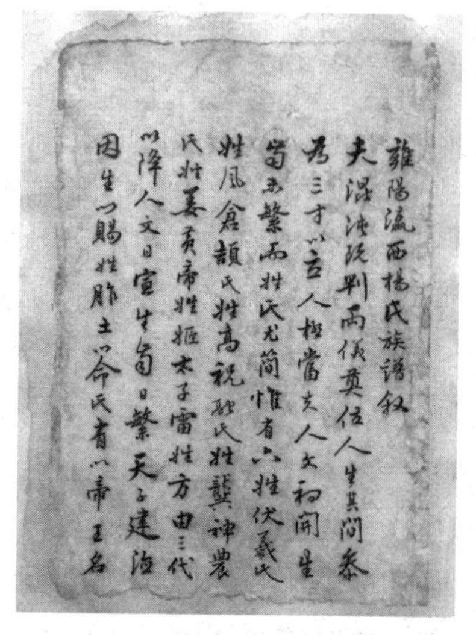
雍陽瀛西楊氏族譜叙
夫混沌既判兩儀奠位人生其間參
為三才以言人極當先人文稽聞生
民而繁而姓氏尤簡惟有六姓伏羲氏
姓風倉頡氏姓高祝融氏姓龔神農
氏姓姜黃帝姓姬太子雷姓方由三代
以降人文日宣生齒日繁天子建德
因生以賜姓胙土以命氏有以帝王名

杨九有《瀛西杨氏宗谱》序言

光禄大夫，保和殿大学士，右柱国，礼部尚书，年家眷侍生，宛平王熙顿首拜撰”。其三为“赐进士第，光禄大夫，武英殿大学士，经筵讲官，礼部尚书，通家生，汉阳吴正治拜撰”。其四为“赐进士第，光禄大夫，柱国，保和殿大学士，经筵讲官，吏部尚书，通家生，长洲宋德宜拜撰”。其五为“赐进士出身，朝议大夫，资治尹，都察院左佥都御史，同里年家，姻眷弟赵之符顿首拜撰”。其六为“赐进士第，通奉大夫，经筵讲官，礼部左侍郎兼翰林院学士，后裔（杨）正中尔茂顿首肃拜撰”。一部家族谱牒，竟得四尚书、六进士为之作序，其规格之尊、人际之广、文笔之精、书法之妙，堪称萃聚四绝之旷世极品。此谱经后世多次添注、续修，直存至今。其所辑内容对了解杨家的后世演变，及研究武清的人文历史，均具有很高的价值。二十世纪八十年代，著名书法家刘炳森先生为寻访这部名谱，曾三顾杨家，因“文革”余悸尚存而始终未能得见。

自杨九有得中进士并入值中书之后，其同族兄弟子侄中又接连有人考取功名，致以瀛西杨氏家族重又声名振起，再度成为官宦之家。至其后辈，或娶或嫁，无不择取名门，故其姻亲旁戚、中表连襟中，非出名门望族，即属诗礼之家。九有公所生二女，长适都察院左佥都御史赵之符之子赵珣，次适县令吴愚公之子名嵩，俱称门当户对。特别是杨、赵两家联姻后，这父子、翁婿三人，同为进士，同朝为官，同居一县，故被传为一时佳话。赵珣字绎亭，为之符公仲子。康熙壬戌科（1682）进士，只晚岳父六年，可谓是青年俊秀。初授中书科中书舍人，后任吏部验封司主事，文选司员外郎。原配杨氏，即九有公长女，诰封宜人。亲生二子，子添四孙。子孙两代超父越祖，杨赵两家珠璧同辉，家族之兴盛，为武清一县所罕见。诚如赵之符在《瀛西杨氏宗谱》序言中所称：“吾邑自多旧家，其间阀阅相望而世泽绵远者，则瀛西杨氏之族称盛焉。”

阅诸清代版本《武清县志》，域内唯瀛西杨氏、北仓赵氏、赵甫庄曹氏诸姓，堪称雍阳旧族、明清世家。而瀛西杨氏清初被削官罢爵之后又中兴崛起，实赖九有公发愤在先、昆仲子侄成就于后，故其在《瀛西杨氏宗谱》中自作传记，坦然自称：

公天资颖异，志行笃诚，思欲光显门闾，昼夜读书，谨遵严训。顺治丁酉举于乡，爰家贫亲老，就教平干（永年县别称）。到任后训迪殷勤，士风丕振，声价倍增，登科名、负广誉者多出其门。庚戌丁外艰（父丧守制），择地修墓，居丧守制悉如其礼，平干人咸服其葬祭之诚且备。服阕（守制结束），补铎瀛海（补授河间县教谕），不易平干之训。数年来，二任学署，庙（即学校）貌聿新，两修县志，文风蔚起。兼署威县、邯郸县篆，广平鸡泽、河间献县、交河故城等学篆。在在循声，处处丕变，抚学两院屡奖公。荐门下士，立雪恐后。

瀛西为关市之区，人多趋利，读书者甚少，二百余年从未发科甲。公苦志坚读，八战春闱，至丙辰乃捷，授内府中书科中书舍人。兢兢自守，以奉厥职。公余之暇，创修宗谱，不辞艰苦，裒然成帙。德业文章，洵可为杨氏之杰出者矣。公生于崇祯壬申七月初八日子时，卒未详。

赞曰：圭璋之品，麟凤之姿。外承父训，入奉母仪。桂林香馥，芹藻化施。题名雁塔，染翰凤池。口宣诰敕，职掌纶丝。公余著作，谱牒创垂。表扬先进，昭示来兹。门闾烜赫，实盛于斯。

康熙四十九年（1710），九有公终老于原籍，得寿七十八岁。所生三子，名伯龙、仲龙、季龙。又二女。孙男三，称懋祖、继祖、承祖。另辟新茔，葬于大刘庄至郑庄之间，因墓地四周环以“井”字形通道，故称“轿杆地”，乡民俗称“杨记坟”。墓冢高大，下砌砖室，“文革”中被哄掘为平地，墓砖、棺椁均被人运去充作建房材料，随葬品亦一概不知去向。

第三十六章 杨德徽联捷进士

杨德徽，字公采，道号雪庵。明封世袭瀛西九千户杨清之六世嫡孙，清初首任豆粮庄头杨之骥的本支堂叔。清康熙二十五年（1686）生于河西务大龙庄，四十七年（1708）中式武举，翌年联捷武进士，时年二十三岁。历任山西茹越口、江西横岗营守备（正五品）。

此公自幼习文练武，生得身材魁伟，面容黢黑，形神颇具祖上遗风，故号称“黑虎”。其当年习武所用的制石至今尚存，长六十七厘米，宽三十六厘米，厚二十三厘米。这方制石为花岗岩质地，通体旧迹斑斑，正面原刻的“黑虎”二字仍清晰可见。以其与明代先祖杨洪、杨清所用的制石相比，体积均要大出一圈，足见其主人膂力之大。

所谓制石，即按规定等级标准制作的练武方石。旧时凡参加武科场考试的武生或举子，必考科目有弓、刀、石、马、步、箭等项，其中的“石”，就是必须按报考级别举起相应重量的制石。级别共分七等：考试庠生（即武校生员）举一百零六斤，拔贡举一百四十斤，武举举二百斤，进士举二百八十斤，榜眼举三百斤，探花举三百八十斤，状元举七百斤。标准的制石为扁长方形或扁方形。石上凿有抠手，分为上沿抠、侧耳抠、双面瓶形抠、中心窝眼抠等几种，均有固定位置。居家习武用的制石，石上一般刻有使用者的姓名或绰号，如杨延昭号白玉虎、杨德徽号黑虎之类。如属科场考试用的制石，均刻有“官式样”，及“××× 斤”等字样。比试时，参考者必须按规定章法进行演练，共分三十六式，如托天换日、赶虎下山、务令顺遂、如封似闭、雄狮抱头、紫云登科、脱兔沉鱼、翻江倒海、万寿无疆等等。目前杨氏族人中能懂得此项技法者已几近绝传，故“天津市瀛西四知堂文化传播有限公司”正在着手挖掘、整理、恢复这门国技，并即将为其申报非物质文化遗产项目。此系后话。

杨德徽青年发迹，学得浑身武艺，满腹经纶，堪称文武全才。其蓄志效仿先祖，统兵征战，以武报国。无奈身在大清天下，向由满、蒙贵族统揽兵权，杨家虽说早已投充满籍，但终归是汉人血统，故而落得壮志难酬，无缘施展，终其一生，也只做得一介关隘守备而已。至其中年，雄心渐泯，抱负消沉，痴迷道学，旁及他术，与将门本色渐离渐远，殊不像一个身在军旅之人。

《瀛西杨氏宗谱》对杨德徽颇加赞誉，传称：

“公生于丙辰五月初五日。夙有大志，文武俱全。轻财好义，四海为家。两任守府，俱有贤声。内精性命之微，外通造化之秘。晚年好道，博学无所不习。诚杨氏之高品，今世之醇儒也。”

第三十七章 杨府首创西河调

瀛西杨氏自清初挈地投旗，当了豆粮庄头，继又连出文武两科进士，致以家声振起，门庭重辉。尤其是历代的豆粮庄头，由于经常与朝廷交往，因此结识了不少的皇亲国戚、王公大臣。此时的杨氏家族虽与前朝鼎盛时期相差甚远，但毕竟朝中有官，家中有地，故依旧身跻名门世家，仍然过着锦衣玉食般的日子。其家居住的府邸，即前朝敕建的昌平侯府，时下仍如规如制，恢宏不减当年。府中原有的戏台一直保存完好，并长期养着私家戏班，教师戏子、鼓板丝弦、行头道具等一应俱全。而大清皇室的那些亲王、贝勒、贝子们又大都嗜戏成癖，杨家正好投其所好，经常邀请他们来杨府听戏票戏。

据杨氏家传，嘉庆二十年（1815）前后，有一次智亲王绵宁（二皇子，其兄旻宁即后来的道光皇帝）预先与杨家约好，要带领一帮兄弟、子侄到杨府听戏。时为第八任豆粮庄头的杨显泽和儿子杨森，觉得光演戏太老套了，便找来几个长相顺溜、嗓门又好的叫花子，将自家祖上（即杨家将）流传下来的一些故事编成词曲，教给他们说唱。这些乞丐平日靠打板儿要饭为生，谁家有红白喜事，便找上门来念喜歌，唱丧曲。事主为了求顺绪，就得多给酒饭、多赏钱财来打发他们。杨家是当地的名门大户，自然是乞丐们盯着的重点。因听的次数多了，觉得还挺好听，所以这次就从中挑选几位，想给王爷们取取乐。旧时的要饭花子，在行讨时都用竹板、帮棍或牛的扇骨来击节打点，杨庄头以为低俗不雅，遂改由戏班子的鼓师为之击节，琴师为其伴奏，教师为其编词谱曲。经过这么一番洗俗入雅、脱胎换骨的改造，一个新兴的曲种便在杨家诞生了，最初起名为“西河调”。

智亲王领着这帮贝勒、贝子们来到杨家后，一边听戏，一边就着炸饹馇合儿和虾米饼，细细地品尝着杨家自酿的陈年枣酒，尽情地享受着民间的生活乐趣。正当酒酣之际，就见主家庄头起身言道：“为了给诸位王爷凑趣儿，我特让家里的小子们学了几段鼓曲，今儿个先试演一下，请各位爷先睹为快。”说罢，就听鼓响琴和，几个花子轮流着用京白京韵说唱了几段杨家将的故事。这位智亲王本是汉学大家，而且对琴棋书画、说书唱曲无所不通，无所不好。此时经他一听，顿觉耳目一新，韵味十足，禁不住连声喝好。待到次日回城，便将这原班人马带到北京，先在各王府中串演，不久即传遍了整个京城。此后又经艺人们不断加工、改进，逐渐被传播到了津、冀、鲁、豫，以及东北、西北等广大地区。当时因河间人在宫中当太监的最多，所以这个曲种也就最早在河间一带唱红，以致被人们误以为这里便是它的发源地，故曾被称作“河间大鼓”。除此之外，还有一些地方将其名为“梅花调”等等。

早在1961年8月13日，《人民日报》就曾发表过王亚平、丁素、冯不异合写的一篇文章，题目为《西河大鼓的主要流派》（查“中国社会科学网”）。文中称西河大鼓“已有一百三十年以上历史，原叫河间大鼓或梅花调，是在木板大鼓、弦子书的基础上，吸收民歌小调和戏曲唱腔，经历代艺人加工、创造而发展起来的。它的起源有人说出于河北武清河西务村，有人说起源于河北河间县。由于它的传统书目大半反映北方生活，艺人多数生长在冀中农村，活动地区在大清河、子牙河两岸流域来看，它可以肯定是发源于冀中的。距今四五十年前，才在天津定名为西河大鼓。”据该文介绍，西河大鼓最初的唱段有《闹天宫》《大西厢》《朱买臣休妻》《小姑贤》等，也有如《黄凤配》《金环记》等民间故事。先在农村流行，或于庙会演出，后传入城市，才串成连篇，并移植评书中的一些书目，如《响马传》《杨家将》《呼家将》等，逐渐形成以整本长书为主，共有中长篇九十余种。早年间，曾有“南有郝老凤，北有马三峰”之说。新中国成立后以马增芬最为著名，其父马连登为之伴奏。

按此文所说，西河大鼓至1961年时已就流传了一百三十年以上，再加上此后至今的五十余年，前后共计为一百九十年左右。如此上推，其起源年代恰好在大清嘉庆年间（1796—1820），正与杨氏家传的首创时间完全吻合。

另外再从其名称上看，文中提到的武清河西务本名河西，明人樊阜有

“远树苍茫夕照低，短蓬沽酒泊河西”的诗句可以为证。因元初在此设务关收税，故才以地名命为“河西务”。然其为何定名“西河大鼓”，而不叫“河西大鼓”呢？这原与当地的语言习俗有关。如河西务出产的小米、红豆久负盛名，民国以前曾长期享誉京津两地，各处商家店铺的米罗面柜上便都插着“西河小米”“西河红豆”的标签，直到新中国成立后仍在沿用这种称呼。凭此而论，将“河西大鼓”名之为“西河调”或“西河大鼓”的原因，也就不言而喻了。

第三十八章　杨云鹏勇劫皇纲

杨云鹏，字子程，明封世袭瀛西九千户杨清的十四世孙。清道光年间由武庠生（州县武校生员）考中武举，后被招入皇宫当了宫廷侍卫。此公身材高大，面色漆黑，尤以性情豪迈、胆大过人著称。因同族排行老四，故被族人称为“黑四”，同行则都呼之为“杨大胆儿”。

至咸丰年间，太平军大举北进，京城吃紧。杨云鹏与一帮结义兄弟在暗中加入了拜上帝会，成了起义军的人。约在咸丰五年（1855）前后，他率领这支上百人的队伍反出京城，南下投奔太平军。当行至大道张庄（河西务以南约八里）时，正赶上皇家的帑船（俗称皇纲，读杠）从北运河上经过，杨云鹏一声令下，大家便将船上装载的银粮鞘全部劫下。当时南方各省的皇粮国税，已经改用银两折算，输纳入京时，先将一段段的圆木一劈两半，并将其腹部掏空，而后再把这些银锭装入空槽之内，外用铁箍扎紧。这种装载银两的圆木通称“银粮鞘”，而押运这些银粮鞘的船队则被称作“皇纲”。杨云鹏因一时无法将这批贡银全部带走，就急忙买了几口大棺材，将剩余部分装入其中，一并掩埋于隐蔽之处。杨云鹏自知此去吉凶难卜，遂趁机跑回自家祖庙，向祖宗磕头告别。随后又来到侯爵杨府东侧的龙王庙内，提笔在粉壁之上留诗一首，诗称：“龙庄有个杨云鹏，敢肹皇家九龙宫。反清复明我为首，杨门后代是英雄。”

就在这延误之际，驻扎在河西务大营（河西务土城村）的清军已经闻警赶到，并从四面将这股人马团团包围，结果是寡不敌众，这上百余人死的死、逃的逃，最后只剩下杨云鹏一马单骑，终被清军抓获。在押赴县城时，他仍大大咧咧，喝令清兵：“不用你们动手，我自己走着去！”到县以后，他立即被打入木笼囚车。在解往京城的路上，他毫无惧色，一直在和押解官兵聊天不止，他说：“我既然敢干这个，就没想死在床板上。”意思是说，我既然敢于造反，就没想着善始善终。

囚车到京之后，杨云鹏一口应承，故很快即被判为斩立决。行刑之时，他昂首挺胸，立而不跪，刽子手们只得动手，将他摁倒在地才下的刀。当他的脑袋被砍下的那一瞬间，就听他高喊一声：“好快的刀！”接着，那颗人头便圆瞪双眼，直奔监斩官滚去，并一口将其裤脚死死咬住。此官被吓得连蹿带跳，甩蹬半天才得以抽身。这桩传奇大案一时轰动了整个北京城，传者说得绘声绘色，闻者莫不毛骨悚然。

此事距今已一百五十余年，当时虽称乱世，但在正统的杨氏家族中，仍被视为大逆不道，故一直讳莫如深，耻于外传。直至今日，杨氏后人才转变观念，消除顾忌，终将此案始末披露如初。尤其是杨云鹏所留的那首自白诗，虽已秘掩深藏了一个半世纪，但仍被一字不差地流传下来。单从这藏诗一节即可判定，其同族后人断不会无中生有地编造这样一段故事，来为自家祖宗添油加醋，故其真实性是足可肯定的。

第三十九章 大宅门横遭兵祸

清光绪二十六年（1900），岁次庚子。这年的8月4日，入侵中国的八国联军从天津出发，沿运河两岸直逼北京，至9日清晨，即已攻至河西务。临时受命的帮办武卫军事务大臣李秉衡，亲统清军和义和团共数万人前来阻击，结果落得清军四溃而逃，义和团全军覆没。联军攻占河西务后，连驻数日，到处烧杀抢掠，劫财害命无数。在这场战祸中，当地人民流离失所，城垣内外的官府民宅、前朝古迹几乎全被摧毁，那座辉煌了数百余年的瀛西古城（即河西务关城，今之土城村），亦被彻底夷平，从此变为一片废墟。

此次遭劫，尤以紧临河岸、靠近城区的地方最为严重。其中的大龙庄村，因居住着杨氏家族，首当其冲。杨氏所住的那座祖宅，距城近在咫尺，临河只隔一堤，原是明代皇家为昌平侯杨洪敕建的侯爵府，传至清末，整座府邸仍保持得建筑完好，面貌如初。联军来攻之前，杨氏满门老小均已提前外逃，只留下一位年迈的管家看守宅院。这位老家人早年随主改姓，在杨府管家已历经三代主人，故阖府上下都尊称其为“三老祖儿”。联军在河西务驻扎的几天，就把指挥部设在了杨府之内。初时因老管家闭门不开，被洋兵们乱枪打死于门阶之下，二门两侧的门墩被枪弹射出数道沟痕，这对石墩至今尚存，见证了这悲惨一幕。这伙盘踞在府内的洋兵大都为指挥官，他们不仅将浮财洗劫一空，临走时还放火将整座宅院点着。当时不知何故，唯有第二道院内的杨氏祠堂却安然无恙，那几间全府最为高大的正房被侥幸保存下来。再有就是西花园内的那座凤凰台（即瞭望台，高九丈九尺，因徐皇后曾亲自登临，故改名为凤凰台），因系砖石结构，故亦得幸免。同在这场战祸中，位于杨府东侧的龙王庙、武信祠亦被联军的炮火所炸毁。那座龙王庙，始建于明永乐初期，是永乐皇帝为献身救驾的杨璟敕建的家庙，内供玄武大帝。清咸丰十年（1860）第二次鸦片战争时，英法联军将驻河西务清军的弹药库（设于城南天齐庙内）炸毁，此后便将弹药改存于这座龙王庙内。不期这次又被八国联军引爆，轰天巨响直传到数十里外的南蔡村，炸飞的砖石木料直落河东，竟将王庄居民的屋顶炸成窟窿。整座庙宇被炸得无影无踪，只留下一片深深的水坑，至今仍可供人凭吊。那座武信祠，亦始建于永乐年间，乃成祖为璟国公所建的专祠，殿内供有杨璟塑像。因其与龙王庙相距不远，故也被同时震毁。

这场庚子兵祸，使存世近四百五十年的杨氏祖宅、家庙尽被化为废墟，大宅门的昔日风光从此一去不返。当逃亡多日的杨家老小重新返回时，但见满处的残墙断壁，遍地的余灰瓦砾。出逃时尚未吃完的饭菜还在锅里，已经化成了灰渣绿毛。厨房放的倭瓜，已生根长蔓，瓜秧爬到炕上，又长出新瓜。偌大的杨氏家族，此时是一幅国破家亡的景象，不分长幼，不论尊卑，均都沦为无处栖身的难民一般。后经家族共议，决定将整片宅基化整为零，分成七八等份，安排各支另起门户，分头重建新居。转年之后，在这片皇封御赐的侯府旧址之上，除了原有的那几间祠堂之外，全部重修或改建成了隔墙通道的农家小院。当年留下的这种格局，至今仍还清晰可辨。

第四十章　入民国几经变故

民国初期，国民政府将清代的官地旗田全部收归公有，原来的佃户改向国民政府交租纳税。1925 年又改行“旗地变民”政策，令租种旗田官地的佃户随意购买，结果大都被地主、官僚所兼并。瀛西杨氏从此彻底失去了对投旗土地的经营管理权，豆粮庄头的职衔亦随之被废止。清初投旗时，所带的土地约占一半，另一半土地仍属杨氏祖产。当旗田被没收后，杨氏家族对剩余的祖上封地再次进行划分，这就是杨氏家族所通称的第三次大分家。据传首次分家时在明朝嘉靖年间，时由杨清长孙杨相承袭瀛西九千户，其下生有四子，名文炤、文炳、文焕、文灯，从这辈起分立四门，并将祖封田产分到各门名下。第二次分家是在清初，当时因圈占、投旗所致，各门田产出现不均，故又重新进行了平衡调整。民国期间的这次分家，仍以明代四大门支为基础，又将所剩土地再次平分四份，每支各分四顷零三十三亩。因此时距初次分家已隔十二三代，各支人口相差悬殊，兼之守业者贤愚不等，成败有差，故各门各户之间便明显拉开了贫富差距。在此情况下，那些不甘沉沦的族人便纷纷转投他业，杨氏家族再次出现大分化、大迁徙的动荡局面。其中有的弃农经商，有的投笔从戎，有的投身革命，有的教书育人，取得成就者比比皆是。目前已知或新取得联系的瀛西杨氏后人已多达数十个分支，光落籍于武清以外的就有三十余个。如天津分支、宁河分支、宝坻分支、静海分支、北京分支、通州分支、昌平分支、廊坊分支、三河分支、赤城分支、康保分支、张北分支、宣化分支、威县分支、内蒙古分支、吉林分支、沈阳分支、河南分支、湖南分支、山西分支等等。这些流散于全国各地的杨氏同族后人，有的一地多支，有的一支多门，或由明朝调走，或从清代迁出，其中约半数以上则是民国以后才陆续离乡的。一直固守于瀛西祖籍大龙庄的杨氏后人，主要为杨之骥所属的满族一支，其下仅剩十几户家庭，总人口已不足百人。

第三次大分家以后，留在原籍的杨氏各家，或因经营不善，或因随意挥霍，祖上遗留的家资田产陆续被耗费殆尽，大多数家庭从此便沦为破落户。至新中国成立初期进行土改（即实行均田到户，耕者有其田）时，除一两户被划为地主、富农成分外，其余各家均成了贫下中农。

二十世纪五十年代，杨氏家庙龙泉寺（即白庙）被改建成了白庙小学，数年之后，包括六合塔在内的数十处祖坟茔地均被削为平地，墓内尸棺、葬品随之被毁弃一空。1958年年底，设在祖宅内几百年的杨氏祠堂被村里征用，改作了农民食堂，翌年食堂失火，房屋受到严重毁损。1961年解散食堂后，被本家房主彻底扒平。数年后村里兴建小学校舍，需要用砖，那座仅剩台基的凤凰台亦被从根拆除。至“四清运动”中，农村重新划定阶级成分，阶级斗争之风开始盛行。很多群众不明真相，总把杨家的满族与阶级出身连在一起，家家都被怀疑是漏划的地富分子。时任村党支部书记的杨宾善遂与同族各家共商，一致同意改满复汉，从此将各家户籍全部恢复为汉族。后来随着年陈日久，杨氏家族的非凡历史渐被尘湮忘却，竟到了家内失传、外人不知的地步。

第四十一章 抗婚屡遭恶人欺

抗日战争期间，与河西务隔河相望并同属武清二区的下伍旗村出了一个臭名昭著的恶霸汉奸。此人名叫柳世平，字之安，1904 年生于本村。先因犯罪入狱数年，释放后结伙为匪，人送绰号柳小五儿。1937 年抗战爆发后，其借成立自卫团之机，一跃当上了大队长，手下掌有百十余人、百十条枪。时过不久，即派手下干将张荣久带领团丁，公开将瀛西杨氏先祖杨球的坟墓打开，墓室中的随葬品尽被洗掠一空，后经变卖，大都换成了枪支弹药，“柳队儿”因此实力大增。1938 年，这支武装被日伪县长王文琳招安，从此变为亲日反共的汉奸队伍。柳世平先被任命为县保安团第三中队长，驻防于二区河西务，共辖十一乡，一百二十三村，从此便死心塌地地为日伪政权效力。1940 年，因其助逆有功，又被升为县保安团副总团长兼警备大队副大队长，一时权倾武清，备受日本人宠用。

此时的柳小五儿除了比他大三岁的原配妻子邢氏之外，已先后娶了两房姨太太。这次为了庆贺升官，又要再娶一位新姨太来添喜助兴。有人为了讨好，便告诉他大龙庄杨家有一位妙龄少女，既长得漂亮，又识文断字。柳小五儿一听十分满意，于是就派人前去说媒。此女名叫杨秀荣，当时刚十六岁，正在天津上学。其父杨喜昌，字星垣，乃瀛西杨家将的嫡传后代，前清豆粮庄头的一脉子孙。作为明清世家、书香门第出来的女子，岂能嫁给一个土匪、汉奸为妾做小。星垣公遂以女儿年幼为由，一口予以回绝。柳小五儿原以为这是小事一桩，就凭自己的名声权势，谁敢说个不字，哪知却在杨家碰了钉子。最初他还耐着性子，多次托人去说合，后见根本无效，便就匪性毕露，决意要用武力解决。杨家知其心狠手辣，睚眦必报，故早已将女儿送往北京躲藏。柳匪见抓不着人，气得咬牙切齿，非要将这支杨家平门灭户不可。此事被杨家的一位奶妈知道了，便立刻赶到驻在河西务的“柳队儿”队部，当面将他数落一顿，并立逼他改变主意，柳匪这才勉强作罢。这位奶妈夫家姓魏，邻村三里屯人，夫妻俩一直都在杨家佣工，杨家的少东家就是由她养大的。因其早些年曾可怜过这个柳小五儿，给过他吃喝，并为他治好了满头的秃疮，故被柳认作了干娘。此事到此，看似平息，但柳小五儿的心里仍是积恨未消，根本就没想过要善罢甘休。

此时的柳小五儿正然是野心随着势力长，其为了挤掉日伪县长王文琳，好取而代之，故就四处加紧揽权，不断捞取资本。自这次高升之后，他欺世盗名，先后以个人名义兴办了杨村师范和河西务小学，并还上演了送课本、赠篮球之类的善行义举。为了改建河西务小学，他下令毁掉了存世数百年的朝阳寺。在筹建期间，他每次来视察都得从大龙庄村后的“务旗路”（河西务至下伍旗）上经过，而瀛西杨氏家族恰就群居在这条大道的南侧。这片杨氏主宅区占地数十亩，本是明朝景泰皇帝为昌平侯杨洪敕建的侯爵府旧址，因原有府邸于清末被八国联军焚毁，故才改建成普通民居。当时这片住宅彼此连房接院，前后共分为五排。其中有几间劫后幸存的杨氏祠堂，房屋高大，十分显眼，因被柳小五儿一眼相中，于是便下令将其没收充公，所有砖瓦木料全部归朝阳寺建校使用。杨家明知这是故意报复，但又惹不起，只得又搬出那位奶妈前去说情。奶妈找到柳小五儿，指鼻剜眼地指责他不要仗势欺人，并告诉他：只要我还活着，你就甭想干这缺德事儿！柳小五儿实在没辙，只得又忍了。

1941 年学校竣工，因其招生范围包括下伍旗一带，柳小五儿以方便老家的小孩上学为由，又从学校门前向东新开了一条大道。此道直接从大龙庄、三里屯村中穿过，并在运河上架设了一座木桥，由此过河可直通下伍旗。因杨家的住宅区正挡在这条线路上，他便派出军警团丁，将杨家第三、四排住宅之间的院墙强行拆除，硬把杨家的住宅区拦腰冲断，从此变成了通河大道。杨家见桥也架了，路基也开到了院墙之外，知道再加阻拦也无济于事，只好听之任之。

柳小五儿连用几招，见杨家还是不肯交人，于是又心生一计。他亲自带着谭氏、潘氏两房姨太太，及他们的亲属、佣人等，全都住进了杨喜昌在天津河北大经路上开的“复兴客栈”。柳小五儿此时在天津置有三处房产，并在小王庄开着“大安汽车行”，在东马路开着“太平旅馆”。如今为了搅和杨家，他们几家人整整占了三层楼，每天白吃白住，长期赖着不走。复兴客栈的楼前是一片平房院落，东西两侧各建有八间客房。柳小五儿干脆将大安车行搬到这里，十几辆客车、货车就停在这片大院内。与此同时，柳还派人到武清人开的商号挨家送信，扬言谁能让他娶上杨家的这位闺女，可保他在天津永不纳税、没人敢惹。杨家的亲朋故旧将此语偷偷转给杨四爷（杨喜昌的官称），都暗暗替他捏着一把汗。可这位四爷宁折不弯，硬是死不吐口，直耗到客栈关张，连房带院全被柳小五儿白白占为己有。1945 年日本投降后，这座复兴客栈被当作汉奸财产没收。是年 12 月 31 日，时任津海道（管辖武清、安次、香河、三河、静海、霸县等十三个县）保安联队副联队长兼武清县县长的柳世平，终于在武清城关被击毙身亡，这场逼婚事件至此才算终结。

杨喜昌一家被逼破产，从此成了贫苦市民。那位被逼外逃的杨秀荣，后落籍于内蒙古包头市，2015 年春去世，享年九十一岁。小她两岁的妹妹杨志荣，现居内蒙古乌兰察布市集宁区，仍健在。其作为这段历史的亲身经历者，每次述及此事，仍是激愤难平、痛恨不已。

第四十二章　“文革”再遭一劫

瀛西杨氏曾是明朝的功臣世家、清朝的豆粮庄头，虽从清末即已沦为了平民百姓，但其族人中仍还保留着不少的祖传遗物。为此，在“文革”中便成了群众斗争的重点。尤其是那几户地富成分的老户人家，则更是首当其冲，均被定为“黑五类”（即地主、富农、反革命、坏分子、右派），并被“造反派”们当成了封建社会的“残渣余孽”和窝藏“四旧”的老巢。其中一些年长者，有的被从城市遣送还乡，有的被管制劳动，有的被公开批斗，甚至还有人被迫害致死。各家保存的祖上遗物，亦大都惨遭灭顶之灾。据亲历者们回忆，在这场动乱中杨家被抄没、毁坏或窃走的祖传遗物大致可分为六大类，其中多为价值无限的历史文物。

其一，皇家圣旨。杨家藏有明、清两代的圣旨六道，或为褒奖，或为敕谕，向被杨氏后人视为镇宅之宝，破“四旧”时均被抄没焚毁。其中有一道为康熙皇帝钦命杨家出地五亩、就地安葬印度使臣波力的谕旨。印使波力客死武清，因正值盛夏，急于下葬，遂指令当地豆粮庄头杨家承办此事。墓址选在苏庄东口的大堤东侧，是日有朝臣、使者若干人前来参加葬礼。如今此墓虽早已不存，但村民仍称那块地为“波力坟”。

其二，祖宗遗像。其中有一幅长宽过丈的画布，上面画满杨氏祖先的半身肖像，因画像旁侧均注有本人生卒、简历，形同谱牒，故被称为画谱。画上人物从西汉杨恽开始，至元代的杨贵、杨邦宪结束，历经晋、隋、唐、宋各朝，为时纵跨一千四百余年，含括杨氏家族历代将相、英烈贤达等上百余人。此幅画像自明永乐末年从湖南城步运回瀛西后，一直被收藏于杨氏祖宅（即后来的侯爵府），又历经五百余年，历代杨氏后人均视为至尊之宝。1970年被当作“四旧”查抄，终遭焚毁。

另一幅画像为《杨璟全家图》，上画瀛西杨氏开基祖杨璟一家五口，夫妻并坐，三子绕膝，系杨璟生前按实景所画。其存世近五百八十年，向被杨氏后人奉为祖像。“文革”中杨氏后人屡遭批斗，祖像曾悬挂于会场（河西务中学礼堂），被当作“阴谋复辟，妄想翻天”的证据而与活人一同接受批判。此画后被一位“造反派”看中，趁乱窃为己有，多年之后才被花钱赎回。

其三，祖匣牌位。这些家祭之物，大约起始于唐、宋，原存于湖南城步大竹坪杨氏祖祠，明永乐末年迎至河西务，一直供奉于瀛西杨氏祠堂之内。祖匣牌位上均记有逝者名讳、生卒、简历等项，是每位已逝先祖最原始、最准确的记录，较之国史、方志，乃至墓志碑铭中的记载都更加真实可靠。1958年，杨氏祠堂被征作农民食堂，祖匣牌位全被清理出门，因数量太多（可装几马车），只得胡乱堆放于一间闲房内，后陆续被食堂点炉灶用去不少，至“文革”初期尚剩下一半左右。1970年冬，全被当作“四旧”烧毁。所幸的是，当时有人将老令公杨业和折太君的一对灵牌匿起，并偷偷送到河东王庄的亲戚家代为收藏，直至2015年才被发现，物归原主。据杨氏家传，这些牌位上所记的文字内容，曾被历代后人抄录于纸上，因易于藏匿，致以躲过“文革”一劫。如今涉及的一些人物历史，即主要靠这些手抄底案。

其四，传世谱牒。瀛西杨氏有历代沿传下来的祖谱、宗谱、族谱多部。其中尤以北宋年间由杨业曾孙杨充广创修的《杨氏祖谱》最为珍贵。该谱注明为“嫡长内谱”，故入谱者主要为历代的嫡传长门。这部宋版原谱，书于茵陈木简之上（茵陈并非阴沉，俗称白蒿，多年生草本植物，生于原始森林或山阴背后者可高大如树，茎干木质细腻轻绵，可制棺修简，永世不朽不蛀），以皮条串连成编。明永乐末年由湖南大竹坪运回北方，曾供奉于北京的杨家府邸，后又移至河西务的杨氏祖宅。此谱曾经多次续接，并被刊印或手抄为纸本。“文革”中因木简谱体积过大，无法藏匿，故被查抄，同于1970年冬被当作“四旧”烧毁。而由其复制的纸本则被隐匿他处，遂得以流传下来。

另一部清康熙年间由杨九有创修的《瀛西杨氏宗谱》，分四卷，为宣纸手抄本。收藏者杨树田的妻子因长期卧病在床，当“造反派”前来抄家时，秘将此谱揣入绾裆裤内，才使其得以幸免。因这次惊吓，此人不久便逝去了。

其五，古籍善本。作为勋臣世家，瀛西杨氏家族向来不乏笃学嗜书之人。经数百年人积代累，杨府藏书阁内珍藏的古籍经典多可充栋。至新中国成立后，所剩者皆为各朝精粹。其中有《瀛西麓芝禅师语录》一书（清乾隆七年《武清县志》有载），为清康熙早期的境内高僧明馥和尚所著，书中辑有瀛西的由来、邑人杨球的生平，以及泉州古邑的诸多旧事。而瀛西杨氏乃杨球之苗裔，故每逢家祭向族人宣讲家史、家训、家规时，常要援引明馥著作中的有关内容，所以此书一直被杨府所珍藏。“文革”中杨府的所有藏书尽被查抄焚毁，大火足足烧了半天，这部名著即在其中。数年前，杨氏家族的最后一位主祭人杨学曾（移居河北三河市，为长门长子，卒年约九十岁），曾在一份回忆材料中称：“瀛西曾有一位仙释（即高僧）叫明馥，他曾写过一部名著《瀛西麓芝禅师语录》，当时传遍全国。此书收在头进院的藏书阁内，‘文革’时被烧毁，我为之痛哭一夜。”

其六，祖宗坟墓。瀛西杨氏的祖坟茔地多不胜数，新中国成立后皆被先后夷平。至“文革”时，最后仅存的两座祖墓亦被哄掘。1967 年夏，位于大龙庄村西口的杨杰墓被发掘哄抢。杨杰乃昌平侯杨洪的嫡子，明景泰二年（1451）以父殁袭爵，四年即英年早逝，被按侯爵入葬。墓中葬有一妻一妾二陪葬，共计五具棺椁。当时因村民取土，以致棺木外露，遂引起聚众哄掘，最后竟至有人用筛子筛土寻宝。某人得了一件凤冠，误被当作废铜卖掉。其他人所得何物，均不得而知。因当时正处在破“四旧”的高潮阶段，杨家人根本不敢承认这是自家的祖坟，更不敢出面阻止。族中长者杨宏秦曾写有一篇札记，其中记载的就是此事。

翌年，位于大刘庄和郑庄两村之间的杨九有墓亦被哄掘。杨九有为康熙丙辰科进士，曾入值中书，所称“翰林杨家”即由其起。其墓地通称“杨记坟儿”，时为大刘庄的社员自留地。地上只有这座孤墓，高逾数尺，占地一亩有余。“文革”初期，坟土渐被拉平，遂引发盗掘哄抢。出土的棺木油漆锃亮，多被人抬去当了房檩，或打成了门窗，墓室蓝砖亦被用作建房材料。至于墓中都出土了何物，杨氏后人一概不知。这年冬季，有人因盗窃被判刑，其中就包括这桩盗墓罪。

十年“文革”，瀛西杨氏所遭损失绝非仅此。所庆幸的是，尚有不少转移或藏匿的祖传遗物被有心人冒险保存下来，为今日重现瀛西杨家将的辉煌历史，留下了最为有力的原始证据。

第四十三章　逢盛世碑石重现

自改革开放以来，政治开明，国泰民安。经过拨乱反正、观念更新，瀛西杨氏从此扬眉吐气，终于能为忠勇爱国，但却湮没无闻的列祖列宗们亮明身世、公开隐情了。

2006年初夏，时年九十二岁的杨宏春老人病至垂危，因其嫡孙已东渡日本，故在交代后事时将一部清代族谱传与一位堂侄，另将一份新中国成立初期的地契交与侄孙。这张地契的底脚边缘注有“下马碑埋于厢房山南一丈许”一行小字。这位侄孙按其所指，约集族人，于2006年8月中旬将此碑挖出。此碑刊立于明景泰元年（1450）八月，即当年昌平侯府门前所立的御赐下马碑。碑阳上首楷书“英烈之门”，篆额“如奉圣旨”，碑中竖刻“文臣武将过此下轿下马”一行楷书，为景泰皇帝御笔亲封。碑阴镌有圣谕一道，对杨业十八世孙杨景（璟），以及其子杨洪、杨清，其孙杨俊、杨经、杨仁、杨能、杨信、杨智等国朝功臣极褒显赠，各有封赏。这则消息在《天津日报 · 武清资讯》上披露后，很快即被传于网上，由此在杨氏后人中引起了认祖归宗、联宗会谱、追忆祖先的热潮。各种传世谱牒、图文史科、先人遗物等亦随之相继露世，使有关瀛西杨家将的那些隐秘极深、几乎绝传的历史终于拨云见日，始露端倪。

此碑刚出土时，旧迹斑斑，碑榫断缺，遂雇请工匠对其进行了通体打磨，并在碑底重新切出凸榫一道。据杨氏家传，此碑当初用的是修建北京皇城金水桥的余料，今经打磨，果见洁白如脂，金星闪亮，故有人疑作当代仿品。另外，碑阳署款为“代宗祁钰帝御笔亲封”，明显有悖常理，因“代宗”乃死后之庙号，在其生前焉能使用？故又有人疑其为伪造。至2008年7月间，原瀛西九千户杨基于明天启五年（1625）写下的一篇札记被偶然发现，文中记载了熹宗巡阅北运河的经过，及驻跸侯爵杨府，并为此碑补题落款的种种实情，各种疑云随之化解。后又从北京请来专家，对该碑进行实物鉴定，被断定为明代原物无疑，只是对重新打磨一事深表惋惜。此碑被重新立于门前一年有余，逐渐生满苔斑，加之参观者不断，唯恐有损，故于2009年复又隐藏起来。

2008年春，杨氏已故族人杨树田生前遗留的三十九本日记被其侄女送返原籍。有人在翻阅时偶然将塑料皮退下，不期于第二十四本脊背一侧发现有竖写的一行文字：“龙庙丝璟墓名”。接着又从第二十五本的同一位置发现另一句：“王豆坑祖志藏”。后请我为之破解，认为是一句隔字对接的记事隐语，全句为：“龙王庙，豆丝坑，璟祖墓志名（铭）藏。”经此点拨，人们立即想到了失踪多年的璟国公墓志碑。2009年5月12日，按隐语所指，终于探到了这块墓志碑，并将其顺利出土。

此碑无匣无盖，除阳面磨光刻字之外，其余五面均为凿茬，故被称作“壁志碑”，是镶嵌于墓室或地宫的内壁之上的。铭文中提到的璟国公，即杨业十八世孙杨璟，建文四年（1402）为救护燕王而被南军腰斩于安徽灵璧，尸身被葬于江苏六合。至永乐二年（1404），成祖追封其为璟国公，并在河西务敕建龙王庙，供玄武帝；建六合塔，为璟公衣冠冢。这块壁志碑即该塔地宫中的原物。清朝末期，这座龙王庙被清军辟为弹药库，后被八国联军引爆，炸成一片大坑，因距豆丝辛庄（今与三里屯并为一村）很近，故俗称豆丝辛庄坑。六合塔于1958年被彻底夷平，地宫中的衣冠、盔甲及所用兵器等物全被毁损遗失，其中有一具璟公生前所戴的铜盔，被在场的社员们换成了豆腐丝，大家一哄而食。这块石碑被混在渣土碎砖之中，随即被填埋于地下。1984年前后，在苏庄西口挖渠修路时又将此碑挖出。大龙庄的杨树田闻知后，便约了杨志刚、杨慎之、杨宏秦等同族，趁夜里无人，用手推车将此碑偷偷运回，就埋在了自家院中。自此以后，他便重病缠身。1990年，心生顾忌的杨树田又将此碑移出院外，秘密地埋在了豆丝辛庄坑的北坡之下，并与帮忙的同族约定永不外传。事过不久，帮忙的族侄便突发疯症，不足三月而亡。这两次埋碑的经历，让杨树田愈发心事重重，每日凌晨昏后，必要绕着坑边打转儿，族人或乡亲们见了，无不感到蹊跷。2004年秋，孤独一人的杨树田病死家中，数日后才被族人发现，景况十分凄凉。树田公深通文墨，只因被家庭成分所累，致以落得一生坎坷。

其对杨家历史知之甚多，曾多年致力于保护祖传遗物，夫妻二人为此做出的贡献可称无人可比。他们竟都落得如此下场，着实让人可发一叹。今对其人其事着加记述，实出敬意，亦算是对亡者的事后追悼与告慰而已。因这些当事人一直守口如瓶，后又一一去世，致使此碑的下落再也无人知晓。未曾想到，这几十本日记在外辗转多年之后，又被送回原籍，并在无人留意处发现了那句隐语。此碑的重现过程，有如鬼使神差，凡知其始末者，莫不叹为盛世传奇。

璟国公壁志碑出土后，暂由武清区的有关部门妥为保管，经请文物专家鉴定，被确认为明代原物，其铭文亦属姚广孝之手笔无疑。如果说未见此碑之前，人们对瀛西杨家将的历史尚存疑虑的话，那么此碑一出，便一锤定音，一切悬疑或误解均可在这原始铁证面前破解无余。

时隔五百余年后，瀛西杨家将的真实历史终得还本复原，杨氏先祖们的丰功伟绩终得弘扬天下，这两通御赐碑铭无疑起到了决定性的作用。

第四十四章　孝贤孙万众朝宗

自改革开放以来，国家政治稳定，经济繁荣，迅速迈入了小康社会。随着人们思想观念的转变、精神桎梏的逐步解除，固守于大龙庄的瀛西杨氏长门一支，便率先展开了追思先祖、联络宗亲等一系列活动。从此为全面发掘杨家将历史、真实再现杨家将的往日辉煌揭开了序幕。其中尤以发起人杨学明及其堂叔杨希增行动最早、贡献最多。

这叔侄二人，均系明代瀛西九千户的嫡传后裔，清朝豆粮庄头的在世子孙。早在数十年前，他们两家便在暗中搜集家族史料，收藏杨氏谱牒，时时在为重修祖谱、弘扬祖业而做准备。当各家经济条件才刚好转之际，他们便迈上了寻亲谒祖、采集史料的漫漫征程。1999 年，他们首先赶赴山西代县，在鹿蹄涧村拜谒了先祖杨业的忠武祠（业公谥号忠武），经与当地的杨氏宗亲理事会联宗会谱，确认彼此之间乃一祖同源，俱为业公嫡后。继又组织多人多次前往河北赤城，拜祭瀛西始祖杨洪、杨清及其先妣施夫人墓。其间曾与杨家坟村的同族后人联谱认亲。并几度造访赤城县博物馆，瞻仰了杨洪墓前旧有的神道碑铭，及望柱、石像生等馆藏遗物。馆方赠予《赤城县历史概述》一书，内中辑有《杨洪传》《杨洪生平大事年表》《杨洪家谱》《杨洪祖谱示意图》《杨洪史迹录及其迁墓考》《杨洪墓前神道碑文注》等重要史料。其所涵内容，为日后发掘、考证瀛西杨家将的历史提供了诸多补证。

固守祖籍大龙庄的瀛西长门之后，如今健在的最高辈分者为业公三十四世孙，而对家族历史知之最深、知之最详者当以三十五世、三十六世孙居多。这些年来，他们为收集祖传遗物，传承家族历史可谓是竭尽所能，费尽心机。其间曾为回归一物而挥斥重金，曾为弄清某事而四处奔波。年逾古稀的杨希增为了弘扬祖宗德业，免被久湮失传，亲自动手，遍稽众谱，汇集家传，写下各种追忆材料，将自幼以来所知所见的各版谱牒、历代祖茔、祖传秘籍、家族轶事、门支宗派等传诸后世。后又以宋版《杨氏祖谱》为底本，经接头续尾，补旧增新，编就庚寅（2010年）版《杨氏族谱》一部。新谱仍以唐末杨端为始祖，历宋、元、明、清以至民国，直延至今，入录者凡四十代。谱中宗脉清晰，昭穆准确，承旧添新。很多内容可填补史志之遗缺，修正碑传之讹误，晓喻族人之所不知。目前，像希增公这样的知情老人已所剩无几，倘再拖延时日，某些口传心记的家族历史，恐就真的随棺入土，永被失传。若论这抢救之功，希增公堪称第一。

杨学明辈居三十六世，其作为最早的发起人，曾为搜集家族史料，联络各地宗亲奔波了二十余年，可谓用心良苦，极尽虔诚。为早日剥去尘封，亲手将杨家将的真实历史大白于天下，他除了亲力亲为之外，还在家族内部启发同道，劝献家藏，力图让更多的知情人参与其事。并设法借助外力，扩大对外宣传，尽力争取社会各界的关注与支持。其自2006年起，便有意结识了几位文史爱好者，不断向他们袒露实情，交代实底，展示实物。孰料此举竟引来了祸事加身，致以两遭伤害，几乎丢了性命。后在其义无反顾的坚持之下，族中长幼纷纷伸出援手，主动为他提供各种帮助。至2011年，条件基本成熟，遂在武清区主要领导的关心和区档案局的主持下，由三位外姓作者编写了《武清瀛西杨家将》一书。学明公不以辈小言微而退缩，不以个人得失为计较，一心只想为祖宗揭洗沉湮，还瀛西杨家将以公道。若论崇宗敬祖、至诚至孝，不愧为族中榜样。

近十数年间，与瀛西长门联宗会谱或亲临大龙庄寻根谒祖的杨氏后人开始逐年递增。初期还以昌平侯杨洪、九千户杨清、太子千殿下杨冲这三支的嫡传后裔为主，分别来自天津、北京、河北、河南及山西、内蒙古、辽宁等地。至《武清瀛西杨家将》一书被传于网上之后，又相继扩展到了湖南、陕西、云南、贵州等多个省市。其范围开始超出瀛西长门所属，又放大到了播州远祖、六合长门等旁门远支，乃至避难改姓的璟公后代、无缘入谱的迷失子孙等等。这些已正式认祖归宗的杨氏后裔，皆系唐末始祖杨端的嫡传子孙，如今共以瀛西长门为轴心，构成一个辐辏相连、八方辐射的巨大网络。约计已多达四五十个门支，涵盖数十万人口。这种宗族团聚、万众朝宗的空前盛举，正然是中华崛起、民族复兴的真实体现。

据耳闻目睹，凡来河西务朝宗祭祖的杨氏后裔，不论门支远近，归宗迟晚，必先到六合塔遗址凭吊瀛西开基祖杨璟。久居天津的杨竹林，晚年曾多次回乡祭祖，每每跪伏于六合塔遗址前，焚香献供，顶礼叩拜。当高颂祭文时，常自仰天长号："吾祖何在！吾祖何在矣！"随之便恸哭不止，竟引得路人相与泪下。有些年高辈长的族人，还随身带来了家传谱牒、先人遗物，以及图像文札等各种家族史料，来与瀛西长门互通信息。沈阳杨育善带来的《大龙庄侯爵府平面示意图》，系由其亲手绘制，将这座明代敕建的侯爵府邸的规模、形制描绘得一清二楚。其不仅展示了先祖们的伟绩殊荣，亦为日后著述、修谱提供了可循依据。来自河南武陟的杨可良及其二子杨卫红、杨卫国，已研究杨氏历史多年。只因"迁之故不能详，迁之祖不能详"（其家谱中语），曾为祖籍何处、祖宗为谁而苦苦寻访了十余载。当其从网上得知本门乃瀛西杨家将的嫡传后裔时，举家欢庆，遂携带全家寻至河西务谒祖认亲，并留下十几万字的研究资料。武清北柳子村的杨文岐曾在河北赤城当兵时，无端地拜谒了杨洪墓，直到 2015 年初，方才得知本家就是杨洪长子杨俊的嫡传后代，故被这段鬼使神差般的经历激动得涕泗横流，遂于当年 5 月间亲自操办了一场迎祖祭祀活动，一时轰动远近。此后又多次率带同门各支代表亲至河西务拜祖认亲。那份对祖宗的崇敬与虔诚，着实让人感动。还有湖南邵阳的杨中虎、永州的欧天恩，河北威县的杨立港、廊坊的杨廷玺，天津静海的杨文敏，北京通州的杨克川，辽宁宽甸的杨凤民等为代表的杨氏分支，都是在历经多年的苦苦追寻后，才于近几年间查清了祖源，找到了祖宗，终于得以认祖归宗，并重新更改了错认的先祖，从而解开了根在何方、祖宗为谁的家族困惑。

在这场艰难而又漫长的联宗会谱、光大先祖的活动中，始终贯穿一种无私奉献、勇于担当的精神。武清海自洼一支的杨广雨，多年为此穿针引线，四处联络宗亲，并在捐助孤老、族人团聚等多次活动中充任主角。河西务四街一支的杨冬霞，秉承先父遗志，及其夫婿尹照辰、家弟杨文闯一起，凡遇大型家族活动，总是出钱出力在先，并主动承担起组织安排及随行服务的责任。他们还凭借自身的文化优势和人际资源，亲为杨氏族群开设网络平台，在沟通内部交流、扩大对外联系等方面发挥了重要作用。廊坊许各庄一支的族中长者杨廷玺，近几年间几乎跑遍了半个中国，到处参谒祖迹，拜访宗亲，广泛征集家族史料。后以七十四岁高龄学会上网、打字，终于亲手成就了《杨端嫡传族谱》。该谱由唐迄今，纵跨千年，连通四十余代，诚可谓史无前例，劳苦功高。其子杨春风不惜捐资出力，带头倡修宁河祖墓，首开为先祖造像树碑之先河。同村的杨万金，先自创办武馆，传授杨氏武功，继又主创"廊坊市杨家将文化研究会"，凭以联络专家学者、各地宗亲，着力弘扬忠勇爱国的杨家将精神。可以预见，通过杨氏子孙的不懈努力，那支久被尘湮的武清瀛西杨家将，必将真相大白，重见天日。那些鲜为人知的杨门英烈，终将重现光芒，永为世人敬仰。

以瀛西长门为代表的杨氏后人，对还原家族历史、弘扬祖宗德业无不心怀迫切。这完全出自崇宗敬祖、感恩戴德的一片真情。下录祭文一篇，恰可表露其阖族上下的共同心声。

列祖列宗在上：

值此清明祭扫之际，我等杨氏后人齐聚于瀛西祖茔之前，以其冢墓无存，唯可望空祭拜，不禁哀哉痛哉！

想我杨氏先祖，源出陕西，发迹于汉，位列三公，为国栋梁。传至宋代，镇北抗辽，父子英杰，精忠报国，洒血捐躯。有明一代，攻杀战守，救国危难，一杰五虎，伯侯同门。追溯两千年，延传数十代，为文臣者惧畏四知，远避三惑。为将帅者保国卫民，忠勇无敌。往事虽可尘湮，光辉难掩其芒，我等后人，焉能数典忘祖！为继祖德，奉循忠孝。为报祖恩，接宗续谱。繁衍至今，门支数十，传人万千。在公在私，各有成就。为儿为女，均称孝贤。祖宗有灵，尽可宽慰矣！

辛卯清明，祝告吾祖，各辈长幼，齐来叩首！

这正是：

潞水滔滔育英贤，杨家将帅可擎天。璟国救主替身死，武襄勤王挽狂澜。父子接踵镇迤北，弟兄联手戍边关。韬光晦迹凭讹误，今逢盛世洗尘堙。

又道是：

先人垂伟业，岂可任流失。一呼千百应，阖族结共识。历史当重写，切莫再疑迟。祖荫无薄厚，全凭自取之。

第四十五章　杨能像归宿存疑

本书本已结束，但仍有一事心存悬念，弃犹不舍，故又补缀一章，留待分析。

2013年年初，由台湾知名人士叶景成先生捐赠给武清的三十二尊佛首、佛像顺利运抵杨村（区政府所在地）。据境内媒体最初披露，称其中有一尊“杨能佛像”，上镌铭文为“汝宁府真阳县真阳□南岳社谢庄村住庄人……，正统四年九月吉日。父杨能，母田氏□□，造像人冯金山刻呈。”这则消息一经发表，很快便传于网上，引起瀛西杨氏后人的极大关注。他们根据世代口传，并经多方查证，大都认为这尊回归佛像与其家祖庙中失踪多年的杨能替身佛像极为相似。

有关杨能的生平事迹，前章已有记述。其乃宋赠太师杨业的二十世孙，明封瀛西九千户杨清的嫡生长子。累官至镇朔大将军，宣府总兵，左都督，爵封武强伯。永乐二十二年（1424），年方十六岁的杨能奉伯父杨洪（即后来的昌平侯）所遣，亲率几个幼弟远赴湖南城步及陕西汉中等地，前去谒祖探亲。其在途经河南汝宁府时，曾偶收一田姓女子为侍妾（即外室）。后被带回老家，因家法森严，不容入户，故被安顿于离家数里的孝力（原名孝里）村。田氏所生一女，长大后招赘山东泰安人冯金山为婿。此人本在河西务西大营当兵，因就落籍于孝力，并从此成了杨家守将的亲兵侍卫。杨能返回军营后，一直戍守于边关塞外，再也无暇顾及田氏母女。田氏在家空守多年，见夫妻团圆已无指望，就决意出家为尼。女儿女婿顺从母意，并经杨府划地出资，专为其母修建了一座家庙，以便田氏在家修行。田氏皈依佛门之后，自号“紫竹居士”，以表空心守节之意，此庙因此得名“紫竹庵”，俗称“冯家庵”。流传至今的“庵南”“庵北”地名称谓，即由此而来。在田氏入庙修行期间，以杨能久战沙场、杀戮过重，为攘灾祛祸，故让女儿女婿为其父刊刻生像一尊。这尊全身佛像，用的是河北曲阳石料，在山东泰安雕成并经佛法开光，而后运回河西务，就供奉于紫竹庵内。田氏每日为之诵经弭罪，焚香祈福。待田氏圆寂后，此庙捐公，从此改为僧寺，并更名为“紫竹禅林寺”。1961 年此庙被武清县人民委员会确定为县级文物保护单位，用的就是此名，《武清县志》明有记载。至大明嘉靖年间，此庙扩建重修，又经杨家出面请旌，嘉靖皇帝御赐“敕赐慈航禅林”巨匾一块，这便是孝力禅林寺的前身。就在紫林庵捐出之际，杨氏家族为延续香火，遂将这尊杨能替身佛像转移到了杨氏祖庙龙泉寺，重又供奉于后殿之中。这座龙泉寺俗称白庙，即永乐皇帝为开国功臣杨换追建的家庙，前章已有记述，无须重复。

当田氏随杨能北归之初，其娘家的兄弟及家眷等亦一同来到河西务。杨家将其安置于高庄村(河西务辖村)，并赏地一千亩，任由自便。若干年后，这些田氏后裔渐至繁衍成了众多门支。而女婿冯金山的后代，一直占籍孝力，早已成了村中大姓。

1937 年 7 月，侵华日军挑起“卢沟桥事变”，国民党二十九军宋哲元部曾在这座龙泉寺前与一股日军遭遇。在双方交火中，此庙被炮弹摧毁殆尽，原供奉于后殿中的杨能佛像亦从此不知去向。如其被炸毁，也应留有残肢断体，可在战后重修此庙时，竟连一块残渣碎石都未找见。故其到底流落何方，直让杨家困扰至今。当闻知台商赠佛像中有杨能佛像时，杨、冯、田三姓后人都十分关注。

据他们揣测，当龙泉寺发生战事时，瀛西杨氏后人杨启勋正在冯玉祥手下担任秘书，而宋哲元又属冯玉祥部下，故极有可能是经杨启勋之手，将这尊祖像抢救出来，此后几经辗转，才被运离大陆的。再者佛像铭文所署的“正统四年”，即 1439 年，杨能此时三十岁，田氏已然空守闺房十五年，其女儿也已到了出嫁的年龄。故由杨家做主，将其嫁与了手下士兵冯金山。此后始有为田氏建庙出家，并为杨能雕像祈福等情由。而这田氏非明媒正娶，按封建礼法是不准入门、入墓、入谱的，故只被《大明杨氏日新更迭》（即家族日志）记为“室、田氏”。其用语虽简，但足以证实杨能确曾有过这样一位无名无分的非婚妻子。凡此种种，无不令人相信，他们所做的推测分析是顺乎情理、符合逻辑的。

就在官方为这些佛首、佛像公开征询身世线索的过程中，杨氏亲属中就有人应约在《武清资讯》上发表文章，提供了瀛西杨家将中的武强伯杨能的相关资料，以备参考。随后又有人再次将杨、冯、田三姓的考证意见投至报社。就在发稿之际，不期传来一则消息，说是这尊杨能佛像已于2013年7月4日被河南省驻马店市正阳县认走。缘由是将佛像铭文中的“正统四年”改认为“正德四年”，整整迟晚了七十年。又将“杨能”改认为“杨聪”。这两处更改，两字之差，便从时间和主体这两个核心问题上，一下将境内媒体最初提供的原始资料彻底推翻。而其所依所据，又是经谁鉴定的，均都一概不明。

事既至此，只能不了了之。但对此事的来龙去脉、前因后果，总还是有人疑惑不解。到底是最初提供的铭文有误，还是后来的更改失真，恐怕再也无人为之做出澄清。杨能佛像的越海归来和重新失去，对瀛西杨氏家族而言，无疑是一次先喜后忧、希望破灭的打击。但他们从未认为自己的判断分析就是唯一正确的。他们只是希望别把残字改为错字，莫让自己的祖宗枉被他人误认而已。故赘述于兹，以示存疑。

后 记

备受杨氏族人期待已久的《杨家将诠真》一书，历经两次重写，反复研修，终于可以脱稿成书了。其间几经寒暑，三际春秋，能在古稀之年了却此愿，着实感到夕阳晚景，犹可作为，实乃人生一大幸事。

书中所用史料，已然积攒十年有余。零星散碎，出处庞杂，全凭素日手抄心记。而能将其条分缕析，摆布得宜，并使之立论准确、表述中允，成书之难全在于此。因受知情所限，无法假手于人，只得勉为其难，亲自为之。

此间曾与人合编过《武清瀛西杨家将》一书，从书名即可看出，其立意主要在于揭示瀛西杨家将的由来及发展，而宋代杨家将只被作为一种过渡。此次重编，则将两者相提并重，以期通过对史实、人物的分头记述，来还原两代杨家将的本来面目。瀛西杨氏作为他们的嫡传后代，绝无评真论假、贬前誉后之意，只是想揭开内幕，讲明实情，不忍明代祖宗永被尘埋，从此失传而已。我所做的，无非是碾谷为米、这儿趸那儿卖的事罢了。

在古籍残卷、碑记遗文中摸索前行的这些年里，曾有幸见识了多部不同版本的杨氏谱牒，以及才露世的各种前朝遗物和祖传秘籍。出于应用之需，也曾陆续查阅了有关的国史方志。但论及根本，还是瀛西长门的杨学明、杨希增、杨继善、杨学孔等杨氏宗亲的鼎力相助和用心支持，若不是他们提供资料，指点迷津，这世间恐将永远不会出现此书。为促成此事，由河西务走出的杨冬霞及夫婿尹照辰、胞弟杨文闯等人，无不殚精竭虑，极尽所能。家居海自洼的杨广雨，一直为修谱编书拨火添薪，实属功不可没。时任中华杨氏联谊总会天津分会会长的杨小雄女士，曾是重编此书的最初推手，并亲自为之铺路搭桥，上下奔走。后虽中途遇阻，但那种真心实干的奉献精神，尤为令人难忘。至于那些久居在外的杨门长者、族中俊彦，虽都未曾谋面，但他们的间接支持和帮助，我又何尝不知。其间还恰逢廊坊杨廷玺公创修的《杨端嫡传族谱》定稿出书，又为本书弥补了许多遗缺和不足。此外，还有吴继良、马金东二位同道，他们在《武清瀛西杨家将》一书中留下的发掘成果和现成材料，无疑让我受益匪浅。总而言之，本书的成功，全赖众手攒薪、群贤襄助，绝非一己之功。值此付梓之际，谨向他们表示由衷的谢意。

本次重编，仍以此前出版的《武清瀛西杨家将》为底本，又补入许多前所未知、未见、未闻的史记家传，并对其结构作了调整、认识进行了更新。但就其体例和内容而言，依旧属于史料文辑之类。事后读来，犹觉言不尽意，缺憾颇多。至于其中的纰漏遗缺，乃至偏颇讹误之处，亦肯定难免，诚望杨氏宗亲及识者方家详加指教。

廊坊市杨家将文化研究会理事　陈景山

撰于 2017 年初夏

补遗

本书自2017年截稿，至付梓待印之际，又有杨家将一族的诸多亲支近派前来认祖归宗。其间旧谱迭出、物证屡现，恰可弥补书中疑缺不全之憾，并可使一些虽“彪炳史册却不知为杨家将一脉传人者”得以确认。诚可谓“盖踵其事而增华，变其本而加厉；物既有之，文亦宜然”。故又从中拣选直关杨氏家族统绪的原始史料，或是才经定准的族望先贤等，一并附缀于兹，以俾读者前后对照，更加易懂易通；并为有关研究学者提供更多的参考资料。唯此而已。

杨震实为杨家将嫡祖

2019年年底，瀛西杨氏珍藏千载的一幅《杨氏世系图》重又露世。此图即杨家将一族的嫡传世系图谱，系由宋赠太师杨业的堂伯父杨牧南始创，后经历代接续而成。底本为纸质，旧称羊皮官纸，曾经装裱过不止一次。因年久变硬，洇渍侵蚀，舒卷起来已很困难，但所幸原有文字尚清晰可识。全图外宽2.7米，纵长3.2米，两端无轴，呈横卷式，外用黄绸套袋保护。

此图与书中提到的茵陈木简《杨氏祖谱》、绘有列祖遗像的画谱（即俗称的丈布），以及历代祖匣牌位等，均为瀛西杨氏的祖传遗物，曾被世代供奉于家庙祠堂。至“文革”期间，其中的简谱、画谱及祖匣之类尽被抄没焚毁，而这幅图谱却被一户成分好的族人趁乱私匿起来，又历五十余年，同族各家均都一无所知。近几年间，这位族人举家移民海外，欲将此图转移出境，因其属于管制文物，故被海关截留下来，幸而保住了这件完整记载着杨家将一族嫡传世系的权威证物。

展开此图，其面积比两张双人床还大。但见上首边框下横列着两行杨氏远祖名单，上追黄帝为初祖，下讫西汉中叶的杨忠、杨恽兄弟，共计五十余代。名单下行，居中以杨恽为本图的一世始祖，由其往下，每行一代，均为恽公的嫡传后裔。按其统绪，杨恽生有五子，名谭、论、讷、徽、奇。其长子杨谭生杨宝，杨宝生霖、震、霆、霍四子。杨震生杨秉，杨秉生杨赐，杨赐生杨彪，这便是东汉时期号称“四世三公”的弘农杨氏。杨彪所生三子，长名邕，次名绍，三名修（为曹操所杀）。震公三弟杨霆，生子名泽，由仕迁居渔阳泉州，落籍于瀛西，即今之天津市武清区河西务镇境内，由此衍出瀛西杨氏一支。杨泽在此生下球、终、珠三子。长子杨球官至东汉尚书令，因与奸宦结仇，缘而被构罪诛杀，后归葬于泉州故里，即今之三百户村西，长眠于父亲杨泽墓侧。《武清县志》将杨球奉为第一人物，并为之立传，其内容与《后汉书 · 杨球传》基本相同。

至球公之子杨境一代，复又迁居渔阳郡（今北京密云）为官，其子杨绳亦被调往远地驻防，不幸于三十七岁早亡，杨境一支由此绝嗣，遂将堂兄杨彪次子杨绍招为继子。自此开端，杨震之后便承嗣了杨霆一支，故均称“四知堂”杨氏，也就名副其实了。

杨绍过继时，应已生有二子，长子绪昌仍就传承本支嫡脉，次子绪盛则随父归于叔祖门下。杨绪盛生有四子，名序玪、珧、瑶、珩。其中三子杨瑶，下传杨彰—杨结—杨继—杨晖—杨恩。杨恩又称杨思，现有墓志铭流传于世，铭文为：

宁远将军河间太守杨恩墓志铭

君讳恩，字天恩，恒农（即弘农）华阴人也。晋侍中、尚书令、仪同三司，城阳亭侯瑶之五世孙。散骑侍郎、谏议大夫彰之玄孙。中山相结之曾孙。治书侍御史继之孙。乐安王府从事中郎、京兆太守、库部录曹、都官给事晖之长子。不幸年三十八弃世。

维大魏永平二年（509），岁次己丑，十一月十一日乙酉迁葬起志。

这道铭文，正与《杨氏世系图》上标注的世系、名讳完全吻合，并将杨恩及其上五代先祖的官职注记于侧，从而印证了《杨氏世系图》的真实可信。

按世系图再往下接，杨恩之子名钧，东魏时爵封越恭公，所生四子，名为穆、俭、宽、暄。杨暄仕于西魏，官至度支尚书（即财政部长），生有敷、厚、济三子。其长子杨敷入仕北周，爵封临贞公，共生六子，名曰素、约、操、戾、慎、岳。时值大隋，杨岳官至万年令，生有弘礼、弘文、弘武三子。长子杨弘礼改仕大唐，官封中书侍郎。其子杨春高生烈端、天端。杨烈端生杨飙，杨飙生杨春，杨春生杨稷。杨稷字临牒，号起源，以稷山太守职迁居会稽郡（即今浙江绍兴），为子杨炅（读迥）娶郡中名门之女谢氏为妻。杨炅字钟秀，号表滋，后迁任太原太守，遂移居太原，自其子杨端、杨瑞之后，始称太原杨氏。

这位杨端便是唐末的首任播州刺史，本书已有详述。其所生二子，长名放，次名会。杨放之子杨牧南即是这幅《杨氏世系图》的创始人。杨会之子名弘信，又名杨衮，下传杨业一杨延昭一杨宗一杨充广，统称北宋杨家将。至杨充广创修茵陈木简《杨氏祖谱》时，因碍于祖源中断失考，遂以落籍太原为断，另立杨端为本族的一世始祖，其中道理正在于此。

凭实而论，诸如这些世系图、木简谱，乃至墓志铭之类，本为杨氏祖传的家藏地葬之物，必由逐世接续，或应时撰刻，既不容轻率有误，更无须造假蒙人。时至当今，若要凭空杜撰，或是追风伪造，岂不知材料已绝，能人焉在，且又有何必要？故其真实性足可毋庸置疑。

这幅《杨氏世系图》堪称价值无限，其不仅接通了自汉末杨境至唐末杨端之间的六百余年历史，使家族谱牒久已失传的十九代先祖得以确认，而且还将杨震之后承嗣杨霆一支的血缘关系剖白一清，首次揭示了杨震实为杨家将嫡亲先祖的史实真相。故凡杨家将一族的后世传人，不仅要铭记牧南公的首创之功，更要感恩“文革”中苦心收藏此图的那位族贤。如其不然，杨家将一脉源流将被永远中断，再无开解之日。

通览此图，在其空白处还缀有两段题记。居上者位于中部，记曰“杨充广续修牧南祖牒”，证明杨业曾孙杨充广曾亲自接续过这幅图谱。据此推测，当其创修《杨氏祖谱》时，尚未见过此图，故对失传的十九代先祖均无一字提及。

居下者位于右下角，记称“裔孙应龙进师京师面圣，住瀛西家宅，续吾系。吾乃相祖父之孙，端祖三十叶世嗣孙也”。此人便是被明朝扫灭的最后一代播州宣慰使。其于明万历元年（1573）受封袭职，并加官为骠骑将军，在赴京谢恩途中，曾亲至瀛西杨府认祖会亲，先将本支嫡脉续入此图，而后又记下数语，说明自己乃系瀛西九千户杨相的嫡孙，亦即杨端始祖的第三十代后裔。这两段原始留言，又为《杨家将诠真》中的有关记述提供了新的佐证。

附：杨家将祖源世系图

（按《杨氏世系图》接续）

上廿六	杨恽	生五子	上十世	杨暄	度支尚书
上廿五	杨谭	谭、论、讷、徽、奇	上九世	杨敷	北周临贞公
上廿四	杨宝	生四子	上八世	杨岳	隋朝万年令
上廿三	杨霆	霖、震、霆、霍	上七世	杨弘礼	唐中书侍郎
上廿二	杨泽	杨秉，震公子	上六世	杨春高	生二子
上廿一	杨球	杨赐，秉公子	上五世	杨烈端	弟名天端
上二十	杨境	杨彪，赐公子	上四世	杨飙	
上十九	杨绳	远迁绝嗣	上三世	杨春	
	杨绍	继杨彪之子	上二世	杨稷	稷山太守
上十八	杨绪盛	生琁、珧、瑶、珩	上一世	杨叟	太原太守
上十七	杨瑶	晋城阳城侯	始祖	杨端	入主播州
上十六	杨彰	谏议大夫	二世	杨会	兄名杨敚
上十五	杨结	中山相	三世	杨弘信	又名杨衮
上十四	杨继	侍御史	四世	杨业	宋赠太师
上十三	杨晖	京兆太守	五世	杨延昭	杨家将二代
上十二	杨恩	河间太守	六世	杨宗	杨家将三代
上十一	杨钧	东魏越恭公	七世	杨充广	杨家将四代

杨璟参加北伐经由始末

在《明史·杨璟传》中，对杨璟参加北伐灭元以及在瀛西决战元军等情均无明文记载，并从时间上给人一种错觉，好像其当时一直在转战广西、湖南等地，来不及随徐、常大军北伐元都。

其实，明军北伐始于元至正二十七年(1367)十月，朱元璋亲自谋定方略，决计先攻打山东，继下河南，再拔潼关控扼门户，待南部局势被义军掌控住，然后再集中兵力进克大都，继而向西席卷山西和陕西。用兵之前，钦命徐达为主帅，常遇春副之，并发布了由大学士宋濂起草的北伐檄文。战役初期，各路义军（当时尚未建国）分头出击，按计而行，陆续将目标中的州城府县逐一扫平，数月之间便占领开封，平定河南，攻克潼关，从而控制了中原数省。与此同期，时任湖广行省平章政事的杨璟亦和其他将领一样，一直在为完成自己的任务而拼死征杀。十月二十五日，杨璟奉命与左丞周兴德、参政张彬率领武昌、荆州、益阳、常德、潭岳、衡沣等处军马深入西南，经强攻智取，如期将广西收归义军天下。至此南方各省初步实现了统一。就在这节节胜利、捷报频传之际，朱元璋于1368年正月初四在南京登基称帝，创立了大明王朝，年号洪武。

洪武元年正月初五，杨璟所部奉命转战湖南，首先分兵将永州城团团围住，然后兵分几路相继攻下宝庆、全州、道州、蓝山、桂阳、武冈、宁远诸州县。四月十六日，才又合兵一处，急攻永州，至次日便将永州城一举拿下。战后稍事休整，复与参政朱亮祖部一鼓作气，攻占靖江。七月二十三日，太祖在南京召见各路将领，重新部署北上伐元、直取大都的决战方略，并决计御驾亲征。七月二十八日，杨璟奉命护卫太祖车驾一路北上，于闰七月（当年为闰月年，有两个七月）初九日抵达开封，遂驻跸城中，以便临前指挥。完成护驾任务后，杨璟便疾驰山东临清，与徐、常大军会齐，遂被任命为前部先锋郭英的副将，其父杨政，及兄弟杨换、杨柱、杨鹤、杨芳亦名列其中，这就是明初著名的杨氏一杰五虎。

临清会师时，共聚集二十五万大军，谋臣战将不下千员。闰七月十一日正式起兵，一路之上，沿大运河水陆并进，先取德州，继克长芦（即沧州），至二十三日又攻破直沽（天津），二十五日即攻至京畿重镇河西务。郭英、杨璟所部一直冲锋在前，故首先与在此阻击的元军主力相遇，随即在瀛西城外的黄沙港与数倍于己的元军展开了殊死决战。此时的元军已是穷途末路，遂被乘胜而来的明军杀得尸横遍野，只得仓皇北窜。明军自然也伤亡不少，就连另一位副先锋高明德都战死于阵中。据《杨氏祖谱》记称："公（即杨璟）随徐达、常遇春北上攻元都，在瀛西战役中为郭英阵前副先锋，随父一杰五虎与元军在瀛西黄沙港大战，常遇春誇将才也。"这段谱记家传正好与上述记载互为参照，这样既可将杨璟父子参加北伐元都的时间节点和参战经过捋得一清二楚，亦可看清其与《杨家将诠真》中的有关记述完全对茬接榫，并无龃龉之处，故凡一切担心、质疑尽可一扫无余。

瀛西决战后，明军又于二十八日攻下通州，元顺帝见大势已去，遂于当日夜间三鼓席卷北逃。八月初二，大都城破，元朝灭亡。战后未容休整，徐达又命孙兴祖和杨璟各率所部，分别对通州、瀛西二城进行修复。期间，杨璟娶下吴应登之女为妻，并将其侍女收为侧室，因而暂居于瀛西城内北五街的岳父家中。八月二十六日，汤和、杨璟随大帅徐达进征山西。次年三月间，杨璟战潞州失利，继又率部转战唐州，平灭各处乱兵后，被留守南阳。是年八月，杨璟奉旨出使大夏，说服夏主明升归顺大明未果，十月初再以书信晓以利害，夏主终于纳表降明，太祖赏杨璟白金二百五十两、文帛二十表里，以示嘉奖。洪武三年（1370）四月，湖广（时为湖南、湖北的合称）慈利县土豪覃垕（读秦厚）纠集十八峒苗蛮举兵反明，杨璟奉命前往平叛，经几起几伏，终将叛军击溃。是年十一月，太祖大封功臣，授杨璟为开国辅运推诚宣力武臣、荣禄大夫、柱国、营阳侯，食禄一千五百石，享世袭。洪武六年（1373）六月起，杨璟随徐达镇守北平，曾亲自督修居庸关。洪武七年，太祖赐杨璟田宅于武清瀛西，始于城南修建府邸，后聚居成村，这便是如今的大龙庄。从此成了瀛西杨氏和瀛西杨家将的发祥地。延至洪武十三年（1380），太祖开始大杀功臣，杨璟亦被构陷其中，致而引发诈死潜伏、参与靖难等一系列秘案。凡此种种，虽有的发生于北伐之后，但在《杨家将诠真》的有关记述中尚还存在不够详确之处，故一并补缀于此，以备解读之需。

本文援引的这些新增史料，均系瀛西杨氏后人的近期研究成果，主要查诸于皇家实录和杨氏更迭（即家族日志），可谓人事具体，细至月日。这种穷征博引、以史实说话的精神，着实令人敬佩。

杨璟妻室儿女的来龙去脉

按《杨家将诠真》所记，杨璟一生共娶过四房妻室，亲生八子三女（从子杨沖、义子杨浩除外）。近因前来联宗会谱的杨氏分支日益增多，从而得知除此之外，杨璟还有多位鲜为人知的妻室儿女，故按新知情况，重加厘清补正。

杨璟于元至元四年（1338）出生于合肥，其外祖父名张宏仁，为当地的皮货巨商，故安家于此，史称合肥人。

至正十一年（1351），杨璟年方十四岁，先娶湖南永州欧善堂公之女欧巧梅为妻，仍居合肥。次年即随父杨政加入郭子兴的起义部队，从此开始军旅生涯。

至正十三年（1353）用兵南昌，续娶丰城县李氏夫人。次年生下庶长子杨达，字宗永，号文斌。当璟公称病诈死前夕，由欧母提前转移至湖南，被外公欧善堂藏匿于城步县大竹坪，改姓欧阳。杨达共生五子，名万朝、都朝、进朝、万成、晚成。至大明永乐年间，其叔父杨洪北守宣府一线，此五子均投于洪公麾下效力，论岁数应比叔父还大。至此复又改回杨姓。

至正十五年（1355），发妻欧氏生下次子杨通，字宗统，号文用，实为嫡长子，与庶兄杨达仅差数月。明洪武十五年（1382）八月，璟公诈称暴死，遂于十七年（1384）由杨通袭父侯爵。二十三年（1390），璟公复被追坐胡惟庸案，杨通受累被诛，母亲欧氏亦遭株连，同案被杀者二百七十九口。杨通生有六子，名仟壹、仟贰、仟叁、仟肆、仟伍、仟陆。家难中，前四子伪嗣同族，幸免得活，仟伍、仟陆则与父母同时罹难。

至正十七年（1357）前后，欧氏又生一子，名杨遇，字宗政，号文行。

当璟公称病诈死前夕，同被母亲转移至湖南，由欧外公藏匿于宁远平田，后又迁居泮州方石坪，改姓欧阳。所生四子，名德昌、德怀、德忠、德明。

至正二十一年（1361），义军首领傅友德率众归附朱元璋，与杨璟交谊日深，遂将己妹许配杨璟为妻，但后嗣不详。

明洪武元年（1368）八月中，时值攻克大都之后，杨璟奉命修复瀛西城，遂与城内北五街人吴应登之女吴桂花完婚。吴公曾任河南庐氏县主簿，两家应有婚约在先。继又娶下闫文奎之女闫暮英，系庐氏县人，应为吴氏侍女。次年五月，吴氏生下四子杨逖，字宗德；闫氏生下五子杨途，字宗绪，生时相隔不足半月。是年六月，吴应登升任庐氏县经历，赴任时将吴氏、闫氏及两个幼子一并带往河南，杨璟此时正奉调南阳留守，故就团聚于南阳。其间，闫氏夫人又于洪武三年（1370）五月生下六子杨避，字宗福。延至洪武十五年（1382），杨璟在瀛西称病诈死，长房夫人欧氏急将留在南阳的吴氏、闫氏母子转移湖南，交由外公欧善堂分散隐藏于永州、武冈、宁远等处，繁衍至今，已是门支众多，子孙无数。

洪武二年（1369），杨璟官至湖广（当时为湖南、湖北的合称）行省平章，适逢慈利土豪覃垕（读秦厚）聚众造反，杨璟奉命征剿。当年八月，曾又在慈利娶下一位朱氏夫人。朱氏于次年生下七子杨庚七，字宗厚；又于后年（1371）生下八子杨庚八，字宗泰。因朱氏母子从未有过谱记家传，故直至近年才得以认祖归宗。

洪武六年（1373）六月，杨璟奉调随徐达镇守北平。是年十二月，其伯父杨镦病重，遂陪同父母一道前往祖籍江苏六合探望，其间又与姑苏（即苏州）表妹施妙岩定亲。当时其父止任汉中百户，故先回汉中完婚，而后带回瀛西，仍被安置于城内北五街的吴氏家宅。施夫人在此先后生下三个女儿，长名妙清，次名妙能，三名妙慧，其中三女早夭；继于洪武十四年（1381）九月十七日生下九子杨洪，字宗道；复于十六年（1383）生下十子杨清，字宗礼。这杨洪便是后来的昌平侯，武清瀛西杨家将即经其亲手缔造，生十子时杨璟已年届 46 岁，故此后再无娶妻生子的记载。

综上所述，杨璟一生共娶过六房妻室，生有十个儿子，另有三个女儿（肯定不止此数）。文中更正或新加的内容，均都取证于杨氏更迭和杨氏分支新提供的家传史料，而且这些内容均已被2019年新版的《杨端嫡传族谱》所确认。凭此而论，其原始出处都是有根有据的。

杨继盛祖籍武清瀛西

青史彪名的杨继盛，字仲芳，号椒山，河北容城人。其高曾祖杨换、即璟国公杨璟的同胞二弟，在杨氏五虎中名列第二，早期救过徐达性命，洪武二十三年（1390）战死于陕西汉中，归葬于瀛西白庙村北。换公唯有孤子杨沖，生于瀛西杨府，三岁丧母，五岁失怙，向由伯父和施母哺养。永乐初受徐皇后怜爱，收为御养，封御儿干殿下，赐名景春。此即继盛之曾祖也。沖公生有论、信、伟、传、俨、僖六子。杨僖乃其祖父，曾官武清卫指挥使，迁锦衣卫指挥使。僖公共生四子，名曰珽、琇、瑀、瑛。长子杨珽后由仕迁居容城、另成一支，复又生下继瀛、继盛、继德、继兴四子。故称其祖籍武清瀛西（今称河西务），实有所据。

杨继盛七岁丧母，庶母命其放牛。因见同年少儿均能上学读书，便求长兄为其说情，始得随继瀛入塾旁听，而仍不误放牛。至十三岁，方才正式投师授业。由于天资好学，很快便乡试中举，成为国子监生员，时任礼部尚书的徐阶对其品行学识十分赏识。嘉靖二十六年(1547)，一举考中进士，累官至南京吏部主事，改兵部员外郎。

值边寇俺答侵掠京师，世宗命宠臣仇鸾为大将军统兵御敌。仇鸾胆怯，便主张与敌媾和，在边境开市通商，竟讨得皇上欢心。杨继盛以为此举不顾国耻民仇，必为后患，故上疏指出十不可，及五种谬论。世宗阅后心有所动，遂将这份奏折批转给仇鸾，以及成国公朱希忠，大学士来嵩、徐阶、吕本，兵部尚书赵锦，侍郎聂豹、张时彻等一班王公大臣复议。仇鸾仗势大骂杨继盛：“竖子目不睹寇，宜其易之！”意为你这小子连敌人都没见过，空谈什么风凉话！

众官见状，便都随声附和，称官员都已派定，岂能更改。仇鸾怀忿上了一道密疏，攻讦杨继盛，世宗最终还是听信其言，将杨继盛投入诏狱（皇家监狱），后又贬至狄道（县名），当了一名典史。此地蛮夷杂居，教育荒芜，杨继盛招集百余名良家子弟，延请儒师开庠授课。为筹集办学经费，其卖掉了自己的坐骑和妻子的衣饰，后又出售自家土地来资助学生。县内原有煤山，民间向以燃煤为炊，后被强势番民据为己有，百姓只得远到二百里外去砍柴代之。杨继盛遂又召集各家窑主，劝其将煤山退归公有，众人见其爱民心切，莫不顺从，受惠民众感恩戴德，皆呼之为“杨父”。

北方边寇本就附叛无常，因见大明软弱可欺，复又败约南侵，从而验证了杨继盛当初在谏言中的远见卓识。仇鸾的屈忍政策维持不久即告失败，然其先已项背生疮而亡，最终还是落个开棺戮尸（死后斩首）的下场。

事已至此，世宗终于辨清了忠奸，不久即将杨继盛调任南京户部主事，旋又迁升刑部员外郎。此时的严嵩已是权倾朝野，独揽朝纲。他怀恨仇鸾曾凌驾于己，故就一心拉拢深受其害的杨继盛作为自己的党羽，很快即将其提拔为兵部武选司，主掌武将选用升降之职。而杨继盛厌恶严嵩甚于仇鸾，故上任不足一月，便开始出手弹劾严嵩。奏疏中历数严嵩十大罪行，五大奸状。世宗阅后颇为震怒，因就召见严嵩问及疏中提到的两位亲王之事。严嵩乘机挑拨皇室矛盾，世宗果然中招儿，再又将杨继盛投入诏狱。当问及何故提到二王时，杨继盛对曰：“非二王，谁不慑嵩者！”帝闻之命杖责一百。刑前有人送来蛇胆，劝其吞食以解伤痛，杨继盛却之曰：“椒山自有胆，何蚺蛇为！”杖刑之后，创伤逐渐腐烂，以致夜不能寐。杨继盛摔碎一只瓷碗，用其刃刮去腐肉，并将坏死的筋膜截去。为其举灯照明的狱卒吓得手臂发抖，竟将油灯坠落于地，而杨继盛却神态自如，毫无惧色。后稍能起立，即用鲜血在牢壁之上写下“铁肩担道义，辣手著文章”这一千古名联。当时参与会审的刑部主事王学益，乃系严嵩死党，故诬陷杨继盛假传二王令旨，定为绞刑。另一郎中史朝宾知其有冤，便就拖着不办，严嵩发怒将其贬谪外地。刑部尚书等人怕危及自身，只得违心将杨继盛定为死罪。世宗本也不想致其死地，因被拖了三年。严嵩唯恐日久生变，又趁都御史张经、李天龙获罪当斩之机，欲将杨继盛一并处决。杨继盛之妻张氏闻讯，执状长跪于宫门之外，拼死为夫申张，愿代夫受诛，严嵩按而不奏。至嘉靖三十四年（1555）十月初一，杨继盛终被冤杀，弃尸西市，时年四十岁。临刑前慷慨赋诗曰："浩气还太虚，丹心照千古。生平未报恩，留作忠魂补。"公审时，观者塞衢，无不为之叹息泣下。

七年后，严嵩势败被贬，最终饿死于荒野墓丘。至穆宗即位，追恤忠良，以杨继盛为首，赠太常少卿，谥号忠愍，依制重予祭葬，复录其一子为官。后又为之立庙于保定，赐名旌忠祠。

杨继盛为官仅只八年，怎奈皇帝昏庸，奸臣当道，不仅赍志难酬，反在英年被害。然其在权争势斗当中，一直坚守四知堂的清白风骨，始终秉持杨家将的爱国精神，又为家族历史凭添一道赫赫丰碑。近经会谱归宗，方知其为瀛西杨氏的嫡脉传人，故将其功德事迹补缀在兹，以供瞻仰。

杨肇基鞠躬尽瘁保大明

明朝末年，内忧外患，加之文武生隙，崇祯皇帝治国失措，导致李自成农民起义军灭国，旋被关外清军击败，清朝肇始。国运跌宕，虽不乏良将，可惜也纷纷凋零，山东杨肇基军功显赫，白发抗敌，终因疾患病死军中，使晚明失去渡过难关、避免亡国的几分可能。

杨肇基（1581~1631），字太初，号开平，祖籍湖广石门，令公二十六世孙，沂州城南城子村人（今山东省临沂市罗庄区城子村），因世袭得官。杨肇基自幼有才且勇武过人，成年后由武举袭指挥，历任征东平西防倭三镇总兵，提任沂州卫正指挥，经屡次提升，任大同总兵。

天启二年（1622），徐鸿儒组织白莲教反山东，连陷巨野、汶上、费县、滕县，众至数万，时任山东监军徐从治深知杨肇基为难得将才，急报抚院奏明皇帝，封肇基为山东总兵官，挂印征战。杨肇基为防止敌兵攻沂州，分派将领守住四门，自己带着儿子御荫、御蕃，以及女婿周世锡，与河南、广东援军三千出城杀敌，大获全胜，进而收复郯城、台儿庄、平邑等地。徐鸿儒退守邹县、滕县、兖州，明朝军兵分二路，杨肇基一路克兖州、二辖店、纪王城。徐鸿儒仅剩邹县孤城负隅顽抗，扬言屠戮城中百姓。杨肇基亲临前线，区别城中百姓和叛乱分子，瓦解敌志，最终徐鸿儒率众投降。

天启六年（1626），杨肇基因功加左都督宫保大将军。时年腊月，甘肃河套人旗牌台吉侵占兰州、延绥。杨肇基定计坚守不出，待敌疲惫，奇兵出城两面夹击，杀敌数千，兰州城得以收复。杨肇基因功一年内累加太子少傅、太子太师、太子太保衔，督抚陕西。

崇祯二年（1629），皇太极领军攻向京师，一路势不可当，崇祯皇帝急调天下兵马进京保卫，时杨肇基在家休养，即领家丁三百余人日夜兼程，夜不卸甲，突出重围，直抵京城，守军用竹篮把杨肇基吊入城中。崇祯帝连夜问策，赐莽衣玉带、黄金五百两，晋爵太傅，上封祖四代右柱国、光禄大夫。

同年十二月，崇祯错杀爱国将领袁崇焕，袁部将祖大寿降清，皇太极趁机攻德胜门，明大将侯世禄逃跑，满桂所部伤亡惨重。杨肇基率部迎敌，敌强我弱，遂摆八卦阵之梅花阵，士兵背靠背、面皆向外，鼓舞士气，以一当十，大获全胜，皇太极退兵二十余里。后杨肇基在蓟镇、永平一带三面夹击，清兵大败而逃，历经三个月的北京保卫战取得了胜利。

崇祯三年（1630），杨肇基兵守三营屯，三月清兵攻克永平、滦州、迁安、遵化等地。五月攻铁厂，欲断内地与关外的粮道。杨肇基率军支援，于铁厂大战三个时辰，收复遵化、永平。

崇祯四年（1631）二月初九，杨肇基因病于蓟镇军中去世，享年五十一岁，一生南征北战三十余年，鞠躬尽瘁。明朝痛失栋梁，崇祯亲率文武大臣追悼，特晋上柱国、光禄大夫，恩赠太师，谥号武襄，钦赐御葬于临沂城西三十里处娘娘庙村东，崇祀乡贤祠，名宦祠，五贤生祠，记功牌坊一座。杨肇基生有五子，子孙仕宦不绝。（末篇为庞永力补撰）

投身杨家将文化研究热土

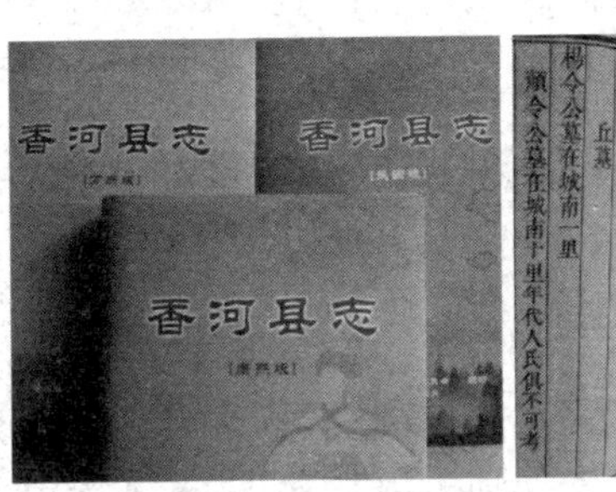

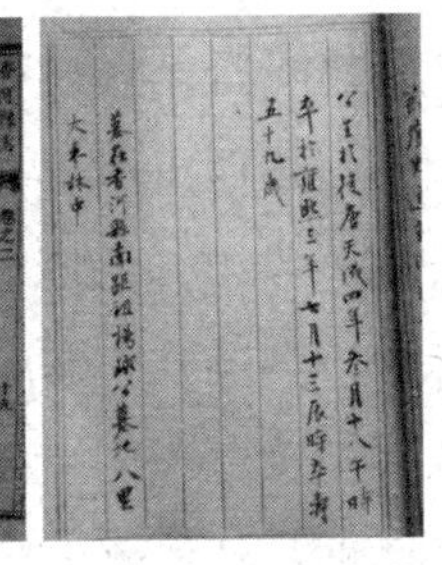

历代《香河县志》杨业墓记载　　杨氏族谱杨业墓记载

杨家将是中国历史上家喻户晓的爱国主义军事家族，纵贯汉唐宋明两千年，将帅辈出、保家卫国。及至近代，更有为人民解放、建立新中国前赴后继的杨氏英烈群体。“保家卫国、忠贞大义、清白传家”的杨家将文化是中华民族精神的代表。

2014 年 4 月，廊坊市杨家将文化研究会成立，系国内第二家正式注册的杨家将文化研究团体。成立以来，研究会积极与国内杨家将研究团体、宗亲组织联系，相互走访、交流。同时组织本会学者对廊坊市杨家将文化遗存进行梳理；编印了《杨家将文化研究》，提出了廊坊市杨家将文化研究五大方向：

北宋名将杨业埋骨香河；杨延昭秘修永清至雄县地下古战道；宋辽古三关淤口、益津两关在霸州市；冀中地区上千村镇名称源于宋辽战争、杨家将文化；明朝杨家将后裔在京津廊地区建功立业。

2016 年 6 月，为巩固研究成果，研究会联合廊坊市文广新局、廊坊市旅游局、廊坊市广阳区，成功举办了首届廊坊市杨家将文化旅游节，包含杨家将文化论坛、杨家将题材书画展、杨家将历史文物展、杨家将族谱发行会、杨家将历史遗址（永清古战道、霸州益津关、香河后土门楼村）参观等活动，国内宋辽专家与中省市新闻媒体参加，客流量几万人，社会效果良好。廊坊市杨家将文化研究成果得到国内外杨氏宗亲与宋辽史专家的认可，廊坊自此在国内隆起杨家将文化研究高地。

2014 年，廊坊市杨家将文化研究会成立

中国香河杨家将文化小镇 杨令公广场

2017 年，中共廊坊市委宣传部将“保家卫国、忠贞大义、清白传家”的杨家将文化精神列为廊坊市城市精神组成部分。同年，研究会发布了“廊坊市杨家将文化分布图”，提出打造“杨家将文化旅游产业带”的构想：北起三河市南至大城县，由北而南纵贯廊坊全境，首尾呼应、互联互通，与香河家具、安次风筝小镇、永清农业旅游、霸州温泉、文安大洼文化（白洋淀）、大城红木文化等廊坊市已经成熟的文化产业相融合，串联性非常独特。经考量，研究会将杨令公埋骨地——香河县五百户镇后土门楼村作为文旅带的龙头。

2018 年，研究会与香河县五百户镇联手，在杨业埋骨地共建“中国香河杨家将文化小镇”，小镇被北运河、青龙湾环抱，彰显“绿水青蔬，英雄魂魄——大运河畔杨家将”的发展主题。汉朝名臣杨球、北宋名将杨业、明朝“瀛西杨家将”，杨家将文化遗存分列大运河香河段两岸，杨家将文化小镇以“建设大运河文化带”的国家战略为契机，打造国内外杨家将后裔寻根、文化交流基地。经过基础设施、文化软件投入，截至 2020 年 10 月，完成杨令公广场（杨令公主雕塑、杨家将历史人物雕塑）、中华杨家将文化陈列馆、当代杨家将红色文化长廊、文化小镇游客中心的设施……

杨家将这一中华民族精神瑰宝与时俱进、历久弥新。我们倡导广义的杨家将文化，联合向上、向善的力量，在京津廊融合发展核心，投身爱国主义教育、历史文化教育、廉政文化教育、红色文化教育的一方热土。

（廊坊市杨家将文化研究会　庞永力撰）

附：《杨家将诠真》出版委员风采录

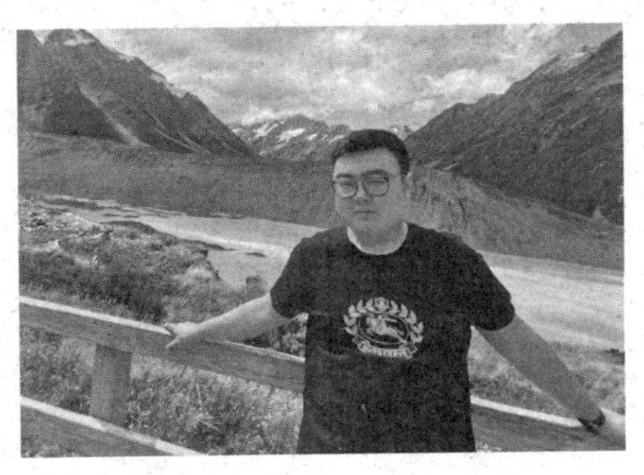

杨峻，1994 年 12 月生，廊坊市广阳区人，杨业第三十六世孙，廊坊市东方华明集团总裁。东方华明集团创建于 2001 年，现有员工 500 余人，以“创新 · 共享”为经营理念，求发展、重信誉，多次受到国家、省、市各级嘉奖。集团旗下经营东方华明汽车修理有限公司、北格湾餐饮服务公司、华邦汽车销售公司、河北环浩商贸公司、廊坊市喻之道广告传媒公司、廊坊市六号家庭农场等。

杨峻任集团总裁以来，带领团队勇于攻坚，致力于打造深具廊商精神的优质企业，积极投身社会公益，无私捐资助教，志愿扶危助困，关注家乡村街建设，热心奉献社会事业。

杨家将是中华传统文化中一大亮点，以杨业为代表，是中国历史上著名的爱国主义家族，杨家将事迹被世人广为流传，演绎出了各种文艺作品，妇孺皆知、深入人心。文化是一个国家、一个民族的灵魂，文化对于国家的兴旺、民族的发展具有重大作用。作为家将传人，我觉得更有责任、有义务把杨家将的文化推广传承下去。我们要不断做大、做强、做精杨家将文化，弘扬杨家将忠勇爱国精神，传承中华民族优秀传统文化。

杨远，1988 年出生，祖籍河北廊坊，令公杨业三十七世孙，中共党员，大学本科学历，现任河北省中小企业协会副会长、北京聚鑫天园公司总经理、廊坊市泓禄建筑材料公司总经理、廊坊市长虹加油加气站总经理。公司参与建设首都机场 T3 航站楼、北京大兴国际机场、杭州萧山国际机场、海口美兰国际机场等国有大型基础工程。

廊坊市杨家将文化研究会自成立以来，深入全国各地进行追根寻祖工作，发掘杨家将历史的内容及文献，团结全国各地杨家后人及杨家将文化研究者，为弘扬杨家将文化作出了突出的贡献。《杨家将诠真》的出版发行，将为杨家将文化的推广与普及起到巨大的作用。作为杨家将后人，我对杨家将文化有着极深的情感，它不仅仅是杨家的文化，更是中华民族几千年以来浓缩的文化精髓。现今时代物欲横流，浮躁之气盛行，年轻一代太需要杨家将的精神来指引，建立向上、向善的人生观与价值观，成为涤荡污浊的一股清流，为年轻一代起到轨物范世的作用，用行动、态度、业绩影响越来越多的人，为杨家将文化延续作出更大的贡献！

杨冬霞，女，中共党员，1963 年 12 月出生于天津市武清县河西务，是杨端祖三十八世后人，廊坊市杨家将文化研究会第一届理事会副会长。1986 年毕业于吉林工业大学（现吉林大学）管理工程系，现就职于中国汽车工业工程有限公司，从事技术经济工作，高级工程师、国家注册造价师、国家注册咨询师。

千百年来，杨家将精忠报国的精神激励着华夏儿女，历史上的杨家将舍生忘死、精忠报国，为国家为民族作出了巨大贡献，这就是杨家将千百年来深入人心之所在。杨家将是中华民族宝贵的精神财富，作为杨家将后人，我们深感自豪和荣幸，也有责任珍惜、保护、传承这一精神财富，在新的历史时期作出我们的贡献，让杨家将精神世代相传、光照千秋！

杨志华，1962 年出生，广西桂平人，现居广州。自小跟随爷爷学习中医中草药，1986 年拜香港中医保和堂江志荣为师； 1990 至 2008 年在广州从事与中医健康产业相关工作；2008 年建立香港扶正堂美业集团，至 2020 年全国开设超过 1000 家店； 2012 年，在北京成立新大方职业学校，4 年中免费完成 5000 多名中医养生学员的义教工作；2013 至 2015 年与广州中医药大学研究院合作，担任研究院研究员；承办“广州大健康（国际）博览会”，创建中医茶疗标准体系，参与推动64个中医流派等工作；2014年成立了北京福鑫缘中医研究院、北京福鑫缘健康管理有限公司，为未来医疗养老事业布局；2015年启动“中医启蒙”公益入校园项目，

振兴中医从娃娃抓起；2016年成立东方华妍生物科技有限公司，开启幸福的茶疗养生方式，目前已经建设开业400多家店；2019年，与众多友人筹办成立了中国民间中医医药研究开发协会老字号分会，当选为副会长兼执行秘书长；同年9月，荣任中国美容美发协会茶疗专委会会长，为推动中国茶疗作出应有贡献。

很荣幸，我流淌着杨氏家族的血脉，很荣幸，我受益于杨氏先贤的家训！对于杨家将文化建设的奉献者都应尊重，要找到一批不畏招嫌者、不惧人言者、心怀诚意者、不做冷漠看客者、自发自愿助推者，方能成大业。

杨义安，字博然，河北霸州人，1966年出生，文史学者，善处斋主人，杨业三十六世孙。

1988年创建廊坊市凌宇商贸有限公司，2010年荣获中国缝制行业50强企业。1993年与北京菜市口商场联合打造京、津、冀商贸批发平台。1997年与合伙人在北京经营文化收

藏项目。2005年至2006年北京大学进修中国传统文化课程。2007年经中国轻工联合会授权，在北京成立“职业技能培训基地”为行业培养出大批的技术尖端人才，承办了全国行业（北京）职业技能大赛。

杨义安出生在霸州与文安交汇的大清河畔苑家口，是宋代至民国时期

的重要关口，从小就耳熟目染杨家将的传奇故事。1990年以来对北宋三关（益津、瓦桥、淤口）进行了潜心研究，并对宋辽水长城进行了实地考察。2015年创建“博然工作室”，主要以研究宋辽边关史与杨家将相关史实，并发表了数篇相关文章，翔实报道了首届廊坊杨家将文化旅游节及香河杨令公广场杨业雕塑的落成。

廊坊市杨家将研究会的成立以及中国香河杨家将文化小镇的建设，推动了廊坊及津、京、雄安地区对宋辽历史、河流文化、旅游产业的发展。作为研究会一员，杨义安愿为传承中华传统文化、弘扬杨家将精神而作出自己应有的贡献。

杨玉库，1977年1月生，河北省廊坊市广阳区人，杨业三十七世孙。多年来一直吃苦耐劳、独自打拼，2015年成立兴顺吊装服务公司，逐渐成为廊坊领先的大型设备吊装、租赁为一体的专业化企业，同时进军防盗门行业，成为雅安泰防盗门廊坊市总代理。

杨家将精神在于为国家可以抛弃自己所有的东西，把自己无私地奉献给国家，杨家将精神最重要的是持之以恒的决心和坚持奉献的精神，杨家代代为国争光，代代为国流血流泪，从来没有间断过，杨家最难可贵的就是这种无私的精神。杨家将精神深深烙印在杨家后代的身上，我们会努力把它发扬光大。